李健吾译文集 Ⅸ

上海译文出版社

屠格涅夫戏剧集

50年代中期,离开上海,受聘社科院文学研究所

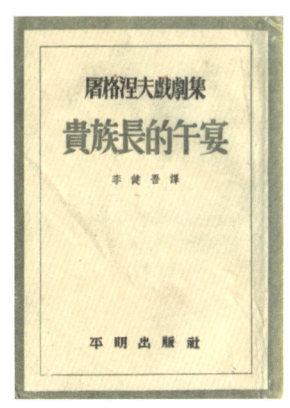

平明出版社 1951 年初版屠格涅夫戏剧集《落魄》

平明出版社 1952 年初版屠格涅夫戏剧集《贵族长的午宴》

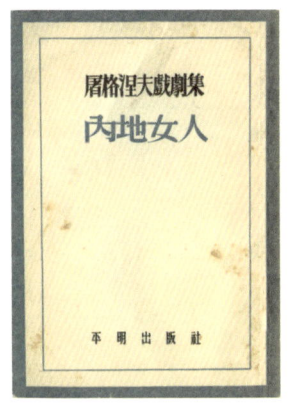

平明出版社 1954 年初版屠格涅夫戏剧集《内地女人》

平明出版社 1954 年初版屠格涅夫戏剧集《单身汉》

目 录

疏忽 · *001*

落魄 · *051*

什么地方薄什么地方破 · *083*

食客 · *137*

贵族长的午宴 · *213*

单身汉 · *257*

内地女人 · *359*

大路上的谈话 · *413*

扫仑太的黄昏 · *435*

·疏 忽·

独幕剧

人物

党·巴耳塔沙尔·代斯土芮日①　五十五岁。

党娜·道劳莱丝②　他的太太，二十七岁。

党·怕布劳·桑格赖　他的朋友，四十岁。

党·辣法艾耳·德·鲁纳　三十岁。

玛尔嘎芮塔　女仆，五十九岁。

---

① "党"即西班牙先生或老爷的称谓。
② "党娜"即西班牙太太或者夫人的称谓。

第 一 景

巴耳塔沙尔的乡邸前面①，一条街景。房右是一堵石垣，房子是两层楼，有阳台。阳台底下是橄榄树和桂树。党娜·道劳莱丝坐在阳台上面。

（静了一时以后）

道劳莱丝 我简直无聊透了——我没书念，我不懂得绷子上头绣花，我也不敢离开家。我一个人待在这儿怎么着才是？到花园子去？才不！花园子腻死我啦。再说，这儿，在这地方，我丈夫骂过我；那儿，在那地方，他禁止我朝窗外头看；靠近那棵树底下，他对我求过婚：一桩一桩想起来，有什么开心的？（叹息）噢，我遭到的事呀数这呕心啦！……（默思着，过了一时，歌唱着）塔，啦——啦——啦；塔，啦——啦——啦！过来一个女街坊……多美的一个黄昏！多香的空气！沿着普辣道②散步，跟一个什么温文尔雅的年轻人，可真写意啦。听着一个爱慕的人的声音，不是我……（她向四外望了望）的衰老发沙的声音，可

---

① 地点应当在西班牙的京城马德里附近。
② 普辣道：马德里著名散步的地点。

真称心啦。我同他一道儿回到家;他鞠躬,也许请我拿手给他香。我呀,不摘掉手套,香也就只让他香这——(她指着她的手指)……星星真美!我今天比平常都消沉,我真还不知道是怎么回事。我想,要是我丈夫穿得时髦点儿,要是他戴一顶有白羽翎的帽子,披一件丝绒一口钟,靴子有刺马距,挎着一口剑——说实话,我想我就许爱他……自然喽,我得承认,他太老,胖也胖得邪行……他总穿着那件破旧的黑西服,永远不改样子,老是那顶帽子,老是那根掉了色的红羽翎。(默思着)噢,现下,我自己就不很怎么年轻了。眼看我就二十七了。我嫁了七年,就根本跟没活过一样。怎么我就从来没遇到点儿意外的岔子?四邻全把我看成一位模范太太,可是我几时拿这搁在心上来的?噢,主,饶恕我;我怕我在犯罪哪。人赶上一阵子忧郁呀,脑壳里头就出花样。我这一辈子真就这样子过掉:就老这样子单调?我真就见天儿早晨得拿掉我丈夫的睡帽,为了这个活儿让他香一回?我真就见天儿黄昏得看那受不了的、那可恨的桑格赖?玛尔嘎芮塔真就永生永世看着我?救救我,噢,主!因为我怕这种生活。她走开了一小时,留下我一个人,谢谢上帝!我觉得自己守妇道;我觉得世上没事……是呀,世上就没事能够说动我出卖我丈夫。那么,他为什么不该答应我见见客人,至少偶尔有上几回……他们拿顶阴沉、顶重顶老的书给我念!我一辈子只有一回,我记得,还是我在道院的时候,我搞到了一本漂亮小书。噢,那本书可美啦!是一本小说,用书信体写的。一个年轻人写给他心爱的姑娘——先用散文写,后来用诗写。噢,主,我单只收收这样的信也就成啦！不过，不可能。我们住在顶沉闷的……啾，单只有人凑巧在这儿转悠转悠也就好啦！

辣法艾耳　（快步从阳台底下走出）您要怎么着，美丽的太太？

〔道劳莱丝跳起，惊惧，站着一动不动。

辣法艾耳　（深深一躬）太太！爱慕你的人，卑下，充满了尊敬，一直在等着一声回答。

道劳莱丝　（声音颤抖）什么……爱慕的人！我是头一回看见你。

辣法艾耳　（旁白）我也是头一回。（高声）太太！我爱你爱了好久。我说到哪儿去啦！——爱你？我是热烈地，绝望地爱上了你！你从来没有注意到我，不过，这是因为我一直想法子说什么叫你也别看见我。我害怕引起你丈夫的疑心，对我们中间一个人有了疑心。

〔道劳莱丝打算走开。

辣法艾耳　（绝望地）你想走开？就是才刚，你在抱怨你的寂寞，你的忧郁！原谅我，不过，你要是个个儿相识全回避，你怎么可以指望拿你的忧郁帮自己去掉！不错，我们在一种特别极了的方式之下认识，可是，这有什么？我敢说，你跟你丈夫是在一种极平常的方式之下认识的。

道劳莱丝　说真的，我不知道……

辣法艾耳　（恳求地）啾，停住！请，停住。你要是单只知道……

〔他叹气。

道劳莱丝　可是你有什么地方能够看见我？

辣法艾耳　（几乎听不见）啾，天真的小鸽子！（高声）什么地方？你问什么地方？这儿，不光只这儿，也还在那儿——（拿他的手指指着房子）——那儿！（向自己）我一定拿她搞糊涂啦。

道劳莱丝	不可能。
辣法艾耳	听我讲；你不知道我。你不知道我踢开些什么样的危险；我有多少回牺牲我的名声，我的性命，一切都为我想看你一眼，那怕隔着挺远——看你，听你的声音，或者——（放低他的声音）——或者爱慕你，或者折磨自己，只因你平平静静地睡着。（向自己）有你的！
道劳莱丝	你吓坏了我。（哆嗦着）啾，主，我想我听见玛尔嘎芮塔的声音。

〔打算走开。

辣法艾耳	别就走开，美丽的太太，别就走。你丈夫不在家，是不？
道劳莱丝	不在。
辣法艾耳	你就想想看，你单只这么一站，你就让别人——这人就是我——那样幸福——一句话，最大的幸福！就别心狠啦；待下来，我求你！
道劳莱丝	不过，原谅我——人家就许以为……
辣法艾耳	他们有什么好以为的？难道这不是一条人来人往的街？人人不有权利在这街上走路？我走——（走着）——忽然我变了心思，打转悠——（转悠）这有什么好怕的——或者可疑的？我喜欢这个地点——你坐在阳台上面。你喜欢在外头坐。谁能够禁止你坐在自己的阳台上面？你在往下看；你在想心事；街上有什么事，你一点点也不注意。我并不要你跟我讲话，虽说你肯俯就的话，我是一百二十分地感激，你就坐在那儿好了，我走来走去地爱慕你。

〔开始漫步。

道劳莱丝	（几乎听不见）啾，上帝！啾，上帝！我这是怎么的啦！我的心烧得慌。我简直出不来气。我怎么也想不到会遇到

	这样……
辣法艾耳	（轻悠悠地唱着）

      甜蜜的爱永远不来，

      没了它，我就要死……

      没了它，我要憔悴

      憔悴，怨望，叹气——

      可是爱呀永远不来，

      甜蜜的爱永远不来。

道劳莱丝	（声音弱弱的）先生……
辣法艾耳	太太……
道劳莱丝	真的，我想，你顶好还是走罢。我丈夫，党·巴耳塔沙尔，顶爱吃醋……而且，我爱我丈夫。
辣法艾耳	噢，我相信。
道劳莱丝	你相信？
辣法艾耳	我想你方才说你怕你丈夫来的？
道劳莱丝	（窘）我？……你没……可是我现下不是一个人在这儿。那个乖戾的老玛尔嘎芮塔……
	〔玛尔嘎芮塔从屋顶的一个窗户朝外望，小心翼翼地。
辣法艾耳	我不怕她。
道劳莱丝	可是花儿匠，派派，一个巨灵……
辣法艾耳	（未免不安）一个巨灵？一个巨灵？（看着他的帽子）我不怕他。
道劳莱丝	我丈夫这就回来。
辣法艾耳	我们由他去。不过，你千万别忘记，一有危险，临时一警告，你能够拿自己藏起来的。

道劳莱丝	不过,夜……
辣法艾耳	夜!啾,夜,神圣的夜!你喜欢夜晚吗?单单"夜"这个字,我听了就销魂。
道劳莱丝	咝!看上天的面子……
辣法艾耳	原谅我。我不说啦。不过,在街上唱唱歌,人人好来。你不妨听我一位朋友的歌,一个学生,一位塞维勒①的诗人。

〔他漫步街头,轻悠悠地唱着:

月夜,天亮以前,
短短一时的福分,
我盼你一声邀请,
就静静一个亲吻……

高高开在墙上,
宽窗户,我在底下,
站在黑影里头,
我的大衣像件袈裟。

星光,热情堵住音符
正是夜莺的歌声!……
来呀,回答他的呼唤,
出现,啾,我的星!

趁我们没有入土——

---

① 西班牙一个著名的省会。

只要我们活着，
记住这有意义的一夜，
拿走了什么，又给了什么。

眼看心要不跳，
步子轻轻向前，
视线又快又害怕，
甜蜜的，到我跟前。

在无尽期的胜利中，
踏上高高的楼梯，
我看着你的眼睛，
低低弯下我的双膝。

颤栗完全消失，
最后的畏惧也不存在……
死在你的嘴唇上头，
你亲爱的嗫嚅被出卖。
………………………

或许你睡了，交着手，
拿你的爱人忘干净——
黎明底甜蜜的呼唤
真就叫也叫你不醒？

道劳莱丝 （几乎听不见）我必须走……我不能够……这要成个什么了局？（向四外看）没人看见我们；没人听见我们……咝……

(道劳莱丝快步走向阳台)先生！你相信我是一位守妇道的女人，是不是？(辣法艾耳深深一躬)你不以为一时……胡闹……没不可能的事……你明白我的话罢？——你不会看成不可能罢？

辣法艾耳　(向自己)她这话是什么意思？

道劳莱丝　我想你自己知道，胡闹一回，完得快，也还罢了……我想我们胡闹得够数儿的啦。我希望你一夜好，安静。

辣法艾耳　一夜平静！你说起来容易。

道劳莱丝　我相信你会睡平静的。不过，假如你喜欢……(有些窘)以后别的时候……

辣法艾耳　(向自己)啊哈！

道劳莱丝　我劝你别再到这儿来啦，因为就许有人看见你。这半天没人看见你，我真还纳闷得很。

〔玛尔嘎芮塔微笑了。

道劳莱丝　你要是单只知道我是怎么样害怕……(辣法艾耳叹气)礼拜天来，到道院去。我有时候去那儿的——跟我丈夫。

辣法艾耳　(旁白)你卑下的奴才已经做过十六岁的生日啦。(高声)太太！你还不知道我。我打算做的就是这个：我打算爬上这块石头——(他真还一边说一边做)——抓牢这堵围墙……

道劳莱丝　(吓坏了，差不多嚷了出来)老天爷，你在干什么？

辣法艾耳　(非常冷静)你一嚷嚷，太太，人就聚来了。他们会捉住我，也许，杀了我。你就成了我死的原因！

〔他爬上石垣。

道劳莱丝　(越发恐怖)你干什么爬到墙上头？

辣法艾耳　干什么？我要跳进你的花园。我要在沙子小道上头寻找你可爱的小脚印。(向自己)啊哈，我简直口如悬河！(高声）我要掏一朵花做纪念。不过，再见——就是说，回头见。坐在墙头可真别扭啊。（旁白）花园没人。我下去。

〔从墙头跳下。

道劳莱丝 他疯啦！他跑进花园，敲门！噉，我毁，我毁啦！我要跑，我要拿自己关在房间里头。也许没人看见我。可不，我决不要出什么意外的岔子。

〔走开。

〔玛尔嘎芮塔也不见了。忽然，党·巴耳塔沙尔进来。

巴耳塔沙尔 黄昏兜这么一个小圈子，的确有意思……啊，我到家啦。是时候，是时候回家啦。我散步怕是有点儿太久。我想现在一定十点钟啦。不过，我睡起觉来格外舒坦。楼上，我的亲爱的，别人比不来的，尊贵的太太正在等我。的确有意思。可不，上帝帮我忙，真开心。寻开心，来老套数，我自来就不喜欢！……是呀，谢谢上帝，我多的是时间，命呀长着哪。我急个什么？我自来就不喜欢急，做小孩子的时候就不喜欢。我记得，人家给了我一个好梨，熟透了，全是汁子，我并不马上就吃，像别的傻孩子粗小子那样到手就吃。我坐下，偷偷拿梨打我的口袋取出来，仔细看一遍，香香它，拍拍它，放到嘴唇跟前，又拿开了。我要远远近近景慕一番；然后，我才闭住眼睛，咬它一口……我真应该生下来就是一只猫。就是现在我还这样捣鬼。好比说，我可以马上就看我太太去——我温柔的，亲爱的年轻太太。可是为什么？我偏要等一会儿。我晓得她安全，没受伤。玛尔嘎芮塔当心她，还有派派，眼睛也不离开她。真应当紧紧看牢我亲爱的小太太。还有桑格赖！他是一位真朋友，一件贵重的宝物。人讲这个世道交不出朋友。胡说八道；瞎扯。好比说，我——我这人脾气有点儿馁弱，可是我能够怎么着？我承认……那些不识好歹的东西，那些三心二意的小子，就是赶着女人在教堂里头，也蛮不讲理死盯着看，我看着是有气，可是，我一憋气，也就过去了。我宁可忍着不出声。可是我的怕布劳……噢，我的怕布劳！——谁敢看一眼我的道劳莱丝，好啦，试试看！为了他和我的友谊，他没有事干不出来的。最初，我以为——（笑）——常言说得好：年迈的丈夫全很妒忌。我甚至于以为桑格赖本人……（笑得更高了）——不过现在，我很安静。他跟她连一句话也不讲；他正眼看也不看她一眼。他总在骂，她直怕他。噢，主，她怕他怕成什么样子！我一直对他讲："怕布劳，听我说。要和气点儿哟，怕布劳。"他就顶我："你和气你的。那是你的事。你上了年纪；你可以和和气气讨她欢心。我性子坏，由我好了。我性子坏，你兴致高。我是怨气；你是甜蜜。"有时候，他告诉我一些味道怪苦的真理——我这位亲爱的怕布劳。他这样做，因为他真心真意跟我交好。他是一个少有的人……不过，是我进去的时候了。（他一转身，看见玛尔嘎芮塔在他前头）你怎么样，你怎么样，玛尔嘎芮塔？好，太太身子好罢？是罢？我回来啦。拿着我的手杖。

玛尔嘎芮塔 党·巴耳塔沙尔·代斯土芮日先生！

巴耳塔沙尔 怎么？

玛尔嘎芮塔 我的老爷！先生！

巴耳塔沙尔 你神不守舍，妇道人？你怎么啦？你要怎么着？

玛尔嘎芮塔	党·巴耳塔沙尔！一个年轻人进了你的房子。
巴耳塔沙尔	什么……等一下……停住……家伙……一个年轻人……你在撒谎，你妖婆子！
玛尔嘎芮塔	一个年轻，漂亮的生人，蓝一口钟，一根白羽翎。
巴耳塔沙尔	（简直喘不出气）一个白人……一口钟……一根生羽翎！（抓住她的手）在那儿？怎么会的？不，停住！等一下！喊叫！嚷嚷！（她正要嚷嚷，他拿手堵住她的嘴）不，别喊叫。跑。哪儿？桑格赖！桑格赖在哪儿？怎么会的——在我家？噢，帮帮我，玛尔嘎芮塔，帮帮我！我想我快咽气啦。

〔桑格赖进来。

怕布劳	（看着这场好戏）是怎么回事？巴耳塔沙尔！
巴耳塔沙尔	（跳起，拥抱他）是你！是你！噢，我的救主！桑格赖，救我。帮帮我。快！捉住他，捉住他。想想看……（向玛尔嘎芮塔）他怎么会进来的，哎？你为什么不嚷嚷，啊？我想你跟他有勾搭，你自己，你这个老妖婆子！
玛尔嘎芮塔	（低声）别叫唤！他许听见你。（向桑格赖）是这样发生的。党·巴耳塔沙尔一出门，我就打算收拾好了看我姑妈去。人家告诉我，她就要咽气。我不知道是什么宕着我没有就走，可是忽然，我听见有人在街上讲话。接着就是那人唱歌儿，声音有点儿高……我知道党娜·道劳莱丝一个人坐在阳台上……我走到窗户跟前，我就看见对街有一个年轻人。（笑着看巴耳塔沙尔）他是一个挺漂亮的年轻人。他走走停停，和党娜·道劳莱丝谈得挺投机。接着，我想，得了她的同意，他就跳过墙，进了花园。党娜·道劳莱丝走进她的房间。我马上就锁了太太的房门，关好花园门，一

	个字儿也没透给派派知道。现在,你们高兴怎么搞就怎么搞,觉得怎么样对付他顶好就怎么样对付他好了。
怕布劳	(激起,结巴着)原来她……(抓住巴耳塔沙尔的手)我亲爱,亲爱的朋友!你放——放安静。我们这就想个办法。玛尔嘎芮塔,我要升你个上校官儿,你真是一个勇敢的妇女;你没有手足无措,单这我就爱你。你把两个人统统关起来!妙!让我为这抱抱你。听我讲,朋友们!让我们商量商量,谦谦易易,安安静静,别瞎张皇,就像我们谈的只是什么寻常家事。
巴耳塔沙尔	可是,老天爷——
怕布劳	巴耳塔沙尔!首先,你放安静;其次,你闪到一边儿去。你脸太白,也太紧张,他们一下子就猜出我们在谈什么了。
巴耳塔沙尔	他们——
怕布劳	是呀,他们。他跟她——主知道——就许看得见我们。告诉我,玛尔嘎芮塔,你拿稳了你锁好门啦?(玛尔嘎芮塔点头)她一点儿也不心乱?
玛尔嘎芮塔	这不是我头一回把她锁在房间里头。
怕布劳	男的锁在花园里头?
玛尔嘎芮塔	是的。
怕布劳	告诉我,请,我亲爱的玛尔嘎芮塔,党娜·道劳莱丝的屋子有没有窗户望到院子或者花园的?就我记得的——
玛尔嘎芮塔	望到花园,不过窗户全挺高。
怕布劳	好极啦!绝啦!他们看不见我们。
巴耳塔沙尔	你呀,也有点儿脸白,怕布劳。
怕布劳	是不是……玛尔嘎芮塔!吩咐派派马上拿狗链子解开。

015

吩咐他拿一根棍子，在花园门口站好。你听明白了没有？然后给他点儿白兰地——厉害的，上好的陈白兰地，多给。去罢。（玛尔嘎芮塔要走）告诉我，党娜·道劳莱丝跟他讲话了没有？（玛尔嘎芮塔点头）好。去罢。（玛尔嘎芮塔走开）一个人有时候让自己的血流动流动，觉得怪舒服的，哎？你是不是也这样想，我的朋友？我们坐到这儿这条板凳上，我亲爱的巴耳塔沙尔，商量一个作战的计划。（他们坐下）天黑得真快！坐在黑地里，高高兴兴，想着报复，真还开心！

巴耳塔沙尔　不过，也许，党娜·道劳莱丝根本就没有什么过失。

怕布劳　你这样想？

巴耳塔沙尔　可能，没她同意，他爬的墙。

怕布劳　那她为什么不喊人救？她为什么不嚷嚷？她为什么同一个生人讲话？

巴耳塔沙尔　她欠揍。

怕布劳　不管甚么样，我们分析一下事由儿，照规矩办，我亲爱的巴耳塔沙尔。我们全爱公道。那么，首先，敌人走不出去。这顶称心啦。整个儿花园围着一堵很高的墙。

巴耳塔沙尔　这是你的想法儿，我亲爱的怕布劳。

怕布劳　就算照你讲的，是我的想法儿，我亲爱的巴耳塔沙尔。我真高兴拿桩子一个一个敲进去！不过，现在问题不是这个。我们的堡垒坚固透了，敌人跑不出我们的手心。不错，有一个弱点。靠园门的墙不就真够高的。不过派派和他有名的恶狗在那儿。明天，必要的话，我叫人拿墙砌高，再多竖点儿桩子下去。

巴耳塔沙尔　必要的话？当然必要。

怕布劳	好，我们在这上头留意就是。所以，我再讲一遍，敌人跑不出我们的手心……（叹气）可怜，可怜虫！他就不知道他落到一个什么样儿的陷阱。
巴耳塔沙尔	我们拿他怎么办？
怕布劳	党·巴耳塔沙尔·代斯土芮日！我的亲爱的，这该你建议啦。我们听你讲。
巴耳塔沙尔	我想……抓牢他，再……也许……（他拿手做了些相当坚决的动作）他来这儿看我干什么？——然后我们叫派派……你明白我的意思？
怕布劳	把他埋到十字路口附近？
巴耳塔沙尔	你扯到哪儿去了——一个活人？就是，不算活，还没就死？啾，上帝，可别让我们这么搞！
怕布劳	我明白你的意思，党·巴耳塔沙尔。啊，真蠢；事由儿叫你一想就没折啦！——
巴耳塔沙尔	那你是什么意见，我敬重的桑格赖？
怕布劳	我的意见？过后儿你就知道。让我拿起我的灯笼——真可笑！我的手哆哆嗦嗦，像我成了一个老头子。我亲爱的巴耳塔沙尔，你有没有打过鸟儿；有没有布置过陷阱；有没有撒过网？
巴耳塔沙尔	有过，有过。做什么？
怕布劳	啾，有过！躺在那儿，装假，等待，你不觉得挺惬意？你不喜欢看见鸟儿——好看的，快活的小鸟儿——在一块儿飞着；起先躲着，显出害怕，后来就啄东西，临了儿惯了，就唱歌，没忧没虑，挺美的？于是，你伸出手，一揪绳子，就——捉住了！网扣下来了，鸟儿全成了你的。留给你做的也就是掏掉它们的小脑袋壳了。难道这不开

心？干罢，巴耳塔沙尔！网撒开了，鸟儿聚在一道儿了。干罢，干罢！(走向窗户，他停住)看，巴耳塔沙尔！你这房子可真阴沉！窗户全没亮光。静静的，阳台门开着一半。有些小子多心眼儿，就许以为有人在房子里头害人，要不是快要害人了……不过，全是胡扯！这儿住着的是谦易，安静，守分的人。

〔两个人小心在意走进房子。

第 二 景

花园。

辣法艾耳　（一个人）简直是闹鬼嘛！我想从院子走进房子——门关啦；随后，我想走进花园，从这儿走进房子。本来应当容易，偏偏墙很光，窗户高……我想走开，可就不成。整个儿花园围着一堵鬼高的墙，靠近墙，十步以内，就没有一棵树。提防真是提防到了家。院子关啦，园门也关啦。这到底都是怎么回事？（小心翼翼地走向园门）狗解开啦。真糟。我怕是我温柔的太太在跟我开小玩笑。不，我想不至于。她太天真，也太傻，干不出这个。话虽这样讲，我得承认，眼下我的地位可真要命啦。黑，冷——妈的！我怕朋友们等我要等得不耐烦啦。难道我得在这些棵傻瓜样儿望着的树底下过一整夜？不，我想不至于。她知道我在这儿，我先不必绝望。妇女软弱，魔鬼强壮。或许，她……可能她就爱上了我。她算不得头一个女人爱上我。

〔来来回回走动，唱着："甜蜜的爱永远不来……"然后烦躁了，向自己叽里咕噜着。

〔窗户开了一扇。道劳莱丝在窗口出现。

道劳莱丝	哗,哗——哗!
辣法艾耳	啊哈!
道劳莱丝	(轻声)先生,先生!
辣法艾耳	(同样轻声)是你吗,我美丽的太太?到底……
道劳莱丝	(拍着手)啾,天!你闯下多大的祸?你闯下多大的祸?我让人锁在房间了。我相信玛尔嘎芮塔听见我们讲话,告诉我丈夫了。我毁啦。
辣法艾耳	他们把你锁在里头?真怪!他们把我也锁在里头。
道劳莱丝	什么?他们也把你锁在里头?我的上帝!我们叫人看到啦!
辣法艾耳	为了上帝的缘故,别晕过去。我们得会在一起,想个什么法子冲破这种糟糕情形。
道劳莱丝	救你自己罢。越快走开越好。
辣法艾耳	我怎么走得开呀?我不是一只鸟儿。我飞不过一道九尺高的栅栏。你丈夫回来了没有?
道劳莱丝	我不知道。家里静得很。啾,多阴沉,多阴沉呀!
辣法艾耳	还是不久以前,你抱怨你生活单调。现在你倒来了强烈的感觉啦!
道劳莱丝	不嫌臊得慌,先生!不嫌臊!我要是男人,你怎么也不敢笑话我啦。
辣法艾耳	(旁白)她真美!(高声)别就骂我。(下跪)看,我跪下了,求你饶恕。
道劳莱丝	啾,胡闹!起来。我现在有别的事想。
辣法艾耳	我亲爱的,我美丽的太太!我要向你证明,我不该受你蔑视。你要我证明吗?我就说我是一个贼。你嚷嚷,喊人救你。一定有人救你来的;你告诉他们你看见花园有一个生

	人;他们就来捉我——我再想法子甩掉他们就是。
道劳莱丝	可是他们要弄死你的!
辣法艾耳	他们不会的。我也许免不了一场羞辱,不过——我们有什么办法?(热情地)我愿意为你牺牲一切!
道劳莱丝	(思索着)不,不——千万别这么做。
辣法艾耳	(向自己)真要命!我得承认,我心乱啦。我先以为她会喊人救来的。
道劳莱丝	啵,天!这要成个什么结局?拿你藏起来。我捺铃叫玛尔嘎芮塔来。(辣法艾耳藏了起来)没人来。真可怕。他要毁我的。
辣法艾耳	太太!
道劳莱丝	怎么?
辣法艾耳	快决定,因为我像听见有人在开门。
道劳莱丝	我不能够叫你说自己是贼!
辣法艾耳	你不能够?
道劳莱丝	不能够。
辣法艾耳	好,你用不着。反正他们会拿我当贼的。
道劳莱丝	不,我是为你害怕。
辣法艾耳	你不用担心。我就说我出来散步错进了你的花园。
道劳莱丝	他们不会相信这个的。
辣法艾耳	难道要我不讲实话?
道劳莱丝	(情怯怯地向四外一望)啵,天呀!我想,连墙都在听我们讲话。
	〔怕布劳小心翼翼地从一棵树后头朝外望。
辣法艾耳	啵,太太,我要是你呀……
道劳莱丝	(绝望地)我能够怎么着?

021

辣法艾耳　　你能够放我进房子的。

道劳莱丝　　怎么放呀？

辣法艾耳　　就是这样子——拿一条围巾或者一条手巾——随便什么东西——一头儿拴在窗户上，另外一头……

道劳莱丝　　不，说什么我也不干。

辣法艾耳　　啾，你用不着怕我要摔断脖子。这类把戏我玩儿惯啦。（道劳莱丝离开窗户一下子）听我讲：我拿我的名誉发誓，你要是放我进房子，我就坐在墙犄角，跟小学一个大孩子一样安静。

道劳莱丝　　先生，我想你看不起我。

辣法艾耳　　说真的，我承认，我怕派派和他的狗。

　　　　　　〔怕布劳又藏了起来。

道劳莱丝　　你怕？你是一位大骑士啊！

辣法艾耳　　骑士不就假定不怕狗啊。

道劳莱丝　　这阵子沉静怪怕人的。党·巴耳塔沙尔一定回家来啦。他为什么不到我跟前来？做什么要这样秘密？

辣法艾耳　　请，别为这焦心。园门关了，因为天晚啦。你也不是头一回锁在里头，你丈夫一定在什么地方耽搁下来啦。听听我的建议；真的，是一种好建议。我要是在你房子什么地方藏到明天早晨藏不住，遇到紧急，我好跳进花园——

道劳莱丝　　（快）藏起来。有人在开我的门。

　　　　　　〔她离开窗户。

　　　　　　〔辣法艾耳藏了起来。

玛尔嘎芮塔的声音　　晚晌好，晚晌好，太太。请，饶了我罢。我拿您锁在里头，因为我得出去半个钟头。您就别生我的气啦。

道劳莱丝的声音　　党·巴耳塔沙尔回来没有？

玛尔嘎芮塔的声音　还没，不过也就快啦。他上我们街坊，法官那儿去啦，一定要待到半夜才回来，下棋嘛。

〔他们在窗口出现。

玛尔嘎芮塔　太太！你又在窗边坐来的！你总有一天会招凉的。

道劳莱丝　我在望星星。

玛尔嘎芮塔　星星？啾，年轻人可真行！你连夜不睡。我就没那份儿气力。我的头疼，我的背疼，还有我的眼睛——我连睁也睁不开。

道劳莱丝　好，玛尔嘎芮塔，那你就困去罢。

玛尔嘎芮塔　我怎么好离开你，让你一个人待着？

道劳莱丝　没什么，没什么。我自己就快上床啦。去罢！去，可怜的女人。我真心可怜你。

玛尔嘎芮塔　好，再见，我的天使。

道劳莱丝　再见。（她吻抱她，和她一同走开，立刻就又出现了）先生！先生！（辣法艾耳小心翼翼地出来）听我讲：我能够完全信托你吗？你真是一位正人君子吗？

辣法艾耳　太太！我发誓——

道劳莱丝　别发誓。啾，我单只要能够看进你的眼睛也就好了！那呀，我就确确实实知道你是什么样儿一个人了。

辣法艾耳　（向自己）你就，哎？

道劳莱丝　不过告诉我，告诉我，你不会欺负一个女子。

辣法艾耳　从来不会！

道劳莱丝　先生！望望看！看我手里是什么——

辣法艾耳　（望）一把钥匙！

道劳莱丝　一把钥匙，开得开连街的大门。

辣法艾耳　当真？你打哪儿弄到这把贵重的钥匙？

道劳莱丝	我怎么弄到的？我打玛尔嘎芮塔的腰带摘下来的。
辣法艾耳	妙……妙啊！（向自己）啾，娘儿们，娘儿们！这，我承认，我没想到。
道劳莱丝	不过，你还是到不了街上。
辣法艾耳	为什么，太太？
道劳莱丝	因为，你得先进房子。
辣法艾耳	（哀求）太太！
道劳莱丝	听我讲：赏我个脸，打你原来的路出去。
辣法艾耳	请，告诉我，你那些狗喂了多久啦？它们叫得才凶。饿狗和一个醉鬼花儿匠——你就饶了我罢。
道劳莱丝	啾，天！那我怎么办？
辣法艾耳	你是什么意思，那我怎么办？女人全一样。她们喜欢瞎忙活，给自己找来种种没有听说过的不愉快和困难。趁你丈夫还在外头，玛尔嘎芮塔睡了，把我放进房子罢。
道劳莱丝	（迟疑）我怎么放你进来呀？
辣法艾耳	啾，太太！我看得出，你有意折磨我。
道劳莱丝	你不会待在我的屋子，我的房子罢？
辣法艾耳	我马上出去。
道劳莱丝	你不会跟我讲一句话罢？
辣法艾耳	一个字也不讲。我连谢你也不谢。
道劳莱丝	好，就这么着罢。我打定主意啦。
辣法艾耳	（向自己）可好啦！
道劳莱丝	（拿一条围巾绑在窗槛）啾，上帝！事情一急逼得人什么也干！
辣法艾耳	（爬）你……对……一……急……什么……也……

第 三 景

道劳莱丝的房间。道劳莱丝坐在一个犄角；辣法艾耳坐在另一个犄角。

道劳莱丝　　那么，你是不想走定啦？

辣法艾耳　　(叹气)噢，主！

道劳莱丝　　你这人不守信义。

辣法艾耳　　放安静！人家听得见我们讲话。

道劳莱丝　　你想害我还是怎么的？我在对你讲，我丈夫就要回来，立刻……马上……他要弄死我。可怜可怜我。再说，玛尔嘎芮塔就许发见钥匙丢了。给你钥匙。拿着，快出去，马上就出去。

〔拿钥匙扔在他的脚边。

辣法艾耳　　(不愿意，还是起来拾起钥匙)没什么好指望的啦。我服从。不过先让我靠近你一点点。你为了预防起见吹掉蜡烛。很好。我看不见你啦。也许我这是末一回跟你讲话——可是你叫我出去，连看你一眼也不看！你别忘记，到现在为止，我跟你讲话，一直保持一种尊敬的距离。

道劳莱丝　　别再往近里来。我怕你。我不相信你。

辣法艾耳　　啊，你不相信我！我假定，只有等我离开这房子——就是说，等我没有可能在任何地点到你跟前了，你就相信我了。听我讲：我去啦；我向你说再见……

道劳莱丝　可是你越靠我越近啦！

辣法艾耳　看上天的面子，别害怕，别嚷嚷！（看见她准备好了要跑）我要下跪。我跪下啦。（他跪下）你看不出我多胆小，多尊敬你？

道劳莱丝　可是你要怎么着？

辣法艾耳　允许我亲亲你的手，表示永别。

道劳莱丝　（迟疑）可是你不肯走嘛！

辣法艾耳　试试看。

道劳莱丝　（拿手给他；看见他走近她，她颤嗦了）天呀！我听见我丈夫的脚步。他来啦。你现在走不了啦。我毁啦。藏起来；跳出窗户！快！

辣法艾耳　（跑向窗户）我要摔死的。

道劳莱丝　你先答应来的！好，没关系。这儿来，这儿！

〔把他推进卧室，自己气也喘不出，就倒在椅子里头。

〔门开，巴耳塔沙尔进来，手里拿着一枝蜡烛。

巴耳塔沙尔　（向自己）该死的桑格赖！他把我放到什么样儿一个地位！他在这儿——（四面看，怀疑地）——我知道这个，而且——

道劳莱丝　（声音软弱）是你，党·巴耳塔沙尔？

巴耳塔沙尔　（勉强微笑）啊，晚晌好，我亲爱的，你……你身子好？（提高嗓门儿）啾，太太，你……（又放低声音）我今天觉得不很好。

道劳莱丝　（向自己）行为多怪！（高声）真的，你脸看上去有点儿发

巴耳塔沙尔	白,你到哪儿来的,我可爱的巴耳塔沙尔?
巴耳塔沙尔	我脸发白!哼,可我为什么发白?你知道吗?你知道吗?(学她)"可爱的巴耳塔沙尔!""可爱"是打"爱"这个字来的。你爱我吗,太太?
道劳莱丝	老爷,你怎么的啦?你神经有病。
巴耳塔沙尔	你神经不也有病?我听听你的脉看。啊哈!我觉得你的脉跳得很快。奇怪,真奇怪。你为什么一个人待在黑地里,蜡烛也不点?为什么?
道劳莱丝	(畏怯地)我听不懂你的话,老爷。
巴耳塔沙尔	(激起)你听不懂我的话!哈,你听不懂我的话!

〔道劳莱丝哆嗦起来,动也不动,看着他。

巴耳塔沙尔	你为什么打哆嗦?
道劳莱丝	我——我……你让我怕。
巴耳塔沙尔	你为什么怕?说不定是你良心不安。

〔有人轻轻敲门。

|巴耳塔沙尔|是的——原谅我。我要说什么来的?噢,我……今天真还不怎么舒服。请,别拿我搁在心上。我让你怕,我亲爱的小猫咪。好,你知道,我这人滑稽。(走到一旁)你呀,蛇,蛇,桑格赖,桑格赖!(迅速,高声)我来告诉你,我今天夜晚不住在家里——就是,我回来要很晚,不过,不必挂记我。我的朋友,法官,要举行一个小小棋会,到的都是顶可爱的人——(他拭掉脸上的汗)我们决定好了待到早晨。老年人像我,不该在外头过夜,不过拒绝一位朋友,有时候怪难的。(旁白)噢夫!(高声)所以我就对他们讲,我愿意待下来,条件是我先跑过来看你一眼,告诉你知道,免得你担心。好,再见,现在。|

道劳莱丝	再见,党·巴耳塔沙尔。当心别在法官那儿待得太久了。
巴耳塔沙尔	真的?你真周到!(又激起)你就一点儿也不惊奇,我——你丈夫——我,党·巴耳塔沙尔·代斯土芮日,决定在生人家里过夜?你就不在这上头惊奇?我从来可……(自制)——不过,问题不在这上头。不在这上头。(向自己)嗷,主,我就不能够离开这屋子!我的地位真可怕。(高声)好,再见。你喜欢对我讲再见?说实话,你喜欢。你不留我。
道劳莱丝	(声音软弱)你喜欢的话——你就待下来好啦。
巴耳塔沙尔	好,我想,我要待下来的。你要我待下来,所以我想我要待下来。嗷,我看!你脸在发白,因为开心,我假定?我在法官家里有什么好做的?(在椅子坐下)这儿好极了,静极了。对不对,太太?
道劳莱丝	不过……你那些朋友,也许……
巴耳塔沙尔	朋友?我有些什么呀?我没有朋友。我要在这儿待下来。啊,太太,你以为……

〔门开了,桑格赖进来。他的脸色发白。

怕布劳	(鞠躬)原谅我,太太,我请你。我斗胆没有你的允许,来到你的房间,只因为你的好朋友,法官,叫我来找你丈夫去。我亲爱的巴耳塔沙尔,我们的朋友全在等你,都挺急的。你答应他们你就回去。走,我们去罢。
巴耳塔沙尔	(不由自己就站起来)我——我也是待一会会儿……我累啦……我的朋友。
怕布劳	(把他拉到一边,耳语)你成了老太太!(巴耳塔沙尔要还口)咝!她在看我们。我们现在本来就能捉他,不过你同意先试她一试,看看她知道了你有一时不在家还搞些子什

么。(高声)瞎扯！你不累。你不是一个老头子。你我都还不算老头子。别做假，我的亲爱的……(向道劳莱丝)我答应你，太太，一星期过后，你就认不识你丈夫啦。他今天对我讲，说他在郊外住厌啦，要搬到马德里住，在城里就有生气了；你们坐车到外头玩，日子过得快快活活的。(笑)你觉得你丈夫的打算怎么样？我相信你再也想不到你丈夫有这种改变。是呀，是呀，我相信还有一堆想不到的事给你受用。不过，来罢，我的亲爱的。你看——党娜·道劳莱丝累啦。是她上床的时候啦。我们在这儿只有格外刺激她。噢，我相信她一定一睡就着，睡得是又安静，又平静，又清白。倒说，我亲爱的巴耳塔沙尔，今天早晌有只老鸹在房顶叫唤来的。把那蠢鸟儿射死，干不干？老人们说，老鸹是恶运的信使。我虽说不相信那类无聊的话，不过顶好还是拿它射死。太太，我希望您晚安。

巴耳塔沙尔	再见，不过，我拿我的名誉赌咒——
怕布劳	我离开并不情愿。你要说的就是这个，我的朋友，是不是？噢，我的朋友，党·巴耳塔沙尔，是一位真正有媚工的人。晚安，我美丽贞洁的太太。

〔两个人走出。道劳莱丝一直坐着，失掉感觉。巴耳塔沙尔带来的蜡烛留在桌子上。过了些时，辣法艾耳走出卧室。他仔细听着。从下边传来关门的响声。

辣法艾耳	他们走啦，太太！
道劳莱丝	(向自己)桑格赖那人真可怕！我怕。我浑身上下发冷。他的面貌，他阴森森的笑——噢，我觉得我完啦。
辣法艾耳	太太！
道劳莱丝	(起来)是你？你还在？你没有走？

辣法艾耳　　你丈夫走啦。玛尔嘎芮塔睡啦。天！你的样子真美！

道劳莱丝　　（绝望地）可不，你残忍。噢，我为我邪恶的欲望受到什么样的惩罚！

　　　　　　〔倒在沙发上。

辣法艾耳　　（看着她，不言语，过了一会，然后，声音有些改变）你把你的欲望说成邪恶？可怜的女人！听我讲：我知道你二十七岁。你生命顶好的一半没多久就要完了，你初期的幸福的青春就要萎了。可是你损害你的心底最后的畏怯的愿望；你灵魂底最后的呼声，好像要它永远沉默！听我讲：你不是唯一在梦里过掉最好年月的人。你不是唯一的人，幸福的欲望一醒，你的绝望同时实现。不过，一切不算太晚，所以也就不必屈服于虚伪的骄傲。你害怕违背妇道，可是你一点也不害怕年老。你对人生真叫一无所知！原谅我。也许我不知道我在谈些什么，但是生命太短，一个女人的生命比起男人的来，要短多了，窄多了——假如我们把生命看做我们全部能力的自由发展。想想看！……（道劳莱丝是平静的）看上天的面子，试着了解一下我，太太！我眼下对你讲的，相当关联到我们；关联到我们现在的情形。我对你说实话，我心地轻浮，像他们讲的，一个没脚的人；我对人世几几乎就什么也不相信。我不相信罪恶，因为我不相信道德。我怎么会信这些有些阴惨的道理，你不想知道；一个毁了的生命，还有心思去害别人的故事，你也不会感到兴趣。再说，我们没有多少时间谈话。我承认，我先前来这儿，存心不良。我先前对你的见解是——不过，我还是不讲出来的好。不单只对你，我对一般女人都是这种见解。这是一种虚伪的见解，当然喽，可是我有什么办法？我就是这样让人教出来的。你看，我对你相当坦白，所以我希望你相信我对你讲的话，如果我告诉你：我现在对你持有最大的尊敬；你的语言，你的面貌，你的畏怯，你的不是语言解说得来的，悲剧的美丽——全活在你身子里面——说实话，你的全部存在给了我那样一种深刻的印象，唤醒我那样一种纯洁的怜悯，我忽然之间变成了另一个人。放心。我马上就走，我向你保证，再也不麻烦你，虽说我要许久许久忘不掉你。

道劳莱丝　你得走，先生。（仿佛向自己）我怕。我想——我活不过今天夜晚。这些人——玛尔嘎芮塔，桑格赖，我丈夫——我全怕；我全怕。

辣法艾耳　可怜，可怜的女人。真的，我看着你，我就想哭。你的脸色真白；你哆嗦成了什么！你在这世上多么寂寞！不过，你放心。你丈夫没起疑心。我立刻就走，没人——世上没一个人，除去你跟我——知道我们相会。

道劳莱丝　你这样想？

辣法艾耳　（在她近旁坐下）你不再怕我了罢，是不是？你觉得我感动了——深深地，神而圣地感动了，没有心情欺负你啦？（指着桌上的座钟）看，打现在起，不到十分钟，我就不在这间屋子了。

道劳莱丝　我相信你。

辣法艾耳　我们在一种最奇特的情形相会，但是命运没有白拿我们摆在一起。无论如何，就我来说，并不多此一举。我有许多话对你讲，不过——我不知道打哪儿说起，因为我们只有短短几分钟了……

道劳莱丝	告诉我你的名字。
辣法艾耳	辣法艾耳。你的名字是道劳莱丝,是罢?
道劳莱丝	(沉郁地)是的,道劳莱丝。①
辣法艾耳	(声音平静)道劳莱丝!我当着你赌咒,我从来没有爱过任何女人,现在,我不相信我会再爱别的女人了。我舍不得跟你分手,不过,我们既然改变不了我们的命运,我们的友谊必须破裂——好,对我也许顶好如此。我配不上你,我知道。至少,我将来会有一种纯洁的愉快的记忆。直到现在,我试着忘记我所有接触过的女人……
道劳莱丝	(沉郁地)先生……
辣法艾耳	你单单知道你对我的势力也就好了;你单单知道你怎么使我起了一种忽然的改变也就好了。(看着钟)——不过,我说过的话我要守信。再见。是我走的时候了。
道劳莱丝	(拿手给他)再见,辣法艾耳。
辣法艾耳	(吻她的手)我遇见你为什么这样迟?我真舍不得和你分手。
道劳莱丝	你再也不会见到我。我活不过今天夜晚的,我告诉你。
辣法艾耳	(低下头,指着门)你愿意的话——我们两个人就好自由的!
道劳莱丝	不,辣法艾耳。死不比生就坏。
辣法艾耳	(决然)再见。
道劳莱丝	再见。别忘掉我。
	〔辣法艾耳奔向门去。门开了,桑格赖进来。
辣法艾耳	(倒退一步)啵,上帝!

---

① 她这个名字含有"痛苦"的意思,所以她才"沉郁地"说。

怕布劳	（向道劳莱丝）是我！

〔道劳莱丝，喊了一声，倒在沙发上。

辣法艾耳	（赶快拔出剑来）先生！我不是没带家伙。
怕布劳	（沉郁地）我看见啦。不过你看，我没带武器。
辣法艾耳	我拿我的名誉起誓，假如你知道，你一定明白这位夫人是没有过失的。
怕布劳	我知道。你用不着起誓。
辣法艾耳	不过我告诉你……
怕布劳	（嘲弄地微笑）首先，我没有请你告诉，也没有请你解释；其次，先生，你在这儿不相宜。请你跟我出去，好罢？
辣法艾耳	你带我到哪儿去？
怕布劳	啾，不要害怕——
辣法艾耳	（打断他）我谁也不怕，我亲爱的先生。
怕布劳	你既然谁也不怕，那就跟我走好了。
辣法艾耳	可是哪儿去呀？
怕布劳	街上去。不比街上更远，我亲爱的堂·璜。① 到了街上，我同你说声再见，希望下一回相遇比较开心些。
辣法艾耳	我必须向你道歉。我得罪了你……
怕布劳	（沉郁地）啊，你承认你得罪了我！
辣法艾耳	啾，我现在想起来了！你不是这位太太的丈夫。
怕布劳	我是受他之命来的。
辣法艾耳	好罢。我走，不过——（走近道劳莱丝）——
怕布劳	先生！别忘记你自己。

〔辣法艾耳低低朝道劳莱丝一躬，指着怕布劳，一脸

---

① 西班牙传说之中典型追逐妇女的贵人。

苦情的样子。

怕布劳	我明白……不过，你就是可怜她的权利也没有。明天，你不妨替她祷告……
辣法艾耳	你说什么？
怕布劳	噢，没什么，没什么。你看得出来，我就爱开开玩笑。你要不要——（指着门）
辣法艾耳	你先走。
怕布劳	好罢。

〔他走。

〔辣法艾耳最后一回看看道劳莱丝，微笑，然后跟着桑格赖下。道劳莱丝就是一个人了。玛尔嘎芮塔静静地进来，走向她。

道劳莱丝	（醒了过来）他们要杀他的！桑格赖！他们在什么地方？（一转身，看见玛尔嘎芮塔）噢！
玛尔嘎芮塔	（平静地）你怎么啦，太太？我看你就像人直没睡过。你觉得不好过？
道劳莱丝	玛尔嘎芮塔！我知道他们要收拾我的性命。别装不知道！你全知道。你什么也听见了，你说给我丈夫听来的。承认了罢！啊，你笑！你再也装假不了啦。再说，你现在何必装假？告诉我：他们盼咐你来弄死我？给我毒药吃？还是什么？告诉我。
玛尔嘎芮塔	太太！真的，我听不懂你的话。
道劳莱丝	你懂我的话，玛尔嘎芮塔。
玛尔嘎芮塔	（慢慢地）也许，太太，你——你做事不怎么小心，不过——
道劳莱丝	（跪下）告诉我真话。我求你告诉我真话……

玛尔嘎芮塔　（看了她一会儿）当着我，下跪！（俯身向她）好，是的，是的，你对。是我拿你害了的，因为——我恨你！

道劳莱丝　（惊）你恨我？

玛尔嘎芮塔　你惊？你不明白我恨你的缘故？你记得我女儿玛丽不？告诉我：你比她哪点子好？你比她漂亮？你比她阔？可是她就一辈子倒霉，你倒——

道劳莱丝　（沉郁地）是呀，我怎么样，玛尔嘎芮塔？

玛尔嘎芮塔　你们一起长大，当小孩子的时候，就人人喜欢你，没一个人在意我女儿。可是，她也不就比你坏。你嫁了人；你变阔了，她一直嫁不出去。我穷，所以，没人帮忙。噢，主！你为什么去拜访我们，穿着你阔绰的丝绒衣服，脖子戴着你的金项圈？（责备她）你想帮我们忙？你想拿我们比下去！你的阔绰让我的玛丽转了向。她开始恨一切，她的一生，我们的穷屋子，我们的小花园，我自己。她挣扎了许久，最后，跑了。她跟一个男人跑了，他骗她，把她丢了。她不肯回到我跟前来，现在，我唯一的孩子——主知道她在什么地方流浪，跟谁流浪！别对我讲，怪罪你不得！我倒霉，吃苦受罪，就得有人是我吃苦受罪的因由，所以我就看中了你。你，你害了我的女儿！我知道我在作孽，可是，我偏不放手。我心里只有怨，单单为了今天晚晌——你跪下来——单单为了今天晚晌，我就心甘情愿准备好了舍弃天堂……

道劳莱丝　（慢慢起立）谢谢你，玛尔嘎芮塔。我不再怕你了，因为我看你不起。

玛尔嘎芮塔　这些话呀听起来神气，可是没用！你还是怕我。

道劳莱丝　（走向一边）噢，主！可怜可怜我。别就让我毁。

玛尔嘎芮塔	你打我的腰带揪掉钥匙,那副狡猾的样子,我暗地里真是笑死你啦!人家吩咐我拿钥匙留在你的屋子,可是你猜出我的来意,省得我多费周章。原谅我,我现在就憋不住不笑。(道劳莱丝看着她,一副冷冷蔑视的模样)好,好!看我不起;反正,我快活。眼下,你落到我手心,你没法子逃得开我。党·巴耳塔沙尔不会放你出去,整天叫我看着你。我承认,活儿不容易干,可是,赚钱过日子不容易。眼下,到你的屋子去,去不去?
道劳莱丝	我待在这儿。
玛尔嘎芮塔	(坐下)党·巴耳塔沙尔吩咐的……
道劳莱丝	(走出,向自己)这老娘儿们倒让我有点儿静下来了。我先前真还以为他们准备好了弄死我。

〔两个人走出。

〔巴耳塔沙尔和怕布劳进来。

巴耳塔沙尔	我必须说,你待他非常宽大。
怕布劳	当真?
巴耳塔沙尔	可不,你送他,冲他打躬,一直送到街上,还让花儿匠给他照路!我才不轻易这样把他打发掉。我会告诉派派换一个样子护送他……
怕布劳	那你为什么交我办?
巴耳塔沙尔	为什么?……为什么?我先以为你……
怕布劳	我会把他喊到外头,杀了他,拿他的血洗干净你的荣誉?你是不是先这样想?委托别人报仇,可省劲啦。他也能够把我杀了呀。他的剑是一种大尺寸的剑,我要活命全看上天。对不对,我亲爱的,真挚的,心爱的朋友?你不肯跟我到屋子里来,亲自碰碰他,我真还相信就是为了这个。

	像他那样的疯子，说不定会行凶……
巴耳塔沙尔	桑格赖！你知道我这人不勇敢，我也不硬装我是。可是你怎么会放那样一个流氓走掉？他现在一定笑死我们了。
怕布劳	我想不至于。
巴耳塔沙尔	当然他一定笑死我们。噢，我是气也气死啦！他要同人人讲起这事，偏偏我全照你的话做，那样准确！不，你高兴怎么样想……
怕布劳	你要记住，我要你无条件服从。你要记住，你同意我所有的要求，所以，请，走出屋子。……
巴耳塔沙尔	为什么？
怕布劳	我得先同党娜·道劳莱丝谈谈。
巴耳塔沙尔	你？
怕布劳	听我讲，我心爱的巴耳塔沙尔：我很信得过，你明天要感谢我的。你比我年长，不过……我放那心爱的人走，因为我不想惊吵四邻。我不想给自己招惹许多闲话出来。再说，你自己知道，事实上你的荣誉没有受到任何损伤。你我一直没拿眼睛离开那位不中人意的不速之客……你女人为她的心软已经受够了惩罚。我们已经把她吓得够份儿啦。现在你想弄死她！我知道你：你是一个急性子。
巴耳塔沙尔	好，别弄死她，我必须承认，不过，我想拿我全部伤痛在她身上出气。另一方面，我也愿意承认，桑格赖，我很欢喜我们如你所说，我们大大试了她一回。她简直不理他的调戏。
怕布劳	你这样想？不过，在这件事上，你是最好的裁判。就我看来，她根本就不该跟他讲话。

037

巴耳塔沙尔	你对;你这话完全对。我就没一点点骨气。你完全对。
怕布劳	你知道,当然喽,她怕我。我要冷冷地静静地叫她看出自己的过失。在这几天里你对她要很和气,但是要冷淡。然后,一点一点,一切回到原来的样子。她恨我要恨得更加凶了,不过,这是没法子想的事。我给自己定下一条规则——为朋友牺牲一切。
巴耳塔沙尔	我知道;你这人难得。好,由你做;跟她谈谈。不过,告诉她,我生气,我大大生她的气。拿这告诉她——叫她打打冷战也好。告诉她我要下三重锁来关她。告诉她……告诉她……好,你知道告诉她什么。噢,可不,告诉她我们杀了那野小子,你觉得怎么样?别忘记告诉她……好,告诉她,她得打哆嗦。噢,主,噢,主,我想我头一个先死!我今天夜晚老了许多。这野小子活活儿搞掉我十年寿命。可是我跟这位先生没完没了。噢,是呀,没完没了。我要雇一个有经验、沉静可靠的人,拿绳子捆起这野小子的手,然后呀,拿匕首杵穿了他。
怕布劳	现在你说话有见识啦!现在你懂事啦。
巴耳塔沙尔	是呀,拿匕首杵穿了他。那么,你想一个人跟她在一起?好罢。我出去。
怕布劳	再见。
巴耳塔沙尔	(转身)可别待她太宽。
怕布劳	好的。
巴耳塔沙尔	要严厉。
怕布劳	是,先生。
巴耳塔沙尔	要严厉!他对她可甜哪!而她……而她……好,他是一个大傻瓜,那种时候也好拿来闲聊。无论如何,我要处治

她……好,再见,桑格赖。我到我的屋子等着你。现在拿稳了,大大小小,全告诉我。

〔走出。

〔就是怕布劳一个人。蜡烛仍在桌上。

怕布劳　（走来走去,随后忽然抬起头来）我拿定主意啦。

〔走向门,叩门。

〔玛尔嘎芮塔出来。

怕布劳　玛尔嘎芮塔!请党娜·道劳莱丝看我来。

玛尔嘎芮塔　是,先生。

怕布劳　（给她一笔钱）那么,睡觉去,睡得越死越好。你听懂了没有?

玛尔嘎芮塔　（推开他的手）我懂,不过,我用不着钱。

〔她走出,没有几分钟,和道劳莱丝一同回来。

怕布劳　（向玛尔嘎芮塔）现在你好走啦。

〔玛尔嘎芮塔迟疑了一下,这才出去。

怕布劳　（向道劳莱丝）太太!你要不要坐下?（他指指椅子,但是她不坐下。她靠住桌子。桑格赖关上所有的门,走向她）太太!

道劳莱丝　（声音软弱,低下眼睛）我累啦,先生。让我去歇歇。明天,我一定解释这回奇怪——

〔她的声音断了。

怕布劳　真正对不起,我没有权利把谈话延长到明天。你要不要喝一杯水?

道劳莱丝　不要。不过,我提醒你,注意事实,我没有理由回答你的问题,只有党·巴耳塔沙尔……

〔怕布劳等她拿话说完,白等了许久。

怕布劳	太太！在今天发生的种种之后，不是你丈夫特别吩咐，我就不该单独跟你在一起。再说，我们的谈话并不很长，而且跟我们两个人全有关联，你不会抱怨累，或者腻得要死。你是怕我，太太。我知道，可是你怕我，因为你以为我是一个严厉不苟的人，而不是因为我粗野，人不待见。所以，我希望你要对我坦白。不过，你累了，所以，请坐。（道劳莱丝坐下，怕布劳坐在她旁边）我根本就没有一点点心思拿问题折磨你。我全知道，你知道我全知道。让我也就是问你一句问话。当着一个年轻人，你觉得是哪一类感情就忽然拿你占有了的？（道劳莱丝沉默着）太太！好比回答你自己的父亲，回答我。你要明白，党·巴耳塔沙尔跟你谈话，就完全两样儿啦。那么，回答我，就算欣赏我帮你取消了一个很不愉快的解释。你要是知道我对你感觉多么宽容，甚至于多么和气——
道劳莱丝	（打断他）先生，你对我感觉？
怕布劳	是呀，道劳莱丝，对你。（稍缓）我在等待你的回答。
道劳莱丝	我不知道怎么对你讲。说实话，我就不知道那种感情有什么名字。那是一时的遗忘，疏忽，胡闹——不可饶恕的胡闹。
怕布劳	我相信你，太太。你明天就会全忘掉，对不对？你连他也忘掉？连你这句话——"不可饶恕的胡闹"？
道劳莱丝	（迟疑地）是的，当然……或者，也许不。至少，不就那么快。
怕布劳	这我明白，太太。你的生活，正如许多已婚妇女的生活，是那样单调，这种印象不可能一下子就去掉的。不过，拿你心上的话告诉我：今天这档子事你要不要一直摆在心

里头?(道劳莱丝沉默着)我尊重你的沉默。我明白你,太太。听我讲,太太!你丈夫是一个品德最高的人,但是他不年轻,而你——你还很年轻,所以,你有时候沉沉梦想,虽说往往不为礼法所许,但是避免不了——没有什么好奇怪的。直到现在为止,你的梦想没有成为什么一定的形象,可是现在……可是现在,夜晚睡不着,你坐在半开的窗边,望着星星和月亮,望着花园——望着那黑魆魆的花园,他在这儿等过你,你就知道想着谁了。对不对,太太?

道劳莱丝　　(窘)先生!
怕布劳　　我不是在告发你。说实话,我想,今天这档事,就一个观点来看,党·巴耳塔沙尔应当高兴才是。从今天起,他可以放心了,你一定用心回避和辣法艾耳先生见面。于是,这样一回忆,同样性质的一种新印象就不可能再有了。饶恕我的直率,太太。也许我弄错了。也许这种思想你根本就没起过,倒是我这样一说,引起你的注意,或者帮你唤醒了。告诉我,我弄错了没有?

道劳莱丝　　(决然)你没错。
怕布劳　　你的眼睛忽然就亮了起来!噢,是的,你恨我。我可以打你的眼睛里头看出你恨我。是的,你要长久,长久想着这事。(忽然提高声音)那么,你知道,道劳莱丝……你现在宣布了自己的死刑!

道劳莱丝　　你说什么?
怕布劳　　我的话让你吃惊?我不要瞒着你什么事。我决定把长久藏在心里的话全告诉你,你要听我讲。我以我的荣誉赌咒,你要听我讲。(她想起立,但是他不许)道劳莱丝!两年以前,我头一回看见你,从那一夜起,我梦也梦着这个,就跟一个小孩子做梦一样。我梦想着和你一个人在你的房间的幸福,因为我头一眼就爱上了你;因为我爱你,道劳莱丝!(静)现在,只有我们自己,在你的房间,而我——我一点点也不快活。我同时感到凄凉和欢悦;我感到一种特殊燃烧的,磨难人的欢悦。噢,主,我就表达不出我感觉的东西;有两年了,我保持着一种不满足的,不可了解的静默;我一直保持了两年。这可能吗,你就没有猜出我在热恋着你?这可能吗?我掩藏我的痛苦,成功了,一回也没有出卖过我自己?我记得,甚至于偶然我靠近你坐,我也不敢看你,但是我感觉我的脸在表示我对你爱慕。这可能吗,我的静默就不比你的辣法艾耳的水样软弱的词句更其流畅?(模仿辣法艾耳)"一种神圣的,纯洁的回忆!"女人们喜欢这些轻狂字眼儿。(看着道劳莱丝,有些醒悟过来)道劳莱丝!我看你害怕。一个我这样儿的老年人哭哭啼啼,胡言乱语,应当害羞才是,不过,听我讲:你要不要我对你讲讲我的生平?听着:我在年轻的时候,想到进寺院……(站住笑着)我看我简直疯啦。

〔开始在房间踱着。

〔道劳莱丝小心翼翼地站起,跑到门前。她试着开门叫喊。

怕布劳　　(走到她跟前,把她揪回到椅子)不成,你跑不了。

道劳莱丝　　放我走!

怕布劳　　你的恐惧深深惹我反感。噢,是的……你不但不爱我,而且恨我!你怕我!

道劳莱丝　　你疯啦!放我走。

怕布劳	你出不去。
道劳莱丝	（绝望地）是呀，我出不去。你开心好啦，你是猫，爪子里头逮住一只老鼠啦。
怕布劳	很好，夫人！我愿意使用你的比喻。就像你说的，你现在进了我的爪子。可是谁告诉你出来的？小老鼠应当待在自己的窟窿里头，别出来张望广大的世界。
道劳莱丝	可是我要叫！我要喊人来救——
怕布劳	（完全控制自己）住口！那是一种小孩子恐吓。还是你当真相信我的话啦？我承认，我没想到自己是一位了不起的谈话艺术家。

〔道劳莱丝锐利地看着他。

怕布劳	（沉郁地）不成，我骗不了你。你知道，你现在知道，我爱你。
道劳莱丝	可是，你的爱情关我什么事？没人要你爱，你硬丢给我，也好作为你的权利？羞罢，先生！两年了，你和你称为朋友的男子差不多住在一个房顶底下，然而在这期间，你心里头存着那样不体面，出卖朋友的思想！在这时间，你的静默是那样流畅！
怕布劳	难道你指望我——不是一个年轻人，然而有野心，头脑坚定，一个大人，他的希望，信心和信仰，全都肥皂泡泡一样破掉，——你指望我会唧唧喳喳，叹着气，像那个傻小孩子……
道劳莱丝	他比你漂亮多了，先生，因为，至少他更靠近一步他的目的。我承认我喜欢他。但是你，先生，狡猾，骄横，静默，畏怯。这种男人——女人并不喜欢！
怕布劳	你只要知道，道劳莱丝，你踩在脚底下的这颗心有多

	好……
道劳莱丝	当真？不过，人人以为自己的心是一个宝物——一个没人动过的宝物——所以，我也就不想打你那儿拿走了。
怕布劳	噢，太太，你讲起话来多美！
道劳莱丝	先生，我比不了你。"两年流畅的……静默"……"流畅！"——我喜欢这个字眼儿。
怕布劳	别玩儿匕首。小心割了自己。
道劳莱丝	我不怕你。
怕布劳	噢，是的，你不怕我，因为你发现我爱你了！不过当心！我的爱是最特殊的一种。再说，我现在信服了，你不爱我。
道劳莱丝	你现在信服了！难道你先前并不信服？
怕布劳	笑，笑我好了！你只要知道我带着什么样儿感情在看你，为了你哪怕跪下来，我也多么喜欢；我带着什么样儿喜悦拿我的头放在你的脚前面，等着你施舍一般随便看我一眼！我要是想到一切都是白费……
道劳莱丝	（恶毒地笑着）谁知道？
怕布劳	（思索地看着她）我喜欢这亮黄黄头发女孩子的是什么？真怪！无论遇到谁——好比说，巴耳塔沙尔——我都有一种几乎不是语言解说得来的影响，但是遇到她——
道劳莱丝	我对你感到疲倦。
怕布劳	（拿起她的手）看着我的脸。相信我，你没有开玩笑的时辰。看见我流眼泪，你以为你就不受罚啦？两年啦，你折磨我，不关心，无所谓，现在，你笑我！你真以为我不会报仇啦！
道劳莱丝	（声音未免颤栗）你吓唬不了我。我在自己家里。我像一个

	小孩子，先还相信你对我开的无聊玩笑。是的，是的。现在就别假装吃惊啦。我知道你早就串通好了玛尔嘎芮塔和我丈夫，也许串通好了那个年轻人；不过现在，作为这家的女主人，我告诉你这位客人，我对你感到疲倦；你的谈话一点也引不起我的兴趣，你那些吓人的话吓不倒我，我还是请你走。明天，不，就是现在，你对我讲过的话我一五一十全要讲给党·巴耳塔沙尔听。他不会忍受这种羞辱的。
怕布劳	没有，太太！我根本没有串通辣法艾耳；不过，我承认，我告诉玛尔嘎芮塔把钥匙留在你房间来的，我告诉党·巴耳塔沙尔告诉你，他要到法官家里去过夜来的。我劝他给你机会，一个人跟你所爱的不速之客待在一起。我为什么那样做，你问？你不妨问一个人，制不住他的马朝山下跑，为什么由它们奔驰？又长又慢——整整用了两年来准备我们的毁灭。现在，就要朝我们身上落。我制不住自己，我准备好了毁。
道劳莱丝	我再说一遍：我一点也不关心你的感情，或者你的毁灭。
怕布劳	那么……我一点也不关心你的恐惧，你的恼怒。（道劳莱丝变成思索的样子）你在想什么？
道劳莱丝	你想知道我在想什么？我在想，如果我丈夫骄傲勇敢的话，是一位真正保护太太的人，我一定流着眼泪求他保护我，惩罚你。我一定欢欢喜喜地欢迎他，就像欢迎一位战胜者。
怕布劳	求党·巴耳塔沙尔喊我出去决斗。
道劳莱丝	先生！是你停止开玩笑的时候了。

怕布劳	时候?你说时候……
道劳莱丝	既然这样子,再见。
怕布劳	你还是不了解我。
道劳莱丝	(傲然)我亲爱的先生,我不需要了解你。
怕布劳	(鞠躬)太太!什么样儿思想……
道劳莱丝	(蔑视地)难道你想杀我?

〔桑格赖沉默着。在这静默之中,有人叩门,传来巴耳塔沙尔的声音:"怕布劳!怕布劳!你快完了罢?"

怕布劳　快了,我的亲爱的,快了。你太太还有点儿紧张。

〔道劳莱丝试着喊叫。他立刻抽出匕首,静静地恐吓着她。

怕布劳　过一刻钟来,我的亲爱的。

巴耳塔沙尔的声音　很好。

怕布劳　(朝道劳莱丝走近些)道劳莱丝!你明白,从今天夜晚开始,我同你同你丈夫的关系就要完全改变了。我觉得我丢不掉你,也忘不掉你;你不能够爱我,所以,避免不掉的事必须发生。我承认,我被一种抗拒不了的冲动制服了。我不抗拒,我也不想抗拒。我相信命。只有小孩子们不相信命。命遭那个年轻人来。他讲,他夸口,说他不信罪恶,也不信道德;他是一个小丑,要不就是一个小孩子。他信运气,可我——

〔他变成思索的样子。

道劳莱丝　(声音颤栗)先生!党·怕布劳先生!难道你真不是开玩笑啊?噢,一定的,你是在开玩笑!你想杀我?哈,你自己也笑起来啦。我们女人总在想着不可能的事。我们总怕着什么东西——我们不知道是什么东西。你承认……你的

	话非常怪，而且……藏起你的匕首，为上天的缘故！听我讲，先生：我不爱你——这就是说，你说我不爱你，不过你自己一直总是那样阴沉，那样静默——我哪儿会想到——
怕布劳	太太！
道劳莱丝	桑格赖！放我出去。真的，今天出了这些岔子，我累啦，我对你赌咒，我一个字也不会跟党·巴耳塔沙尔提起的。你还跟往常一样来看我们；你还跟往常一样做我们的朋友，我——
怕布劳	道劳莱丝，你这些话都白说了。
道劳莱丝	听我讲：你想吓唬我；你已经达到目的。看看我。我哆哆嗦嗦就像一片叶子。别再折磨我啦。
怕布劳	我折磨你不会很长久的。
道劳莱丝	别神气这样严重，怕布劳。笑！我想听……我想看你笑。
怕布劳	女人的诡计抵不了事，现在，道劳莱丝。
道劳莱丝	桑格赖！你细想想。你到底怎么啦？可怜可怜我，我怎么对不起你啦，桑格赖？难道我瞎话三七，真还把你逼疯了，疯到这种程度吗？我的上帝！难道我真要在今天死，穿着这件衣服，在这间屋子？我这样年轻，怕布劳。可怜我罢。别毁坏我的青春。
怕布劳	和你的初期青春，我的后期青春一同毁掉。你活下去，我一天安静不了。
	〔走近她。
道劳莱丝	（恐怖）可是你为什么要杀我？
怕布劳	血有一种清洁的力量。祷告罢！
道劳莱丝	（跪下）桑格赖！为了上天的缘故……

怕布劳	道劳莱丝,你的命已经被判决啦。你是在冲那块要落到你头上的石头求情。
道劳莱丝	(绝望地)你怎么就知道我将来不会爱你?
怕布劳	(玩世不恭地微笑着)我怎么知道?道劳莱丝!香一下子……
道劳莱丝	(跳起)走开!噢,我多恨你!你听见我说的话了没有?我恨你!我一点也不为我的话害羞,因为我希望骗你来的。让我难过的,是我没成功。我要保护自己:我要喊救。
怕布劳	道劳莱丝!
道劳莱丝	我不要死。救命!救命!
怕布劳	别喊叫!
道劳莱丝	救救我,救救我,巴耳塔沙尔!
巴耳塔沙尔的声音	闹什么?
道劳莱丝	他要杀我,巴耳塔沙尔!

〔巴耳塔沙尔推着门,门唧嘎在响。

怕布劳	(奔向她)全完啦。
道劳莱丝	(绝望地)是的,全完啦。你这算不得人的老头子!我是爱辣法艾耳!
怕布劳	放安静!

〔他刺她。

道劳莱丝	噢!

〔倒地,死。

〔巴耳塔沙尔破门而入,在门边站住,吓坏了。

巴耳塔沙尔	噢,主!这是什么意思?
怕布劳	意思是我爱你太太……

尾　声

十年后。

一位重要官员的办公室。书记坐在桌边。怕布劳·桑格赖和陶赖纽伯爵进来。

怕布劳伯爵①　（向书记，匆忙地）我的公文齐全了没有？是我……的时候啦。

书　记　（恭敬地）在这儿，大人。

〔二人走出。

幕

（一八四三年）

---

① 这个地方大概有错误。

· 落 魄 ·

一位公子在彼得堡的生活面

人物

提冒菲·彼特洛维奇·沙日考夫 一位公子。

马提外 他的仆人,一个老头子。

瓦西里·瓦西列维奇·布里诺夫 草原上一位地主,沙日考夫的邻居。

一个俄国商人。

一个德国人 鞋匠。

一个法国人 画家。

一个女孩子。

一个车夫。

一个陌生人。

一个养狗的人。

一个石印店的助理员。

一间家具相当考究的屋子。沙日考夫躺在屏风后面的床上。马提外进来。

马提外　　（在床边）提冒菲·彼特洛维奇，请起！提冒菲·彼特洛维奇！（静）提冒菲·彼特洛维奇！提冒菲·彼特洛维奇！

沙日考夫　　唔——

马提外　　少爷，请起；是时候儿啦！

沙日考夫　　什么时候儿？

马提外　　十点一刻。

沙日考夫　　（极不高兴）你为什么不早喊醒我？我昨天没告诉你？

马提外　　我喊你来的。你不肯起来。

沙日考夫　　那，你就该抽掉被窝。（从屏风后面出来，披着一件浴衣）啊，啊！（走到窗前）外头一定冷。这儿就冷。马提外，把火点着了。

马提外　　没柴火。

沙日考夫　　怎么搞的？全用完啦？

马提外　　没了一个星期啦。

沙日考夫　　胡说！你拿什么烧火？

马提外　　我没烧火。

沙日考夫　　（沉默了一下）所以我才几乎冻死……你得找柴火来。不过，缓缓再说。茶烧好了吗？

马提外　　好啦。

沙日考夫　　很好；拿茶来。

马提外　　好罢。不过，没糖。

沙日考夫　　糖也光啦？一点点也没？

马提外　　一滴滴也没。

沙日考夫　（生气）没茶我甭想活得下去。去，弄点儿糖来！去！

马提外　　我到哪儿弄去，提冒菲·彼特洛维奇？

沙日考夫　铺子里头。记账。说我明天就付。

马提外　　他再也不肯赊着啦，提冒菲·彼特洛维奇。他现在直骂人。

沙日考夫　我们欠他多少？

马提外　　七卢布六十考排克。①

沙日考夫　小意思！再去试一回；他也许会给你的。

马提外　　他不肯的，提冒菲·彼特洛维奇。

沙日考夫　对他讲，两天里头，你少爷就会收到家里钱的，收到就付。去！

马提外　　去也没用，提冒菲·彼特洛维奇，没现钱他不肯给的。我知道——

沙日考夫　他不肯欠账，因为你是一个傻瓜！你当做一个面子事冲他要："请，信任我们。"你一点儿也没——本国话是什么来的？……好，反正一样，怎么你也是不懂。（门铃响。沙日考夫跑到屏风后头。低声）别放人进来；谁也别放进来！听见没有？说我今天一早儿就出了城。

〔拿手指堵住他的耳朵。

〔马提外走出。

鞋匠的声音　少爷在家？

马提外的声音　没。

---

① "考排克"是一"卢布"的百分之一，等于一分钱。

鞋匠的声音　Gotts Donnerwetter！①没？

马提外的声音　没，不在，我告诉你。

鞋匠的声音　就回来？

马提外的声音　我不知道！不，不见得就回来。

鞋匠的声音　怎么搞的？不对。我等着钱用。

马提外的声音　他出门啦。我告诉你，他出门啦。他有事出门啦。

鞋匠的声音　哼！我等。

马提外的声音　你不好在这儿等。

鞋匠的声音　我要等。

马提外的声音　不成，不可以在这儿等，不可以。走。我自己就要走，也就快了。

鞋匠的声音　我要等。

马提外的声音　我告诉你，不可以等。

鞋匠的声音　我等着钱用；钱我等着用。我偏不走。

马提外的声音　走，走，我告诉你。

鞋匠的声音　不要脸，不要脸！正经人，好干这个！不要脸……

马提外的声音　见鬼去！我不能够陪你讲一小时的话。

鞋匠的声音　什么时候有钱？什么时候有钱？

马提外的声音　后儿个来。

鞋匠的声音　什么时候儿？

马提外的声音　就是这时候儿。

鞋匠的声音　好，再见。

马提外的声音　再见。

〔门关了的响声。马提外进来。

---

① 德文，意思是"上帝，他妈的！"

沙日考夫　　（从屏风后面畏畏缩缩地朝外看）他走啦？

马提外　　　走啦，少爷。

沙日考夫　　很好，很好。这个德国人真该死！他要的只是钱，钱……我不喜欢德国人。现在弄糖去。

马提外　　　可是提冒菲·彼特洛维奇——

沙日考夫　　我什么也不要听！你要我喝茶没糖啊？偷也要偷点儿来……去，去，去！

　　　　　　〔马提外走出。

沙日考夫　　（一个人）这老家伙简直不中用！我写信要一个年轻点儿的。（静了静）我得搞点儿钱来……我冲谁借？成了问题。（门铃响）见鬼！又来了讨账的！偏赶着马提外弄糖去啦。（门铃又响）我不好给这鬼东西开门的……（门铃响）一定是讨账的——真可恶！（门铃）真混账！……（打算开门）不，我去不得；不相宜。（门铃直响）坏了，我不在乎……（发抖）我想门铃儿让他给毁啦……他怎么敢？……万一不是讨账的？万一是送汇款单子的信差呢？不会的，信差不会这样拉铃的……他会晚点儿来的。

　　　　　　〔马提外进来。

沙日考夫　　你丢魂丢到哪儿去啦？你不在的时候有人把门铃儿给毁啦。岂有此理！好，糖拿来了吗？

马提外　　　（从衣袋取出一个小灰纸包）这儿是。

沙日考夫　　（打开）就这点儿？只有四块，还都是灰土……

马提外　　　少爷，这我就费了老大劲。

沙日考夫　　得，够瞧的。拿茶来。（开始哼着一个意大利调子）马提外！

马提外　　　是，少爷？

沙日考夫　　马提外,我要给你定做一身制服。

马提外　　好罢,少爷。

沙日考夫　　你觉得怎么样?我要给你定做一件最最新式的制服,一件紫灰的,蓝肩章……(门铃响)地狱!

〔跑到屏风后面。

〔马提外走出。

商人的声音　你大爷还在睡觉?

马提外的声音　没,他出门啦。

商人的声音　出门啦?

马提外的声音　出门啦。

商人的声音　这样子;起得挺早。钱怎么着?家里哪儿搁着钱吗?

马提外的声音　我承认,现在没有,不过,也就快啦。

商人的声音　那是,什么时候?快的话,我好等的。

马提外的声音　不必,你还是过两三天来罢。

商人的声音　这样子;现在家里一个也没搁着?

马提外的声音　现在没。

商人的声音　他欠的并不多;不过我说,为了收这点儿钱,我跑坏了我的靴子。

马提外的声音　等两天罢。

商人的声音　那是,星期三?我还是星期五六来罢。

马提外的声音　好,成;就星期六好啦。

商人的声音　家里没搁着钱?

马提外的声音　没,眼下没。

商人的声音　这样子;那么,我什么时候儿来?

马提外的声音　我告诉你来的——星期六。

商人的声音　星期六?好,成,我星期六来。那么,你现在任什么也没?

马提外的声音　嗽，基督！任什么也没。

商人的声音　连二十五卢布也没？

马提外的声音　没，没；一个铜板也没。

商人的声音　连二十也没？

马提外的声音　我到哪儿找去？

商人的声音　那么，你一个钱也没？

马提外的声音　我没，我没，我没！

商人的声音　那么，我什么时候儿来？

马提外的声音　星期六，星期六！

商人的声音　提早不成？

马提外的声音　你高兴你就早来；全一样。

商人的声音　我星期五来。

马提外的声音　成，星期五来。

商人的声音　我拿得到钱？

马提外的声音　拿得到。

商人的声音　现在你一点也没？

马提外的声音　没，没。

商人的声音　这样子！星期五？

马提外的声音　是的。

商人的声音　就这时候儿？

马提外的声音　是的，是的。

商人的声音　还是索性就星期六？

马提外的声音　你看好了。

商人的声音　那么，我星期五或者星期六来，看我方便。你明白，看我方便。

马提外的声音　就你合适来好啦。

商人的声音　也许星期五……现在,真就一点钱也拿不到?

马提外的声音　噉,主!噉,主!噉,主!

商人的声音　那就星期六。对不住。

马提外的声音　再见。

商人的声音　再见。我星期五六这个时候来。对不住。

〔听见关门的响声。马提外进来,脸色苍白,出了一身汗。

沙日考夫　(从屏风后面出来)跟这傻瓜讲了一点钟话,你臊不臊!那是谁?

马提外　(粗暴地)木去商。①

沙日考夫　我欠他钱?

马提外　五十二卢布。

沙日考夫　真的!凭什么?桌子都裂成碎片啦。看。样子什么也不像。将来,我买嘎布萨的木器。我恨俄国造的木器。俄国人懂得留长胡子,可是不懂造木器。便宜,然而粗糙。(门铃响)活见鬼!又来啦!他们就不让我做做事。我连茶也不能够静静儿喝……真可怕。

〔躲到屏风后面。

〔马提外走向过道。

女孩子的声音　你少爷在家吗?

〔沙日考夫赶快从屏风后面往外望。

马提外的声音　没,他早晌出门啦。

沙日考夫　(高声)那儿是谁?

女孩子的声音　你为什么说他不在家?

----

① 木器商被他一急说成了"木去商。"

马提外的声音　好，进来罢……既然他自己……

〔一个十六岁左右的女孩子进来。手里拿着一捆东西，戴着帽子，穿着上衣。

沙日考夫　（愉快地微笑着）你希望什么?

马提外　她是洗衣服女人打发来的。

沙日考夫　（有点儿窘）啾！那你有什么事?

女孩子　（给他一张账单）我要钱。

沙日考夫　（无所谓）啊！（看看账单）很好。十一卢布五十考排克。很好。明天来，请。

女孩子　阿芮娜·玛提维耶娜叫我今天来取。

沙日考夫　我满想今天给你——（微笑）欢喜给你；不过，我没零钱——就是，相信我，真没零钱。

女孩子　我到铺子给你兑换。

沙日考夫　不必，你还是再来趟罢。（玩着浴衣的穗子）明天，或者，你高兴的话，今天下午，饭后。

女孩子　不成，请，现在就给。我要是不带回钱去，阿芮娜·玛提维耶娜要骂我的。

沙日考夫　这女人就这么心狠！骂你呀，不公道透顶。我宣布——我不明白——你叫什么名子，我的亲爱的?

女孩子　玛提芮奥娜。

沙日考夫　我亲爱的玛提芮奥娜，我非常喜欢你。

女孩子　不，不；请，给我钱——账单上的数目。

沙日考夫　相信我，我要给——一文不少。我在困难之中……（门铃响）鬼抓了他们去！再见，我的亲爱的，明天罢。明天来，我一次付清。再见，我的小天使。

女孩子　不，不，不要……

〔沙日考夫藏到屏风后面。

马提外　　走，走，我的亲爱的；走——
女孩子　　可是阿芮娜·玛提维耶娜要骂死我的。
马提外　　好啦，走，走！

〔轻轻推她出去。

沙日考夫　（冲马提外嚷嚷）带她走后门！听见没有？不然的话，她会撞着人的。（向自己）真恶心！真可恨！不过，她长得挺俊。我得……

〔门铃响。又藏起来。

陌生人的声音　（既沙且粗）在吗？
马提外的声音　不在，先生。
陌生人的声音　你说谎！
马提外的声音　上帝在上——
陌生人的声音　你少爷是怎么回子事？他寻我开心呀？他以为我是谁——他的信差？我给他钱，他要我见天儿在后头追。给我一张纸，一管笔——我写给他一个条子。
马提外的声音　成。
陌生人的声音　脱掉我的上衣，狗东西！

〔陌生人进来。中等高度，矮粗，两腮黑髭。马提外给他纸笔。他坐在桌边，嘟囔着，写着。屏风后面是死一般静。

陌生人　　（站起）拿这给你少爷。听见没有？
马提外　　是，先生。
陌生人　　告诉他，你少爷，我不喜欢玩笑。我要关他牢监；告诉他这个。给他厉害尝尝！

〔走出，在过道蹬上他的胶皮靴，声音挺大。门关了，过了一两分钟，沙日考夫出来。

沙日考夫　（恼怒）混账！他想吓唬我。嗷，不成；吓不了我！他不晓得我！（读纸条子）混账！混账！简直混账透顶！（撕碎纸条子）粗野不文的浑人！这，而且，我不如他！我居然跟这种人打交道。瞧，想吓唬我！（激动地，走来走去）我得采取步骤……（门铃）天！

〔躲到屏风后面。

马提外的声音　你有什么事？

车夫的声音　昨儿，我吆你少爷——

马提外的声音　他在哪儿乘你车的？

车夫的声音　包及阿切司考伊；乘到撒司基。①

马提外的声音　那你怎么着？

车夫的声音　他叫我今儿来取车钱。

马提外的声音　多少？

车夫的声音　三十考排克。

马提外的声音　明天来。

车夫的声音　（稍缓）是，先生。

沙日考夫　（从屏风后面出来）是的，我看得出来，清清楚楚，我需要更多的钱。真的，我得弄点儿钱来，绝对必需。马提外！（马提外进来）你知道申切耳将军住在哪儿？

马提外　知道。

沙日考夫　拿张信纸来。去，我会叫你的。（坐在桌边，写信）笔真坏！我得到英国铺子买点儿来。（高声读）"大人——冒昧上书，——实以有所奉闻……"（改正）"有所奉恳：能否

---

① 撒司基是海滩仕女游息之所。

借在下现金三百卢布，作数日之用？惭颜奉扰，尚希鉴宥，倘蒙见允，铭感无已，当于近期奉赵不误，谨此并候"……我看，这样就成。语气有点不拘，不过，没关系。这正好表示一点独立，自由，轻适。这没什么。我在社会生活上并非没有地位的人。我是一个贵人！会生效的……马提外！（马提外进来）这儿，拿这到那边去。不过，别在那边逗留。你得马上回来；他就住在附近。

马提外　　（走出）凭什么逗留？

沙日考夫　好，一定有结果的。我想他要借给我的。他是一个好人，他喜欢我。我还没喝我的茶！一定冷了。（静）冷啦！好，没办法。（稍缓）我得做点儿事……不成，做不了；我等马提外。他不会空手回来的。万一他去，偏巧人家不在家呢？……是什么时候儿？（走到钟前）十一点半。（变成思维的样子）我试着写点儿东西？……写什么？（躺在沙发上）真可怕！（发抖）马提外！……不，还没。（吟）

"青春白给了我们，
想着就忧愁……"

是呀，正对：忧愁。普希金是一位大诗人……马提外怎的啦？（想）说实话，我不该不服兵役。第一，要好多了；第二，我对战术有——我心里觉得我有——才干——我当然有……好，现在没法儿想啦。

〔马提外进来。

沙日考夫　（头藏到枕头里面，拿手盖住脸，嚷嚷）我知道，我知道……他不在家？好，他不在家？……好，快讲！

马提外　　不，他在家。

沙日考夫　（仰起头）噢，他在家？……有回信吗？

马提外	是的,少爷,有。
沙日考夫	(扭开脸,伸出手)给,给我……(摸信)空的。(细看)好!(信从眼边挪开)这是我的信!
马提外	他在你的信背后写着字。
沙日考夫	好,我明白,我明白!他拒绝……真不是东西!他的回信我看也不要看。(扔掉信)我知道上头写些什么……(捡起信)不过,还是念一遍好;也许他根本就没拒绝。也许他答应——(向马提外)他亲自拿信给你的?
马提外	不是的,少爷;他叫人拿出来的。
沙日考夫	咦……好,我就看看信;丢不了我什么。(读信,玩世不恭地微笑着)真有他的,真有他的……"余所亲爱之提冒菲·彼特洛维奇,足下所请,无以应命。但余仍望能为……"但他仍望能为!这就是所谓盛意!这就是你来往的朋友!(扔掉信)鬼抓了他去!
马提外	(叹一口气)今天不是一个黄道吉日!
沙日考夫	好啦,要你插嘴!走开。我得工作,你明白我的话吗?(马提外走出,沙日考夫在屋子里面走来走去)糟,糟……(坐在桌边)我得工作啦。

〔挺直了,拿起一本法国小说,随便翻开,开始看着。

〔马提外进来。

马提外	(几乎听不见)提冒菲·彼特洛维奇……
沙日考夫	好,你有什么事?
马提外	(几乎听不见)西道尔来啦。
沙日考夫	(几乎听不见)他来干什么?
马提外	(几乎听不见)他说他需要钱。他的东家要回乡下,带他上

路。所以他来要他的钱。

沙日考夫　（几乎听不见）我欠他多少？

马提外　（几乎听不见）连本带利，大概五十卢布。

沙日考夫　（几乎听不见）你告诉他我在家的？

马提外　（几乎听不见）没。

沙日考夫　（几乎听不见）好；不过，我怎么没听见门铃响？

马提外　（几乎听不见）他打后门来的。

沙日考夫　（发怒地耳语着）你凭什么让他们走后门？他们怎么知道后门的？他们就许有一天抢了我的。这种乱法儿，我不喜欢。要进来，就走前门。

马提外　（耳语着）是，少爷。我现在打发他走。只是，他问他什么时候儿好来拿钱。

沙日考夫　（低调）那——那——好罢，一个星期左右——

马提外　（低调）是，少爷；只是，提冒菲·彼特洛维奇，想法子拿钱给他。

沙日考夫　做什么？你跟他是亲戚？

马提外　是。

沙日考夫　所以你才拼命帮他！好，去，去……成。我给他就是啦。去！

〔马提外走出。

沙日考夫　人人就关心自己……我认识他们……全是一个模子……（又想看法国小说；但是忽然昂起头来）我没想到他这样子……什么？还有什么指望？他还是我父亲的朋友，军队里的同事！（站起，赶到镜子前面，唱着）

"停住，挣扎着的热情，

　安息，没希望的心……"

好，我得工作啦。(坐在桌边)是的，我需要工作；我需要工作。

〔马提外进来。

沙日考夫 是你，马提外？

马提外 是，少爷。

沙日考夫 什么事？

马提外 来了一个养狗的；他要见你。他说是你叫他来的。

沙日考夫 噢，是的，是的；正是。我叫他来的。他有没有带一条狗来？

马提外 他带了一条。

沙日考夫 叫他进来。是不是长毛？进来，我亲爱的朋友。

〔进来一个养狗的。他穿着一件粗上身，一条手帕兜着他的脸。他牵着一条又老又丑的狗。

沙日考夫 (拿起眼镜打量狗)它叫什么名字？

养狗的 闵道尔。

〔狗怯怯地看着它的主人，痉挛地摇动它的尾巴。

沙日考夫 它是一条好狗？

养狗的 一条顶好的狗。伊西，闵道尔！①

沙日考夫 它会拿东西吗？

养狗的 当然，会。(从胳膊底下拿出他的便帽，朝地板一扔)皮耳·阿包尔提！②

〔狗把便帽送给他。

沙日考夫 好；它在地里怎么样？

---

① "伊西"是法文，"这儿来"。闵道尔是狗的名字。
② 叫狗去拿帽子。"阿包尔提"是法文"拿"的意思。

养狗的	等一等……库石！提包！啾，你！①
沙日考夫	岁数大吗？
养狗的	今年是第三个年头儿。库德，库德，你？②
	〔揪一下牵狗的绳子。
沙日考夫	好，你要多少钱？
养狗的	五十卢布！不能够再少。
沙日考夫	瞎扯！太多。就算三十。
养狗的	不，我不能够。我向你要得很少。
沙日考夫	啾，那你干脆要十个卢布好了！
	〔马提外的脸显出焦忧急虑。
养狗的	我不能够，先生；真的，我不能够。
沙日考夫	那么，就去他的。是什么种？
养狗的	好种。
沙日考夫	好种？
养狗的	我们不收坏种。我们从来不养坏狗。
沙日考夫	（玩世不恭地）你们从来不收坏狗？
养狗的	我们为什么要收坏狗？
沙日考夫	（向马提外）你觉得怎么样，它是一条好狗？
马提外	（沮丧地）好狗。
沙日考夫	好，三十五卢布，你卖不卖？
养狗的	顶少也得四十卢布。你要买，就出四十。
沙日考夫	不，不；不再多啦。
养狗的	好，算啦，拿去。

---

① 跟狗讲话。
② 又在跟狗讲话：大概是狗要走开，他不许狗动。

沙日考夫	你早就应当答应了。它是一条好狗吗？
养狗的	这样的狗，先生，全城你就找不到第二条。
沙日考夫	（有些窘）这样，你明白，我亲爱的朋友，我现在有一点点钱；不过，我必须买别的东西……你明天来，还是这个时间，你清楚，要不，后天，可是要早点儿。
养狗的	给一点保证金——我就把狗留在这儿。
沙日考夫	不成，我办不到。
养狗的	一个卢布就成。
沙日考夫	不必，我还是一下子全付的好。
养狗的	（朝门走去）听我讲，先生：现在，给我现钱，你出三十卢布我就卖。
沙日考夫	现在不成。
养狗的	好罢，给我二十卢布。
沙日考夫	现在不成，绝对不可能，我的亲爱的。
养狗的	伊西，闵道尔，伊西！（微笑，怨抑地）很显然，先生，你阁下就从来没有钱。伊西，浑蛋，伊西。
沙日考夫	你怎么敢？
养狗的	他好意思叫我到他家来！伊西！
沙日考夫	滚出去，混账东西！马提外，踢他出去！
养狗的	放安静！我自己走。
沙日考夫	马提外！我告诉你什么来的？
养狗的	（在过道）到我跟前来，老家伙！

〔马提外随他走出。

沙日考夫	（朝他背后嚷嚷）踢他出去；砸他的头！滚出去，滚出去！……（开始在屋内走来走去）简直是一条恶狗！……那条狗，我想，也不是好东西。我高兴我没买；可是他

没权利侮辱……他没权利……(坐在沙发上)这一天真不像话！打我起床到现在，一件事也没做，什么钱也没搞到。而我需要钱，非常，非常需要钱。马提外！

〔马提外进来。

马提外　　什么事，少爷？

沙日考夫　　拿我一封信去见克芮尼秦。

马提外　　是，少爷。

沙日考夫　　马提外！

马提外　　少爷要什么？

沙日考夫　　你觉得——他会借我钱吗？

马提外　　不会的，提冒菲·彼特洛维奇，他什么也不会给。

沙日考夫　　他会给的。(打舌头响)看好了，他会给的。

马提外　　他不会给的，提冒菲·彼特洛维奇。

沙日考夫　　为什么？为什么？

马提外　　(稍缓)提冒菲·彼特洛维奇，许我这老糊涂说句话。

沙日考夫　　说罢。

马提外　　(咳嗽一下之后)提冒菲·彼特洛维奇！许我对你讲一句话：你不该在这儿住的。你，少爷，生下来是我们的主子；你，少爷，继承祖业，是一位地主；你何苦住在这儿城里头，缺钱，闹饥荒？你有一份祖产，你知道；你母亲，上帝庇护，日子过得挺好——你何不去跟她住在一起，住在自己祖产？

沙日考夫　　你接到母亲信了罢？你像跟她一个调调儿。

马提外　　我是收到了太太一封信；不妨说，她认为写信给我还配，我回她信，报告你的健康，一切细情，她吩咐我这样做。许我对你讲一句话，提冒菲·彼特洛维奇，她直不放心你，她要我写信给她，报告她你在做什么，你交往些什么人，你去些什么地方，不妨说，样样儿她要知道。她吓唬我，不妨说，要处罚我，我要是落下一样儿没告诉她的话。她信上写"告诉提冒菲·彼特洛维奇，他母亲不放心他：不该住在圣彼得堡，什么事也不做，净糟蹋钱。"这就是她信上的话。

沙日考夫　（勉强微笑）好，你回信给她说些什么？

马提外　我回信上说，样样儿全好；她要我做的，我全做了，我还要讲给提冒菲·彼特洛维奇听，再打回信。噉，提冒菲·彼特洛维奇！提冒菲·彼特洛维奇！你只要回家，住在自己的房子，再添一位少奶奶，日子就会过得像一位大老爷。你何苦住在这儿？门铃响一回，你就跳起来像一只受惊的兔子，不管脚底下是什么就朝前蹿，结果你还是没钱，不是钱来得不够，就是不对时候儿。

沙日考夫　不成：在家里，在乡下，太冷清；邻居愚昧无知，女孩子只是眼睛瞪直了看你，随便对她们讲点儿什么，就吓得直出汗。

马提外　噉，提冒菲·彼特洛维奇！这儿女孩子又有什么好？你交往的人们又有什么好？说实话，看也没什么好看！他们是又刻薄，又坏，又病，又咳嗽，愿主饶恕我，他们就像羊。可是在家里，在乡下，就不同了。不错，现在不跟往常那样好啦。是的！你祖父，提冒菲·吉卢奇，上帝保佑他在天之灵，身格儿很高。他一发脾气呀，就尖着嗓子直叫，别人巴不得死了才好！他是一个主子！可是万一他喜欢上了谁呀，或者赶上了高兴呀，他会赏一个底下人，赏得底下人呀，许久许久也忘不掉。他太太，老女当家的，人真和气！她从来不讲别人坏话。

沙日考夫　　凭你说，反正我不要回乡下住。我在那儿会疯的。

马提外　　　提冒菲·彼特洛维奇！你在那儿就有钱了，少爷。在这儿，好比说，我只是你的农奴；当然喽，我是这个！可是，反正不开心。看，请——（掀起他上身的下摆）——这条裤子，也就是应个名儿。乡下样儿东西富裕！暖和的房子，一个人能够睡一整天，吃的东西也多……这儿，许我说一句，我就没吃过一顿正经饭。还不提那边，少爷，可以打猎，猎兔子，红松鼠，又让你母亲，瓦西里西雅·谢尔吉耶夫娜，晚境安乐。

沙日考夫　　好，也许我可以回乡下去；不过，去了，他们就不再放我出来了。我就甭想离得开啦。他们会给我成亲的——谁知道？

马提外　　　少爷，给你成亲又怎么样？基督徒都是这样子。

沙日考夫　　别这么说；是的，别这么说。

马提外　　　随你，少爷。好，譬方说，提冒菲·彼特洛维奇，我必须说，我在这儿简直就不平安。愿主保护我们，这儿要是有东西叫人偷掉，我这条命好在也不值什么；我没当心看好，拿命来赔，也是应该的。可是我怎么看呀？我的事情是做一个农奴；我哪儿也不去……从早到晚，坐在客厅……可是就跟乡下不一样；我的心放不下来。有时候我觉得一阵哆嗦；我坐着，哆嗦着，对主祷告。白天我就甭想打个好盹。这儿这些人都是什么人呀！他们下贱，天不怕，地不怕。拿他们跟我们农奴比呀就比不来。他们脸上就不带犯罪的样子；可是他们中间，除去贼还是贼——除去坏蛋还是坏蛋！有些人简直就像没受过教养。提冒菲·彼特洛维奇！乡下的日子呀，就甭提那个好啦，没地方像那么好。你在那儿有尊敬，敬重，安静。你是我的恩主，样样儿东西给我，可是，还听一个老傻瓜的话。我伺候你祖父，你父亲母亲——我一辈子看到的多啦。我见过打奥代萨来的大利人①，德国人，法国人。我全见过；我什么地方也到过。听一个老年人的话！（门铃响）看，你又打哆嗦了，提冒菲·彼特洛维奇！

沙日考夫　去，去，开门去。

〔马提外走出。沙日考夫坐着，一动不动。

法国人的声音　Monsieur 雅日考夫？②

马提外的声音　你找谁？

法国人的声音　Monsieur 雅日考夫？

马提外的声音　他没在家。

法国人的声音　没？Comment 没？Sacredieu！③

马提外的声音　你是谁？

法国人的声音　Voila ma carte, voila ma carte.④

马提外的声音　活像一只老鸦唧唲，该死的！

〔关门。马提外进来，递给沙日考夫一张名片。

沙日考夫　（不看名片）我知道，我知道他是谁。法国画家——我叫他今天来给我画像。好，没关系。我必须写信给克芮尼秦；不写，就坏啦。（坐在桌边写信，然后，站起，走到窗户跟前，读着，几乎听不见）"余亲爱之费嘉，友人困窘，愿

---

① 奥代萨是苏联黑海的商埠。"大利人"即"意大利人"，他说错了。
② Monsieur 是法文"先生"。
③ Comment 是法文"怎么"。Sacredieu 是法文，表示不开心的咒骂，"岂有此理"。
④ 法文，意思是"这儿是我的名片，这儿是我的名片"。

一援手，勿令其华年遽殒。望以二百五十或二百卢布交来人带下，余一生当感激足下而不忘。费嘉，务请勿拒，而如父如恩主之与余……"我想，这样就成。好，这儿是信，马提外。雇辆车去。（看见马提外想反对）就找那个车夫，他呀，这样的，我已经欠了他的。他知道我——他相信你的。信送过去，要一个回信。听见没有：要一个回信！

马提外　是，少爷。

沙日考夫　去，马提外！希望你交运。

〔马提外走出。

沙日考夫　话说回来，我想马提外对；我喜欢他的朴素而又就事论事的谈话。在乡下的确好多了，特别是夏天。冬天我好再来圣彼得堡的。不错，我们的邻居大都愚昧无知；可是他们中间也有几个和气有才的人。跟中间几个人谈谈，甚至于是一种快乐。加以发展，加以指导，可以在他们不知不觉之中做的。所以，做起事来挺称心。至于女孩子们——有口皆碑，她们就像软蜡：你高兴拿她们怎么着就怎么着。（在屋内走来走去）乡下有一样儿坏处：一位理想崇高的人，看到那边尽是贫穷压迫，可能不大开心。可是，另一方面，一个人可以骑马，打猎，在许多别的上头寻乐。（思索）我得定做几身衣服，买些领带，做一件打猎的上身。我今天没买那条狗，真可惜，会有用的。好罢。我再找一条。我必须买几本书，自己写一本，写一个新主题——以前就没人想到过的主题。这一切，想必相当好玩儿的。冬天我会不喜欢在那边待的；可是谁留得住我在乡下过冬的？马提外对；完全对。一个人不可以拒绝老年人的劝告。有时候,他们……是呀,真的,他们是那样子!另一方面,我必须看看母亲。她可能给我钱的。也许免不了一顿数说,不过,她给钱的。是的,我要回乡下去。(走到窗边)我怎么离得开圣彼得堡?再见,彼得堡;再见,京都!再见啦你,亲爱的薇琳喀!我没想到这么快就分手!(叹气)多少东西我要留在这儿……(又叹气)我要还我全部的债。说什么我也得走。我也得走!说什么我也得走!(门铃响)家伙!马提外偏又出去啦。他丢魂丢到哪儿去啦?(门铃响)我想这不是讨债的:讨债的不这样揿铃。再说,讨债的时间过啦。(门铃响)我去开开看。家伙,来点儿勇气!反正我要回乡下去。(走上过道。传来吻声与问候)瓦西里·瓦西列维奇!是你?你怎么会到这儿的?(一个壮实的声音回答:"我……我……")脱掉大衣,到屋里来。

〔沙日考夫回来。

〔瓦西里·瓦西列维奇·布里诺夫进来。

沙日考夫　(最愉快的声音)你在这儿好久?看见你我真是高兴极了!我高兴得不得了!坐下,坐下。这边,这张扶手椅;更舒服些。我真高兴!我简直不相信我的眼睛!

布里诺夫　(坐下)让我歇口气。(拭掉脸上的汗)噢夫!你可真住得高!噢夫!

沙日考夫　你就歇歇好,瓦西里·瓦西列维奇,歇歇好。啾,天,我真高兴!我真感激你!你住在哪儿?

布里诺夫　在"伦敦"。①

沙日考夫　你在这儿好久?

---

① 一家旅馆的名字。

布里诺夫	昨儿晚晌来的。路真坏!全是窟窿,我费尽了气力才坐牢。
沙日考夫	你犯不上这么急,瓦西里·瓦西列维奇;你今天就不该出来。你先应当歇歇才是;你通知我来……
布里诺夫	啾,胡扯!我又不是老太太。(张望,肘子放在膝头,头放在手心)你的房间相当小。你的老娘问候你;她说,你忘了她啦;不过,她是女人,信口扯。
沙日考夫	那么,母亲好?
布里诺夫	好;她活着。
沙日考夫	你家里人怎么样?
布里诺夫	都不错。
沙日考夫	你在这儿久待吗?
布里诺夫	鬼知道;我来这儿有事。
沙日考夫	(同情地)有事?
布里诺夫	不然呀,鬼也拉不了我来。我在家里舒服多了。搬来一个混账邻居——拖着我打官司。
沙日考夫	原来这样子。
布里诺夫	的确混账——真该死!我一定要他个好看的——该死的狗!你当官儿啦,是不是?
沙日考夫	现在不是;不过——
布里诺夫	更好。你帮我誊誊公文,递递呈子,骑——
沙日考夫	我把这看做一种快乐,瓦西里·瓦西列维奇——
布里诺夫	好,当然,当然……(停住,笔直看着沙日考夫的脸)我们来点儿渥得喀①,我冻坏啦。

---

① 渥得喀是俄国人嗜爱的一种麦酒。

沙日考夫　（为难地）渥得喀！——对不起，家里没有，我的听差又出去了。真是对不起！

布里诺夫　你家里没有渥得喀？好，好；你不像你父亲。（看见沙日考夫还在为难）我不需要；不喝我也对付得来。

沙日考夫　我的听差马上就要回来——

布里诺夫　我的邻居浑蛋透了——从前当过陆军少校。他一来就跟我谈起一条界线；可是那样一条线，根本就没东西往明里指。我问他："你有东西往明里指吗？"（沙日考夫用心在听）"地是我的——难道不是我的？"这浑蛋小子就乘着兴乱来；一个劲儿侵犯我的田地。好，我的管事，你想得出来，怎么也不让步。他讲："这是我主人的，别侵犯啊！"于是他跟我的底下人搞上了，搞得挺凶。他顺着自己的心思划了一条界线——他真这样做。他霸占人田地，现在他想占着不让，可是，他做梦；他要霸占我的地呀，不成；我不干。我给他颜色，他一时安静下来。随后他的书记骑马来了，说："别朝我们进攻！"我打了他一个耳光子。于是花样儿来啦。混账东西告到法院。他告我打人出血，强占田地。这个混账东西！我——强占田地！官方派人来调解，试试这个法子，那个法子；可是坏小子搅了个稀糟。随后他告我一状，我告他一状。判决了——我想我占了上风；可是坏小子怕夫路铁夫把我告倒了。我马上告到最高法院；他一路驿车赶到这儿，也往上告。可是，我亲爱的孩子，他做梦；我一加油，也到了这儿。这个邻居真是坏透了！——

沙日考夫　一定呕心极啦！

布里诺夫　正是。好，你怎么样？你好吗？

沙日考夫	谢谢上帝,瓦西里·瓦西列维奇,谢谢上帝,我没什么好抱怨的。
布里诺夫	到戏园子走走?
沙日考夫	当然,去戏园子。常常去。
布里诺夫	你带我去,成不成?
沙日考夫	奉陪,瓦西里·瓦西列维奇,奉陪。
布里诺夫	带我去看一出悲剧。你知道,俄国悲剧,不健康的一种;越不健康,越好。
沙日考夫	很好,瓦西里·瓦西列维奇,奉陪。
布里诺夫	你今天到哪儿用饭?
沙日考夫	我?随你欢喜,先生。
布里诺夫	带我上咖啡馆坐坐,好的。我喜欢——你知道。(笑)你这儿没什么好吃?
沙日考夫	说实话。我为难——
布里诺夫	(定定地看着他)听我讲,提冒莎——
沙日考夫	什么?
布里诺夫	你有钱吗?
沙日考夫	我有——我有——钱,我有。
布里诺夫	好,我原以为,你知道,你没钱。那你怎么会一点儿吃的也没,哎?
沙日考夫	赶巧就是啦。而且,我的听差出去了——我简直不明白他出了什么事!
布里诺夫	他会回来的。你要不要这就吃点儿东西?
沙日考夫	为什么?
布里诺夫	我相当饿,你知道。我的肚子在叫唤。你带我看悲剧去,好不好?我想看喀纳提吉娜,你知道。

沙日考夫　　一定效劳。

布里诺夫　　好，穿衣服，出去吃点儿东西。

沙日考夫　　不成，瓦西里·瓦西列维奇；我就现在不成。

布里诺夫　　提冒莎！啊，提冒莎！

沙日考夫　　做什么？

布里诺夫　　人家讲，你们这儿有姑娘，站着骑马。是真的吗？

沙日考夫　　啾，那是马戏团里头——是真的，当然有。

布里诺夫　　那么她们站着骑马？长得好看吗？

沙日考夫　　啾，是的，好看。

布里诺夫　　她们是块头儿大的胖姑娘吗？

沙日考夫　　不，不很胖。

布里诺夫　　倒像——好，带我见识见识。

沙日考夫　　成，成……

〔门铃响。

沙日考夫　　（窘）是我的门铃……

〔走去开门。他的声音："啾，进来。"

〔石印店的助理员进来，手里拿着一卷东西。

沙日考夫　　我想，你是石印店里的罢？

助理员　　是的，先生。我把画儿带来啦。

沙日考夫　　什么画儿？

助理员　　你昨儿挑的。

沙日考夫　　啾，是的。你带账单来了没有？

助理员　　带来啦。

沙日考夫　　（接过账单，走到窗前）等一下……等一下……

布里诺夫　　（向助理员）你，老兄弟，是这儿人？

助理员　　（意想不到）是这儿人。

布里诺夫	帮谁干活儿？
助理员	库罗普列宁兄弟。
布里诺夫	给薪水？
助理员	是这样子。
布里诺夫	你一年赚多少？
助理员	一百卢布。
布里诺夫	你有户口证？
助理员	有户口证。
布里诺夫	户口证一年一发？
助理员	一年一发。
布里诺夫	事由儿好吗？
助理员	好，慢得很。
布里诺夫	开头还是慢点儿好，老兄弟。
助理员	（懒洋洋地）这是事实。
布里诺夫	你叫什么？
助理员	库日玛。
布里诺夫	哼……
沙日考夫	（走向布里诺夫）我亲爱的瓦西里·瓦西列维奇，相信我，我真不该麻烦你；不过，你好不好借我二十来卢布，借两天，不会……
布里诺夫	那你先前说你有钱？
沙日考夫	那是，我有钱，你要是换一个看法的话；不过，我得付房租，所以，你知道……
布里诺夫	我给你就是。（拿出一捆弄脏了的钞票）多少——一百，两百？
沙日考夫	现在，我只需要二十卢布，不过，你既然这样和善，就给

	我一百十,或者一百十五。
布里诺夫	这儿是两百——
沙日考夫	我非常,非常承情……明天我全数奉还,要不,后天,不会再晚了……(转向助理员)给你钱,我的亲爱的。今天我还要去你的铺子,挑点儿东西。
助理员	多谢。

〔走出。

布里诺夫	好,我们外头用饭去。
沙日考夫	走,先生,走——我带你到圣·乔治,请你喝那种香槟——
布里诺夫	巧姐有风琴吗?①
沙日考夫	没,圣·乔治没风琴。
布里诺夫	那,我不要去那地方。带我去有风琴的咖啡馆。
沙日考夫	成。

〔马提外进来。

沙日考夫	嗷,你回来啦?怎么样,你见到他啦?
马提外	是的,见到啦,有回信。
沙日考夫	(接过纸条子,随随便便看了一眼)好,不过如此。
马提外	(向布里诺夫)先生,你好?瓦西里·瓦西列维奇,你好?许我握握你的手。
布里诺夫	(递给他手)你好,老哥儿们?
马提外	事由儿好吗?
布里诺夫	很好。
马提外	谢谢主!

---

① 布里诺夫错把圣·乔治听成"巧姐"。

沙日考夫	（把纸条子扔在地板上）这种人真无聊！马提外！我要穿衣服。
马提外	你穿漆皮靴子？
沙日考夫	没关系……
布里诺夫	好了没有？穿上大衣。
沙日考夫	好啦！去罢。
布里诺夫	走。你要带我看悲剧和那些姑娘……
马提外	（平静地，向沙日考夫）怎么样，少爷，我们什么时候下乡？
沙日考夫	（和布里诺夫走开）你想到哪儿去啦？去他乡下的……
	〔他们走出。
马提外	（叹一口气）太糟啦。（叹气，望着布里诺夫的后影）好日子过去喽！贵族变得都多厉害！

幕

（一八四五年）

• 什么地方薄什么地方破 •

人物

安娜·瓦西列夫娜·李巴诺娃　女地主，四十岁。

薇娜·尼考拉耶夫娜　她的女儿，十九岁。

Mlle Bienaimé[①]　女伴和女家庭教师，四十二岁。

娃尔娃娜·伊凡诺夫娜·毛罗扰娃　李巴诺娃的亲戚，四十五岁。

茹拉及米尔·彼特洛维奇·司塔尼秦　邻居，二十八岁。

叶夫皆尼·安得列维奇·高尔司基　邻居，二十四岁。

伊凡·怕夫里奇·穆辛　邻居，三十岁。

楚哈诺夫队长　五十岁。

管家

仆人

[①] 这是一位法国老姑娘，剧中人物都这样用法文称呼她："毕言艾麦小姐"，意思是"被爱的小姐"，姓的本身就有嘲笑味道。

动作发生在李巴诺娃的产业。

景是一位阔女地主的客厅。后墙,饭厅的门;右手,是内客室的门;左手,一个通花园的玻璃门。墙上有画。靠前一张桌子,上面放着杂志;一张大钢琴,几把椅子;靠后,一张台球桌子角落,墙上挂着一只大钟。

高尔司基　　(进来)没人在这儿?更好……什么时候见啦?……九点半……(想了一时)今天——是决定的日子……是的……是的……(走到桌子跟前,拿起一份杂志,坐下)Le Journal des Débats①,四月三号,新风格,现在七月了……哼!我们看看里头有什么新东西……(开始在看。穆辛从饭厅出来。高尔司基看见他)那,那,那……穆辛!什么风儿?你什么时候来这儿的?

穆　辛　　后半夜;不过我是昨儿黄昏六点钟出城的。我的车夫迷了路。

高尔司基　　我从前就不知道你跟 Mme de 李巴诺夫②认识。

穆　辛　　我来这儿是头一回,我是在省长的舞会上,经人介绍,认识你所称呼的 Mme de 李巴诺夫的。我跟她女儿跳舞,得到邀请。(张望)她这房子挺好。

高尔司基　　当然。这是本省最好的房子。(给他看 Journal des Débats)看,"我们收到电报"。不说玩笑话,她们这儿住得是挺

---

① 一份历史悠久的法国报纸,《争论》报,创于一七八九年,几经变化,趋向守旧。
② 这出喜剧是刻划俄国贵族生活的,平日大都好说两句法文,表示自己属于上等社会。Mme 是"夫人"的意思,de 表示有地产,身份高;李巴诺夫是李巴诺娃的丈夫,加母音 a,读如"娃",属于李巴诺夫的意思。实即"李巴诺夫太太"。

	好。一种称心如意的组合：俄罗斯乡间生活，法兰西 vie de château①……你自己会看到的。女主人——一位有钱的寡妇，女儿——
穆　辛	（打断他）女儿是一位十分可爱——
高尔司基	嗷！（稍缓）是的。
穆　辛	她叫什么名字？
高尔司基	（胜利地）她的名字是薇娜·尼考拉耶夫娜……有一份相当大的嫁妆。
穆　辛	那跟我没关系。你知道我不想结婚。
高尔司基	你不想结婚？（从头到脚打量他）可你穿得漂漂亮亮的，讨女孩子们欢心。
穆　辛	你不吃醋？
高尔司基	瞎扯。我们坐下聊聊，等太太小姐下来用茶。
穆　辛	我现在正想坐，（坐下）但是聊天我们不妨从缓。你还是顶好告诉我，这家子人是什么样儿人。你跟这儿常来常往的。
高尔司基	是的，我去世的母亲在后二十年恨李巴诺夫太太……我们是老朋友。她住在圣彼得堡的时候，我拜望她；她在外国住的时候，我遇到她。那么，你想知道她们是什么样儿人——好的。Mme de 李巴诺夫——她的名片这样印着，另外附上一句：Née Salotopine②——Mme de 李巴诺夫是一个好女人。自己活着，也给别人一个机会活着。她不算是最高社会的，可是在圣彼得堡挺有名气。蒙普列日尔将

---

① 法文："诸侯生涯"，或者"宫堡生活"。
② 法文："父姓萨劳陶皮"，表示娘家也是阀阅世家。

军到城里来住在她家。她丈夫死得早；不然的话，她就出入上等社会了。她的行为没什么可挑剔的。她有点儿感情用事，日子过得太好了。她招待客人，不随便，也不彬彬有礼。她没有真正风格。值得夸的是她不神经紧张，或者低声说话，或者说人闲话。家叫她理得有条不紊，亲自经管她的田产。她长着一颗办事的头脑。她有一个亲戚——毛罗扰娃，娃尔娃娜·伊凡诺夫娜，和她住在一起。她是一个为人尊敬的寡妇，就是穷了点儿。我猜她跟条狗一样疯，我拿稳了她恨她的女恩人。这儿还有一位法国女教师，倒茶，想巴黎，爱说 le petit mot pour rire①，眼睛朝那些追她的视察员和建筑师转着。人心不可捉摸，所以她们留下她，也留下那位破产的前任队长，看上去像一位英雄又像一个狂人，然而实际上只是一个下流人，拍马屁，仅仅为了食住。这些人从不离开这所房子；但是 Mme 李巴诺娃也有别的朋友。我说不齐全。噢，是的：我忘了提起一位常来的客人，古提玛纳医生，喀尔拉·喀尔里奇。他是一个漂亮年轻人，长着丝般络腮胡子。他不懂行医，可是他吻安娜·瓦西列夫娜的手，吻得很有风度。安娜·瓦西列夫娜并不反对他吻，她的手相当好看——有点儿胖，可是白，手指头尖儿朝上弯。

穆 辛　　（不耐烦地）为什么不说说女儿？

高尔司基　　等一下。我把她留在最后。可是，我说薇娜·尼考拉耶夫娜什么呢；真的，我不知道。谁能够了解一个十八岁姑娘？她正在发酵，好比新酿的酒。不过，她可能成为一位

---

①　法文："一点有风趣的话。"

	上流女子的。她细心，有才气，有性格。心很温柔。她要生活；相当自私。她不久会嫁人的。
穆　辛	嫁谁？
高尔司基	我不知道，不过我拿稳了她不会当老姑娘的。
穆　辛	这还用说，一个有钱的女孩子——
高尔司基	不是因为她有钱。
穆　辛	那么，因为什么？
高尔司基	因为她知道一个女子的生活要在结婚以后开始；而她要生活。什么时候儿啦？
穆　辛	（看钟）十点。
高尔司基	十！那我还有时间。听我讲！在薇娜·尼考拉耶夫娜和我之间，有一个可怕的斗争。你知道我昨天早晨为什么不顾性命往这儿赶？
穆　辛	我不知道。为什么？
高尔司基	因为一个年轻人，你知道，今天向她求婚。
穆　辛	这人是谁？
高尔司基	司塔尼秦。
穆　辛	茹拉及米尔·司塔尼秦？
高尔司基	茹拉及米尔·彼特洛维奇·司塔尼秦，当过近卫军中尉，我一位要好朋友，人好极了。我要你明白，我自己，亲自把他介绍到这家来的。甚至于：我这样做，目的是要他娶薇娜·尼考拉耶夫娜。他是一个和气谦虚的人；不怎么太有才气，不怎么太勤奋；爱在家里待着。一个女孩子要嫁丈夫，没有比他再好的啦。而且她明白这个；我作为一个老朋友，希望她好。
穆　辛	那么，你来这儿，为了看到你那被保护者幸福？

高尔司基	正相反：我来这儿，特意为了破坏这桩喜事。
穆　辛	我不明白你。
高尔司基	哼！我可很清楚。
穆　辛	你要娶那女孩子，还是什么？
高尔司基	不，我不要娶她，我也不要她嫁。
穆　辛	你爱上了她。
高尔司基	我不这样想。
穆　辛	你爱她，但是你害怕这样讲。
高尔司基	瞎扯！我愿意拿话全告诉你。
穆　辛	好，那么你在向她求婚——
高尔司基	不对！无论如何，我没有存心娶她。
穆　辛	我必须说，你真谦虚。
高尔司基	不是的，你听我讲：我愿意一五一十全讲给你听。情形是这样子：我知道，而且知道一定成功，假如我向她求婚，她一定选我，放弃我们的朋友，茹拉及米尔·彼特洛维奇。她母亲以为司塔尼秦和我，就结婚年龄而论，是两个最可敬的男子。她不反对我们任何一个人。薇娜以为我爱上了她，她也知道我怕结婚比怕火还怕。她要克服我的懦怯，她在等着——她不肯等得很久。她不肯等得很久，因为她怕丢掉司塔尼秦。她不要丢掉这位青年，他像一枝蜡烛点了火，爱极了她。另外有一个原因，她为什么不肯等我。她开始一清二楚了解我了，这坏丫头！她开始疑心我了！不错，她怕拿我逼急了；可是，另一方面，她要知道我的真心。这就是为什么，我们之间起了斗争。无论如何，我觉得今天是一个决定的日子。这条小蛇不是滑出我的手心，就是让我中毒。无论如何，我没有丧失希

望：她可能两样儿全不来。有一个非常糟糕的情形：司塔尼秦爱极了她，他连吃醋发疯都不会；由于这一点，他在四围走来走去，张着口，眼睛求情的样子。他的模样才滑稽；不过，开玩笑成功不了事的。一个人必须保持和悦的性子。我从昨天起就试来的，不过我支持不下去——这是我所意想不到的。我已经不明白自己了。

穆　辛　　你怎么开始这样做的？

高尔司基　　就是这样：我已经对你讲过，我昨天很早就到这儿来了。好几天以前，有一天晚晌，我看出司塔尼秦的心思。我怎么看出的，详细情形我不必告诉你了。司塔尼秦信任我，无话不说。我不知道薇娜·尼考拉耶夫娜是否中意他的求婚——这看她自己——不过，昨天，她特别对我表示好感。你就想不出，即使是一个有经验的人，多难忍受那双年轻然而明亮的眼睛，特别正当闪烁的时候，一直看进灵魂。最有可能的，是她奇怪我对她的行为。我一向被人认做一个滑稽、冷血的人，我喜欢这种名声；带着这样一种名声，生活就容易对付了。可是昨天，我觉得我被迫在采取一种体惜和殷勤的表情。说实话，我觉得有点儿激动，我的心有点儿软了。你知道我，我亲爱的穆辛，你知道，就是赶着一个人生命上最快乐的时辰，我也不可能止住不观察；薇娜昨天给了一个最吸引人的观察机会。她试着引诱，假如不是试着做爱。我不配那种荣誉。无论如何，她变得有趣了，而这就吓住了我。她不相信自己，也不明白自己——这一切在她少艾的脸上好好儿反映出来。我一整天没有离开她一分钟，临到黄昏，我开始感觉我管制不住自己了。噢，穆辛！穆辛！不断和一个年轻的肩膀、年轻的呼吸接触,是一种危险的游戏!夜晚的时候,我们走进花园。天气是可爱的——天空里有一种说不出的安静。Mlle Bienaimé出来站在阳台上,手里拿着一枝蜡烛,火苗儿一晃不晃。我们在房子前面一块儿散步,沿着池子边儿,踩着小道的软沙子;星星静静地在天上、在水里闪烁。讨人欢喜的,然而谨慎的 Mlle Bienaimé在阳台上面守着我们。我对薇娜·尼考拉耶夫娜提议坐小划子。她同意了。我开始摇桨,安安静静地。我们来到池子中心。"Où allez-vous donc?"①那位法国姑娘的声音回响着。"Nulle part!"②我喊着,放下桨。"Nulle part,"我重复着,然后放低声音,加上一句,"Nous sommes trop bien ici。"③薇娜垂下眼睛,微笑着,开始拿她的阳伞尖尖在水上画画儿。一种可爱的梦似的微笑撒在她少艾的颊上。她要说话,仅仅叹息了一声,然而幸福地,好像只有小孩子们的做法。好,我还有什么要告诉你的?我把我的提防,真心,观察全丢给魔鬼去了;我们幸福而又愚蠢,吟起诗来。你不相信?上帝帮助我!我真吟诗来的,声音还有点儿发抖。晚饭,我紧紧坐在她旁边。是的——进行得很好。我的事由儿很顺利,假如我需要结婚——可是困难就在这儿——你骗不了她——不成,先生。有人讲,女人们是比剑的好手,人就打不掉她们手里那把剑。不过,我们今天看好了。无论如何,我过了一个最快乐的夜晚。你怎么这样心沉沉的,伊凡·

---

① 法文:"你们到哪儿去呀?"
② 法文:"哪儿也不去!"
③ 法文:"我们在这儿太好啦。"

怕夫里奇？

穆　辛　　我？我在想，假如你不爱薇娜·尼考拉耶夫娜，你不是一个怪人，就是一个人受不了的自私的人。

高尔司基　　可能；可能；不过谁——静！她们来啦。Aux armes!①我信任你。

穆　辛　　啾，这还用说。

高尔司基　　（望着客室的门）啊，Mlle Bienaimé——总是头一个——不愿意——茶在等着她。（Mlle Bienaimé进来。穆辛起立，鞠躬。高尔司基走向她）Mademoiselle, j'ai l'honneur de vous saluer.②

Mlle Bienaimé　　（做了一个怪脸）Et vous toujours galant. Venez, j'ai quelque chose à vous dire.③

〔和高尔司基走进饭厅。

穆　辛　　（一个人）那个高尔司基真是一个怪人！谁请他挑我做他心腹的？好，我有事由儿来的——假如有可能的话。

〔玻璃门很快打开。薇娜进来，穿了一身白。她拿着一朵新鲜的玫瑰。穆辛，有些窘，张望，鞠躬。薇娜莫名所以，收住脚步。

穆　辛　　你……你不认识我啦？我是……

薇　娜　　啾，M.——M.——④穆辛；我真想不到——你什么时候儿来的？

穆　辛　　后半夜。想想看，我的车夫——

---

① 法文："武装起来！"
② 法文："小姐，我有荣誉对你致敬。"
③ 法文："你呀永远多情。来，我有话同你讲。"
④ 法文："先生——先生——"

薇　娜　　（打断）妈妈一定很高兴。我希望你多留一会儿——
　　　　　　〔张望。
穆　辛　　你在找高尔司基？他刚刚走出去。
薇　娜　　什么让你以为我在找高尔司基？
穆　辛　　（有些窘）我——我以为——
薇　娜　　你跟他认识？
穆　辛　　很久啦。我们从前都在衙门做事。
薇　娜　　（走到窗前）今天的天气真美！
穆　辛　　你在花园来的？
薇　娜　　是的，我起得相当早。（看着她的下摆和她的鞋）露水相当重。
穆　辛　　（微笑）你的玫瑰就有露水。
薇　娜　　（看着玫瑰）是的——
穆　辛　　我可不可以问，你这是为谁摘的？
薇　娜　　你这"为谁"，是什么意思？为我自己。
穆　辛　　（加重地）噢！
　　　　　　〔高尔司基从饭厅进来。
高尔司基　你要茶吗，穆辛？（看见薇娜）你好，薇娜·尼考拉耶夫娜？
薇　娜　　你好？
穆　辛　　（向高尔司基，匆忙地，做出一种不介意的样子）茶好啦？好，那我喝茶去。
　　　　　　〔走进饭厅。
高尔司基　薇娜·尼考拉耶夫娜，拿你的手给我……（薇娜默然拿手给他）你怎的啦？
薇　娜　　告诉我，叶夫皆尼·安得列维奇，你的朋友穆辛蠢不蠢？

高尔司基　　（为难）我不知道；人家说他不蠢。不过，你为什么问？

薇　娜　　你跟他是不是顶好的朋友？

高尔司基　　我也就是跟他认识。可，他对你讲什么来的？

薇　娜　　（急遽地）没，没，我也就是问问——早晨真美！

高尔司基　　（指着玫瑰）我看你已经去过花园了。

薇　娜　　是呀——穆辛先生问我玫瑰是为谁摘的。

高尔司基　　你怎么对他讲的？

薇　娜　　我告诉他，为我自己。

高尔司基　　难道你真是为自己摘的？

薇　娜　　不，是为你摘的。你看，我爽气得很。

高尔司基　　那就给我。

薇　娜　　现在不成啦。人家拿话一逼，我不插在我的带子上，也得送给 Mlle Bienaimé。可好玩儿啦！不过，回到本题上：为什么不是你头一个先下楼？

高尔司基　　我比谁都先在这儿。

薇　娜　　那我怎么会没先在这儿碰见你？

高尔司基　　我受不住那个穆辛——

薇　娜　　（斜着眼看他）高尔司基，你骗人。

高尔司基　　怎么会的？

薇　娜　　我过后儿给你证明。现在喝茶去。

高尔司基　　（拉她回来）薇娜·尼考拉耶夫娜！听我讲：你知道我。我不是一个可靠的人，性子个别。表面上，我这人可笑，鲁莽，不过实际上，我胆怯。

薇　娜　　你？

高尔司基　　我。而且，如今我经见的，在我全是新的。你说我骗人。你不妨站在我的地位看我，稍稍宽容我一点。（薇娜举起

095

她的眼睛，静静地看着他）我告诉你，像我如今跟你讲话的样子，我就从来没有机会跟任何人来过；所以，我就不免显得有些窘。好，我承认我有作假的习惯。别那样子看我！上帝帮助我，我该受鼓励。

薇　娜　　高尔司基！糊弄我可真容易啦——我是在乡下长大的，很少看到人——糊弄我可真容易啦。可是，为了什么目的？你这样做，成不了名的；耍弄我——不，我不要相信这个。我不该受这个，再说，你也不要这样做。

高尔司基　耍弄你？看看你自己：你的眼睛看什么也看得清清楚楚的。（薇娜安安静静地转开身子）你知道，我跟你在一起，我就不能够——好，我简直就不能够表现我想说的话。在你平静的微笑里面，在你平静的视线里面，甚至于在你的沉默之中，都有一种居高临下的——

薇　娜　　（打断他）可你不要表现你自己。你要的是狡诈。

高尔司基　不对——听我讲：谁，说实话，把我们中间样样儿全表现出来？你，好比说——

薇　娜　　（又打断他，微笑地看着他）正是。谁样样儿全说？

高尔司基　不对，我现在不是讲你。好比说，老老实实告诉我：你今天盼着人来？

薇　娜　　（安详地）是的，司塔尼秦大概今天一定来。

高尔司基　你这人真可怕。你有才分拿话全对我讲，偏偏不讲……La franchise est la meilleure des diplomaties①，也许因为一个人不干涉另一个人。

薇　娜　　原因是，你早就知道他要来。

---

① 法文："坦白是最好的外交手腕。"

高尔司基	（不免惭愧）我早就知道。
薇　娜	（闻着玫瑰）你的穆辛先生也知道？
高尔司基	你为什么老问我穆辛？你为什么——
薇　娜	（打断他）好，够啦。别急。你愿意的话，我们喝过茶到花园走走。我们谈一次话。我有话问你——
高尔司基	（连忙）问什么？
薇　娜	你真好奇。我们要谈一谈————件要紧的事。
Mlle Bienaimé的声音	（在饭厅）C'est vous,①薇娜？
薇　娜	（低到可以听见）倒像她不知道我在这儿！（高声）Oui, c'est moi, bonjour, je viens.②（走出，把玫瑰扔在桌上，向高尔司基）进来！
	〔走进饭厅。
高尔司基	（慢慢拿起玫瑰，一动不动地立着）叶夫皆尼·安得列维奇，我必须老老实实地对你讲，这只小兽你驯不了。你可以这边儿转，那边儿转，她只要手指头动上一动，你就不该说的话也说了。不过，有什么关系？万一我战胜——那就更好；否则，我打败了的话，娶她这样儿一个女人，我也用不着惭愧。不错，要痛苦——然而，另一方面，我何必一死儿看牢自己的自由？是停止互相欺骗的时候了。不过，别就惶惶忙忙的，叶夫皆尼·安得列维奇；等一下；你认输认得太快啦。（看看玫瑰）你知道什么，我可怜的小花。（连忙转开身子）噢，母亲和她的朋友！（小心翼翼地把玫瑰放在他的衣袋里头。李巴诺娃和娃尔娃娜·

---

① 法文："是你。"
② 法文："是呀，是我，你好，我来啦。"

伊凡诺夫娜从内客室进来。高尔司基问候她们）Bonjour, mesdames.①睡得好吗？

李巴诺娃	（拿指尖给他）Bonjour Eugène.②我今天有点儿头疼。
娃尔娃娜·伊凡诺夫娜	你昨儿睡晚啦，安娜·瓦西列夫娜？
李巴诺娃	大概是。薇娜呢？你看见她了没有？
高尔司基	她在饭厅，跟Mlle Bienaimé和穆辛在用茶。
李巴诺娃	噢，是的，穆辛先生。他们告诉我他昨儿晚晌来的。你认识他吗？

〔坐下。

高尔司基	我认识他有些时候了。你要不要去喝茶？
李巴诺娃	不喝，喝茶，我就神经紧张。古提玛纳禁止我喝茶。不过，别叫我留住你。去，去——你也去，娃尔娃娜·伊凡诺夫娜。（娃尔娃娜·伊凡诺夫娜走出）你，高尔司基，要待在这儿？
高尔司基	我喝过茶啦。
李巴诺娃	天气真好！队长——你看见他没有？
高尔司基	没，我没看见他。他一定是在花园散步，找菌子，跟平常一样。
李巴诺娃	你再也想不出，他昨儿斗牌那种赢劲儿！坐下——你做什么站着？（高尔司基坐下）我有"方块"七、"心"王和"艾司"——注意，"心"哟！我说：我要牌。娃尔娃娜·伊凡诺夫娜，你明白，就发牌；这坏东西也说：我要牌。我斗出一张七，他斗出一张七。我的是"方块"，他

---

① 法文："你好，太太们。"
② 法文："你好，欧皆。"欧皆即叶夫皆尼的法国称呼。

的是"心"。我叫牌;不过,跟平常一样,娃尔娃娜·伊凡诺夫娜什么牌也没有。你猜她出什么牌?她拿出来的是一张顶小顶小的"锄!"我有王;结果,没说的,他赢①。倒说,我得差人进一趟城。

〔揿铃。

高尔司基 做什么?

〔管家从饭厅出来。

管　家 太太叫?

李巴诺娃 打发嘎夫芮拉进城买趟糖来。你知道,我喜欢的那种糖。

管　家 是,太太。

李巴诺娃 告诉他多买一点——割草情形怎么样?

管　家 情形挺好。

李巴诺娃 很好。伊里亚·伊里奇哪儿去啦?

管　家 在花园散步。

李巴诺娃 在花园?叫他来。

管　家 是,太太。

李巴诺娃 你好走啦。

管　家 是,太太。

〔从玫瑰门走出。

李巴诺娃 (看着她的手)我们今天做什么,Eugène?我样样儿事靠你。想点儿好玩的。我今天心情挺对。这位穆辛先生是一位懂事的年轻人吗?

高尔司基 很懂事。

---

① 这里斗的是扑克牌。"艾司"就是"么"。

李巴诺娃	Il n'est pas gênaut？①
高尔司基	一点不。
李巴诺娃	他斗不斗牌？
高尔司基	当然斗。
李巴诺娃	啊！Mais，c'est très bien.②Eugène，给我一张脚蹬子。（高尔司基帮她拿了一张）Merci.③队长来啦。

〔楚哈诺夫从花园进来，军帽里头放着菌子。

楚哈诺夫	亲爱的太太，你身子好？把你的手赏给我。
李巴诺娃	（懒洋洋地递手给他）你好，坏东西？
楚哈诺夫	（一连吻了两次她的手）"坏东西！坏东西！"我可经常输牌。叶夫皆尼·安得列维奇，敬礼。（高尔司基鞠躬。楚哈诺夫看着他，摇头）人看起来真勇敢！你要是在军队里头，那还了得！——好，你好，我亲爱的太太，你觉得怎么样？这是我给你采的菌子。
李巴诺娃	队长，你为什么不拿一个篮子去？你怎么好放在你的军帽里头？
楚哈诺夫	你对，太太，你对。对我这种老军人，这没什么两样儿。不过，对你，好——你对，太太。我这就立刻放到一个盘子里。我们的小鸽子怎么样，她起床啦？
李巴诺娃	（不回答楚哈诺夫；向高尔司基）Dites-moi④，穆辛先生阔吗？
高尔司基	他有两百农奴。

---

① 法文："他不讨人嫌？"
② 法文："那，这太好啦。"
③ 法文："谢谢。"
④ 法文："告诉我。"

李巴诺娃　　（无动于衷）他们用茶怎么用得这么久？

楚哈诺夫　　你要不要命令我包围他们？命令罢！我一眨眼就拿他们围住。我攻过各式各样的要塞，不过像他们这种要塞，还是对上校合适，叶夫皆尼·安得列维奇。

高尔司基　　我不是上校，伊里亚·伊里奇。

楚哈诺夫　　这，不是指你的官衔说，而是就你的长相儿说。我是在讲你的长相儿，你的长相儿——

李巴诺娃　　是的，队长，去看看他们用完茶了没有。

楚哈诺夫　　是，太太。（迈步）啾，他们来啦。

〔薇娜，穆辛，Mlle Bienaimé和娃尔娃娜·伊凡诺夫娜进来。

楚哈诺夫　　向大家致敬。

薇　娜　　（走过）你好！（奔向安娜·瓦西列夫娜）Bonjour，妈妈。

李巴诺娃　　（吻她的前额）Bonjour, Petite①——（穆辛鞠躬）穆辛先生，请进来。你没有忘记我们，我高兴极了。

穆　辛　　我怎么能够？我——我觉得体面——

李巴诺娃　　（向薇娜）我看，你这个小淘气，你已经去过花园了。（向穆辛）你还没有见过我们的花园罢？Il est grand.②许多花。我爱花。不过，在我们家，人人自由，喜欢怎么样就怎么样：Liberté entière ...③

穆　辛　　（微笑）C'est charmant.④

李巴诺娃　　这是我的规矩。我就恨自私。在别人难受，在自己也一点

---

① 法文："你好，孩子。"
② 法文："大得很。"
③ 法文："完全自由……"
④ 法文："真好。"

儿并不舒服。问他们好了……

〔指着大家。娃尔娃娜·伊凡诺夫娜甜甜地微笑着。

穆　辛　　（微笑）我的朋友高尔司基对我讲起来的。（稍缓）你这所房子真美！

李巴诺娃　是呀，我有一所好房子。C'est Rostrelli, vous savez, qui en a donné le plan① 给我祖父，刘比卢。

穆　辛　　（赞美地，尊敬地）啾！

〔在上面谈话中间，薇娜故意离开高尔司基，一会儿走向 Mlle Bienaimé，一会儿走向毛罗扰娃。高尔司基看出来了，偷偷地看着穆辛。

李巴诺娃　（向全体）你们大家为什么不出去散散步？

高尔司基　对，我们到花园走走。

薇　娜　　（仍然不看高尔司基）现在热。眼看就上午了，一天顶热的时候。

李巴诺娃　随你。（向穆辛）我们有一张台球桌子。不过，Liberté entière，你知道。好，队长，我们去斗一会儿牌。有点儿早，不过薇娜说，散步太热。

楚哈诺夫　（不想斗牌）我们斗牌去。迟早没关系。你想赢回去。

李巴诺娃　当然，当然。（迟疑地，向穆辛）穆辛先生，就我所了解的来说，你喜欢玩儿牌。你现在要不要来？Mlle Bienaimé不会，我也好久没来过四个人的了。

穆　辛　　（没有想到这样一种邀请）我——我奉陪。

李巴诺娃　Vous êtes fort amiable.② 不过，千万别拘着礼。

---

① 法文："是罗斯特赖里，你知道，拿房子图样。"
② 法文："你实在随和。"

穆　辛　　当然不是——我是很喜欢——

李巴诺娃　　好，那么，我们就开始。我们到里头客厅去。那儿一直放着一张斗牌的桌子？穆辛先生，donnez-moi votre bras.①（站起）你，高尔司基，想想今天该怎么着。你听见我的话了吗？薇娜好帮你忙的。

〔走向内客室。

楚哈诺夫　　（走向娃尔娃娜·伊凡诺夫娜）许我为你效劳。

娃尔娃娜·伊凡诺夫娜　　（烦激地把胳膊给他）哎，你——

〔两对人静静地走进内客室。安娜·瓦西列夫娜在门道转回身子，对 Mlle Bienaimé 说："ne fermez pas la porte."②Mlle Bienaimé 微笑着，转过身子，靠台口坐下，一张饱经风霜的脸，拿起布来做针线。薇娜站了一时，决不定留下来，还是随她母亲走，忽然走向钢琴，坐下，开始弹奏起来。高尔司基静静地朝她走去。

高尔司基　　（稍缓）你在弹什么，薇娜·尼考拉耶夫娜？

薇　娜　　（并不看他）克莱门提的长曲。③

高尔司基　　我的天，可真老啦！

薇　娜　　是的，不过，这是一种美丽地阴惨的音乐。

高尔司基　　你为什么选这个？你现在弹琴是什么意思？你忘了你答应跟我到花园散步去啦？

薇　娜　　我是有意坐下来弹琴，避免跟你散步。

---

① 法文："把你的胳膊给我。"
② 法文："别关门。"
③ 克莱门提 Muzio Clementi（一七五二——一八三二）是意大利著名音乐家，为近代音乐的先驱，特别是钢琴方面的成就超绝一时。他的钢琴"长曲"对后人很有影响。

高尔司基	为什么，忽然，就这样冷待我啦？为什么这样三心二意？
Mlle Bienaimé	Ce n'est pas joli ce que vous jouez là, Viera.①
薇　娜	（高声）Je crois bien.②（向高尔司基，一边弹着）听我讲，高尔司基：我不喜欢打情骂俏，也不喜欢三心二意。我太骄傲，不会这样的。你知道我现在并不三心二意；不过，我气的是你——
高尔司基	气我什么？
薇　娜	你侮辱我。
高尔司基	我侮辱你？
薇　娜	（继续弹奏）至少，你应当挑一个更信得过的人。我才一走进饭厅，这位——先生——他叫什么来的？就对我讲，不用问，我的玫瑰已经到了它自己的目的地。然后，看我并不理睬他的殷勤，他就开始恭维你，可是那样不在行——为什么朋友们总是那样恭维得不在行？他的行为又是那样神秘，那样谦虚，不作声，带着那么多的尊敬和怜悯看着我。我受不了他！
高尔司基	你打这儿得到什么结论？
薇　娜	我的结论是穆辛先生 a l'honneur de recevoir vos confidences。③
	〔使劲儿打着键子。
高尔司基	你为什么这样想——我有什么好告诉他的？
薇　娜	我不知道你告诉他些什么——你在追我喽，你在笑我喽，你在准备改变我的头脑喽，我在逗你开心喽。（Mlle

---

① 法文："你弹的这个东西呀，薇娜，真不好听。"
② 法文："我觉得很好"。
③ 法文："有荣誉听你的心腹话。"

	Bienaimé 咳 嗽）Qu'est-ce que vous avez, bonne amie? Pourquoi toussez-vous? ①
Mlle Bienaimé	Rien, rien—je ne sais pas—cette sonate doit être bien difficile? ②
薇　娜	（几乎听不见）她拿我腻死啦！（向高尔司基）你为什么不作声？
高尔司基	我？我为什么不作声？我在问自己：我在你跟前有罪吗？有罪；我承认。我的舌头是我最坏的仇敌。不过，听我讲，薇娜·尼考拉耶夫娜！你记得昨天我念莱蒙托夫③给你听吗？你记得那地方，他说起那颗心来，爱在里头蠢到极点，跟恨斗争？（薇娜平静地举起眼睛）你这样一看我，我就讲不下去了。
薇　娜	瞎扯！
高尔司基	听我讲——我老老实实全招出来！我不要，我害怕自己受制于那种由不得自己做主的魔境，我必须承认，我一直在想种种方法，用语言，用可笑的表演，用故事，把自己从那种魔境剔出。我瞎三话四，像一个老姑娘，一个小孩子——
薇　娜	何必这样子？为什么我们就不能够分手，做好朋友？我们的关系就不能够简单、自然？
高尔司基	"简单、自然？"说起来容易。（决然）好，我在你跟前有罪，我求你饶恕，我从前骗人，我现在骗人——不过，我告诉你，薇娜·尼考拉耶夫娜，不管背着你，我的情形和

---

① 法文："好朋友，你怎么啦？你为什么咳嗽？"
② 法文："没事，没事——我不知道——这段长曲一定很难弹罢？"
③ 莱蒙托夫 Lermontov（一八一四——一八四一）是俄国的大诗人。

我的决心是什么，你一开口，这些心思全像一道烟化掉，我觉得——你要笑我了——我觉得我在你的势力里头。

薇　娜　　（慢慢把音乐收住）你昨天夜晚就对我讲的是这个话。

高尔司基　　那是因为我昨天就有这个感觉。我完全否认我对你狡诈！

薇　娜　　（微笑）你看！

高尔司基　　我信任你。你应当知道，在最近这次分析，我没有骗你，当我对你讲——

薇　娜　　（打断）你喜欢我。有什么不可以！

高尔司基　　（伤心）你今天就跟一个放高利贷的老手一样，靠不拢，不相信！

〔他转开身子。

〔一顿。

薇　娜　　（差不多不弹了）你喜欢听的话，我愿意为你弹你心爱的马如尔喀①。

高尔司基　　薇娜·尼考拉耶夫娜，别折磨我！我赌咒——

薇　娜　　（欣然）好，够啦。拿你的手给我。我饶恕你。（高尔司基赶快拿起她的手握着）Nous faisona la paix, mon ami.②

Mlle Bienaimé　（假装惊奇）Ah!　Est-ce que vous vous étiez querellés?　③

薇　娜　　（几乎听不见）噢，naïvté!（高声）Oui, un peu.④（向高尔司基）好，你要我弹你的马如尔喀吗？

高尔司基　　不要；马如尔喀是很忧郁的。这里头听得出一种到远地方

---

① "马如尔喀" Mazurka 是波兰一种三拍舞曲，在东欧一带很流行。
② 法文："我的朋友，我们讲和啦。"
③ 法文："啊！你们吵嘴来的？"
④ 法文："可天真啦！（高声）是的，有那么点儿。"

去的悲愁倾向；我告诉你，我觉得我在这儿很满意。弹点儿快活的、生动的、鲜明的东西；弹点儿在太阳里头游戏似的发亮的东西，就像河里的鱼……

〔薇娜思维了一下，随即开始弹奏一段轻快的华滋①。

高尔司基　啾，主！你多甜啊！你就像那条小鱼。

薇　　娜　（继续弹奏）我这儿看得见穆辛先生。他一定觉得愉快。我相信他输啦。

高尔司基　他不在乎。

薇　　娜　（谈话停顿了一下，但是依然弹着琴）告诉我，为什么司塔尼秦从来不拿他的思想全表现出来？

高尔司基　也许他的思想太多了。

薇　　娜　你一点儿也不饶人。他人不蠢；他人很好。我喜欢他。

高尔司基　他是一个顶好的君子人。

薇　　娜　是的……不过，为什么他的衣服搭在他身上搭得那样可怜？他那样子总像他没有穿惯；要不就像他头一回穿。（高尔司基不回答她，只是静默地看着她）你在想什么？

高尔司基　我方才在想……我方才在想像一间小屋子，不在我们的雪地，而是在什么南方，一个遥远的地方……

薇　　娜　几分钟前，你说你不要到远地方去。

高尔司基　我不要一个人去……什么人都不认识——陌生的语言听起来并不好听……窗户打开了，新鲜的海风进来，白的窗帐静静地抖动着，就像一张帆，门通到花园，在门槛上，在

---

① "华滋" waltz 是一种圆舞曲。

	藤萝的淡影子里——
薇　娜	（微微有些窘）啾，你是一位诗人！……
高尔司基	我不是。我只是在回忆。
薇　娜	在回忆？
高尔司基	自然。是的。此外，你不给我机会表现，是一个梦。
薇　娜	梦在现实之中永远实现不了。
高尔司基	谁告诉你的？Mlle Bienaimé？为了上天的缘故，把女人智慧里头的类似格言全留给四十五岁的姑娘和冷血的青年罢。现实……可是，什么样儿生动、有创造力的想像敢于和现实比上一比？原谅我……可是任何一条龙虾也比郝夫曼①的故事更有想像力；而且，任何天才的诗作能够……好，甚至于和长在你花园小山上的橡树，能够比上一比？
薇　娜	我愿意相信你，高尔司基。
高尔司基	相信我，一个懒人颠三倒四想像出来的最夸张、最销魂的幸福，也不能够和他能够到手的幸福比上一比……只要他一直健康；只要他的命运并不跟他为难；只要他的产业不被拍卖；最后，只要他本人知道他要什么。
薇　娜	这就成啦？
高尔司基	不过，我们……不过，我健康，年轻，我的产业没有抵押出去。
薇　娜	可是你不知道你要什么……
高尔司基	（确信地）我知道。

---

① 郝夫曼 Hoffmann（一七七六——一八二二）是德国的文学家，以小说知名，内容荒诞，然而细致生动。

薇　娜　　　（看着他）好，告诉我，假如你知道……

高尔司基　　我有答案给你：我热望你……

〔仆人从饭厅进来。

仆　人　　　茹拉及米尔·彼特洛维奇·司塔尼秦！

薇　娜　　　（连忙站起）我现在不能够接见他……高尔司基，我想，最后，我了解你了……你接见他……Puisque tout est arrangé...①

〔走进内客室。

Mlle Bienaimé　　Eh bien? Elle s'en va?②

高尔司基　　（有些心乱）Oui ... Elle est allée voir ...③

Mlle Bienaimé　　Quelle petite folle!④

〔走进内客室。

高尔司基　　（稍缓）这是什么意思？难道我结婚啦？……"我想，最后，我了解你了。"……简直是冲这上头来嘛！"Puisque tout est arrangé!"我眼下真还受不了她！啵，我是一个白说大话的人，一个白说大话的人！我方才跟穆辛讲话的时候，我多勇敢，现在……我方才大来其诗意！她忘了习惯上那句话："问母亲去！"真是的！……多蠢的一个地位！不管走哪一条路，我必须来一个结束——司塔尼秦来得正是时候。啵，命运，啵，命运，请，告诉我，你在嘲弄我，还是在帮我忙？好，看罢……穆辛是一个大人物……

----

① 法文："既然都定规了……"
② 法文："怎么？她走开啦？"
③ 法文："是的……她去看……"
④ 法文："这小疯子！"

〔司塔尼秦进来。他穿得很考究。右手拿着他的帽子；左手拿着一个纸包的篮子。他的脸显得心乱。看见高尔司基，他站住，脸微微红了。高尔司基迎住他，带着最和悦的表情，伸出手。

高尔司基 你好，茹拉及米尔·彼特洛维奇？看见你，我欢喜。

司塔尼秦 我……很……你好？你在这儿久吗？

高尔司基 打昨天我就在这儿，茹拉及米尔·彼特洛维奇。

司塔尼秦 大家都好？

高尔司基 大家，确确实实大家，茹拉及米尔·彼特洛维奇，从安娜·瓦西列夫娜起，到你送给薇娜·尼考拉耶夫娜的小狗为止。好，你好吗？

司塔尼秦 我……我挺好……她在哪儿？

高尔司基 在里头客室，斗牌。

司塔尼秦 这么早！你——？

高尔司基 我在这儿，你看见的……你带来什么？礼物，我敢说。

司塔尼秦 是的；薇娜·尼考拉耶夫娜说——我叫人到莫斯科买来的糖。

高尔司基 到莫斯科？

司塔尼秦 是的；那儿糖比较好。薇娜·尼考拉耶夫娜在哪儿？

〔把帽子和糖放在桌子上。

高尔司基 我想她在里头客室，看去好了。

司塔尼秦 （望着内客室，怯怯地）那个新人是谁？

高尔司基 你没认出他呀？穆辛，伊凡·怕夫里奇。

司塔尼秦 啾，是的……

〔调换地位。

高尔司基 你要不要去里头客室？……你的举止像神经紧张似的，茹

	拉及米尔·彼特洛维奇!
司塔尼秦	不,我并不……旅行,你知道……土。好,我的头,你知道……

〔内客室传来一片笑声。全在嚷着:"少四!少四!"薇娜说:"给你道喜啦,穆辛先生。"

司塔尼秦	(笑着,望着内客室)那儿有什么事?是谁输啦?
高尔司基	你为什么不进去?
司塔尼秦	说老实话,高尔司基,我很想跟薇娜·尼考拉耶夫娜谈一会儿话。
高尔司基	跟她一个人?
司塔尼秦	是的;只几句话。我很想现在——白天——你自己知道……
高尔司基	好,那你进去,告诉她好了。带上糖。
司塔尼秦	对。

〔朝门走去,但是踟蹰了。忽然传来安娜·瓦西列夫娜的声音:"C'est vous, Woldemar? Bonjour ... Entrez done ...①"他进去了。

高尔司基	(一个人)我不喜欢自己。我开始变得阴沉,激烦了。噢,主,噢,主!我经的是什么?为什么我觉得心在喉咙里头?为什么我忽然开始感觉非常不愉快地活泼?为什么我总是准备好了,像一个小学生,对大家使诡计,大家,连我也算在里面?我要是没有爱情,那么,什么是我逗人逗自己的目的?结婚?不是;我不要结婚,特别是在恐吓

---

① 法文:"是你,渥耳德马尔!你好……进来呀……。"渥耳德马尔即茹拉及米尔的法国称呼。

之下。既然如此，我就不能够牺牲我的自私了吗？好，让她胜利——好，愿主跟他在一起！（走到台球桌子跟前，开始推球）也许我顶好走开，如果她要嫁人的话……不对，瞎扯……那我看不见她，就跟看不见我自己的耳朵一样……（继续推球）我打一个赌好不好？我要是打——家伙，多没意思！（丢开杆子，走到桌子跟前，拿起一本书，读着）"这就是那发生的事情：结婚还不到五年，可爱的，活泼的玛丽就变成了肥胖的，叫喊的玛丽·包格达诺夫娜……她的愿望和她的梦想都去了什么地方？"……啵，小说家们，你们可真没意思！你们搞来搞去就搞这个！一个人年纪大了，胖了，蠢了，有什么好惊奇的？痛苦的是这个：梦想和愿望还是那样子；眼睛才一发暗，嫩毛才一脱脸，丈夫就不知道怎么样对付自己了……顶要命的是，一个有自尊心的人甚至于在结婚以前就发烧……我想，他们来啦——我必须走开。家伙！我觉得就像在演果戈理的《结婚》……不管结果怎么样，我决不跳窗户①。我要非常安闲地走进花园……荣誉和地位都给你啦，司塔尼秦！

〔就在他急忙退出的时候，薇娜和司塔尼秦从客室进来。

薇　　娜　　（向司塔尼秦）什么？我觉得高尔司基在朝花园跑。

司塔尼秦　　是的，我承认——对他讲过，我……要单独跟你讲话……只几句话……

---

① 果戈理 Gogol（一八〇九——一八五二）是俄国的著名作家。在他的笑剧《结婚》（一八四二年）里面，鲍德考列夫跟着媒婆到女家求婚，临到女方答应的时候，他一胆怯，跳出窗户逃了。

薇　娜　　啾，你对他讲过……他对你说些什么？

司塔尼秦　他……什么也没说……

薇　娜　　什么样儿的准备！你吓住我了……你昨天的小条子我简直就不懂……

司塔尼秦　情形是这样子，薇娜·尼考拉耶夫娜……原谅我的莽撞……我知道……我不配……（薇娜向窗户走去；他跟着她）情形是这样子——我——我斗胆求你嫁我……（薇娜在静默中低下头来）啾，主，我非常清楚，我不配你……我知道这是，在我这一方面——不过你知道我很久了——如果盲目的膜拜——最小希望的满足——如果这一切——我求你饶恕我的大胆——如果一切……（他说不下去了。薇娜静静地拿手给他）我真就连希望也不可能希望吗？……

薇　娜　　（安静地）你不了解我，茹拉及米尔·彼特洛维奇。

司塔尼秦　如果情愿是这样子……当然……原谅我……允许我求你一件事，薇娜·尼考拉耶夫娜：别剥夺我有时候看看你的幸福……我保证我不麻烦你……如果你……跟别人……你……跟你看中的人……我保证……我永远为你的幸福欢喜……我知道价值……我打哪儿进来的？你，不用说了，是对的……

薇　娜　　让我细想想，茹拉及米尔·彼特洛维奇。

司塔尼秦　你是什么意思？

薇　娜　　现在离开我一会儿工夫……我回头看你……我跟你再谈这个……

司塔尼秦　你做什么决定也成，我全同意，一句也不抱怨。

〔鞠躬，走进内客室，把门带住。

薇　娜	（看着他的后影，走到花园门口，呼唤）高尔司基！高尔司基，进来！

〔她走到舞台前部。稍缓，高尔司基进来。

高尔司基	你喊我来的？
薇　娜	你知道司塔尼秦要一个人跟我谈话吗？
高尔司基	知道，他告诉我来的。
薇　娜	你知道他要讲些什么吗？
高尔司基	不知道；不很知道。
薇　娜	他要我嫁给他。
高尔司基	你怎么对他讲？
薇　娜	没讲什么。
高尔司基	你没有拒绝他？
薇　娜	我叫他等上一会儿。
高尔司基	为什么？
薇　娜	高尔司基，你说"为什么"是什么意思？你这会儿怎么的啦，你怎么这样冷看着我？你讲话怎么这样满不在乎？你微笑的样子多特别！你明白，我来问你要主意；我冲你伸出我的手，可是你……
高尔司基	原谅我，薇娜·尼考拉耶夫娜……有时候，我真迟钝啦……我在太阳地走没戴帽子……别笑……真的，可能就是……那么，司塔尼秦向你求婚，你问我要主意，我现在又要问你，你对一般家庭生活是什么意见，不妨拿牛奶作比……牛奶很快就变酸的。
薇　娜	高尔司基！我不明白。一刻钟以前，就在这地方——（指着钢琴）——想想看，你对我讲的是这个？我离开你的时候难道你是这种心情？你怎么的啦？你是在拿我开心？

高尔司基，我该当受这个？

高尔司基 （痛苦地）我告诉你，我没有拿你开心。

薇　娜 我怎么解释这种意外的变化？我为什么就不能够了解你？正相反，为什么我就……告诉我，告诉我，你自己告诉我，难道我对你不开诚布公跟一个妹妹一样？

高尔司基 （有些激动）薇娜·尼考拉耶夫娜！我——

薇　娜 要不就是，也许——看你把我逼到什么地步，这话我也讲了——也许是司塔尼秦引起了你——我怎么说——妒忌？

高尔司基 凭什么不？

薇　娜 啵，别装蒜啦——你比谁都清楚——话说回来，我在讲些什么呀？我知道你怎么样想我，你对我是什么感情吗？

高尔司基 薇娜·尼考拉耶夫娜！真的，我们还是暂时分开一下的好……

薇　娜 高尔司基！……你说什么？

高尔司基 说正经……我们的关系很特别……我们命里注定互相误会，互相磨难。

薇　娜 人家磨难我，我向例不生气；不过，我不要人家拿我开心……互相误会？——我们有什么好误会的？难道我不正眼看着你？难道我喜欢误会？难道我不是想什么说什么？难道我这人说话不算数？高尔司基，万一我们必须分手，至少，我们就做朋友做下去罢。

高尔司基 万一我们分手，你还会想到我吗，怕是一回也不了罢？

薇　娜 高尔司基，显然你希望我……你要我忏悔。不过我没有撒谎的习惯，或者夸张的习惯。是的，我喜欢你——不管你多特别，我对你有感情——而且……就是这个。这种友情可以发展，可以停止。全看你啦……这就是我目前的情

115

形……现在你，你要怎么着，你想到什么，你就说什么。难道你就不明白，我问你不光是为了好奇；至少，我必须知道……

〔她不说了，转开身子。

高尔司基　薇娜·尼考拉耶夫娜！听我讲：你天生走运。打做小孩子起，你呼吸的就是自由……真理对你，就像光对眼睛那样要紧，空气对肺那样要紧……勇敢地你朝四围看，勇敢地你朝前走，因为你不知道人生；所以，人生对你没有障碍。不过，为了上帝的缘故，别冲我这样一个微贱、受惊的人要求同样的勇敢；他看见自己有罪，不断在犯罪，还要继续犯罪……别逼我说出那最后的有决定性的字眼儿，说什么我也不要在你跟前讲出口，也许就因为我对自己讲过一千回。我对你再讲一遍：姑息我，要不干脆就丢了我——再多等一会儿……

薇　　娜　　高尔司基，我能够相信你吗？告诉我——我就相信你——只要你告诉我相信你。

高尔司基　（不由自主地动了一下）主知道……

薇　　娜　　（稍缓）仔细想想，给我一个更好的回答。

高尔司基　我不用思想的时候，总有更好的回答。

薇　　娜　　你呀三心二意，跟一个小姑娘一样。

高尔司基　你呀完全相反……不过你饶恕我……我相信我告诉你"等"来的。这个不可饶恕的蠢字眼儿是不经意溜出我的嘴唇的……

薇　　娜　　（立刻脸红了）当真？谢谢你坦白。

〔高尔司基想要回答她，但是内客室的门忽然打开，除掉 Mlle Bienaimé，统统进来。安娜·瓦西列夫娜的心情是极其恬适愉快；穆辛和她胳膊搭在一起走着。司塔尼秦朝薇娜和高尔司基很快看了一眼。

李巴诺娃　你想不到罢？Eugène，我们完全把穆辛先生赢啦。赢了个干净。可是他呀，真喜欢耍钱啦！

高尔司基　我就不知道他喜欢耍钱。

李巴诺娃　C'est incroyable！①他来一回输一回……（坐下）现在，我们可以散散步啦。

穆　辛　（走到窗前，语气带着压下去的怒火）我们怕是散不了步喽。雨开始在下。

娃尔娃娜·伊凡诺夫娜　今天晴雨表跌下去很多……

〔坐在李巴诺娃后头。

李巴诺娃　真是这样子？Comme c'est contrariant！ Eh bien②，我们得想点儿什么消遣……Eugène，还有你，Woldemar，你们的差事到啦。

楚哈诺夫　有谁要跟我打台球吗？（没有人回答他）要不然，我们来点儿点心，喝点儿渥得喀。（依然静默）那么，我祝大家健康，自己去喝。

〔走进饭厅。

〔同时，司塔尼秦走向薇娜，然而不敢同她讲话……高尔司基站在一边。穆辛在研究桌上的画。

李巴诺娃　好，女士们，先生们！高尔司基，来点儿东西。

高尔司基　你要我来点儿东西，我给你念念毕风的《自然科学史》③

---

① 法文："简直想不到！"
② 法文："真不趁心啦！好罢。"
③ 毕风 Buffon（一七〇七——一七八八）是法国一位有名的学者。他的《自然科学史》Histoire Naturelle（一七四九——一七八八）有三十六卷之多。

的序罢。

李巴诺娃　别胡扯啦。

高尔司基　那么，我们玩儿 petits jeux innocents①。

李巴诺娃　随便。不过，我不是为我自己才讲这话……经理一定在办公室等着我……他来了没有，娃尔娃娜·伊凡诺夫娜?

娃尔娃娜·伊凡诺夫娜　大概他来啦。

李巴诺娃　看看去，我的亲爱的。

〔娃尔娃娜·伊凡诺夫娜走出。

李巴诺娃　薇娜，到这儿来……你脸色怎么这样白？你不舒服?

薇　娜　我没什么。

李巴诺娃　这就好。啾，是的，Woldemar，别忘记提醒我……我要你在城里帮我做点儿事。（向薇娜）Il est si complaisant!②

薇　娜　Il ist plus que eela, maman, il est bon.③

〔司塔尼秦微笑着。

李巴诺娃　穆辛先生，你那么用心，在研究什么?

穆　辛　意大利风景画。

李巴诺娃　啾，是的。我先前买的……一个纪念……我爱意大利……我在那儿很快活！

〔叹息。

娃尔娃娜·伊凡诺夫娜　（进来）费道提来啦，安娜·瓦西列夫娜。

李巴诺娃　（站起）他来啦？（向穆辛）看好啦——里头有一张大湖的风景④。美极了！（向娃尔娃娜·伊凡诺夫娜）代理人也

---

① 法文："猜闷儿。"
② 法文："他真讨人喜欢啦！"
③ 法文："不光这个，妈咪，他心好。"
④ 大湖 Lago Maggiore 在意大利北部。

　　　　　　　在吗？

娃尔娃娜·伊凡诺夫娜　　他在。

李巴诺娃　　好，再见，孩子们……Eugène，我把他们交给你啦。
　　　　　　　Amusez—vous ...① Mlle Bienaimé帮你来啦。

　　　　　　　〔Mlle Bienaimé从内客室进来。

李巴诺娃　　来，娃尔娃娜·伊凡诺夫娜。

　　　　　　　〔她们走进内客室。

　　　　　　　〔一顿。

Mlle Bienaimé　（枯涩地）Et bien, que ferons—nous? ②

穆　辛　　是呀，我们做什么好？

司塔尼秦　　成了问题！

高尔司基　　汉穆莱提说在你前头了，茹拉及米尔·彼特洛维奇③！（忽然有了活气）好，我们，我们……你们看，雨下得真大……真的，我们干么手叠手枯坐着！

司塔尼秦　　我来……你呢，薇娜·尼考拉耶夫娜？

薇　娜　　（一直半晌动也不动）我也……来。

司塔尼秦　　好极了！

穆　辛　　叶夫皆尼·安得列维奇，你想出点儿什么啦？

高尔司基　　想出来啦，伊凡·怕夫里奇！我们这样做：我们围桌而坐……

Mlle Bienaimé　Ah, ce sera charmant! ④

----

① 法文："你们玩儿罢……"
② 法文："好，我们做什么好？"
③ "成了问题"是莎士比亚悲剧《汉穆莱提》中间的一句话。
④ 法文："啊，一定好玩儿！"

119

高尔司基	N'est-ce pas? ①我们拿名字写在纸条儿上，谁的名字先被抽出来，谁就得讲一个希奇古怪的故事——自己的，别人的，随便什么都成。Liberté entière, 像安娜·瓦西列夫娜所讲的。
司塔尼秦	很好，很好。
Mlle Bienaimé	（同时）Ah! Très bien, très bien.②
穆　辛	不过，讲哪类故事？
高尔司基	想到什么就讲什么……好，我们坐下来，我们坐下来。你高兴不高兴来，薇娜·尼考拉耶夫娜？
薇　娜	干么不？

〔坐下。高尔司基坐在她的右手边；穆辛坐在她的左手边；司塔尼秦在穆辛一旁，Mlle Bienaimé挨近高尔司基。

高尔司基	这儿有一张纸……（撕成小条）现在，我写下我们的名字。

〔写好名字，把小纸条聚在一起。

穆　辛	（向薇娜）你今天怎么这样沉沉的，薇娜·尼考拉耶夫娜？
薇　娜	你怎么知道我不总是这样子？你是头一回见我。
穆　辛	（隐约地微笑着）啾，不会的；你总是那样子，不可能。
薇　娜	（微微感到气闷）当真？（向司塔尼秦）你送来的糖很好吃，Woldemar!
司塔尼秦	我很高兴……我能够让你喜欢……
高尔司基	啾，你这人呀，就会伺候女人！（把纸条弄乱了）好，成

---

① 法文："不是吗？"
② 法文："啊! 很好，很好。"

	啦。谁抽？Mlle Bienaimé, voulez-vous？①
Mlle Bienaimé	Mais très volontiers.②（拿起一个纸条，做了一个怪脸，读着）M.司塔尼秦。
高尔司基	（向司塔尼秦）好，给我们讲故事，茹拉及米尔·彼特洛维奇。
司塔尼秦	你要我给你讲什么？我不知道……
高尔司基	随便。你脑子里头有什么就讲什么！
司塔尼秦	可是我脑子里头就什么也没有。
高尔司基	好，这可真糟啦。
薇 娜	我同意司塔尼秦。不准备谁能够讲呀？
穆 辛	（连忙）我的意见相同。
司塔尼秦	举一个例看，叶夫皆尼·安得列维奇。你开始。
薇 娜	对，你开始。
穆 辛	开始，开始。
Mlle Bienaimé	Oui, commencez, M. Gorski.③
高尔司基	你们既然坚持，你们就听好了。我开始……哼……
	〔咳嗽着。
Mlle Bienaimé	Hi, hi, nous allons rire.④
高尔司基	Ne riez pas d'avance …⑤就这样，听罢：有一位男爵……
穆 辛	做了一个梦？
高尔司基	不是的，他有一个女儿。

---

① 法文："你抽好吗？"
② 法文："我愿意抽。"
③ 法文："是的，开始罢，高尔司基先生。"
④ 法文："嘻，嘻，我们要笑啦。"
⑤ 法文："先别就笑……"

穆　辛	还不都是这么回子事。
高尔司基	噢，主，你今天可真口巧啦！就这样，有一位男爵，有一个女儿。她长得很美；她父亲非常爱她。一切称心如意。忽然，有这么一天，小姐认准了人生实际上是一个好东西。她变得抑郁了，开始哭了，生病，躺到床上。她的kammerfrau①马上跑去讲给父亲听，父亲看望女儿去了，看着她直摇头，讲着德文："唔——唔——唔——唔——唔——"，踏着整齐的步子，走到外头叫他的秘书来，吩咐他下三份请帖，给三位世家子弟——全是美男子。第二天，打扮好了，他们一个一个冲男爵鞠躬，于是小姐跟平常一样微笑了——说实话，比平常多了一点——仔细打量她的求婚人：因为男爵是一个外交家，三位贵族子弟是求婚人。
穆　辛	你拼命往长里扯！
高尔司基	我亲爱的朋友，这有什么关系？
Mlle Bienaimé	Mais oui, laissez-le faire.②
薇　娜	（用心看着他）讲下去。
高尔司基	就这样，小姐有了三位求婚人。她该选谁呀？遇到这种问题，心有最好的答案。但是，万一心不定怎么办？……小姐是一位聪明有远见的姑娘。她决定考验一下求婚人。有一回，她一个人跟其中一位在一起，一个灰白头发的人，她忽然转过身子问他道："为了表示你爱我，你准备好了做什么？"灰白头发的人，天生铁石心肠，但是好说

---

① 德文："女用人。"
② 法文："可不，让他讲下去。"

大话，就热烈地回道："只要你吩咐，哪怕是世上最高的钟楼，我准备往下跳。"小姐和和气气地微笑着，到了第二天，向另一个求婚人，一个浅黄头发的人，提出同一问题，事先就把前一个人的答案告诉了他。他同样回答，不过，比前一个人还要激昂。小姐最后问到第三个人，一个黑皮肤的人。这位先生由于礼貌关系，迟疑了一下，然后回答，他同意做任何事，甚至于快快活活去做，但是从最高的钟楼往下跳，他不肯，因为，头一破，他就不能够求婚了。这位黑皮肤先生说出话来，有点儿让小姐气闷，不过，她喜欢他，也许比喜欢另外两个人还要喜欢，她坚持要他至少也得许一个愿。"我不会要求还愿的。"可是黑皮肤先生，一个有良心的人，说什么也不肯许愿……

薇　娜	你今天的心情怪虔敬的，高尔司基！
Mlle Bienaimé	Non, il n'est pas en veine, c'est vrai.① 不好，不好。
司塔尼秦	换一个故事，另讲一个。
高尔司基	（有些气闷）我今天不合适——不会天天合适——（向薇娜）好比说，你今天就跟你昨天不一样。
薇　娜	你说这话，我不知道是什么意思。
	〔她站起来。人人站起。
高尔司基	（转向司塔尼秦）你想不出，茹拉及米尔·彼特洛维奇，我们昨天夜晚过得太好玩儿啦！你不在，真可惜，茹拉及米尔·彼特洛维奇。Mlle Bienaimé就是一位眼证。薇娜·尼考拉耶夫娜跟我在池子划了一点多钟船。薇娜·尼考拉耶夫娜喜欢极了这一夜，她觉得幸福极了……就跟她在仙

---

① 法文："不，他没有兴致，真的。"

	境一样……她眼睛里头有了眼泪……我永远忘不了这一夜,茹拉及米尔·彼特洛维奇!
司塔尼秦	(忧郁地)我相信你。
薇　娜	(眼睛没有离开高尔司基)是的,我们昨天夜晚可快活啦。你自己也说,你是在仙境……想想看,先生们,高尔司基对我引证诗——那样甜蜜的引人入梦的诗!
司塔尼秦	他读诗给你听?
薇　娜	当然……声调还挺特别……好像他有了病,挺特别的样子直叹气……
高尔司基	你,你自己,要那样子,薇娜·尼考拉耶夫娜。你知道,我平日很少自愿把感情提到这么高……
薇　娜	正因为这个,我才更觉得可惊。我知道你宁可笑,也不——好比说,也不叹气,或者……做梦。
高尔司基	我同意这个!说实话,天下就没有一样儿东西不该笑的!友谊,家庭,幸福,爱情?这些可爱的东西,好也就是一时的游戏,随后——愿主赏我们腿跑开!一位君子人必须制止自己跌进这些温柔——
	〔穆辛,微笑着,先看看薇娜,然后看看司塔尼秦,来回看着。薇娜注意到了。
薇　娜	(慢慢地)你现在好像在谈个人的信条。不过,你何必这样做作?你一向就这样想。没人怀疑你。
高尔司基	(勉强微笑着)不见得罢。昨天,你的见解就不一样。
薇　娜	你怎么知道?不对,说正经,高尔司基!允许我给你点儿友谊的忠告:千万别变感伤了。这跟你不相宜……你聪明……没有这个,你挺得下去的——啾,天像是不下雨啦!看,多美的太阳!我们到花园去。司塔尼秦,把你的

	胳膊给我。（连忙转开，拿起司塔尼秦的胳膊）Bonne amie, venez-vous? ①
Mlle Bienaimé	Oui, oui, allez toujours ... ②
	〔拿起钢琴上的帽子，戴在头上。
薇　娜	（向其余的人们）你们，先生们，不来吗？司塔尼秦，我们跑罢！
司塔尼秦	（和薇娜跑往花园）只要你高兴，薇娜·尼考拉耶夫娜，只要你高兴。
Mlle Bienaimé	M.穆辛，Voulez-vous me donner votre bras? ③
穆　辛	Avec plaisir, mademoiselle ...④（向高尔司基）再会，黑皮肤先生！
	〔和 Mlle Bienaimé 出去。
高尔司基	（一个人，走到窗前）她跑得多急！连回头看也不看一眼……还有司塔尼秦，司塔尼秦——跌跌打打直高兴！（耸肩）可怜虫！他就没有认清他的环境——他真就是一个可怜虫吗？我怕我脚插得太深了。我的肝怎么啦？我讲故事的时候，这狗东西始终盯住我看，一刻也不放松！……我不应该讲起昨天夜晚来的。如果她觉得——当然，我亲爱的朋友，叶夫皆尼·安得列维奇，你该卷铺盖走了。也是走的时候了——我给自己惹了不少是非。（走了几步）啾，愚人们的命不幸，聪明人们的天之所佑！帮我一把！（向四面看）是谁？楚哈诺夫？也许他能够……

---

① 法文："好朋友，你来吗？"
② 法文："来，来，没不来的。"
③ 法文："穆辛先生，你愿意不愿意拿胳膊给我？"
④ 法文："效劳，小姐……"

楚哈诺夫	（小心翼翼地从饭厅走进）啾，我亲爱的叶夫皆尼·安得列维奇！你一个人在这儿，我真欢喜！
高尔司基	有什么事？
楚哈诺夫	（几乎听不见）叶夫皆尼·安得列维奇！你明白，事情是这样子：安娜·瓦西列夫娜——愿主赐她健康！——答应给我木料造一所房子；不过忘了吩咐经理——没有她的命令，我就拿不到手。
高尔司基	好，提醒她就是了。
楚哈诺夫	我没这份儿胆子，我的亲爱的。行行好——我一辈子为你祷告。你只要两三句话，提到……（眨眼）你做这种事顶在行——说不定你随便一句话就办得了？（眨眼，更显明了）特别是，你差不多就是这家的主子。
	〔闭口而笑。
高尔司基	当真？这样的话，效劳。
楚哈诺夫	我后半生全是你给的了。（高声，眨眼）你有什么事要我做的话——冲我眨眼睛好了。（捶他的背）啾，你这人真行！
高尔司基	很好，力之所能，一定为力。
楚哈诺夫	是，先生。大人！年迈的楚哈诺夫决不让人麻烦。报告，询问，此外，全留给那些有势力的人们去做。我很开心，非常感激。向左，开步！
	〔走进饭厅。
高尔司基	好，看样子，这次"巧合"也帮不了忙。（脚步声从花园门那边传来）谁跑成这样子？喝！司塔尼秦！
司塔尼秦	（跑进来，喘着气）安娜·瓦西列夫娜在哪儿？
高尔司基	你找谁？
司塔尼秦	（忽然站住）高尔司基，你知道就好了！……

高尔司基　你简直高兴疯了——什么事？

司塔尼秦　（握住他的手）高尔司基，照理说我不应——不过我办不到——我简直高兴死啦……我知道你一直关切我……想想看……谁想得到？

高尔司基　到底是什么事？

司塔尼秦　我才刚问薇娜·尼考拉耶夫娜好不好嫁给我，她——

高尔司基　她？

司塔尼秦　想想看，高尔司基，她答应啦——就是才刚——在花园——她许我去对安娜·瓦西列夫娜讲啦——高尔司基，我像小孩子一样快活……女孩子真了不起！

高尔司基　（几几乎不能够抑止他的激动）你现在去看安娜·瓦西列夫娜？

司塔尼秦　是呀，我知道她不会拒绝我的。高尔司基，我快活，形容不来地快活……我直想搂一下整个儿世界……让我，至少，搂搂你。（拥抱高尔司基）哎，我真快活！

〔跑出。

高尔司基　（默然许久）好得很！（朝司塔尼秦方面鞠躬）我有荣誉给你道喜——（兜着屋子走动，气闷）我承认，我没有想到这个。她是一个机灵丫头。无论如何，我必须马上就走……要不然，不，我待下来。家伙，我心跳得多不带劲！简直下流……（想了一想）好，我支不住了……支不住，臊死人啦。我不该待在这儿，也不该待在那儿……（走到窗前，望着花园）他们来啦……至少，死也要死得光荣。

〔戴上他的帽子，像是他有意要去花园，在门道遇到穆辛、薇娜和 Mlle Bienaimé。薇娜挽着 Mlle Bienaimé 的胳膊。

高尔司基　　你们这么快就回来啦！我正要找你们来……
　　　　　　　〔薇娜并不抬起眼睛。
Mlle Bienaimé　Il fait encore trop mouillé.①
穆　辛　　　你为什么先不跟我们一道儿来？
高尔司基　　楚哈诺夫不放我走……你跑了一阵子，薇娜·尼考拉耶夫娜！
薇　娜　　　是的，我热。
　　　　　　　〔Mlle Bienaimé和穆辛走到一边，然后他们开始在后面打台球。
高尔司基　　（几乎听不见）我全知道啦，薇娜·尼考拉耶夫娜。我没想到。
薇　娜　　　你知道……不过我并不奇怪——他全摆在外头。
高尔司基　　（责备地）你要后悔的。
薇　娜　　　不会。
高尔司基　　你这样做，是伤心的影响。
薇　娜　　　大概是罢；不过，我这样做非常在情在理，决不后悔……你念莱蒙托夫的诗给我听；你告诉我，机会带我去的地方，去了，我就再也回不来……这都不提，你知道，高尔司基，你知道，跟你在一起，我一定会顶顶不快活的。
高尔司基　　好恭维词儿。
薇　娜　　　我讲我相信的。他爱我，你……
高尔司基　　我？
薇　娜　　　你什么人也不能够爱。你的心是冷的；你只有想像是火热的。我对你讲话，就像对一个老朋友讲起旧话……

---

①　法文："外头还是太湿。"

高尔司基	（迟钝地）我侮辱你啦。
薇　娜	是的；你爱我不够，所以你没有权利侮辱我……不过，这全是老话啦……我们还是好好儿分手罢……拿你的手给我。
高尔司基	我奇怪你，薇娜·尼考拉耶夫娜。你像玻璃一样透明，两岁孩子一样年轻，可是像福赖代芮克大帝①一样毅然决然。拿我的手给你！你就看不出我心里有多难过吗？
薇　娜	你的自私心受了伤；不过，没关系，会治好的。
高尔司基	啾，你简直是一个哲学家！
薇　娜	听我讲……我们谈这个，大概是，末一回谈这个罢……你是一个聪明人，不过你错看了我。相信我，我并不像你的朋友穆辛常常讲的，活着 au pied du mur②。我没有强制你牺牲，我不过是寻找真理和单纯。我没有要求你跳出钟楼，但是，不这样做……
穆　辛	（高声）J'ai gagné.③
Mlle Bienaimé	Eh bien!　la revanche.④
薇　娜	我没有让你跟我在一起游戏，如此而已……相信我，我没有恶意。
高尔司基	我给你道喜。战胜者不妨宽洪大量。
薇　娜	那么，拿你的手给我……这是我的手。
高尔司基	对不住，你的手已经不属于你啦⑤。

---

① 福赖代芮克大帝（一七一二——一七八六）是普鲁士国王。
② 法文："（活着）无路可走。"
③ 法文："我赢啦。"
④ 法文："不成！再来。"
⑤ 外国求"手"就是求婚，所以高尔司基才说这话。

〔薇娜转开身子，走向台球桌子。

高尔司基　无论如何，在这世界，凡事要朝好里想。

薇　　娜　正是……Qui gagne? ①

穆　　辛　到现在为止，是我。

薇　　娜　啾，你是一个伟大的人！

高尔司基　(拍着他的肩膀)还是我最好的朋友！不对吗，伊凡·怕夫里奇？(拿手放在衣袋里头)啾，倒说，薇娜·尼考拉耶夫娜，请你过来。

〔走到舞台前部。

薇　　娜　(随着他)你有什么话告诉我？

高尔司基　(从衣袋取出玫瑰给她看)你有什么话讲讲这个？(薇娜羞了上来，低下眼睛)不可笑吗？看，它连凋谢都来不及……(鞠躬)允许我把它归还原主。

薇　　娜　假如你对我有一点点尊敬的话，你现在就不会还给我了。

高尔司基　(收回手去)这样说来——这朵可怜的花就跟我待在一起罢……不过，感情可没有就传给我——难道不是吗？好，揶揄，活泼，还有存心不良，万岁！现在，我又是我啦。

薇　　娜　很好。

高尔司基　看着我。(薇娜看着他。高尔司基讲话有些激动)再见……倒说，现在我能够喊：Welche Perle warf ich weg! ②不过！我又何必？凡事要朝好里想。

穆　　辛　(嚷着)J'ai gagné encore une fois! ③

薇　　娜　凡事要朝好里想，高尔司基。

――――――――

① 法文："谁赢？"
② 德文："我扔了一颗什么样儿的珍珠啊！"
③ 法文："我又赢了一回！"

高尔司基　　大概是，大概是……里头客厅门开啦。家庭的波兰舞①进来啦！

〔从内客室进来安娜·瓦西列夫娜，前头走着司塔尼秦；娃尔娃娜·伊凡诺夫娜跟着她。薇娜奔向母亲，拥抱着她。

李巴诺娃　　（充满了泪水的呢喃）Pourvu que tu sois heureuse, mon enfant ...②

〔司塔尼秦感动得流下泪来。

高尔司基　　（向自己）多动人的场面！想想看，我差点儿也成了这木头虫！可不，我根本生下来就跟家庭生活不相宜……（高声）好，安娜·瓦西列夫娜，府上大小账目你总算安排妥帖，完事了罢？

李巴诺娃　　完事啦，Eugène，完事啦。干么问？

高尔司基　　我提议套上马，全到树林玩儿去。

李巴诺娃　　好呀。娃尔娃娜·伊凡诺夫娜，我的亲爱的。吩咐下去。

娃尔娃娜·伊凡诺夫娜　　是，太太；是，太太。

〔朝门廊走出。

Mlle Bienaimé　Dieu! Que cela sera charmant! ③

高尔司基　　我们有多傻，你回头就看出来啦……我今天像一只小猫一样有意思……（向自己）血冲着我的脑壳。看着这些事呀，我觉得我就像喝醉了一样……我的上帝！她真好看！（高声）拿起你们的帽子；走，走。（向司塔尼秦）到她跟前

---

① "波兰舞"Polonaise 是一种庄严的舞蹈，不跳，谐着三拍的乐曲进行。高尔司基的话含有讥笑的意味。
② 法文："只要你快活就好，我的孩子……"
③ 法文："上帝！那可真好玩儿啦！"

	去，你这木头虫！
	〔司塔尼秦迟迟地走向薇娜。
高尔司基	不是这样子！心放静，我的朋友。我们散步的时候，我冲你的面子要多动动心思。你把你的才华全露给我看啦。我真觉得痛快！……家伙！还真觉得那样忧愁地痛苦。好，没什么。（高声）太太小姐，走罢；马要赶过我们啦。
李巴诺娃	走，走。
穆　辛	怎么的啦？你一举一动都像有鬼附着身子！
高尔司基	鬼呀是……安娜·瓦西列夫娜，拿你的胳膊给我。我至少还是赞礼员①。
李巴诺娃	是呀，是呀，Eugène，一定要你做。
高尔司基	很好！……薇娜·尼考拉耶夫娜，请拿你的胳膊给司塔尼秦。Mille Bienaime Prenez mon ami②，穆辛先生。还有队长——队长在什么地方？
楚哈诺夫	（从门廊那边跑进来）在这儿伺候。是谁叫我？
高尔司基	队长，把你的胳膊给娃尔娃娜·伊凡诺夫娜。那不是，进来啦。
	〔娃尔娃娜·伊凡诺夫娜进来。
高尔司基	走！以主的名，开步！马要赶过我们啦……薇娜，你先走。安娜·瓦西列夫娜跟我做后卫。
李巴诺娃	（向高尔司基，平静地）Ah, mon cher, si vous saviez, combien je suis heureuse aujourd'hui.③

---

① "赞礼员"应当译做"赞礼的主子"，就明显地配上前面楚哈诺夫所说："你差不多就是这家的主子。"高尔司基拿这话来帮自己解嘲。
② 法文："拿我朋友的胳膊。"
③ 法文："啊！我的亲爱的，你要是知道，我今天有多快活就好了。"

穆　辛　（和 Mlle Bienaimé 并肩走在一起。向高尔司基）很好，很好，我的孩子。你抖擞精神迎战……不过，你知道这句谚语："什么地方薄，什么地方破。"

幕

（一八四七年）

后　记

在被介绍到中国的旧俄大作家中间，屠格涅夫（一八一八——一八八三）是最受中国读者欢迎的一位。这是把他作为一位小说家和散文家来看的。作为一位剧作家，很少有人对他加以适当的注意。不错，很早就有人翻译他的杰作长剧《乡间一月》，就是当年共学社那本译错了剧名的《村中之月》。后来，芳信先生重新译过一回。然而他的戏剧始终在中国没有得到可能认识全貌的机会。这是不公平的。

因为假如我们知道剧作家契诃夫，我们就应当同样知道他戏剧创作上的先驱，那在精神上给他启发最大的剧作家屠格涅夫。契诃夫在戏剧方面继承了屠格涅夫留下的反舞台的优异传统。唯一的问题是屠格涅夫很早就搁笔不写戏剧了（最后一个戏写在一八五二年），因为他对自己的剧作没有信心，尤其是，和托尔斯泰一样，他厌恶沙皇的检查制度。而且说实话，屠格涅夫后来住到外国，没有机会和契诃夫一样，遇到他的莫斯科艺术剧院。

从事戏剧工作的人们把这看做一种遗憾。不说别的，屠格涅夫先把戏剧从庸俗的场合里面救了出来。他的小说家的才分同样也成为特点在他早年的剧作里面显示出来。细致的感情，深刻的心理，和生活一致而又经过提炼的语言，富有风趣的刻划。贵族社会没落了，时代朝前走，屠格涅夫以他明净的文笔和艺术家敏锐的感受把这记录下来。然而这是戏，他在写戏，他晓得戏和小说应当有些地方不就相同。中国读者只要一读他的《落魄》，就明白这是一出什么样有风格而又有内容的小喜剧。有谁要想搜寻《樱桃园》一对兄妹的悲剧或者喜剧（契诃夫把它看做喜剧）的根源，必须回到《落魄》这类小喜剧去看。《什么地方薄什么地方破》更加说明了两位剧作家精神上的联系。分析一下这里男主人公高尔司基(含有"痛苦"的意思)的性格,他的矛盾和失败活活画出一个地主知识分子的面相。只有契诃夫才有这种深致的"文心",屠格涅夫没有让他这出小喜剧成为《三姊妹》,然而在格调上,他比《三姊妹》的剧作者先走了这一步,光荣的一步!

屠格涅夫不太相信自己写戏的才能(天大的误会)!所以直到一八七九年,他才把他早年的剧作编成一个集子。译者预备分成四册献给中国读者,根据耶鲁大学教授曼代耳 M.S. Mandell 的英译本重译过来。巴金兄喜爱屠格涅夫,还把俄文本(一九二零年)借我做参考,可惜对我这仅识俄文之无的人没有用处,真正可惜。

一九五一年一月二十八日

·食客·

人物

怕外耳·尼考拉耶维奇·叶列奇基　公家机关顾问，三十二岁。冷静，干枯，并不愚蠢，非常拘谨。衣著简单，然而有审美力。非常平庸，不是一个坏人，但是没有心肝。

奥耳嘎·彼特洛夫娜·叶列奇喀雅　娘家姓考芮纳，他的太太，二十一岁。一个良善仁慈的妇人；梦想世界，畏惧世界；爱她的丈夫，人品极其端庄。衣著合宜。

瓦西里·谢米尼奇·库绕夫金　一位贵人，寄食在叶列奇基家，五十岁。他穿着一件领子笔直的上衣，铜钮扣。

福列更提·阿列克散德芮奇·特洛怕乔夫　叶列奇基家的邻居，三十六岁。一个有四百农奴的地主。没有结婚；高身量，一表人材；说话洪亮，举动夸大。他在骑兵队待过，以中尉衔退役。他常去圣彼得堡，准备好了随时出国。他天性粗野，甚至于下贱。他穿着一件绿色大礼服，一条褐色裤子，一件苏格兰花呢背心，缎领带，别着一枚大针。蹬着一双高筒漆皮靴，拿着一根金头手杖。头发剪短了，à la malcontent①。

伊凡·库日米奇·伊凡诺夫　另一邻居，四十五岁。一个安详、沉默的人，但是有他自己的骄傲。库绕夫金的朋友。他一来就忧郁。他穿着一件肉桂色的旧大礼服，一件浆过的黄背心，一条灰裤子。他很穷。

喀尔怕乔夫　也是一个邻居，四十岁。一个极其愚蠢的人。留着髭，学特洛怕乔夫副官的式样。他并不富裕。他穿着一种打猎用的上衣，一条很宽的裤子。说起话来声音很深沉。

纳尔奇斯·康斯坦第尼奇·特奈穆宾斯基　叶列奇基家的大总管。他是一

---

① 法文："不满意者式样。"典故出自法国十六世纪，以阿朗松 Alençon 公爵为首，反对朝廷设施，阴谋叛变，未遂，下狱，俗称"不满意派"，头发剪短。

个刺激人的叫嚣的多事者。实际他是一个下贱、卑鄙的禽兽。配合一个财主的管家身份,他穿得很好。说起话来正确,但是拼起音来怪怪的。

叶高尔·阿列克谢伊奇·喀尔塔少夫　书记,六十岁。一个爱困的胖人。只要可能,就偷东西。他穿着一件蓝色的长上衣。

浦辣斯考维雅·伊凡诺夫娜　女管家,五十岁。她是一个干枯、乖戾的家伙。头上蒙着一块手帕;黑衣服。说起话来懒声懒气的。

马莎(马实喀)　丫环,二十岁。一个活泼姑娘。

安怕狄斯提　裁缝,七十岁。一个半疯的衰老头子。由于长期劳作,耗空了,疲惫了。

彼特　跟班,二十五岁。一个健康的年轻人。爱揶揄,爱取笑。

瓦斯喀　一个哥萨克孩子,十四岁。

第 一 幕

  一个阔地主家里的起坐间。右边是两个窗户，和一个通花园的门。左边，一个通接待间的门。后墙，一个门通到门道。窗户之间是一张活动桌，上面放着一副棋。左边，靠前，有一张桌子，两把椅子。接待间和门道之间，有一个小走廊。

特奈穆宾斯基　（在后台）这个乱劲儿！我看见的样样儿乱！简直岂有此理！（进来，跟班彼特和哥萨克人瓦斯喀伴着他）我收到小姐正式的通知！大家要好好儿听我吩咐！（向彼特）你懂我的话了没有？

彼　特　我在听。

特奈穆宾斯基　小姐和她丈夫今天就到……他们打发我先来——我们干了点儿什么？什么也没干！（转向哥萨克人）你干了点儿什么？你也喜欢闲溜达？什么事不干？（揪住他的耳朵往外揪）喂饱了不干活儿？你们这些家伙呀，就是喂饱了不干活儿。我清楚你们这些家伙。滚出去！滚到你干活儿的地方去！（哥萨克孩子走出；特奈穆宾斯基在一张椅子上坐下来）上帝，我简直累坏啦！（又跳起）我怎么没有看见裁缝？他在哪儿，裁缝？

彼　特　（往门道望）他在那儿。

特奈穆宾斯基　他为什么不进来？他在外头等什么？进来，我的好朋友。你叫什么？

〔安怕狄斯提进来，手交在背后，在门口站住。

特奈穆宾斯基　（向彼特）这是裁缝？

彼　　特　　就是他。

特奈穆宾斯基　（向安怕狄斯提）你多大啦，我的好朋友？

安怕狄斯提　老爷，我七十岁啦。

特奈穆宾斯基　（向彼特）这儿裁缝只有他？

彼　　特　　不是的。还有一个，不过他自己不争气。他有一张烂嘴。

特奈穆宾斯基　（举高了手）真乱！（向安怕狄斯提）好，老头子，你做好了吗？

安怕狄斯提　做好啦，老爷。

特奈穆宾斯基　号衣的领子你缝上去了没有？

安怕狄斯提　缝啦，老爷。不过，老爷，黄布不够……老爷。

特奈穆宾斯基　那你怎么办？

安怕狄斯提　好，老爷，他们给了我一条黄裙子，一条旧黄裙子。

特奈穆宾斯基　（手往下一落）别讲啦。好，补救也来不及啦。我们现在来不及进城买料子啦。去罢！（安怕狄斯提打算走出）要快呀；不的话……好，去罢。（安怕狄斯提走出。特奈穆宾斯基坐下，又跳起）啊，是的！花园的走道打扫干净了没有？

彼　　特　　可不，正在打扫。到乡下喊了好些单身汉来。

特奈穆宾斯基　（走向彼特）你是谁？

彼　　特　　（莫名其妙）怎么？

特奈穆宾斯基　（走到彼特跟前）你是谁，我问——你是谁？

彼　　特　　（越发莫名其妙了）我？

特奈穆宾斯基　（简直贴近他了）是呀，你，你，你……你是谁？

〔彼特心慌意乱，看着特奈穆宾斯基，不回答。

特奈穆宾斯基　告诉我！我问你！你是谁？

彼　　特　　我是彼特。

特奈穆宾斯基　不对，你是一个跟班，你是这个。照料房屋——这是你的差事；还有，把灯弄干净，可是，花园跟你不相干。他们喊单身汉，还是喊成了家的，来干活儿，跟你不相干。这是书记的事。我就没问你这个，我也没冲这个问你要回话。你的事是去找书记来。这是你的事。

彼　　特　　他本人来啦。

〔叶高尔从前厅进来。

特奈穆宾斯基　啊！叶高尔·阿列克谢伊奇，你可来巧啦。告诉我，请，你有没有吩咐大家把花园……

叶高尔　　吩咐了，纳尔奇斯·康斯坦第尼奇。你别为这操心啦……你要不要闻闻鼻烟？

特奈穆宾斯基　（从叶高尔那里捏出一撮鼻烟，送进鼻孔）叶高尔·阿列克谢伊奇，我打早晨起就忙活，说起来你怎么也不相信。房子地这样多，我承认，我真没想到乱成这个样子！不在你那一部分，当然了，不在地里，我指府里。

叶高尔　　真的？

特奈穆宾斯基　想想看，好比说，我问："府里有音乐家吗？"你明白——上头人相会全有礼数儿。大家讲，有音乐家，我就说："喊他们来。"你猜怎么着？个个儿音乐家全手头有更重要的活儿要做！一个是园丁，一个是鞋匠，低音是一个放羊的。你想想看！乐器又不像景。要它们像景儿呀，

143

	我可费了大劲儿啦。
	〔他又吸了一撮鼻烟。
叶高尔	你挑了一个顶烦重的活儿。
特奈穆宾斯基	是呀,我敢说。我不是白吃面包的人。好,现在,音乐家在大门口聚齐了吗?
叶高尔	当然了,在大门口。下着小雨,他们只好躲到下人屋子。他们说乐器会打湿的,不过,我必须承认,我打里头把他们撵到外头,可不,说不定上头人就来,他们错过了骨节眼儿。我叫他们把乐器藏在衣服底下。
特奈穆宾斯基	完全对。现在,我想,样样儿都有谱子啦。
叶高尔	你可以放心,纳尔奇斯·康斯坦第尼奇。(看着彼特)你站在这儿做什么?走,滚开,到你的地方去。(彼特朝前厅走出。马莎从走廊进来)喝,喝,喝,我的小姐,哪儿跑?
马 莎	啊,叶高尔·阿列克谢伊奇,别管我的事。浦辣斯考维雅·伊凡诺夫娜真把我腻死啦。
	〔她跑进前厅。
叶高尔	(眼睛随着她,然后转向特奈穆宾斯基,眨眼睛。特奈穆宾斯基微笑着)告诉我,纳尔奇斯·康斯坦第尼奇,什么时候啦?
特奈穆宾斯基	(看他的表)十一点一刻。我怕,上头人就来啦。
	〔库绕夫金在前厅出现了。他站住,朝身后做手势,然后安安静静进来,走到窗旁桌子跟前。
叶高尔	我要赶到办公地方去一下子。不用说,老头子就没梳胡子,可是他想亲亲上头人。
	〔匆忙走出,撞在库绕夫金身上。

库绕夫金　　你好,叶高尔·阿列克谢伊奇?

叶高尔　　（未免有些厌烦）哦,瓦西里·谢米尼奇!我没工夫跟你麻烦。

〔走进前厅。

〔库绕夫金继续朝窗户跟前走。

特奈穆宾斯基　（张望,发见库绕夫金。向自己)这是谁?(库绕夫金冲特奈穆宾斯基鞠躬。特奈穆宾斯基稍微摇了一下头,背向库绕夫金和他谈话)好,你也到了这儿。你也想见见年轻夫妇,哎?

库绕夫金　　为什么不?

特奈穆宾斯基　好,你开心吗?(并不等他回答)你换了衣服没有?

库绕夫金　　换啦……这是……

特奈穆宾斯基　好,好……你可以待在犄角那儿。高兴的话,你可以在这儿坐下。（库绕夫金鞠躬）啊!可不!我忘啦!彼特!……彼特!……彼特路实喀!……怎么回事?前厅一个人也没?

伊凡诺夫　　（往前走）伊凡诺夫!伊凡·库日米奇!……他的一个朋友……

〔指着库绕夫金。

库绕夫金　　（向特奈穆宾斯基）邻居……常在这边……他是来看我的。

特奈穆宾斯基　（声音拖长,摇头）哦,眼下不是时候……也不是地点,先生们!

〔彼特从前厅进来,推伊凡诺夫走。伊凡诺夫躲藏开了。

特奈穆宾斯基　你这半天在什么地方?跟着我……我倒要看看你在办公室搞点子什么……我敢说,全没照我的吩咐做……你们这

145

些人呀，就甭想托靠得了！

〔两个人走进接待间。留下库绕夫金一个人。

库绕夫金	（稍缓）瓦尼雅……①啊，瓦尼雅！
伊凡诺夫	（走出前厅）什么？
库绕夫金	进来，瓦尼雅，没什么，你可以进来的。什么？
伊凡诺夫	（慢慢地进来）我还是走罢。
库绕夫金	用不着，待在这儿罢。有什么关系？你是来看我的。过来。就在这儿坐下好啦。这儿是我的角落。
伊凡诺夫	我们还是到你的房间去罢。
库绕夫金	我们眼下进不去我的房间。送来洗的东西在那边检查……羽毛床那边堆了好些个。为什么就消停不了？
伊凡诺夫	不，我还是回去罢。
库绕夫金	不，瓦尼雅，待下罢。就在这儿坐下好啦。我也坐。（库绕夫金坐下来）年轻夫妇就快到啦。我们看一眼才是。
伊凡诺夫	有什么好看的？
库绕夫金	"有什么好看的"，是什么意思？奥耳嘎·彼特洛夫娜在圣彼得堡结婚啦。单看看她丈夫就好。再说，你我好久没见到她啦。自打我们前回见她，六年多啦。坐下。
伊凡诺夫	不过，说真的，瓦西里·谢米尼奇……
库绕夫金	坐下，坐下，我告诉你。别拿大总管搁在心上。但愿上帝和他在一起！那是他的事。
伊凡诺夫	奥耳嘎·彼特洛夫娜嫁的一定是一个阔人。

〔他坐下。

库绕夫金	我不知道告诉你什么才是，瓦尼雅。他们讲他是个什么大

---

① 瓦尼雅是伊凡的昵称。

官儿。可不,奥耳嘎·彼特洛夫娜应该嫁一个好人。她不能够老跟她姨妈住下去。

伊凡诺夫 假定,瓦西里·谢米尼奇,她丈夫把我们俩全撵出去。

库绕夫金 他为什么撵我们出去?

伊凡诺夫 说实话,我的意思是指你。

库绕夫金 (叹息一声)我知道,瓦尼雅,我知道你的意思。你,朋友,小归小,总算是个地主。我可连衣服都不是自己的了。它们总先在别人身上穿。不过新主子不见得就撵我出去。死了的主子——就没撵我出去。……他对我那才叫狠哪。

伊凡诺夫 可是你,瓦西里·谢米尼奇,不知道京城的年轻人啊。

库绕夫金 伊凡·库日米奇,难道真就……他们?

伊凡诺夫 据说,简直,凶透了!我不认识他们,可是我听说来的。

库绕夫金 (稍缓)好,我们走着看罢。我信得过奥耳嘎·彼特洛夫娜。她不会出卖我的。

伊凡诺夫 不出卖你!可是她一定完全把你忘啦。她母亲一死,她就离开这儿——跟她姨妈。怎么着?她连十四岁都不到。你陪她玩洋囡囡——有什么用?她看也不会看你一眼。

库绕夫金 得啦,不会的,瓦尼雅。

伊凡诺夫 你看好了。

库绕夫金 得啦,瓦尼雅,别讲啦,请。

伊凡诺夫 你等着看罢,瓦西里·谢米尼奇。

库绕夫金 请,瓦尼雅,别讲啦……我们还是下一盘棋罢……什么?你说什么?(伊凡诺夫不作声)我们做什么死坐着!来,朋友,来罢。

〔拿起棋盒,摆棋。

伊凡诺夫	（帮助）这时下棋,真不妙啦。大总管不答应你的!
库绕夫金	我们没有碍着谁。
伊凡诺夫	可是年轻夫妻眼看就要到了啊。
库绕夫金	好,他们来,我们就停。走右边,还是走左边?
伊凡诺夫	好,他们要把你我撵出去的。你看好了。走左边。你走。
库绕夫金	我走?好的,我今天这样子走。
伊凡诺夫	哼。你这样走呀?好,那我就换个样子走。
库绕夫金	那我就这样子走。
伊凡诺夫	那我就这样子走。

〔忽然前厅传来喧叫。瓦斯喀飞快地跑着,嚷着:"他们来啦,他们来啦!纳尔奇斯·康斯坦第尼奇,他们来啦!"库绕夫金和伊凡诺夫站起。

库绕夫金	（大为激动）他们来啦,他们来啦!
瓦斯喀	（嚷着）他们做手势,说他们来啦!

〔接待间传来特奈穆宾斯基的声音。"什么事?上头人来啦?"他和彼特跑出接待间。

特奈穆宾斯基	（嚷着）音乐家们!音乐家们!到你们的位子去!

〔跑进前厅,彼特和瓦斯喀跟着他。马莎在走廊那边出现。

马 莎	他们来啦!他们来啦!

〔伊凡诺夫默默地走到角落。马莎跑进走廊,嚷着:"他们来啦,他们来啦!"浦辣斯考维雅·伊凡诺夫娜从走道跑来,特奈穆宾斯基从前厅跑来。

浦辣斯考维雅	他们来啦!
特奈穆宾斯基	喊女孩子们来!
浦辣斯考维雅	（在走廊嚷着）女孩子们!女孩子们!

叶高尔　　　（从前厅进来）什么地方是面包跟盐，纳尔奇斯·康斯坦第尼奇？

特奈穆宾斯基　（扯着嗓子嚷）彼特！彼特！面包跟盐！什么地方是面包跟盐？（从走廊进来六个花枝招展的女孩子）女孩子们，到前厅去！

〔女孩子们跟进前厅。半路和彼特撞在一起。他端着一个大盘子，上头放着一块圆面包，顶尖搁着一个蓝瓶子。

彼　　特　　当心，当心，你们这些疯丫头！

特奈穆宾斯基　（从彼特手里接过盘子，递给叶高尔）这给你拿。端到门廊那边。去罢！（他把他推出去，一同出去的还有彼特和浦辣斯考维雅。然后他跑向前厅嚷着）来人！来人！全到这儿来！

彼特的声音　　有人喊安怕狄斯提。

另一声音　　巡警把他的靴子拿走啦。

特奈穆宾斯基的声音　　喊听差都到这儿来。叫听差都来。

女孩子们的声音　　他们来啦，他们来啦！

特奈穆宾斯基的声音　　安静呀，现在，安静！

〔静默下来。库绕夫金，在骚乱中，一直有些激动，但是没有离开他的地方，热切地听取一切声响。忽然音乐开始奏了起来，是《胜利的声音飞扬》，糟透了……一辆马车来到前头停住，传来说话的声音。音乐停止。听见亲吻的声音。过了一时，奥耳嘎·彼特洛夫娜和她的丈夫进来。他一只手拿着圆面包。特奈穆宾斯基跟着他们进来。叶高尔拿着盘子，跟着特奈穆宾斯基。浦辣斯考维雅和此外下人跟着他们，但是在门道就停住了。

奥耳嘎	（微笑着，向她的丈夫）我们现在，可到家啦，Paul。① （叶列奇基紧握她的手）我真开心！（转向大家）谢谢你们，谢谢你们！（指着叶列奇基）这是你们的新主人。我请你们爱他，尊敬他。（向她的丈夫）Pendez-cela, mon ami.②

〔叶列奇基把面包递给叶高尔。

特奈穆宾斯基	（低低鞠躬）您要不要吩咐一声预备点儿什么东西……吃……或者，也许您喜欢茶……
奥耳嘎	不必啦，谢谢你，过会儿罢。（向她的丈夫）我想带你看看全所房子和你的书房……我有七年没在这儿啦……七年！
叶列奇基	带我看看。
浦辣斯考维雅	（接过奥耳嘎的帽子和大衣）我亲爱的太太，我亲爱的……
奥耳嘎	（回答她的是微笑，同时向四外张望）可是我们的房子上了岁数……房间我觉得都像小啦。
叶列奇基	（一种仁慈的主人的声音）人之常情。你从前离开还是一个小孩子。
库绕夫金	（眼睛一直没有离开奥耳嘎，现在朝她走去）奥耳嘎·彼特洛夫娜，允许我……

〔他的声音断了。

奥耳嘎	（先没有认出他来）啊……啊，瓦西里……瓦西里·彼特洛维奇，你好啊？我先就没认出你来。
库绕夫金	（吻她的手）允许我……恭喜你……

---

① 怕外耳的法文称呼：保罗。
② 法文："还了它罢，我的朋友。"

奥耳嘎　　　（向她的丈夫，指着库绕夫金）一位老朋友，瓦西里·彼特洛维奇。

叶列奇基　　（鞠躬）非常高兴。

〔虽然没有人注意到伊凡诺夫，他远远鞠躬。

库绕夫金　　（向叶列奇基鞠躬）欢迎……我们全……欢喜极了……

叶列奇基　　（又鞠躬，轻轻向他的太太）这人是谁?

奥耳嘎　　　他是一个住在我们家的穷贵人。（高声）走，我要带你看看全所房子……我生在这儿，保罗，在这儿长大的。

叶列奇基　　走罢，看房子去……（转向特奈穆宾斯基）请你，吩咐我的听差……我的东西还在外头那边……

特奈穆宾斯基　（急忙）是，是。

奥耳嘎　　　走罢，保罗。

〔两个人走进接待间。

特奈穆宾斯基　（向全体下人）好，我的朋友们，眼下你们好回到你们各自做事的地方去啦。你，叶高尔，可以留在前厅——老爷也许要东西的。

〔叶高尔和此外的下人走进前厅。浦辣斯考维雅和女孩子们穿过走廊，下。

浦辣斯考维雅　（在门道）走，走……你笑什么，马实喀?

〔走出。

特奈穆宾斯基　（向库绕夫金和伊凡诺夫）两位要在这儿待下去?

库绕夫金　　可不，我们待在这儿。

特奈穆宾斯基　那，很好……只是，你们知道，千万……（他做手势）为了上帝的缘故……不然的话，我就要挨骂啦……

〔用脚尖走进前厅。

库绕夫金　　（眼睛跟着他，然后，很快就朝伊凡诺夫转过去）啊，瓦尼

	雅，她怎么样？不，告诉我，她怎么样？长得多高啊？她变得多美啊！她就没忘记我！你看，瓦尼雅，临了儿还是——我对。
伊凡诺夫	她就没忘记你……那么，她为什么叫你全名，不叫你头一个名字？①
库绕夫金	你这人真怪气，瓦尼雅！这有什么两样儿？还不都是一回事？你自己打量打量看，你是一个聪明人。她是把我介绍给她丈夫呀。他是一个美男子。人也很不错。他的脸是那样……噉，可是，他一定是个大官儿。你以为怎么样，瓦尼雅？
伊凡诺夫	我不知道，瓦西里·谢米尼奇。我还是走罢。
库绕夫金	你这人真滑稽，瓦尼雅！你怎么的啦？你简直不像你本人啦。"我还是走罢！我还是走罢！"你还是顶好告诉我新娘子给你的印象罢！
伊凡诺夫	我说什么好？她当然美喽！
库绕夫金	她那一笑真叫好……还有她的声音，啊？知更鸟，金丝雀，简直就是。她爱她的丈夫。看得出来。啊，瓦尼雅，你注意来的没有？
伊凡诺夫	主知道，我不知道，瓦西里·谢米尼奇。
库绕夫金	说这种话是罪过，伊凡·库日米奇。说真话，是罪过！我在高兴——可是你……他们又都到这儿来啦。
	〔奥耳嘎和叶列奇基从接待间进来。
奥耳嘎	你看，我们的房子不大，不过，有这样子，我们也就满意了。

---

① 叫头一个名字才显得亲热，相熟。

叶列奇基	什么话,我的亲爱的,房子美,布置得很好。
奥耳嘎	现在,我们到花园去。
叶列奇基	奉陪。不过,我想跟你的管事讲两句话。
奥耳嘎	(责备地)你的经理。
叶列奇基	(微笑着)我们的。

〔吻着她的手。

奥耳嘎	好,随你。我找瓦西里·彼特洛维奇跟我去。瓦西里·彼特洛维奇,你愿意跟我到花园去吗?
库绕夫金	(脸发出快乐的光彩)你喜欢的话……我……我……
叶列奇基	戴上你的帽子,奥耳嘎。
奥耳嘎	用不着。(她拿肩巾蒙在头上)走罢,瓦西里·彼特洛维奇。
库绕夫金	允许我,奥耳嘎·彼特洛夫娜,给你介绍一位……也是……一位邻居,伊凡诺夫……

〔伊凡·库日米奇慌乱地鞠躬。

奥耳嘎	我很高兴……(向伊凡诺夫)你愿意跟我们一道儿到花园去吗?(伊凡诺夫鞠躬)拿你的胳膊给我,瓦西里·彼特洛维奇。
库绕夫金	(不相信他的耳朵)怎么……
奥耳嘎	(笑着)就像这样子。(拿起他的胳膊,和她的胳膊搭在一起)瓦西里·彼特洛维奇,现在,你懂了罢?……

〔他们从玻璃门走出。伊凡诺夫跟着他们。

叶列奇基	(走到玻璃门跟前,眼睛随着他的太太。然后他回到桌子跟前,坐下)哎,谁在外头?
彼 特	(从前厅进来)老爷,您有什么吩咐?
叶列奇基	你叫什么名字,我亲爱的人?

彼　特	彼特，老爷。
叶列奇基	好，给我叫经理进来。他叫什么名字，叶高尔，还是什么？
彼　特	正是，老爷，叶高尔。
叶列奇基	叫他进来。

〔彼特走出。稍缓，叶高尔进来，站在门边，手搭在背后。他诡谀地望着叶列奇基。

叶列奇基	（一种官家声调）叶高尔，明天我有意巡查奥耳嘎·彼特洛夫娜的田产。
叶高尔	是，老爷。
叶列奇基	这里有多少农奴！
叶高尔	在提冒分艾夫村子，依照最后一次户口调查，有三百八十四个男的，不过，实际上，还要多些。
叶列奇基	大概多多少？
叶高尔	（朝手心咳嗽）大概，在二十上下。
叶列奇基	哼……调查确实了，报告。我们也有共同经营的地吗？
叶高尔	圆岗子那边有一所草房子，连着一小块地。
叶列奇基	（怀疑地看着叶高尔）哼……我们肥地多吗？
叶高尔	相当多。楔子地那边有二百七十五皆西阿亭。①
叶列奇基	（又怀疑地看着叶高尔）瘠地有多少？
叶高尔	（犹疑地）我要说的……矮树林子下面……有些湖地……好，还有，田庄下面……还有牧场。（稍稍清醒了些）全在草地四边上。
叶列奇基	（皱眉）到底多少？

---

① 每"皆西阿亭"desiatin（俄亩）合一百零九公亩强。

叶高尔	可,谁知道?地就从来没有量过。也许图上画着有。不过,一定有五十来皆西阿亭。
叶列奇基	(向自己)真乱!(高声)木材地有吗?
叶高尔	二十八皆西阿亭,也许还要多点儿。
叶列奇基	(高声,但是慢慢地)那么,这是,依你说,一共有五百来皆西阿亭。
叶高尔	五百?那,两千还只有多。
叶列奇基	怎么回事。你自己……(稍缓)是……我……我方才想要说的……你明白。
叶高尔	明白,老爷。
叶列奇基	(极其认真地)怎么样,庄户人行为好吗?都安静?
叶高尔	是呀,老百姓都怪好的。过上一时,来上一回警告,他们就满开心了。
叶列奇基	哼!他们日子可怜罢,难过不?
叶高尔	噉,才不!那怎么会!他们中间许多人对眼下都挺称心!
叶列奇基	好,我明天亲自调查一趟。现在你好走啦。不过,请你告诉我,住在这儿的那位先生是谁?
叶高尔	库绕夫金,瓦西里·谢米尼奇。他是一个贵人。他在这儿吃一口施舍饭。自打老主人接他进来,他就待在这儿。他接他进来,不妨说,情分在食客以上。
叶列奇基	他在这儿有多久啦?
叶高尔	是呀,很久啦。自打老主人过世,有二十年啦,他死前没有多久他来到这家子的。
叶列奇基	好。你这儿有办公的地方吗?
叶高尔	有呀,没有甭想搞得下去。
叶列奇基	我明天全要看看。现在你好走啦。(叶高尔走出)这位管事

活活儿一个傻瓜。不过，我们走着看罢。（站起，围着房间散步）这儿，我在乡间，我自己的村子。听起来有点儿邪行。反正趁心。

〔前厅传来特洛怕乔夫的声音，问："他们今天来了吗？"

叶列奇基 （向自己）这是谁？

彼　特 （从前厅进来）特洛怕乔夫，福列更提·阿列克散德芮奇来啦。他要见您。我怎么回他的话？

叶列奇基 （向自己）这能是谁？名字熟熟的。（高声）请他进来。

特洛怕乔夫 （进来）你好啊，怕外耳·尼考拉耶维奇，bonjour。①（叶列奇基鞠躬，显出疑心）你，像是，不认识我啦。你记得，在彼得堡，在孔曹夫伯爵府……

叶列奇基 啾，是的！……请进。我非常高兴……

〔和他握手。

特洛怕乔夫 我是你最近的邻居。我的住处，离这儿不到两哩。我进城就打你门前过。我早就知道你要来了，所以我想，我进来看看，不过，我要是来得不凑巧，你就照直说好了，没关系。Entre gens comme il faut②，你明白？别跟我讲客气。

叶列奇基 正相反，我希望你停下来跟我们一道用饭，虽说我不知道我们的乡下厨子预备了些什么。

特洛怕乔夫 （游戏地）啾，我的主，我知道你们家事事规模大。我希望你有一天赏光，到舍下用饭。我要是告诉你，你来我多喜欢，你会不相信我的。这一带就很少可尊敬的人。Des

---

① 法文："好啊。"
② 法文："上流人之间。"

gens comme il faut. Et madame?①她健康啊？她还是小孩子我就认识她。是呀，是呀，我知道你太太，很熟——是的，很熟。我打心里对你道喜，怕外耳·尼考拉耶维奇。嘿，嘿。她一定不记得我啦。

〔他又露出不凡的神气，摸平他的侧鬓。

叶列奇基 她要非常喜欢……她在花园散步，跟……跟那位住在这儿的先生。

特洛怕乔夫 （蔑视地）啾，跟他呀！……他，我想，在这儿扮的也就是个丑角儿罢……不过，他是一种安静的人。倒说，有一位贵人跟我来。他等在前厅那边。你允许我……？

叶列奇基 当然，当然，请他进来！你为什么把他留在前厅？

特洛怕乔夫 啾，ne faites pas aitention!②这就好。啾，没关系。因为穷，他跟我住。别为他麻烦你自己。Je vous en prie.③（走向前厅）喀尔怕乔夫，进来，我亲爱的孩子。（喀尔怕乔夫进来，鞠躬）怕外耳·尼考拉耶维奇，介绍给你。

叶列奇基 遇见你，我很高兴。

特洛怕乔夫 （挽起叶列奇基的胳膊，安安静静地把他带开。喀尔怕乔夫谦逊地退到一边）C'est bien. C'est bien.④怕外耳·尼考拉耶维奇，你在我们这儿久待吗？

叶列奇基 我有三个月的休假。

〔两个人围着房间散步。

特洛怕乔夫 这太短，太短啦，不过，我明白，你也许没有法子往长里

---

① 法文："上流人。嫂夫人呢？"
② 法文："不必操心！"
③ 法文："我求你啦。"
④ 法文："好。好。"

	拖啦。我想,你就是请这点儿短假,一定也费了不小的气力。嘿,嘿,嘿。反正你得休息休息。你喜欢打猎吗?
叶列奇基	我一辈子就没有捏过一管枪。不过,我来这儿之前,我买了一条狗。这儿飞禽走兽样数儿多吗?
特洛怕乔夫	啾,多。这个,你喜欢的话,我带路。我会让你成为一位猎人的。(向喀尔怕乔夫)马里尼克飞禽走兽样数儿多吗?
喀尔怕乔夫	(在角落,声音沉沉的)很有点儿,不过,在喀门就更多了。
特洛怕乔夫	啊,好的。
喀尔怕乔夫	费都耳,看林子的,告诉我,在高芮耶劳……

〔奥耳嘎从花园进来,同库绕夫金和伊凡诺夫。喀尔怕乔夫不讲下去了,鞠躬。

奥耳嘎	啾,保罗,我们的花园可真美啦!……

〔她看见特洛怕乔夫,收住步。

叶列奇基	(向奥耳嘎)允许我向你介绍……
特洛怕乔夫	(打断叶列奇基)原谅我,原谅我,我们是老朋友……奥耳嘎·彼特洛夫娜不认识我,不足为怪。我早就认识她了……(他拿手比了一个离地二尺多高的距离)Comme ça.①(他露出不凡的神气,微笑着,继续说下去)特洛怕乔夫,福列更提;你不记得你的邻居,特洛怕乔夫,福列更提?你不记得他常常打城里给你带玩艺儿啦?你那时候是那样一个可爱的孩子,而现在……

〔他把重音放在末两个字上,鞠躬,后退一步,然后站直了,很为自己的做工喜悦。

---

① 法文:"像这样高。"

奥耳嘎　　　啾，特洛怕乔夫先生，当然，当然，我现在认出你来啦。（拿手给他）我要是告诉你，自打我到了这儿，我多快乐，你会不相信我的。

特洛怕乔夫　（甜蜜地）倒像只是自打你到了这儿！

奥耳嘎　　　（微笑着）我很快就记起我的童年了……保罗，你一定跟我到花园走走。从前我栽的那棵荆球树，我要指给你看看。现在比我高多了。

叶列奇基　　（向奥耳嘎，指着喀尔怕乔夫）喀尔怕乔夫先生，也是我们一位邻居。

　　　　　　〔喀尔怕乔夫鞠躬，退到角落，库绕夫金和伊凡诺夫已经站在那边了。

奥耳嘎　　　我很喜欢……

特洛怕乔夫　（向奥耳嘎）Ne faites pas attention.①（高声，搓着手）你终于回到你自己的村子——一位太太……时间飞的多快呀，啊？

奥耳嘎　　　我希望你留下来用饭。

叶列奇基　　我已经请过……对不住……你叫什么？

特洛怕乔夫　福列更提·阿列克散德芮奇。

叶列奇基　　我已经请过福列更提·阿列克散德芮奇。我仅仅害怕饭……

特洛怕乔夫　啾，胡说八道！

奥耳嘎　　　（把叶列奇基稍稍挽到旁边）他来得真不是时候。

叶列奇基　　是的……不过，他人像挺好。

特洛怕乔夫　（他也走到一旁，不自主地就拿嘴咬起他手杖的握手，然

---

① 法文："不必搁在心上。"

159

	后走到库绕夫金跟前,低声同他讲话)噢,你在这儿!你好啊?
库绕夫金	谢谢主!我十分感激您下问。
特洛怕乔夫	(拿他的肘子指着喀尔怕乔夫)你知道他,不是吗?
库绕夫金	当然,我们认识。
特洛怕乔夫	好,好,好。(向伊凡诺夫)你也在这儿。
伊凡诺夫	是呀,我在这儿。
奥耳嘎	(向特洛怕乔夫)先生……特……洛怕乔夫先生……
特洛怕乔夫	(连忙转了过来)Madame? ①
奥耳嘎	你跟我,我想,是老朋友。我们不必繁文缛礼,是不是?
特洛怕乔夫	这,当然。
奥耳嘎	允许我到我的房间去一会儿。我们才来。有些东西我得看看去。
特洛怕乔夫	千万请,奥耳嘎·彼特洛夫娜。还有你,怕外耳·尼考拉耶维奇,随便好了。嘿,嘿,嘿。我同时跟这几位先生也聊聊天儿。
奥耳嘎	我们虽说是老朋友,可是穿着这种旅行衣服,我总觉得不大应该。
特洛怕乔夫	(微笑着)我要是不知道对一位太太穿合适衣服有多重要,你走开,我也就不会原谅了。怎么样……
	〔接不下去了,鞠躬,露出一点不凡的神气。
奥耳嘎	噢,你真不慈悲人……先生们,我把你们留在这儿啦。回头见。
	〔走进接待间。

---

① 法文:"太太?"

特洛怕乔夫	怕外耳·尼考拉耶维奇，允许我再对你道一回喜……你，我可以说，是一个走运的人。
叶列奇基	（微笑，握他的手）你对。法杰伊①……福列更提·阿列克散德芮奇。
特洛怕乔夫	不过，我也许耽误你。
叶列奇基	正相反，福列更提·阿列克散德芮奇。你要不要跟我来——我相信你不至于厌烦的——
特洛怕乔夫	（走到怕外耳·尼考拉耶维奇紧跟前，握他的手）吩咐我，怕外耳·尼考拉耶维奇，只要你觉得方便。
叶列奇基	你要不要在用点心以前跟我去看看谷仓？离这儿没有几步远，在花园紧靠后。
特洛怕乔夫	Enchanté②，你喜欢的话。
叶列奇基	好，那么，拿你的帽子（高声）听差，谁在那边？（彼特进来）吩咐开点心。
彼　特	是，老爷。
	〔走出。
特洛怕乔夫	你允许的话，喀尔怕乔夫可以跟我们去。
叶列奇基	我很喜欢他来。
	〔两个人走出。喀尔怕乔夫跟着他们。
库绕夫金	（连忙转向伊凡诺夫）好，伊凡，现在告诉我，你觉得奥耳嘎怎么样？
伊凡诺夫	我说什么好？她挺俊。
库绕夫金	她不和气吗，伊凡？

---

① 他记错了他的名字，但是马上就改正了。
② 法文："高兴之至。"

伊凡诺夫	是的,她的确跟她丈夫不一样。
库绕夫金	你想到哪儿去了?你倒说说看,伊凡。他是一个很重要的人。像他这样端身份,你知道,成了他的习惯。他何尝不想……其实,换一个样子,在他真还不行。在那边,他来的地方,要他这样子。你注意他太太的眼睛了没有,伊凡?
伊凡诺夫	没有,我没有注意,瓦西里·谢米尼奇。
库绕夫金	你这人可真怪气,上帝帮我忙。你这样不好的,伊凡。不好的。
伊凡诺夫	也许。我什么话也没有说……管事来了。
库绕夫金	(低声)好,管他哪,他来好了。我们没有做什么见不得人的事。

〔特奈穆宾斯基和彼特进来。彼特端着一个盘子,上面放着午点。

特奈穆宾斯基	(把桌子移到屋子正当中)放到这儿,可是,当心,别砸了。(彼特把盘子放在桌子上,开始铺桌布。特奈穆宾斯基从他手里拿走)给我。我来铺。你去取酒来。(彼特走出。特奈穆宾斯基布置桌子,望着库绕夫金)真可以讲,有些人天生就是富贵命。我们为我们的面包就得下苦干活儿,他们什么也不做,样样儿东西到手。我问你,哪儿是世上公理?邪行。
库绕夫金	(小心地碰着特奈穆宾斯基的肩膀。特奈穆宾斯基惊异地看着他)你的上衣靠墙靠脏啦。
特奈穆宾斯基	管它哪。听它去!(彼特进来,捧着一个冰酒器,里头是香槟酒瓶子,放在一张近门的小桌子上。移开棋盘)这不是下棋的时候。根本也算不得游戏。贵人们从来不玩这个。

〔彼特把它拿开。

伊凡诺夫　　（平静地,向库绕夫金)再见,先生。

库绕夫金　　（平静地)你到哪儿去?

伊凡诺夫　　（平静地)家。

库绕夫金　　（平静地)胡说八道,留在这儿。

叶高尔　　　（从前厅往里看)纳尔奇斯·康斯坦第尼奇,纳尔奇斯·康斯坦第尼奇。……

特奈穆宾斯基　（转过来)怎么,你有什么事?

叶高尔　　　老爷哪儿去啦?

特奈穆宾斯基　谷仓。你为什么不跟他在一起?

叶高尔　　　谷仓。噢,主!

〔他想跑开,但是他站直了,紧贴门站住,手交在他的身后。

〔叶列奇基,特洛怕乔夫和喀尔怕乔夫进来。

叶列奇基　　（向特洛怕乔夫)怎么样,vous êtes content?①

特洛怕乔夫　Très bien. très bien. Tout très bien ...②啊,叶高尔,你好啊?（叶高尔鞠躬。特洛怕乔夫拍拍他的肩膀)他这人可好啦,怕外耳·尼考拉耶维奇。你可以放心他的。（叶高尔又鞠躬,走出)午饭开来啦。（走到桌子跟前)简直是一桌整酒席嘛! Comme c'est bien servi!③(掀开一只盘子的银盖子)鹬?烧得就跟圣·乔治一样。圣·乔治真叫可恶啦!可是菜好。上一回我在那儿吃,敲了我一百卢布!

叶列奇基　　我们坐下来,好罢?听差,端椅子来。

---

① 法文:"你满意吗?"
② 法文:"挺好,挺好。全都挺好……"
③ 法文:"真考究啦!"

〔彼特端进椅子,特奈穆宾斯基在桌子跟前张望。叶列奇基和特洛怕乔夫坐下。

特洛怕乔夫　（向喀尔怕乔夫）坐下,喀尔怕奇……（向叶列奇基）C'est comme cela, que je l'appelle Vous permettez? ①

叶列奇基　是,是,自己动手。（向仍然站在角落的库绕夫金和伊凡诺夫）你们怎么不坐?请坐嘛。

库绕夫金　（鞠躬）我一百二十分地感激。我站着就好。

叶列奇基　坐下,我请你们坐下!

〔库绕夫金和伊凡诺夫怯怯地坐在桌边。特洛怕乔夫坐在叶列奇基的左手。喀尔怕乔夫空开一点距离,坐在右手。靠近他的是库绕夫金和伊凡诺夫。特奈穆宾斯基,胳膊上搭着一块手巾,站在叶列奇基背后,彼特在他近旁。

叶列奇基　（揭开一只盘子的盖子）好罢,先生们,主给我们什么,我们就吃什么罢。

特洛怕乔夫　（嘴里含着一块东西）Parfait, parfait! ②你这位大师傅真有一手,怕外耳·尼考拉耶维奇。

叶列奇基　你尽夸奖啦。那么,你以为今年收成会好的?

特洛怕乔夫　（吃着）是呀,我这样想。（喝酒）喀尔怕奇,祝你健康……你为什么不喝酒,祝怕外耳·尼考拉耶维奇健康?

喀尔怕乔夫　（站起）我们敬重的主人万寿无疆……（一饮而干）财富绵绵。

〔坐下。

叶列奇基　谢谢你。

---

① 法文:"我就这样叫他。你不答应罢?"末一句问话指他不等主人请就用饭了。
② 法文:"真好,真好!"

特洛怕乔夫 （肘子朝叶列奇基，向喀尔怕乔夫）你应当来做贵人们的领袖。你以为怎么样？

喀尔怕乔夫 我以为怎么样？我对他们没有一点好处。

特洛怕乔夫 真的，怕外耳·尼考拉耶维奇，如果不考虑你的职务——干酪真好吃——如果不考虑你的职务，我们一定会推你做我们的领袖。

叶列奇基 你在开玩笑。

特洛怕乔夫 啾，不，我不是开玩笑。（向库绕夫金）你为什么不喝酒，祝怕外耳·尼考拉耶维奇健康？（向伊凡诺夫）还有你？

库绕夫金 （有些窘）我很高兴……

特洛怕乔夫 喀尔怕乔夫，斟满他的杯子，像这样——不必客气。

库绕夫金 （站起）我们尊敬的男主人……女主人健康。

〔鞠躬，喝酒，又坐下。

〔伊凡诺夫鞠躬，静静地坐下。

特洛怕乔夫 Bravo, Bravissimo.①（向叶列奇基）你等着看好了……Nous allons rire.②他挺逗乐儿的，不过，先得叫他喝酒。（玩着一把刀子，向库绕夫金）好，你这一向好啊，伊米阿赖克·伊凡尼奇？我有一阵子没有看见你啦。我希望你顺当。

库绕夫金 是呀，还算顺当。

特洛怕乔夫 真的？那就好。你打算把外特洛渥再弄回来，还是不弄回来？

库绕夫金 （低下眼睛）你就爱开玩笑。

---

① 意大利文："好，好极。"
② 法文："我们有的乐哪。"

特洛怕乔夫　什么让你这样想的？我是关心你，我一点也不是开玩笑！

库绕夫金　（叹息）还没有怎么决定。

特洛怕乔夫　可能吗？

库绕夫金　是呀，先生。还什么也没有决定。

特洛怕乔夫　耐烦点儿。你能怎么着？（向叶列奇基，眨眼）怕外耳·尼考拉耶维奇，你不知道，你面前的库绕夫金，他是一位地主，一位真正的地主！他是外特洛渥村子的所有者，或者，合法的继承人；还是屋嘎洛渥村子的继承人。你有多少农奴？

库绕夫金　依照第八次户口调查，外特洛渥应当有四十二，不过，我不全清楚。

特洛怕乔夫　（平静地，向叶列奇基）外特洛渥把他搞垮了。（高声）在你那一区，你有多少皆西阿亭地？

库绕夫金　（慢慢有了一点勇气）按照律条，第二回又扣掉七分之一，再加上别的法律要求，剩下大概四十八皆西阿亭，也许还多点儿。

特洛怕乔夫　你这方面可以得到多少农奴？

库绕夫金　不清楚，逃跑的多。

特洛怕乔夫　你为什么不收回你的产业？

库绕夫金　打官司的缘故。

特洛怕乔夫　打官司？跟谁？

库绕夫金　另外还有继承人，再说，政府尽麻烦，欠下的债没还。

叶列奇基　官司打了多久？

库绕夫金　（有一点活泼起来）可久啦。他去世之前，——愿他有福！官司就打上了，不过我没有钱，我也很少时间。我本该到城里请人料理，可是我没有时间。状纸要花钱，我又是一个穷人。

特洛怕乔夫　喀尔怕奇！斟满他的杯子。

库绕夫金　我真是感谢极了。

特洛怕乔夫　噢，瞎扯！（自己喝着）祝你健康。（库绕夫金站起，鞠躬，喝酒）好，你为什么不喝？不公道。你一来就扫人的兴！

库绕夫金　我能怎么着？已经有一年多了，我连消息也不打听了。（特洛怕乔夫摇头）不错，我那边有一个人……我信任他。不过，主知道他做些子什么！

特洛怕乔夫　（看着叶列奇基）这人是谁，我可以知道吗？

库绕夫金　其实，我不应当讲，不过……他叫李奇考夫，伊凡·阿尔克西皮奇。

特洛怕乔夫　我不知道这人。

库绕夫金　他在乡间做律师——这是，他常常干律师的活儿——可是，不在这一带。现下，他做一点点生意。

特洛怕乔夫　（继续看着叶列奇基，后者开始觉得库绕夫金好笑了）这位先生，李奇考夫，答应过帮你忙？

库绕夫金　（稍缓）他答应过。我是他第二个男孩子的教父，所以他答应了我。他说他会为我搞定当的。伊凡·阿尔克西皮奇在他这行是一个出名的专家。

特洛怕乔夫　当真？

库绕夫金　县里没人不知道他的。

特洛怕乔夫　不过你说，他已经不做律师这行事了——他在做生意。

库绕夫金　话这样讲。不过实际也就不尽然了。他是一个真正的大好人。我许久没看见他啦。

特洛怕乔夫　多久？

库绕夫金	一年多点儿。
特洛怕乔夫	你可真不在乎。这不好。
库绕夫金	你说得对,可是我能够怎么着?
叶列奇基	告诉我们,困难在什么地方。
库绕夫金	(轻微咳嗽一下,有点儿恼怒)事情是这样子。怕外耳·尼考拉耶维奇。原谅我无耻,不过……好,你要我告诉你。事情是这样子:外特洛渥村子……我必须承认,我有生以来,还不曾当着一位贵人讲过……我要说点子什么,你要原谅我……
叶列奇基	说,痛痛快快说出来!
特洛怕乔夫	(指喀尔怕乔夫为库绕夫金的杯子斟酒)要不要再喝一杯?
库绕夫金	不。允许我……
特洛怕乔夫	添点儿勇气。
库绕夫金	好,为了添点儿勇气……(喝酒,拿手绢揩他的额头)这我就敢讲话了,外特洛渥村子,我们谈的这个村子,我是一直打我祖父那里承继来的,库绕夫金,马克西穆,马克西穆少校。你们也许听到他过。他是我父亲谢蔑和我叔父尼克陶波里翁的兄弟。我父亲和他的亲兄弟,还有我叔父,活着的时候,从来没有分过他们的财产,我叔父死了,没有留下子女,没有留下子女——这是我要你们记住的——不过,他死在我父亲死后,他们有一个妹妹,喀铁芮娜,这位喀铁芮娜嫁了一个姓亚古实金的,波尔菲里亚,这位波尔菲里亚先头有过一位太太,是一个波兰女人,生过一个儿子,叫伊里亚,这家伙是一个醉鬼,一个坏蛋,我叔父尼克陶波里翁听了妹妹喀铁芮娜的闲话,给了他一张一千七百卢布的条子,喀铁芮娜自己给了她男人波尔菲里亚一张一千七百卢布的

条子,我父亲有一张两千卢布的条子,背后签署的是这里法官嘎路实金和他女人。就在这时候,我父亲——愿他有福!——死啦;于是条子全来了,收钱来了。尼克陶波里翁闪来闪去的就是不付,说他没跟他的侄子分家。喀铁芮娜要求十四分之一。一收钱,政府的税也来了。困难上头添困难。嘎路实金的老婆拿她的条子要兑现。尼克陶波里翁说钱归侄子付,可是我不到年龄,我怎么能够负这些条子的责任?嘎路实金告到官里。波兰女人的儿子也告到官里,连他后妈都没放过。他说他照票面要钱,半个也不肯减。他说她让用人阿库林喝酒,成了习惯。闹成了一锅粥。一张状子又一张状子往上告。他们告到地方法院,后来告到高等法院;高等法院又告回到地方法院,身上全是字条子。尼克陶波里翁一死,事情越发糟了。我要求收回我的产业,批示是:拍卖外特洛渥村子,偿清积欠的税款。德国人刽子手①宣布他的权利……乡下人跟鹧鸪一样,四面八方跑来。县长批驳了我,说我必须严加看管,可是谁来看管……怎么样看管?正当的继承人不得继承……伊里亚的后妈到最高法院告了他一状。

〔哄堂大笑窘住了库绕夫金,他住了口。特奈穆宾斯基一直当心主子和他的朋友的福利,畅怀笑了起来。彼特站在门边,非常蠢蠢地笑着。喀尔怕乔夫声音低沉地笑着,但是有些不放心。特洛怕乔夫无所顾忌地笑着。叶列奇基有些蔑视地笑着,眨着眼。只有伊凡诺夫,一直不停

---

① 原文是 Hanginmeister。

地在揪库绕夫金的上衣，坐在那里，低着头。①

叶列奇基 （一边笑，向库绕夫金）讲下去——你为什么停住？

特洛怕乔夫 请讲下去。

库绕夫金 我……饶恕我……我吵了大家……我知道……

特洛怕乔夫 我看出来啦……你是害怕，对不对？……你是害怕？

库绕夫金 （低声）对，对。

特洛怕乔夫 好，我们能够帮你去掉的。（举起一只空瓶）听差！再来点儿酒。（向叶列奇基）Vous permettez？②

叶列奇基 当然，请便。（向特奈穆宾斯基）有香槟吗？

特奈穆宾斯基 是，老爷，有。

〔他奔向冰酒器，连忙端到桌子跟前。库绕夫金微笑着，捏牢自己上衣的钮扣。

特洛怕乔夫 （向库绕夫金）这不合适，我敬重的人。害怕，在可敬的人群中间是欠礼数。（向叶列奇基，指着冰酒器）怎么搞的？简直结冰啦。真有它的！（斟酒杯子）不用问，这是好酒。（向库绕夫金）这是你的。别拒绝。好，你有点儿乱，不过，有什么关系？怕外耳·尼考拉耶维奇，叫他喝酒呀……

叶列奇基 祝外特洛渥未来的主人健康！喝罢，瓦西里……阿列克谢伊奇。

〔库绕夫金喝酒。

特洛怕乔夫 好，这我才爱你。（他和叶列奇基站起。大家全跟他们站了起来，走到舞台前部）我们这顿点心好极啦！（向库绕夫金）好，结果怎么样？现在你跟谁打官司，嗯？

---

① 他已经有了酒意，话是越说越乱。
② 法文："你答应罢？"

库绕夫金　　（开始受到酒的影响）刽子手的继承人，当然。

特洛怕乔夫　这人是谁？

库绕夫金　　他明明白白是一个德国人。他买了所有的单子，可是别人讲，他也就是拿过去罢了。我就这样想。他把娘儿们唬住，打她们那儿拿走的。

特洛怕乔夫　喀铁芮娜在做什么？他拿走条子的时候，伊里亚在做什么？

库绕夫金　　哦，眼下他们都死啦！波兰娘儿们的儿子烧死了，——在一家酒店，路上喝酒，起了火。（向伊凡诺夫）别尽拉我的衣服！我站在先生们前头，有话问我，我就该解答清楚才是。他们要我解释一下。这有什么不好……啊？

叶列奇基　　别搅他，伊凡诺夫先生。我们听他讲话满高兴的。

库绕夫金　　（向伊凡诺夫）正是。（向叶列奇基和特洛怕乔夫）先生们，眼下我要什么？说真的，我要的是公道。一种合法的程式。我不自私。自私有什么用？愿主和他们在一起！你们判断好了。错在我——好，那么，责备我好了——如果我对，好，就说一句我对。

特洛怕乔夫　（打断他的话）再来一杯？

库绕夫金　　不喝了，我一百二十分地感激。我要什么？……

特洛怕乔夫　既然如此，让我拥抱拥抱你。

库绕夫金　　（不是没有一点惊愕）你赏我脸……我一百二十分地……

特洛怕乔夫　没什么，我非常喜欢你……（他拥抱他，这样子待了几分钟）我现在真想亲亲你，不过，我再一想，我相信我还是等一下子比较好些。

库绕夫金　　随你便。

特洛怕乔夫　（向喀尔怕乔夫挤眼）好，喀尔怕奇，现在轮到你来啦。

喀尔怕乔夫　（低沉地笑着）好，瓦西里·谢米尼奇，让我把你搂在怀里……

〔拥抱库绕夫金，和他转了开去。人人依照各自的性格，笑了起来。

库绕夫金　（从喀尔怕乔夫的拥抱挣扎开来）够啦！

喀尔怕乔夫　别这么固执。（向特洛怕乔夫）福列更提·阿列克散德芮奇，你叫他唱个歌儿。他是一位第一流的歌唱家。

特洛怕乔夫　你唱歌，我的朋友？噢，请，让我们欣赏一下你的才分。

库绕夫金　（向喀尔怕乔夫）你跟我捣什么乱？我不是歌唱家。

喀尔怕乔夫　老主人活着的时候，你一来就在饭桌子唱歌，不是吗？

库绕夫金　（声音较低）主人活着的时候，是的，不过从那时候起，我就长得很老了。我现在是一个老头子了。

特洛怕乔夫　哪里，你不是一个老头子！

喀尔怕乔夫　（指着库绕夫金）你那时候又是唱又是舞的。

特洛怕乔夫　当真？嗯！我看你真有两下子嘛！放放交情……（向叶列奇基）C'est un peu vulgaire.①可是，在乡下。（向库绕夫金）你在等什么？来罢。（开始唱着）"在街上……"好，你怎么不来？

库绕夫金　请，别叫我来。

特洛怕乔夫　你这人怎么这么别扭！叶列奇基，叫他来罢。

叶列奇基　（不决定的声调）瓦西里·谢米尼奇，你为什么现在不高兴唱唱？

库绕夫金　我唱唱的日子过去了，怕外耳·尼考拉耶维奇。别叫我唱，请。

---

①　法文："这有点儿俗。"

特奈穆宾斯基　（听着,向大家微笑着)我记得,在他兄弟成亲那天——（指着伊凡诺夫）——你很露了两下子。

特洛怕乔夫　我早就对你说来的。

特奈穆宾斯基　你蹲着在屋子里跳过来跳过去。

特洛怕乔夫　既然如此,你现在就拒绝不得。你为什么要侮辱我和怕外耳·尼考拉耶维奇?

库绕夫金　从前是我自己愿意。

特洛怕乔夫　现在,我们要你来。你必须考虑一下,你的拒绝可能被认为欠尊重,欠尊重是一种要不得的品行。

库绕夫金　可是我根本没有嗓子,单就我欠尊重来说,我到死承情,情愿做任何牺牲。

特洛怕乔夫　可是我什么牺牲也不冲你要。要只要给我们唱一支歌儿——如此而已。好……（库绕夫金沉默着）开始。

库绕夫金　（沉默一时,开始)"在街上……"（但是唱到第二个字就唱不出来了）我不能够,上帝帮助我,我不能够!

特洛怕乔夫　好,好,别胆怯!

库绕夫金　（看着他）不成,我不要唱!

特洛怕乔夫　你不唱?

库绕夫金　我不能够。

特洛怕乔夫　既然如此,你看见这杯香槟了罢? 我顺着你的后领子浇进去!

叶列奇基　（有些激动）你不会的! 我没这种罪过。从来没人答应自己……请,这不合适。

叶列奇基　（向特洛怕乔夫）Finissez[①]……你看,他挺急。

---

① 法文:"别闹啦。"

特洛怕乔夫	（向库绕夫金）你不要唱？
库绕夫金	我不能够唱！
特洛怕乔夫	你不要？（走到他跟前）一……
库绕夫金	（求叶列奇基）怕外耳·尼考拉耶维奇……
特洛怕乔夫	二……

〔离库绕夫金更近了。

库绕夫金	（往后退，悲伤而又有些绝望）请！你干么这样子对付我？我连认识你的荣誉都没有……而且我自己，再不济罢，也是一位贵人。请你注意这个。我不能够唱！你自己知道……
特洛怕乔夫	最后一次，……
库绕夫金	够啦，我告诉你……我不是你的丑儿！
特洛怕乔夫	难道你做小丑儿就那么不寻常？
库绕夫金	（有些激烈）给你自己另找一个丑儿去！
叶列奇基	真的，由他去罢。
特洛怕乔夫	可，他一向就是令岳的丑儿。
库绕夫金	这是过去的事儿。（拭脸）再说，今天，我的脑壳也不听使唤。
叶列奇基	好啦，随你的意罢。
库绕夫金	（有些沮丧）别生我的气，怕外耳·尼考拉耶维奇。
叶列奇基	我生气，你想到哪儿去啦？
库绕夫金	改一回，我就许高兴来了。（试着恢复一种快活的面貌）不过现下，我要是冒犯了什么的，一定要宽洪大量原谅我才是。我有点儿紧张，先生们，可是我能够怎么着？我老了，又没有喝酒的习惯。
特洛怕乔夫	好，起码喝掉这杯酒。

库绕夫金　（喜悦地）领受。衷心领受。（接过杯子，喝掉）祝亲爱敬重的……健康……

特洛怕乔夫　你现在不肯唱歌给我们听？

库绕夫金　（酒开始对他起作用，他喝了最后一杯，作用增加了）上帝帮助我，我不能够！（笑）在过去的年月，我唱得不比别人坏，不过，现下，辰光不对了。我现在算个什么？一个无足轻重的人。跟他一样……（指着伊凡诺夫，笑）现下我不中用了。总之，你们要原谅我。我老了——问题就在这上头。我今天喝了，不过两三杯酒，可是这儿就不对喽。

〔指着他的头。

特洛怕乔夫　（同时，向喀尔怕乔夫耳语）你觉得，只有这样做。（喀尔怕乔夫走出，带去彼特）你为什么不把你的故事讲完给我们听？

库绕夫金　对对，——我没讲完。你要我讲，我就讲。（笑）不过，要宽容我点儿才是。允许我坐下来。我的腿不肯支我起来。

特洛怕乔夫　（递给他一张椅子）坐，坐。

库绕夫金　（坐下，脸冲着观众，讲话慢慢的，很快就更酩酊了）我停在什么地方？噢，是的！刽子手。刽子手是一个德国人——大家知道。他在乎什么？他在公家做事，那儿有什么他偷什么。所以他讲，条子也是他的，我是一个贵人。不过我要讲什么来的？噢，是的，他说，"不给钱，就把地产给我。不给钱，就把地产给我。不给钱，就把地产给我……"

特洛怕乔夫　你睡着啦，我亲爱的朋友。醒醒！

库绕夫金　（醒了一下，然后又陷入昏睡的情况。他说话有些吃力）谁——我？什么让你想……不过，这没关系。我没睡。人夜晚睡觉，现下，现下是白天。刽子手——刽子手这家伙，刽子手，他是我真正的仇敌。人告诉我这个那个的……可是我说，就是刽子手。刽子手就是挡着我的路的人。（喀尔怕乔夫进来，拿着一顶绝大的丑儿尖帽子，蓝厚纸做的，对特洛怕乔夫挤了挤眼，偷偷地走到库绕夫金背后。特奈穆宾斯基笑死了。伊凡诺夫脸色发白，沮丧，搭拉着眉毛。）我知道他为什么不喜欢我。我知道他毁了我一辈子，刽子手这家伙。打我顶小的时候起……（喀尔怕乔夫小心翼翼地把尖帽子搁在库绕夫金的头上）可是，我饶恕他。愿主和他在一起！愿主和他在一起……（人人在窃笑。库绕夫金不讲了，莫名其妙，向四外望。伊凡诺夫走到他跟前，握着他的手，低声对他讲："看他们给你头上搁着什么。他们把你做成丑儿了。"库绕夫金把手举到头边，碰着尖帽子，慢慢拿手遮着他的脸，闭着他的眼睛，忽然开始哭了，呢喃着）做什么，做什么，做什么？

〔但是他没有摘掉尖帽子。

〔特洛怕乔夫，特奈穆宾斯基和喀尔怕乔夫继续在笑。彼特也笑着，从门缝往里张望。

叶列奇基 算啦，瓦西里·谢米尼奇。这不过是开开玩笑，哭个什么，难为情不？

库绕夫金 （手离开他的脸）开开玩笑！不，这不是玩笑，怕外耳·尼考拉耶维奇。（站起，把尖帽子丢在地板上）在你来的头一天……头一天……（他的声音断了）你就这样子对待一个老年人——一个老年人，怕外耳·尼考拉耶维奇。就这样子！为什么，为什么你这样子糟蹋我？我怎么对不起你啦？我欢天喜地等你来……为什么，怕外耳·尼考拉耶维奇……？

特洛怕乔夫 好啦，好啦，你到底怎么啦？

库绕夫金 （脸色越发惨白了，尽自己说去）我没对你讲话。你允许自己耍弄我，你开心。我是在对你讲话，怕外耳·尼考拉耶维奇。因为你去世的岳父允许自己跟我开点子玩笑，因为他给我面包吃，衣服穿，这不就可以引申说，你应当同样来一下子。是的，为了他的礼物，我流着血、惨痛的眼泪来偿还。难道你也妒忌我？啾，怕外耳·尼考拉耶维奇，像你这样的人，太不应该，太不应该啦……京城还把你当做一位受过教育的人。

叶列奇基 （傲然）听我讲，你似乎忘记自己在干什么了。到你的房间去，睡一会儿就过去了。你喝醉啦。你连站都站不住。

库绕夫金 （越来越管制不住自己）我睡一会儿就过去，怕外耳·尼考拉耶维奇。也许我喝醉了，可是谁灌我醉的。不过，问题不在这里，怕外耳·尼考拉耶维奇。听明白了：你当着人取笑我。你糟蹋我。头一天你到，只要我愿意，只要我愿意讲一句话……

伊凡诺夫 （低声）细想想看，瓦西里。

库绕夫金 由着我。是的，我亲爱的先生，只要我愿意……

叶列奇基 哦，他喝醉啦。他就不知道他在讲些什么。

库绕夫金 我请你原谅，我喝醉啦，可是我知道我在讲些什么。你现下是一位大人物，一位官儿，一位受过教育的人，而我是一个丑儿，一个傻瓜——我不值一个铜板，我是一个叫化子，我吃的是救济面包，可是你知道我是谁？你娶的是……你娶的是谁？

叶列奇基　（急于挽开特洛怕乔夫）请你原谅，我没想到这样胡闹。

特洛怕乔夫　我必须承认，我也没想到。

叶列奇基　（向特奈穆宾斯基）带他出去，请。

〔要往接待间去。

库绕夫金　等一下，我亲爱的先生。你还没有告诉我你娶的是谁。

〔奥耳嘎在接待间的门边出现，站在那边，惊奇。她的丈夫做手势叫她走开。她不明白他的手势。

叶列奇基　（向库绕夫金）去，去！……

特奈穆宾斯基　（走到库绕夫金跟前，揪住他的手）来罢。

库绕夫金　（推开他）别拉我。（眼睛跟着叶列奇基）你，先生，是一位名人，对不对？你娶了奥耳嘎·彼特洛夫娜·考芮纳。考芮纳是一个世家，一个老世家，可是你知道她是谁，奥耳嘎·彼特洛夫娜是谁？她……她是我的女儿！

〔奥耳嘎不见了。

叶列奇基　（站定如同遭了雷劈）你……你胡说八道！

库绕夫金　（沉默一时，手放在头上）是的，我胡说八道。

〔跑开，碰着每一样东西，伊凡诺夫跟着他。

叶列奇基　（转向特洛怕乔夫）他疯啦！

特洛怕乔夫　当然！

〔两个人静静地走进接待间。特奈穆宾斯基和喀尔怕乔夫大是惊奇，你看我，我看你。

幕

第 二 幕

景：接待间，布置富丽，风格老式。右边门道，通起坐间。左边，一个门通奥耳嘎·彼特洛夫娜的寝室。奥耳嘎坐在一张没有靠背的沙发上，旁边是浦辣斯考维雅·伊凡诺夫娜。

浦辣斯考维雅 （稍缓）我怎么办，太太？什么女孩子我派给您做丫头？

奥耳嘎 （有些不耐烦）随便谁都成！

浦辣斯考维雅 阿库里娜，那个瘸腿姑娘，是一个很好的女孩子。玛丽雅也好，马尔楚考夫的女儿。您要她们吗？

奥耳嘎 很好。那个女孩子叫什么名字——我是说，那个穿蓝衣服的好看姑娘？

浦辣斯考维雅 （迟疑）蓝……？哦，是的！您是说马实喀。您可以留她，不过她性子乖张，乖张得不得了。她一点也不听话，行为也不顶好。不过，随您喜欢就是。

奥耳嘎 我喜欢她的脸样儿，不过，如果她行为不怎么好……

浦辣斯考维雅 行为坏透了，她不成。犯不上……（稍缓）啾，亲爱的太太，您真好看！您多像您母亲！……我的亲爱的……我看您就看不够！看您……允许我亲亲您的手，亲爱的。

奥耳嘎 好啦，浦辣斯考维雅，你可以走啦。

浦辣斯考维雅 是，太太。您不要什么了吗？

179

奥耳嘎	不要,我什么也不要。
浦辣斯考维雅	是,太太。那么,我就打发阿库里娜跟玛丽雅过来?
奥耳嘎	好,你去罢。(浦辣斯考维雅要走)告诉人,我想见见怕外耳·尼考拉耶维奇。
浦辣斯考维雅	是,太太。

〔走出。

奥耳嘎	(一个人)这是什么意思?我昨天听见了什么?我整夜不能够睡。老头子,一定是胡说八道。(她站起,在屋子里头徘徊)"她是我的……她是我的。"是的,是的,一个字也不错。可是这是疯话!(停了一时)保罗倒没起疑心……他来啦。

〔叶列奇基进来。

叶列奇基	(一脸的忧愁,走到她跟前)你想见我,奥耳嘎?
奥耳嘎	是的。我有话问你。花园靠池子那边,小路长满了草。房子前头,已经拾掇干净了,可是他们把那边忘啦。叫他们弄干净。
叶列奇基	我已经吩咐过了。
奥耳嘎	谢谢你。叫人到城里给我的母牛买些铃铛,挂在它们的脖子上头。
叶列奇基	好。叫他们买就是了。(预备走)你还有别的话吗?
奥耳嘎	你忙吗,亲爱的?
叶列奇基	经理室把账送来了。
奥耳嘎	这样的话,我就不留你了。我们晚饭前到林子里头走走。
叶列奇基	一定。

〔又预备走。

奥耳嘎	(允许他走到门边)保罗!

叶列奇基	（回身）什么？
奥耳嘎	告诉我，请；我昨天没有时间问你——昨天用过点心出了什么乱子？
叶列奇基	没什么特别。遗憾的是，这发生在我们到的头一天。总之，我自己有点儿不好。我们逗库绕夫金老头子往醉里灌酒。说正确，都是我们邻居特洛怕乔夫先生惹出来的。起初，他有点滑稽。他说呀讲的，对我们乱聊一起——后来，他就开始有点儿叫嚣了。无论如何，没什么要紧——不值得一提。
奥耳嘎	我觉得……
叶列奇基	别提啦，别提啦！将来我们一定格外当心就是——没别的。（想了一时）不过，我已经对这事采取必要的步骤了。
奥耳嘎	怎么？
叶列奇基	好，你明白，虽说实际上没什么要紧，可是有外人在那儿看见听见来的。事情出在一个受人敬重的家庭，不怎么相宜，所以我就做了一些必要的安排。
奥耳嘎	你做了一些什么安排？
叶列奇基	好，你明白，我，我……我对老头子解释，惹出这样乱子以后，他再待在我们家里，像你先前讲的，是不大开心的。他马上就同意我的话了，他头脑醒过来了。当然，他是一个穷人，他没有东西过活。好，那么，我们打发他到你另一块地产的房子去住。我们送他一点钱，一点吃的。他会满意的。我不会拒绝他什么东西的。
奥耳嘎	保罗，我觉得，为了这点胡闹，你处分他处分得也太厉害了。他在这所房子长久了，住惯了。他从我小孩子时候就认识我。真的，我觉得，他可以留在这里。

叶列奇基	奥耳嘎，不。我有理由的。当然，我们不能够怪罪老头子，特别是在他不可能负责的时候。不过，由我处理这事好了。我再说一遍，我有正当理由的。
奥耳嘎	随你罢。
叶列奇基	再说，我想，他已经打好铺盖了。
奥耳嘎	不过，不跟我说一声再会，他不会走的！
叶列奇基	我想，他要来跟你道别的。不过，你要是觉得不开心，就用不着见他。
奥耳嘎	才相反，我希望跟他谈谈。
叶列奇基	随你，奥耳嘎。不过，我不该劝你。你会激起来的，而且，当然喽，他是一个老年人，你从小孩时候就认识他……我承认，我不喜改变我的决定。
奥耳嘎	哦，你用不着害怕这个。我实在想的，只是他去了，也不跟我说一声再会。请叫人看看他走了没有。
叶列奇基	随你。（揿铃）Vous êtes jolie comme un ange aujourd'hui.①
彼　特	（进来）老爷有吩咐？
叶列奇基	去，我亲爱的朋友，看看库绕夫金离开了没有。（看着奥耳嘎）那么你要他跟你辞行？
彼　特	（走出）是，老爷。
奥耳嘎	保罗，我有话问你。
叶列奇基	（颜色和悦）好，说罢——什么事？
奥耳嘎	听我说。库绕夫金一进来，你尽我们两个人好了。
叶列奇基	（停了一时，显出一种冷的微笑）似乎顶好我不这样做。单

---

① 法文："你今天像天使一样美。"

	你跟他在一起，你不会舒服的。
奥耳嘎	不啦，请。我有话同他讲。我有话问他。我要一个人跟他讲。
叶列奇基	（定定地看着她）难道你……昨天？
奥耳嘎	（看着叶列奇基，一种最天真的样式）什么？
叶列奇基	（迅速地）好，随你。你愿意怎么样就怎么样好了。喽，我想他来啦。

〔库绕夫金进来，非常苍白。

奥耳嘎	你好，瓦西里·彼特洛维奇（库绕夫金鞠躬，不作声）你好？（向叶列奇基）Eh, bien, mon ami. Je vous en prie.①
叶列奇基	（向他的太太）Oui.②（向库绕夫金）你全捆扎好了吗？
库绕夫金	（声音低沉，相当困难）捆扎好了。
叶列奇基	奥耳嘎·彼特洛夫娜希望跟你谈谈……跟你说一声再会。你要是需要什么，请告诉她好了。（向奥耳嘎）Au revoir.③ 你跟他谈话不长的，是不是？
奥耳嘎	我不知道。我不这样想。
叶列奇基	很好。

〔向起坐间走出。

奥耳嘎	（坐在没有靠背的沙发上，指给库绕夫金一张椅子坐）坐下，瓦西里·彼特洛维奇。（库绕夫金鞠躬，但是并不坐下）坐下，我请你。（库绕夫金坐下。足有一时，奥耳嘎不知道怎样开始谈话）你要离开我们，我听说。
库绕夫金	（眼睛没有举起）对的。

---

① 法文："哎，好，我的朋友。我求你啦。"
② 法文："好的。"
③ 法文："回头见。"

奥耳嘎	怕外耳·尼考拉耶维奇告诉我的。相信我,我不喜欢你走。
库绕夫金	别让这个搅扰你。我一百二十分地感激你……我要……
奥耳嘎	你换一个新地方,会一样舒服的,还要舒服。你安安静静过活。我会当心的。
库绕夫金	我极其感激你。我觉得我不配这些。一块面包,屋里一个小角落什么的——再多我就不需要了。(沉默一时,他站起)现在允许我告别。怪我自己不好,不过,饶恕一个老年人。
奥耳嘎	你为什么这么急急忙忙的?等一会儿。
库绕夫金	你吩咐好了。

〔他又坐下。

奥耳嘎	(稍缓)听我讲,瓦西里·彼特洛维奇,坦白告诉我,早晌你出了什么岔子。
库绕夫金	我有罪,奥耳嘎·彼特洛夫娜。单我一个人有罪。
奥耳嘎	不过,怎么你会……?
库绕夫金	请别问我,奥耳嘎·彼特洛夫娜。不值得。我整个儿是有罪,就是这个。怕外耳·尼考拉耶维奇完全对。他处分我应当再厉害点儿才是。我一辈子也要为他祷告。
奥耳嘎	我承认,我看不出这里头有那么大的过错。你已经不是一个年轻人。你没有喝酒的习惯。好……你也就是有点儿吵。
库绕夫金	不,奥耳嘎·彼特洛夫娜。别为我辩白。我一百二十分地感激你,不过,我觉得我是有罪。
奥耳嘎	也许你说了点什么,糟蹋我丈夫来的?还是糟蹋特洛怕乔夫先生来的?

库绕夫金	(头垂得低低的)我整个儿是有罪,就是这个。
奥耳嘎	(有些激动)听我说,瓦西里·彼特洛维奇,你记得你说了些什么吗?
库绕夫金	(颤栗,看着奥耳嘎;迂缓地)我不知道。
奥耳嘎	我听说你讲……
库绕夫金	(打断她)我撒谎,奥耳嘎·彼特洛夫娜。完全撒谎!我是信口胡扯。我有罪。我胡说八道。
奥耳嘎	无论如何,没有任何理由,它决不会来到你心里头。
库绕夫金	主知道是什么理由。我敢说,不是我心不在焉胡扯,就是我不惯喝酒坏事的。我呀喝了又喝,后来我就说……主知道我说了些什么?结局……不过我整个儿是有罪,我为这很受到了惩罚。(想站起)允许我说再会,奥耳嘎·彼特洛夫娜,别往坏里想我。
奥耳嘎	我看,你不想坦白跟我讲话。你怕我。我不是怕外耳·尼考拉耶维奇,你也许有点儿怕他,因为你不知道他。就表面看,他很严厉。不过,你为什么怕我?你打我做小孩子时候就认识我。
库绕夫金	奥耳嘎·彼特洛夫娜,你有一颗非常良善的心。可怜一个穷老头子。
奥耳嘎	正相反,我希望……
库绕夫金	别提醒我你年轻时候。我的心如今是铅一样重。噉,我这一生是一杯什么样的苦酒!赶我老年,为了我自己的一个过失,我不得不离开你的家!
奥耳嘎	听我讲,瓦西里·彼特洛维奇。这儿还有一个方法解决你的困难。只要跟我坦白就好。听我讲,我……

〔她站起,稍稍走到另一边。

| 库绕夫金 | （眼睛跟着她）别激动，奥耳嘎·彼特洛夫娜。真的，不值得。就是到了那边，我要为你祷告主的。你用不着想到我，要不，有上一回，一个大工夫里头，说："老库绕夫金是我一个忠心的朋友。" |

| 奥耳嘎 | （又转向库绕夫金）瓦西里·彼特洛维奇，你真对我忠心吗？你真爱我吗？ |

| 库绕夫金 | 我亲爱的……吩咐我为你死…… |

| 奥耳嘎 | 不，我不愿意你死。我要的是真话。我要知道实情！ |

| 库绕夫金 | 是，太太。 |

| 奥耳嘎 | 我……我听见了你最后嚷的话的。 |

| 库绕夫金 | （几乎不能够发出声来）什——么！ |

| 奥耳嘎 | 我听见了你说我的话。（库绕夫金从椅子上站起，跪了下去）那是真的？ |

| 库绕夫金 | 请宽洪大量饶恕我。我再说一遍，我是胡说八道。我…… 〔他的声音断了。 |

| 奥耳嘎 | 是的，你不要告诉我真话。 |

| 库绕夫金 | 我是胡说八道，奥耳嘎·彼特洛夫娜。原谅我…… |

| 奥耳嘎 | （抓住他的手）不。不！为了主的缘故……我以主的名义求你！我求你，告诉我！那是真的？那是真的？（他不言语）你为什么这样折磨我？ |

| 库绕夫金 | 你真要知道实情？ |

| 奥耳嘎 | 是的，告诉我，那是真的？ |

〔库绕夫金举起他的眼睛，举直看着奥耳嘎。他的面容表现着一种猛烈的内心的斗争。他忽然垂下头，嘟哝着："那是真的！"奥耳嘎很快往后一退，一动不动。库绕夫金拿手盖住他的脸。起坐间的门开了，叶列奇基进来。

　　　　　　他起先没有注意到跪在地上的库绕夫金。他走向他的太太。

叶列奇基　　好，完事啦？（怀疑地站定）Ah, voila, je vous ai dit.①哼！他请你原谅……

奥耳嘎　　　保罗，让我们单独再讲一会儿。

叶列奇基　　（不了解情况）Mais, ma chère ...②

奥耳嘎　　　请，我求你让我们单独再讲一会儿！

叶列奇基　　（稍缓）很好，随你的意。我仅仅希望你过后儿给我解释一下。

　　　　　　〔奥耳嘎点头同意，叶列奇基慢慢地走出。

奥耳嘎　　　（赶快走到起坐间的门边，关好门，锁住，回到库绕夫金跟前，他还在跪着）起来，起来，我请你。

库绕夫金　　（慢慢地起来）奥耳嘎·彼特洛夫娜……

　　　　　　〔他显然不知道说什么话才好。

奥耳嘎　　　（指着没有靠背的沙发）坐这儿。（库绕夫金坐下。奥耳嘎站在稍远的一个地方，身子有一点斜）瓦西里·彼特洛维奇，你明白我的地位吗？

库绕夫金　　（软弱地）奥耳嘎·彼特洛夫娜，我看得清清楚楚的。我是胡说八道。放我走罢。不的话，我会让事情更坏的，因为我不知道我在讲些什么。

奥耳嘎　　　（沉重地，迅急地呼吸着）不，瓦西里·彼特洛维奇！乱子已经撞下啦。现在你收不回你的话啦。你必须全对我讲——全……全部实情。

---

① 法文："啊，怎么样，我告诉你来的。"
② 法文："不过，我的亲爱的。"

库绕夫金 不过我……

奥耳嘎 （迅速地）我要你最后明白我的地位，还有你的地位。你不是毁谤我母亲……如果是这样的话，立刻离开这里，永远别再让我看见你。（她指门给他看。库绕夫金想站起，走出，但是仍然停在原处）啊！你看，你没有走，你停下来了……

库绕夫金 （抑郁地）噢，主，我的主！

奥耳嘎 我要样样知道。你必须样样告诉我，你听见我了吗？

库绕夫金 （绝望）好，是的……是的……你要样样知道，跟我遭遇的不幸一样长。只是，奥耳嘎·彼特洛夫娜，别这样看我……不然，我……我不能够……

奥耳嘎 （试着微笑）瓦西里·彼特洛维奇，我……

库绕夫金 （怯怯地）我的名字是瓦西里·谢米尼奇，奥耳嘎·彼特洛夫娜。（奥耳嘎！脸红了，耸肩膀。她依然和库绕夫金保持着远距离。）是的……你要我从哪儿开始？

奥耳嘎 （脸红着，窘了起来）瓦西里·谢米尼奇，你要我怎么样……我……

库绕夫金 （直想哭）不过我不能够讲，你……

奥耳嘎 （把手伸给他）放安静。讲罢！你看不出我的情况……管制管制自己。

库绕夫金 很好，我亲爱的奥耳嘎·彼特洛夫娜。好，我从哪儿讲起？噢，主！噢，主！好，是的，那么……你答应我的话，我先告诉你一点点……是的，我现在告诉你一点点……是的，现在……我当时二十岁刚出头。我必须说，我一出生就穷，临了儿，一口面包也没落着，这个，必须承认，是不公道的缘故……总之，我什么教育也没受到。

你去世的父亲——(奥耳嘎颤栗了)——上天保佑他！——怜惜我。不然的话，我简直要饿死的。"住到我家去，"他说，"等我给你找好了事再走，"所以我就到了这儿。好，一个什么也没有的人，要找事当然成了问题，所以我就在这儿待下来了。你父亲当时还是一个单身汉。大约两年以后，他开始追你母亲，没多久，就娶了她。于是他开始和你母亲住在一起，养了两个男孩子。他们没多久就全死了。可是，我必须告诉你，奥耳嘎·彼特洛夫娜，你父亲是一个急性子人——真急啦，主饶恕他！当时他也没有什么不敢的，疯了起来，人性都没了。他又好喝酒。不管怎么样，他是一个好人，是我的恩人。好，起初，你父亲和你去世的母亲过得很快活，可是日子不很长。你母亲——愿她享受天国的幸福！——是，我必须说，一个天使，一个最美的妇人，不过，命……我们当时有一个女邻居……你父亲变得跟她很要好……奥耳嘎·彼特洛夫娜，原谅我，如果我……

奥耳嘎　讲下去。

库绕夫金　你自己要我讲的。(拿手拭他的脸)噢，主，噢，主！帮助我，我是罪人！好，你父亲跟这女人好起来啦，——愿她永远受罪！——他天天看她去，常常夜晚不回家来。章法乱了。你母亲一来就整天一个人坐着，不作声，要不就是哭。我，当然，也坐在这儿，我的心苦痛得要裂了，可是我一句话也没讲。再说，我心想，我的蠢话不会对她有用的。别的邻居，地主们，等等，不愿意来看望你父亲；他高傲的神气把他们撑开了。所以，结局，你亲爱的母亲就没有一个人对她说一句话。她，亲爱的女人，一来就坐在窗户旁边，像念什么东西，一点感觉也没有。她在那儿坐好几点钟，望着大路、田野。你父亲的坏习惯越发坏了，虽说表面上没有理由引他这样做。他变得严厉极了，就没法子忍受。又来了一桩出奇的事。他开始对你母亲吃醋，主知道，就没有一个人惹他吃醋。他出去一来就把她锁在她的房间。随便一点胡闹的小事，就惹他光火。你母亲越试着讨他欢喜，他越变得坏。最后，他简直连话也不同她讲了，说实话，他不要她了。啾，奥耳嘎·彼特洛夫娜，奥耳嘎·彼特洛夫娜，她当时可受罪啦，苦透啦！你不记得她，奥耳嘎·彼特洛夫娜。她死的时候，你太年轻，我亲爱的姑娘。像她那样好的人，我相信世上没有第二个留下来。她多爱你父亲！可是他正眼看也不看她。他不在的时候，她一来就和我讲起他，怎么样扭转局势，怎么样讨他欢喜。忽然有一天，他收拾行李，去了莫斯科，说他一个人有事去，可是他不是一个人去。那位女邻居在前一站等他，两个人一道走的，六个月——整整六个月——没有听到他们的消息。六个月，奥耳嘎·彼特洛夫娜，他连一封信也没给家里写。忽然他回来了，又是灰心，又是发疯。女人把他丢了，后来我们听说。他把自己关在他的屋子里，出来也不出来。家里人人为他的行动大大吃惊。你母亲最后支不住了。她为自己划着十字，因为这可怜的女人真还怕他，走进他的屋子。她开始跟他讲理，可是他简直嚷了起来，举起一根手杖……（库绕夫金看着奥耳嘎）我求你原谅，奥耳嘎·彼特洛夫娜。

奥耳嘎	你对我讲的是真话，瓦西里·谢米尼奇？
库绕夫金	我要是撒谎呀，主马上就把我劈了！

奥耳嘎	那么,讲下去。
库绕夫金	于是他……啾,奥耳嘎·彼特洛夫娜!——于是他就说脏话糟蹋你母亲……可怜的女人跟疯颠了一样,跑回自己的屋子。他喊着人,就在远远的田野……这儿……这儿出了岔子……我(他的声音变软弱了)不能够再讲下去啦,奥耳嘎·彼特洛夫娜,主帮助我,我不能够!……
奥耳嘎	(不看他)说!(稍缓,不耐烦)说!
库绕夫金	我听你的盼咐,奥耳嘎·彼特洛夫娜。我一直这样想,经过这场可怕的侮辱,你去世的母亲有点儿变心了。她病啦。我现下就像看见她,她走进神堂,在神像前头停住,举起她的手像要为自己划十字,可是忽然她转开了,离开了屋子。她还安安详详地笑来的。魔鬼一定占了她了。我看着她,觉得难过。吃饭的时候,她什么东西也不吃。她不作声,眼睛定定地看着我。黄昏……许多黄昏,奥耳嘎·彼特洛夫娜,我一向就陪她在这间屋子坐着。有时候,无聊极了,我们斗牌玩儿,有时候我们聊聊天儿。好,那天黄昏……(他的声音堵着他)你去世的母亲沉默了许久,扑到我身上……我,奥耳嘎·彼特洛夫娜,差不多是膜拜你母亲走过的土地,我爱你母亲。忽然她对我讲:"瓦西里·谢米尼奇,我知道你爱我,他恨我。他丢了我,糟蹋我,所以我……"好,她一定是失掉理性啦,奥耳嘎·彼特洛夫娜。她完全丢掉理性……我,可是我……可是我什么也不记得了。我的头在打旋。甚至于我现下一想,就打旋。忽然她就拿身子给了我。奥耳嘎·彼特洛夫娜,可怜一个老年人罢……我不能够。我宁可割掉我的舌头。(奥耳嘎不作声,从他那边转开。库绕夫金看着她,

然后，讲下去，有些快了）第二天，我现下记得，我没在家里待。天一亮我就跑到林子去了。过了这天，一个骑马的信差到了院子，问他有什么事到这儿来，他说，主人落下了马，摔死了；他躺在那边，不省人事。这出在第二天，奥耳嘎·彼特洛夫娜，出在第二天。你母亲吩咐套车，去看他。他住在牧师有的牧场的一间小屋子，四十渥尔司提①远。她尽快里赶，赶到，他已经死了。噢，主，噢，主！我们全以为她疯颠了。她一直病到你出生，你出生以后她也没有好过来。你自己知道，你生下以后，她没活多久就死了。

〔他垂下头。

奥耳嘎 （沉默了许久）这就是说，那么，我是你的女儿。可是你有什么证据？

库绕夫金 （有些激动）证据？我能够有什么证据？我什么证据也没有。我怎么敢？……要不是昨天出了不幸，我敢说我永远也不会讲的，就是临咽气也不讲的。我宁可先撕掉我的舌头。我为什么不在昨天死掉？没有一个人知道，听到的。一个人的时候，我连想也不敢想起的。你父亲死了以后，我直想尽着我的腿往远里跑，可是我承认，我没有勇气。贫穷吓倒了我。我待下来了，我是有罪的。可是当着你去世的母亲，我从来没有提起这事，我连一口气也不碰它，奥耳嘎·彼特洛夫娜。证据！在那以后，头几个月，我连你母亲都没有见面。她把自己关在她的屋子里头，除去浦辣斯考维雅，谁她也不许进去。后来，我看见她，我当着

---

① "渥尔司提"是俄里，约合一公里强。

上帝发誓，我怕正面看她。证据？奥耳嘎·彼特洛夫娜，我不是一个犯人，我不是一个傻子——我知道我的地位。不是你吩咐我讲出口来……别激动，奥耳嘎·彼特洛夫娜。你为什么过问这个？我能够有什么证据？别相信我，一个老糊涂。我是撒谎，就是这个，因为真的，有时候，我就不知道我在讲些子什么。我的头脑不够使唤。什么也别相信，奥耳嘎·彼特洛夫娜，——就是这个。我能够有什么证据？

奥耳嘎　　不，瓦西里·谢米尼奇。这事我要老老实实处理。你不能够想出这种……散布死人的谣言——不，这太可怕啦……（她从他那边转开）是的，我相信你。

库绕夫金　　（软弱的声音）你相信我……

奥耳嘎　　是的……（她看着他，颤栗了）不过，真可怕，可怕！

〔连忙走到一边去了。

库绕夫金　　（手伸向她那面）奥耳嘎·彼特洛夫娜，放安静……我明白你……你，受过教育……不过，我，我再说一遍，如果不是为你的话，我决不告诉你这个的……不过，我非常知道自己。你真以为这一切我就不觉得……？我爱你像我自己的……因为，刨根儿看，你是……（赶快站起）别怕我。永远不让这个字眼儿出我的嘴的……忘记我们全部的谈话罢。我今天就离开，现在。我不能够再在这儿待下去了。我不能够。好，我在那边为你祷告。（眼里有了眼泪）不管在什么地方，我为你和你丈夫祷告。我自己不对。我可以说，我自己是拒绝我最后幸福的原因。

〔他哭了。

奥耳嘎　　（显出一种表现不出的神经刺激）到底是怎么回事？不管怎

193

么样，他是我父亲啊……(转开身子，看见他在哭)他在哭……别哭，停住！

〔她走到他跟前。

库绕夫金　(手伸向她)饶恕我，奥耳嘎·彼特洛夫娜……

〔奥耳嘎把手伸给他，决不定的样子。她想强迫自己投到他的脖子上，但是马上，颤栗了，转开，朝经理室奔去。库绕夫金待在原来地方。

库绕夫金　(手捺着他的心)我的主，我的主！我是怎么的啦？

〔门后传出叶列奇基的声音："奥耳嘎，你把门锁啦？"

库绕夫金　(清醒过来)这是谁？……他……是的……我奇怪他想说什么？……

叶列奇基的声音　特洛怕乔夫看我们来啦。我特地告诉你一声，奥耳嘎！答应我！……瓦西里·谢米尼奇，你在那儿吗？

库绕夫金　是，老爷。

叶列奇基的声音　奥耳嘎·彼特洛夫娜在哪儿？

库绕夫金　她出去了。

叶列奇基的声音　噢！给我开开门！

〔库绕夫金把门打开，叶列奇基进来。

叶列奇基　(张望，向自己)真叫人觉得邪行。(向库绕夫金，冷冷地，严厉地)你走不走？

库绕夫金　走，老爷。

叶列奇基　好，你们怎么结束谈话的？

库绕夫金　谈话？……谈话？……说实话，我们根本就没讲什么。只我请求奥耳嘎·彼特洛夫娜饶恕罢了。

叶列奇基　好，她怎么来的？

库绕夫金	她说她已经不生我的气了,现下我准备好了走。
叶列奇基	奥耳嘎·彼特洛夫娜结果没改变我的决定?
库绕夫金	没,老爷。
叶列奇基	哼!……我很难过……不过你明白,瓦西里·谢米尼奇,这……这……
库绕夫金	是,怕外耳·尼考拉耶维奇。我跟你的想法儿完全一样。你对待我真是大量极了。我一百二十分地感激你。
叶列奇基	我不妨提一声,至少你以为怪你自己不好,我听了喜欢,那么再见啦……你需要什么的话,请别客气。我虽说吩咐经理照料你,不过,你永远可以直接跟我谈的……
库绕夫金	我一百二十分地感激你。
	〔鞠躬。
叶列奇基	再见,瓦西里·谢米尼奇。不过,停一停。哎……哎……哎……特洛怕乔夫先生看我们来了,这就进来。我希望你当着他重复一遍你今天早上对我讲过的话……
库绕夫金	是,老爷。
叶列奇基	很好。(向进来的特洛怕乔夫)Mais venez donc, venez donc.①
	〔特洛怕乔夫进来,依然是日常乔张乔致的模样。
特洛怕乔夫	当然我进来。你的台球桌子可真叫高啦!想想看,伊凡诺夫先生拒绝跟我打球!他说:"我头疼。"伊凡诺夫先生头疼!太太呢?我希望她好。
叶列奇基	她好,谢谢主,她马上就来了。
特洛怕乔夫	(显出一副和蔼的相熟模样)你们这一来,对我们乡下

---

① 法文:"进来,进来呀。"

人真是顶幸运的事了。哈,哈,哈!Une bonne fortune.①(他张望,注意到库绕夫金)噉,主,你在这儿呀?

〔库绕夫金静静地鞠躬。

叶列奇基 (向特洛怕乔夫,用下颌指着库绕夫金)是的,昨天他那一场胡闹过后,今天他心乱得不得了。打早晌起,他就在求我们饶恕。

特洛怕乔夫 噉,很显然,他跟酒结不了伴儿。你说怎么样?

库绕夫金 (并不抬眼)我有罪。绝对无意识——我能说的就是这个。

特洛怕乔夫 啊,哈!这就对了,外特洛渥的主人。(向叶列奇基)好,一个人会起那种念头……一个精神错乱的人——好,我不知道说什么好了——我们不妨说,把自己看成一位中国皇帝,或者,像我听人讲起的,想像太阳月亮跟样样儿你需要的东西,都在他的肚子里头,经过这回事,也就不足为奇了。哈,哈,哈!就是这样——就是这样,库绕夫金先生!

叶列奇基 (希望改换谈话)是的……福列更提·阿列克散德芮奇,我要问你什么来的?我们什么时候打猎去?

特洛怕乔夫 你喜欢什么时候就什么时候……你看,我不跟你客气。昨天我在这儿,今天我又在这儿。所以跟我学罢。等一下,我去问一问喀尔怕乔夫。这个他顶清楚。他会告诉我们去哪儿的好。(走到接待间的门口)喀尔怕乔夫!进来,我亲爱的人。(向叶列奇基)他是一个好射手,可是打台球总是我赢他。(喀尔怕乔夫进来)喀尔怕乔夫,怕外耳·尼考拉

---

① 法文:"一种好运气。"

耶维奇想明天去打猎。我们到哪儿去好，啊？

喀尔怕乔夫　我们到考劳别尔道渥去，到包赫芮雅克去。那儿现下一定有许多鹧鸪。

叶列奇基　离这儿远吗？

喀尔怕乔夫　走大路，三十渥尔司提，要是穿地里走，就近些了。

叶列奇基　很好。（浦辣斯考维雅从经理室进来）你做什么？

浦辣斯考维雅　（向叶列奇基鞠躬）太太想见见您。

叶列奇基　什么事？

浦辣斯考维雅　我不知道。

叶列奇基　对她讲，我马上就来。（向特洛怕乔夫）你答应我罢？

　　〔浦辣斯考维雅走出。

特洛怕乔夫　（摇头）噢，怕外耳·尼考拉耶维奇，问这种话，你难为情不？去，为了主的缘故！

叶列奇基　我不会让你久等的。

　　〔走出。

　　〔库绕夫金一直站在接待间的门边，想利用这个时间走出。

特洛怕乔夫　（向库绕夫金）你到哪儿去，我亲爱的人，到哪儿去？待下来，我们聊聊天儿。

库绕夫金　我该走啦……

特洛怕乔夫　哦，瞎扯，不必。也许你觉得有点儿难为情……不过，这也是瞎扯。谁不偶尔……（握着他的胳膊，把他拉到台前）这是，等一分钟。我方才想说的是，谁不偶尔喝酒喝过度啊？不过，我必须承认，你昨儿晚晌真还吓了我们一跳。可是，你讲那话讲得多有效！这是一个伟大的想法儿。想想看！

库绕夫金　这是由于我糊涂——就是这个。

特洛怕乔夫　也许是这样子，不过，真还吓人一跳。是呀，为什么是女儿？神啦！你承认，你不见其就拒绝做那样一个女儿的父亲。（他杵他的肋骨）告诉我——你拒绝吗？（向喀尔怕乔夫）他不想谈扯淡的事。你想什么？

〔喀尔怕乔夫笑了起来。

库绕夫金　（想从特洛怕乔夫这边抽出手来）允许我……

特洛怕乔夫　你为什么昨儿生我们的气，嗯？告诉我。

库绕夫金　（转开他的头，低声讲）怪我自己不好。

特洛怕乔夫　对。好主原谅你的。那么，她是你的女儿，啊？（库绕夫金不作声）听我讲，我亲爱的人，你为什么不有时候看我来？我会好待你的。

库绕夫金　我一百二十分地感激你。

特洛怕乔夫　我那边挺顺当的。问这家伙就知道了。（指着喀尔怕乔夫）你可以再对我讲一回外特洛渥的事由儿。

库绕夫金　（几乎听不见声音）是，老爷。

特洛怕乔夫　我觉得你今早儿像没问候过喀尔怕乔夫。（向喀尔怕乔夫）喀尔怕奇，你问候过瓦西里·谢米尼奇了吗？

喀尔怕乔夫　没有，老爷。

特洛怕乔夫　啊，我亲爱的人，真糟。

喀尔怕乔夫　允许我现下就做。

〔他伸出胳膊，走向库绕夫金。库绕夫金后退。经理室的门很快打开了，叶列奇基进来。他面色发白，激动。

叶列奇基　（伤痛地）福列更提·阿列克散德芮奇，我觉得像是请你别跟库绕夫金闹来的。

〔特洛怕乔夫吃了一惊，转回身子，看着叶列奇基。

喀尔怕乔夫停在他的地位。

特洛怕乔夫　（未免激动）你告诉过我……我不记得……

叶列奇基　（枯涩地，尖利地继续着）是的，福列更提·阿列克散德芮奇。我承认我有点儿意想不到……以你的教育，——是呀，以你的教育，——爱开这种无聊的玩笑，一连两天，这对你有什么好玩儿呀？

特洛怕乔夫　（对喀尔怕乔夫，做了一个手势，他往后跳了一跳）无论如何，允许我，怕外耳·尼考拉耶维奇……我的确……我完全同意你的见解，虽说另一方面……你太太好啊？

叶列奇基　好，她这就到这儿来。（微笑，摇着特洛怕乔夫的手）你饶恕我……我今天性子不好。

特洛怕乔夫　噉，瞎扯，怕外耳·尼考拉耶维奇，没关系。再说，你对。跟这些人太熟识了，不大合适。（叶列奇基颤抖了一下）今天天气真好。（沉默一时）我现在相信你对。在乡下住久了的确可怕。On se rouille à la campagne.① 真可怕。单调，你知道。没个挑选……

叶列奇基　请，请别再讲这个了，福列更提·阿列克散德芮奇。做好事……

特洛怕乔夫　不，不——我是就一般而言……只是一种一般的说法。（又沉默一时）我想我没有告诉过你，我来冬要去外国一趟。

叶列奇基　啊！（向库绕夫金，他又想出去）多待一会儿，瓦西里·谢米尼奇，我有话同你谈。

特洛怕乔夫　我想在外国待两年。太太怎么样？我们今天有没有看见她

---

①　法文："人在乡下要生锈的。"

	的快乐?
叶列奇基	当然。你要不要到花园散散步?明白罢,一会儿?Un petit tour.不过,允许我不陪你。我有话对瓦西里·谢米尼奇讲。……无论如何,我几分钟以内就找你来了。
特洛怕乔夫	随你的意,哈,哈,哈——我亲爱的怕外耳·尼考拉耶维奇。你要做什么就做什么好了,不必急,同时我们,有这家伙在一起,饮大自然的美酒去了。我看大自然可以看死的。Venez ici①,喀尔怕奇。

〔两个人走出。

叶列奇基	(跟他们跟到门口,把门关了。他转向库绕夫金,交起胳膊)我亲爱的先生,昨天我把你当做一个糊涂虫,一个醉鬼。今天我必须把你看成一个诽谤者,一个阴谋者。别打断我的话。一个诽谤者,一个阴谋者。奥耳嘎·彼特洛夫娜全对我讲了。你也许不盼着这个。你怎么样解释你的行为?今天早晌你对我认罪,说你昨天讲的话完全是你捏造出来的,现在跟我太太一谈……
库绕夫金	我有罪……我的心……
叶列奇基	我管不着你什么心不心!我再问你,你撒谎了没有?(库绕夫金不作声)你撒谎了没有?
库绕夫金	我对你讲过一回了,昨天我就不知道我在讲些什么。
叶列奇基	今天你知道你在讲些什么吗?在这一切之后,你居然有胆子面对一位正人君子?你就没有臊死?
库绕夫金	怕外耳·尼考拉耶维奇,上帝帮助我,你待我可真严厉过

---

① 法文:"这儿来。"

	头啦。想想看,我跟奥耳嘎·彼特洛夫娜谈话,有什么好处可以到手啊?
叶列奇基	我告诉你什么好处!你希望用这荒乎其唐的故事叫她对你同情。你指望她慷慨……你要钱,钱……是的,是的,你要钱。我必须告诉你,你真还达到目的啦。听我讲。我太太跟我决定给你一笔必要的生活费,可是,有条件……
库绕夫金	我什么也不要!
叶列奇基	别打断我的话,先生!可是,有条件,你要离开这儿,离得越远越好,尽你的可能。我这方面添一条:接受我们这笔钱,这就表示你承认你撒谎来的……我看单凭钱这个字你就不往这上头想了,最后,你否认你有任何权利……
库绕夫金	可是,我不要拿你一个铜板!
叶列奇基	怎么的啦,先生,那么,你的意思是固执到底。那么,你的意思是我必须承认你讲的是真话。你好不好解释一下你自己?
库绕夫金	我没话讲。你高兴想我什么,就想我什么好了,可是我不要拿你的东西。
叶列奇基	这是什么意思?难道你是要我明白,你也要在这儿待下去?
库绕夫金	不等天黑,我就离开这房子!
叶列奇基	你走?可是你把奥耳嘎·彼特洛夫娜丢在什么地位呀?你要是有一点点人气的话,你先前就该往这上头想才是。
库绕夫金	让我走罢,怕外耳·尼考拉耶维奇。上帝帮助我,我的头整个儿在发昏。你要我做什么?
叶列奇基	我要知道你拿不拿这个钱。也许你以为这笔款子是一个小数目。我们给你一万卢布。

库绕夫金	我什么也不能够拿。
叶列奇基	你不能够？那么，你的意思是，我太太是你的……我的嘴唇说不出来这个字！
库绕夫金	我什么也不知道……让我走罢。
	〔想走。
叶列奇基	简直岂有此理。你知道我能够强迫你道歉吗？
库绕夫金	我好不好问一声，你怎么个强迫法儿？
叶列奇基	别把我搞厌烦了。别强迫我提醒你是什么人。
库绕夫金	我出身是一个贵人——这就是我。
叶列奇基	一个体面贵人，我敢说！
库绕夫金	任凭怎么样，可也买不了去。
叶列奇基	听我讲……
库绕夫金	你可以在圣彼得堡那样对付你的下属。
叶列奇基	听我讲，你固执的老头子，当然喽，你不想侮辱你的女恩人。你已经承认过一回你说错了话。那么，再满足奥耳嘎·彼特洛夫娜一次，拿上我们送你的钱，在你也算不了什么。难道你还真是大阔佬，一万卢布你看起来不算怎么一回事？
库绕夫金	我不阔，怕外耳·尼考拉耶维奇，不过你送我的钱是这样恶毒，这样可怕地恶毒。我已经咽够了羞辱。是的，你高兴说我缺钱使唤，可是我不缺。我连一个卢布也不拿你的。
叶列奇基	啾，我知道你在盘算什么。你不但只妄想贪财，你想靠着这种妄想，多占一些便宜。我最后干脆对你讲了罢，接受我对你提出的条件，拿上这个钱，不然呀，我就采取一些步骤……一些步骤……

库绕夫金	可,主,你要拿我怎么着?我离开这儿,难道对你还不够吗?你要我糟蹋我自己吗?你要收买我吗?……不成,老爷,怕外耳·尼考拉耶维奇,永远办不到!
叶列奇基	嗷,鬼抓了你去!我……(就在这时,听见特洛怕乔夫在窗底下唱歌)真受不了!(走到窗前)远里去,远里去!(向库绕夫金)我给你一刻钟仔细想想……过后,你别后悔……

〔走出。

库绕夫金	(一个人)主呀,他们要拿我怎么着?我宁可死。我毁了我自己。我的舌头是我的仇敌。这位老爷……他冲我讲话跟冲一条狗一样……就像我没良心,可是他要是杀了我呀……(奥耳嘎从经理室进来。她手里拿着纸张。库绕夫金向四外张望)主呀,……
奥耳嘎	(决不定地走到库绕夫金跟前)我想再看见你一回,瓦西里·谢米尼奇。
库绕夫金	(并不看她)奥耳嘎·彼特洛夫娜……为什么……你丈夫……为什么你告诉他听?……
奥耳嘎	我没有秘密瞒我丈夫,瓦西里·谢米尼奇。
库绕夫金	这样的。
奥耳嘎	(连忙)他相信我。(放低声音)而且一切满意。
库绕夫金	满意?他满意什么?
奥耳嘎	瓦西里·谢米尼奇,你是一个和善正直的人。你会明白我的。告诉我,你能够在这儿待下来吗?
库绕夫金	我不能够。
奥耳嘎	不,听我讲。我想知道你的意见。我有的是时间欣赏你,瓦西里·谢米尼奇。告诉我,坦坦白白告诉我……

库绕夫金	我觉得你和善,奥耳嘎·彼特洛夫娜,相信我,我也能够欣赏……(他停住,然后叹息一声,继续下去)不,我不能够在这儿待下去。说什么我也不能够在这儿待下来。别看我上了年纪,他们就许还揍我一顿的。他们有什么干不出来的?现在,当然喽,我成了生人。好久这家就没了主人。没人,你不知道……不过老人们还活着。他们还没有忘记我——我跟你去世的父亲活在一起,在家里做一个小丑的角色。往往我经不起棍子的吓唬,就拿自己胡来一通,有时候连你自己的父亲……(奥耳嘎转开身子)别生我的气,奥耳嘎·彼特洛夫娜。不过,说来说去,说到临了,我对你只是一个生人。我不能够在这儿待下去。
奥耳嘎	既然是这样子……拿上……这个……
	〔她冲他伸出拿着纸张的手。
库绕夫金	(接过来,有些疑心)这是什么?
奥耳嘎	这……我们署了名的……一笔钱赎回你的村子,外特洛渥。我希望你不要拒绝我们;这就是,你不要拒绝我。
库绕夫金	(纸落下去,手盖住他的脸)奥耳嘎·彼特洛夫娜,你为什么也侮辱我?
奥耳嘎	怎么会的?
库绕夫金	你打算买我过来。我对你讲过,我任何凭证也没有。你怎么知道这不全是我捏造出来的,说到归齐,我在捣鬼……
奥耳嘎	(连忙打断他)我要是不相信你的话,我们会同意……
库绕夫金	你相信我!那我还需要什么别的?我要这张纸干什么?我起小就没有放纵过自己,现在我老了,用不着从头再来一过。除掉一块面包,我什么也不需要——就是这个。如果

　　　　　　你相信我……

　　　　　　〔他说不下去了。

奥耳嘎　　是的,是的……我相信你。我相信你没骗我……我相信你,我相信你……

　　　　　　〔忽然她搂住他,把头放在他的胸口。

库绕夫金　(感情激颤)我亲爱,亲爱的奥耳嘎·彼特洛夫娜。够啦……够啦……奥耳嘎……

　　　　　　〔他倒进左手的椅子。

奥耳嘎　　(一只手搂住他,另一只手捡起地板上的纸张,和他搂得紧紧)你不妨拒绝一个有钱的生女人。你可以拒绝我丈夫,可是一个女儿——你自己的女儿——你不能够,也不该当拒绝!

　　　　　　〔把纸张放在他的手里。

库绕夫金　(流着眼泪,接受了纸张)请,奥耳嘎·彼特洛夫娜,任何你希望的事,请吩咐我做好了。我是又甘心又欢喜。吩咐我去世界的尽头,我愿意去。现在我可以死了。现在我什么东西也不需要啦……(奥耳嘎拿手绢揩掉他的眼泪)噢,奥里雅,奥里雅①……

奥耳嘎　　别哭,别哭……我们过后儿还见面的。你可以来看……

库绕夫金　啊,奥耳嘎·彼特洛夫娜,奥里雅……我这是活着做梦还是真是活着?

奥耳嘎　　够啦,够啦……

库绕夫金　(连忙)奥里雅起来;有人来。(奥耳嘎差不多是坐在他的怀里,连忙跳了开来)给我你的手,最后一次你的手。

---

①　奥里雅是奥耳嘎的昵称。

〔他连忙吻着她的手，她走到另一边。

〔库绕夫金想站起来，但是站不起来。叶列奇基和特洛怕乔夫从右手的门进来。喀尔怕乔夫跟在他们后面。奥耳嘎过去问候他们，走过库绕夫金，她一直站着背向他。

特洛怕乔夫 （装模作样地鞠躬）Enfin①，现在我们有福气看见奥耳嘎·彼特洛夫娜啦。你身子好啊？

奥耳嘎 谢谢你，我很好。

特洛怕乔夫 你的脸像是……

叶列奇基 （打断）我太太跟我今天不怎么好。

特洛怕乔夫 好，那么，这儿是我的同情，哈，哈，哈！你的花园，我必须说，顶美了！

（库绕夫金使了大劲才站起来。

奥耳嘎 知道你喜欢我们的花园，我很高兴。

特洛怕乔夫 （受了侮辱一般）允许我说，这是最可爱的花园。Mais, c'est très boau, très beau.② 小道，花——说实话，样样儿东西——是的，是的，大自然和诗——它们是我的弱点。我看见什么？相片簿！简直跟在京城的客厅一样。

叶列奇基 （含意深长地看着他的太太，吞吞吐吐地说着）你安排成功子吗？（奥耳嘎摇头。由于礼貌，特洛怕乔夫转开了）他接受了吗，嗯？很好。（稍稍把她拉到一边）我再讲一遍，我一句话也不相信他整个儿故事，我是为了你的缘故才赞成的。家庭幸福比一万卢布值得多。

奥耳嘎 （转向特洛怕乔夫，他开始在翻看相片簿）你在忙点子什

---

① 法文："到了儿。"
② 法文："可不，是美极了，美极了。"

么，福列更提·阿列克散德芮奇？

特洛怕乔夫 这……翻你的相片簿。太招人爱了。告诉我，你跟考夫润斯基夫妇熟识吗？

奥耳嘎 不，不熟识。

特洛怕乔夫 怎么会的？你一直就跟他们不熟识？熟识罢，我劝告你他们的房子差不多是县里最好的了，或者，说得更正确些，最好的房子，到昨天为止。哈，哈，哈！

叶列奇基 （走到库绕夫金跟前）你要不要拿钱？

库绕夫金 是，老爷，我拿。

叶列奇基 这就是说，你撒谎来的。

库绕夫金 撒谎来的。

叶列奇基 哎……（转向特洛怕乔夫，后者在奥耳嘎面前乔张乔致地扭着身子）福列更提·阿列克散德芮奇，昨天我们笑话瓦西里·谢米尼奇，拿他开玩笑，可是他真赢了官司。我们方才在花园散步的时候，来了消息。

特洛怕乔夫 你传错了！

叶列奇基 是的，是的，我没传错——奥耳嘎刚刚讲给我听的。你问他好了。

特洛怕乔夫 对吗，瓦西里·谢米尼奇？

库绕夫金 （从现在起，直到闭幕，笑着像一个小孩子，说着一种响亮的声音，但是由于眼泪的压迫，有一点点颤抖）是的，是的，我把它收回来啦——我把它收回来啦。

特洛怕乔夫 接受我的庆贺，瓦西里·谢米尼奇。我给你道喜。（低声向叶列奇基）我明白……你用一种很漂亮的方式把他打发开了，在昨天的……以后。（叶列奇基想叫他相信不是这个缘故）那，是的，是的……多么漂亮，多么慷慨，多么

	雅致……做得很好。我愿意打一个赌,这个念头(向奥耳嘎微笑着)是你太太想到的,虽说,当然喽,你也……(叶列奇基微笑着,特洛怕乔夫高声讲下去)很好,很好。那么,你现在得到那边去了,瓦西里·谢米尼奇。你得亲手经理。
库绕夫金	当然。
叶列奇基	瓦西里·谢米尼奇方才告诉我,他今天就打算到那边去。
特洛怕乔夫	绝对该当。我完全了解他急不可耐,哈,哈,哈!捣蛋鬼!他们把他拖够了,可是临了儿,他得到他的产业……他想到那边去,看看他人间的财产,有什么不该的。我不对吗,瓦西里·谢米尼奇?
库绕夫金	是的,老爷,你完全对。
特洛怕乔夫	不用问,你也得到城里走一趟。
库绕夫金	大概要去罢。我要把手续全弄停当。
特洛怕乔夫	那你就千万别担搁啦。(向叶列奇基眨眼)李奇考夫律师,一定是一个大人物。全是他搞好的。(向库绕夫金)你喜欢吗?
库绕夫金	是的,老爷,为什么我不该喜欢?
特洛怕乔夫	你许我来吃你的进宅酒吗,嗯?
库绕夫金	你赏我脸,福列更提·阿列克散德芮奇。
特洛怕乔夫	(转向叶列奇基)怕外耳·尼考拉耶维奇,我们喝一次进宅酒,好不好?
叶列奇基	(有些迟疑)是的……也许。是的……(走到起坐间的门前)喊特奈穆宾斯基来。
特奈穆宾斯基	(很快就在门道出现了)您要什么,老爷?
叶列奇基	啊,你在这儿……来一瓶香槟。

特奈穆宾斯基　（退出）是，老爷。

叶列奇基　是的，听我讲。（特奈穆宾斯基转回身子）我想我看见伊凡诺夫先生在起坐间。在的话，叫他进来。

特奈穆宾斯基　是，老爷。

特洛怕乔夫　（走到奥耳嘎跟前，她这期间一直站在桌子旁边，翻一下相片簿，看一眼库绕夫金）考夫润斯基夫人能够跟你认识，要快活极了的……Enchantée enchantée.①我希望你喜欢她。我在她家跟在自己家一样。她是一位聪明太太，你不知道，那样……

〔在空里旋转他的手指。

奥耳嘎　（微笑着）嗯！

特洛怕乔夫　你看好了。（特奈穆宾斯基进来，端着一个盘子，上面有瓶子和玻璃杯）好，瓦西里·谢米尼奇，允许我向你道喜，衷心地。

〔伊凡诺夫进来，站在门口，鞠躬。

奥耳嘎　（和颜悦色向伊凡诺夫）你好啊？看见你，我很喜欢。你的朋友收回自己的产业，你听说了吗？

〔伊凡诺夫又一鞠躬，走向库绕夫金。特奈穆宾斯基递给每人一只杯子。

伊凡诺夫　（平静然而迅速地，向库绕夫金）瓦西里，这是怎么回事？

库绕夫金　（也平静地）放安静，伊凡。放安静。我快活得就跟……

特洛怕乔夫　（举起杯子）祝新地主的健康！

全　体　（除去伊凡，他连酒也不喝）祝他健康，祝他健康！

喀尔怕乔夫　（一种低沉的声音）万寿无疆！

---

① 法文："高兴之至。"

〔特洛怕乔夫阴沉地看着他。他显出窘来了。库绕夫金感谢每一个人,鞠躬,微笑。叶列奇基表示冷淡。奥耳嘎感觉不安。她简直要哭出来了。伊凡诺夫惊奇,耸起眉来往外看。

库绕夫金 （一种颤抖的声音）允许我现在——在这样一个对我严肃的日子——为你们的全部恩典,宣布我的感激……

叶列奇基 （打断他,严厉地）为什么,瓦西里·谢米尼奇,为什么你感激我们?

库绕夫金 你是,说到临了,我的恩人,至于我的——我怎么叫它才好? ——行为,我求你们饶恕一个老年人。只有主知道我为什么昨儿觉得受到侮辱,说出那样的……

叶列奇基 （又打断他）啾,很,很好。

库绕夫金 其实有什么侮辱?什么害处?……主知道我们也就是在一起寻开心罢了。（看着奥耳嘎）不过,我没有把话说到正点儿上。再见,我亲爱的恩人们,愿你们好,快活,欢乐……

特洛怕乔夫 瓦西里·谢米尼奇,你为什么这样跟他们告别啊?你不是去西伯利亚!

库绕夫金 （感动,继续着）愿主给你们大家幸运,我……我没有别的再问主要啦。我是这样快活,这样……

叶列奇基 （旁白,向自己）活活儿一场戏!……他到底什么时候走啊?

奥耳嘎 （向库绕夫金）再见,瓦西里·谢米尼奇。你在你的田庄住定了,别忘记我们。我喜欢看见你……（放低声音）单一个人和你讲话。

库绕夫金 （吻她的手）奥耳嘎·彼特洛夫娜……主要奖赏你的。

叶列奇基　　很好,很好。再见啦……

库绕夫金　　再见啦。

　　　　　　〔鞠躬,和伊凡诺夫一同走向起坐间的门。

　　　　　　〔人人送他。在门限上,特洛怕乔夫喊着:"新主子万岁。"奥耳嘎迅速奔往经理室。

特洛怕乔夫　(转向叶列奇基,拍着他的肩膀)你知道我想对你讲什么话?你是顶高贵的人。

叶列奇基　　嗷,没什么!你太好啦……

　　　　　　　　　　　　　　　　　　　幕

　　　　　　　　　　　　　　　　　(一八四八年)

· 贵族长的午宴 ·

人物

尼考拉伊·伊凡诺维奇·巴拉嘎拉耶夫　贵族长，四十五岁。

彼特·彼特洛维奇·彼克铁列夫　前任贵族长，六十岁。

耶夫皆尼·提号诺维奇·苏斯劳夫　法官。

安东·谢米诺维奇·阿鲁浦金　邻居，地主。

米尔渥林　邻居，穷地主。

费辣彭提·伊里奇·毕日潘丁　地主。

安娜·伊里妮实娜·喀屋洛娃　他的姐姐，寡妇，四十五岁。

波尔费林·伊格纳铁维奇·纳格拉诺维奇　区督查。

外耳维奇基　贵族长的秘书。

皆辣席穆　巴拉嘎拉耶夫的听差。

喀尔普　喀屋洛娃的车夫。

事情发生在巴拉嘎拉耶夫的府邸。

景是一间饭厅。右手，一个门，通到巴拉嘎拉耶夫的密室；后墙，一个门；左手，两个窗户，近旁是一张桌子，摆好了午宴；椅子围着墙。皆辣席穆在桌边忙着；听见一辆马车走近的响声，他走到窗户跟前朝外望。

第 一 场

皆辣席穆与米尔渥林。

米尔渥林	早安,皆辣席穆! 你好啊?……怎么,他还没来吗?
皆辣席穆	(在桌边忙着)早安,先生。你哪儿来的那匹马?
米尔渥林	怎么,马不赖罢? 昨天,有人出我两百卢布。
皆辣席穆	谁出你两百卢布?
米尔渥林	喀辣切夫来的一个生意人。
皆辣席穆	你怎么不卖给他?
米尔渥林	凭什么? 我留着自己用。喂,朋友,给我一杯酒喝。我那个渴劲儿呀,你一定要说口干死了,我真还叫热得慌……(他喝酒,吃着东西)你摆桌子吃午饭?
皆辣席穆	有什么不是? 总不见得在这时候用晚饭啊。
米尔渥林	碟子真多! 等客人来?
皆辣席穆	像是罢。
米尔渥林	你知道是等谁来?
皆辣席穆	不知道。不过,我听说大家想给毕日潘丁跟他姐姐说和说和。我想,这个,就是请吃午饭的来由罢。
米尔渥林	喝,喝! 当真? 好,这是好事。他们早该和好,把地分了。丢够脸啦。尼考拉伊·伊凡尼奇[①]想买毕日潘丁的树林子,对不对?
皆辣席穆	只有老天爷知道!

[①] 伊凡尼奇即伊凡诺维奇。

米尔渥林　　（旁白）我真想打他那儿弄点儿木料。

巴拉嘎拉耶夫　（在后台）费耳喀！喊外耳维奇基来。

米尔渥林　　我想经理室通接待间的门敞着……好，嘎辣席雅[①]，再给我喝一杯……

皆辣席穆　　怎么？你真还像口干死了……

米尔渥林　　是啊，兄弟，我烧得慌啊。

〔他喝酒，顺手掠东西吃。皆辣席穆走出。

第 二 场

巴拉嘎拉耶夫与外耳维奇基进来。

巴拉嘎拉耶夫　这样，这样，这样，就这样做！你听见了没有？（向米尔渥林）啊，你，早安！

米尔渥林　　我向您致敬，尼考拉伊·伊凡尼奇！

巴拉嘎拉耶夫　（向外耳维奇基）照我吩咐你的去做。你听懂了没有？

外耳维奇基　懂啦，懂啦。

巴拉嘎拉耶夫　那，很好，那就行啦。你现在好去啦……有事我会让你知道的。我要你的时候，我会叫你的。现在你好去啦。

外耳维奇基　是。那么，看起来，就是说，我应当为喀屋洛娃寡妇准备好文件，是不是？

巴拉嘎拉耶夫　那，当然，当然……邪行！按说你早就该明白啦，朋友。

---

① 嘎辣席雅即皆辣席穆。

外耳维奇基　可是您什么都还没有告诉我……

巴拉嘎拉耶夫　家伙！我不全告诉你，你就不会啦！

外耳维奇基　是。

　　　　　　〔退出。

巴拉嘎拉耶夫　这家伙一点儿不机灵。（向米尔渥林）怎么样，你好啊！

　　　　　　〔坐下。

米尔渥林　谢谢上帝，尼考拉伊·伊凡尼奇，谢谢上帝。您身子好啊？

巴拉嘎拉耶夫　我好。你新近进城来的？

米尔渥林　可不，先生，进城来的。不过，没什么新闻，有也就是，三天前，生意人谢列维金瘫啦。可也不足为奇。据说，这个鬼家伙，您知道，昨天，又给了他太太一顿——

巴拉嘎拉耶夫　当真？多不是人！

米尔渥林　茹辣夫列夫还有医生在看着；他叫我问候您。我看见彼特·彼特洛维奇坐着一辆新马车，车夫戴着一顶新帽子。我觉得他像去拜访什么人。

巴拉嘎拉耶夫　他今天要到这儿来的。他的马车漂亮不漂亮？

米尔渥林　我对您讲什么才好？是呀，说实话，并不漂亮。车身子的样式不怎么漂亮；不过实际上——是呀，我不知道——我不喜欢它。跟您的马车简直就不能够比。

巴拉嘎拉耶夫　你这样想？它有橡皮车胎吗？

米尔渥林　是的，有橡皮车胎，不过，算什么呀？看上去，车胎说是为了舒服，像更是为了时髦。我猜他也就是喜欢显摆。我明白他有意再争贵族长做。

巴拉嘎拉耶夫　争贵族长做？

米尔渥林　是呀。好，他要再失败一回啦。

巴拉嘎拉耶夫　你这样想？不过，我必须说，彼特·彼特洛维奇为人很正派，当选是应该的……另一方面，为了贵族的辱爱……好，先喝一杯。

米尔渥林　我是一百二十分地感激您。

巴拉嘎拉耶夫　怎么，你已经喝过一杯啦？

米尔渥林　不！不是这个意思，不过我的胸口……

〔咳嗽。

巴拉嘎拉耶夫　啾，瞎扯！喝罢。

米尔渥林　（喝酒）祝您康强！您知道，尼考拉伊·伊凡尼奇，彼特·彼特洛维奇的末一个名字不叫彼克铁里耶夫，是叫彼克铁列夫吗？彼克铁列夫，不是彼克铁里耶夫。

巴拉嘎拉耶夫　你这样想有什么理由？

米尔渥林　我不光这样想。我知道底儿。人家向来这样叫他父亲跟他叔伯的。人家全叫他们彼克铁列夫。有史以前，人家就叫他们彼克铁列夫，不叫彼克铁里耶夫，这里四乡就不知道，也没听说过有这么一个名子，彼克铁里耶夫。

巴拉嘎拉耶夫　好，说到临了，还不一样？一个人主要是有一颗仁慈的心。

米尔渥林　您从来没说过一句更真实的话。主要是一颗仁慈的心。（望出窗户）有人来啦。

巴拉嘎拉耶夫　可我还穿着我这身袍子！①全是你不好。

〔站起。

阿鲁浦金　（在前台）通报：阿——阿——阿鲁浦金。阿鲁浦金：贵人。

---

① 指梳妆休息时穿的宽大长袍。

219

皆辣席穆	（进来）阿鲁浦金老爷要见您。
巴拉嘎拉耶夫	阿鲁浦金！这人是谁？请他进来，跟他应酬一会儿。我就回来……

〔走出。

第 三 场

米尔渥林与阿鲁浦金。

米尔渥林	尼考拉伊·伊凡尼奇一会儿就来。你请坐好罢。
阿鲁浦金	不，谢谢你。不敢领教尊——
米尔渥林	米尔渥林，地主，一个邻居。你也许听说过我罢？
阿鲁浦金	不，我没听说过。不过，我高兴有一个机会认识你。请问，巴耳达梢娃，塔杰雅娜·谢米诺夫娜，跟你是亲戚吗？
米尔渥林	不，不是亲戚。巴耳达梢娃这人是谁？
阿鲁浦金	唐包夫地方的一个女地主。寡妇。
米尔渥林	啊！唐包夫！
阿鲁浦金	是的，唐包夫，寡妇。请教，你跟本地警察督察熟识吗？
米尔渥林	你是说波尔费林·伊格纳铁维奇？自然喽，我们是老朋友。
阿鲁浦金	他差不多跟活在世上的畜性一样下贱。你要原谅我这样讲话，我这人是很直爽的。我是一个兵，表示意见，习惯于不作任何保留。我必须告诉你……
米尔渥林	你走了这么远的路，要不要吃点东西？

阿鲁浦金	不,谢谢你。我必须告诉你,我在这一带是一个新来的。直到最近,我都住在唐包夫。不过,这一县亡妻有五十二个农奴,我继承过来……
米尔渥林	请问,在这一县什么地点?
阿鲁浦金	在特路及诺村,离渥罗涅日有五哩远近。
米尔渥林	噢,我知道,我知道。是块挺好的小地产。
阿鲁浦金	坏透了:一片沙子……所以,内人死了以后,归我继承,特别是我在唐包夫的房子倒的倒,坍的坍,我觉得只有搬过来住合适。我就搬过来了——怎么着?你们区的警察督察找我的麻烦,恶劣万分。
米尔渥林	有这种事,不幸之至!
阿鲁浦金	不,不,让我告诉你。这对任何人也许算不了什么,可是我有一个女儿,叶喀铁芮娜——我要你注意的就是这个。不过,我信任尼考拉伊·伊凡尼奇。我虽说仅仅遇到他两次,不过就我听人讲起他的,凡事公正……
米尔渥林	他本人来啦。

第 四 场

巴拉嘎拉耶夫进来(他穿大礼服。阿鲁浦金鞠躬。)

巴拉嘎拉耶夫	看见你,我很高兴。请坐……我……我,记得在尊贵的阿法纳席·马提外伊奇府上,我有过遇见你的快乐。
阿鲁浦金	正是,先生。
巴拉嘎拉耶夫	如果我没有弄错的话,也就是最近,你成为我们中间的

一个——就是说，我们县里一位居民。

阿鲁浦金　　不错，先生。

巴拉嘎拉耶夫　我希望你搬过来不后悔。（稍缓）热极了，今天。

阿鲁浦金　　尼考拉伊·伊凡尼奇，允许我，一个老军人，能够跟你以诚相见。

巴拉嘎拉耶夫　请便。是什么事。

阿鲁浦金　　尼考拉伊·伊凡尼奇！你是我们的领袖。尼考拉伊·伊凡尼奇你是，好比说，我们选出来的父亲。我也是父亲，尼考拉伊·伊凡尼奇！

巴拉嘎拉耶夫　相信我，这我真是太了然了。我感到我的职责。除此之外，贵族对我的辱爱……说罢，什么事？

阿鲁浦金　　尼考拉伊·伊凡尼奇！你们区警察督察——是顶坏的坏蛋。

巴拉嘎拉耶夫　哼！你话讲得很重。

阿鲁浦金　　不，不，别打断我的话！听我讲……据说，我有一个农奴偷了邻居费力浦一只山羊。可，我的农奴为什么要一只山羊？你能帮我解答吗？你就帮我解答罢……我的农奴要一只山羊干吗？是的，为什么我的农奴特别要偷一只山羊？为什么不是别人的农奴？有什么证据？就算承认我的农奴偷了一只山羊，那跟我有什么关系？为什么要我承当这个责任？为什么要跟我麻烦？一次过了，难道以后四邻丢掉山羊，只只都要我承当责任？督察凭什么权利到我家来侮辱我？他说，山羊是在我们的牲口院子找到的。我希望他带山羊滚他妈的蛋！问题不在山羊，而在他的举动合不合礼。

巴拉嘎拉耶夫　说实话，我听不大懂你的话。你说你的农奴偷了一只山羊?

阿鲁浦金　　没,我没说这话。这话是警察说的。

巴拉嘎拉耶夫　好,这有法律,法庭管。我真还不明白你为什么找我谈这个。

阿鲁浦金　　那么,我找谁,尼考拉伊·伊凡尼奇?你试了解一下我在这中间的地位。我是一个老军人。我受人侮辱,我的荣誉有了损失。警察,态度非常恶劣,对我讲:"当心,我要……"想想看!

皆辣席穆　　(进来)耶夫皆尼·提号尼奇①来啦。

巴拉嘎拉耶夫　(站起)对不住,请……耶夫皆尼·提号尼奇!请进来!你身体好啊?

第 五 场

苏斯劳夫进来。

苏斯劳夫　　好,好!谢谢……先生们,我有光荣……

米尔渥林　　您好,耶夫皆尼·提号尼奇!

苏斯劳夫　　啊,好!

巴拉嘎拉耶夫　嫂夫人好啊?

苏斯劳夫　　还活着……天真热!要不是我想看你来,说真的,我决不会离开家的。

巴拉嘎拉耶夫　谢谢,谢谢。你要不要用点东西?(向阿鲁浦金)对不

---

① 提号尼奇即提号诺维奇。

223

住……台甫怎么称呼？

阿鲁浦金　安东·谢米诺夫。

巴拉嘎拉耶夫　我亲爱的安东·谢米尼奇①，你的困难过一会儿再往完里讲罢。现在……好，你看，我忙得很。相信我，我要尽我的力量帮你。你可以放心。你认识耶夫皆尼·提号尼奇不认识？

阿鲁浦金　不认识。

巴拉嘎拉耶夫　那么，允许我介绍你。我们的法官，一位最可敬的人，非常直率，极受人尊重……耶夫皆尼·提号尼奇！

苏斯劳夫　（在桌边，吃东西）什么？

巴拉嘎拉耶夫　允许我介绍你给我们的新邻居——阿鲁浦金，安东·谢米尼奇。

苏斯劳夫　（继续在吃）我很高兴。你打哪儿来的？

阿鲁浦金　唐包夫。

苏斯劳夫　唐包夫我有一位亲戚，一个最没用的家伙。不过，唐包夫是一座好城。

阿鲁浦金　你这话说对了。唐包夫是好的。

苏斯劳夫　我们的朋友们怎么样了？他们就许根本不来。

巴拉嘎拉耶夫　不，我想他们来的。其实，他们现在还不来，我也觉得怪……原以为他们先来的。

苏斯劳夫　好，你觉得怎么样，我们能够帮他们说合吗？

巴拉嘎拉耶夫　我们不妨这样希望……我也请了彼特·彼特洛维奇。啊！倒说，安东·谢米尼奇，我问你一句话。你能够帮忙我们一桩事，这，可以说，关系着全体贵族的。

---

① 谢米尼奇即谢米诺夫，亦即谢米诺维奇。

阿鲁浦金　　怎么？

巴拉嘎拉耶夫　我们这儿有一位地主，毕日潘丁，看样子人很不错，不过有股子疯劲儿。就是，好，他不是真疯，不过，好，老天爷晓得！这位先生，毕日潘丁，有一个姐姐，喀屋洛娃，是寡妇。她，我必须讲，顶不讲理，顶固执……不过，我用不着再对你讲啦，你就要看见她的。

米尔渥林　　这是家传的，尼考拉伊·伊凡尼奇。他们的母亲，死去的彼拉皆雅·阿尔谢涅夫娜，比她还糟。据说，拿砖砸孩子们的头，所以，由于这个，可能……

巴拉嘎拉耶夫　可能的。因为大自然……在毕日潘丁这人和他寡妇姐姐喀屋洛娃之间，为了分一块地产，最近三年起了争论。他们的姑母把她的全部地产留给他们，麻烦来了，他们不能够拿它分了，……特别是这位姐姐，任凭什么分法也不同意。两下告到官里，什么法子都想到了，可是……所以，最后，我就不嫌麻烦，试试叫他们明白道理，把地产分了。如果他们这一回还不能够和好，我再试试别的方法……我凭什么在这上头给自己找麻烦？他们今天早晨说合不了，凭法庭处理好了。我请了耶夫皆尼·提号尼奇，彼克铁列夫，彼特·彼特洛维奇，前任贵族长，做公证人和见证人……所以，你要不要帮我们这事成功？

阿鲁浦金　　高兴之至……不过，不熟悉这事，我觉得……

巴拉嘎拉耶夫　那有什么？没关系……你是一位有产业的人，有见识的人。正相反，我想你参加更好。他们没有理由讲你偏袒。

阿鲁浦金　　这样的话，我参加好啦。

皆辣席穆　　（进来）喀屋洛娃太太来啦。

巴拉嘎拉耶夫　说起魔鬼，魔鬼就到。

第 六 场

喀屋洛娃（戴着一顶帽子，拿着一只网袋）进来。

巴拉嘎拉耶夫　啊，你可来啦！请进来，安娜·伊里妮实娜！请这边……这儿……进来好罢？

喀屋洛娃　费辣彭提·伊里奇还没来？

巴拉嘎拉耶夫　没，还没有，不过，就快来啦。你要不要用点东西？

喀屋洛娃　不了，谢谢你。我不吃肉。

巴拉嘎拉耶夫　好，那么，用萝卜、黄瓜……要不，来一杯茶？

喀屋洛娃　不了，我一百二十分地感激你，不过，我不饿。你原谅我，尼考拉伊·伊凡尼奇，我来晚了些。（坐下）谢谢主，我总算到了这儿；我的车夫险点儿把我翻到车外头。

巴拉嘎拉耶夫　不会的；路平平的，像是。

喀屋洛娃　不是路的缘故，尼考拉伊·伊凡尼奇；噢，不关路的事！……你看，我来啦，尼考拉伊·伊凡尼奇，可是见见面就有好结果，我不做这个打算。我太清楚费辣彭提·伊里奇的脾气啦……噢，太清楚啦！

巴拉嘎拉耶夫　好，我们走着看，安娜·伊里妮实娜！正相反，我有希望解决。是时候了。

喀屋洛娃　上帝保佑，上帝保佑。我，你知道，尼考拉伊·伊凡尼奇，我这人顶随和。我是一个安分的人……我不跟人顶嘴，尼考拉伊·伊凡尼奇；我这人怎么都成！我是一个没人保护的寡妇；我就仰仗你啦……费辣彭提·伊里奇就想祸害我……由他好啦。只要他放孩子们一条活路，我本人算不了什么……

巴拉嘎拉耶夫　够啦，安娜·伊里妮实娜，够啦！还是让我把你介绍给我们新来的人，阿鲁浦金，安东·谢米尼奇。

喀屋洛娃　我很高兴，我很高兴认识他。

巴拉嘎拉耶夫　你答应的话，他参加今天的事。

喀屋洛娃　随和，尼考拉伊·伊凡尼奇，我这人顶随和。本县或者政府随便哪一位，你都好请的。我的良心是安的，尼考拉伊·伊凡尼奇，我知道大家站在我这一边的。我知道大家不会待我不公道的……你身子好啊，耶夫皆尼·提号尼奇？

苏斯劳夫　好。好到不能再好，多谢。

米尔渥林　（吻喀屋洛娃的手）您的孩子们好啊，安娜·伊里妮实娜？

喀屋洛娃　感谢上帝，他们都还活着。问题是，他们会活多久？快，很快，他们就要成孤儿了，可怜的孩子们！

苏斯劳夫　瞎扯！你做什么讲这种话，安娜·伊里妮实娜？你比我们全命长。

喀屋洛娃　我做什么讲这种话！好，这样讲，是有道理的。有的是，有的是。你是一位法官，而且你应当知道，我没有证据，我是不随便讲话的。

苏斯劳夫　可你有什么证据啊？

喀屋洛娃　眼前就是，眼前就是……尼考拉伊·伊凡尼奇，请喊我的车夫进来。

巴拉嘎拉耶夫　谁？

喀屋洛娃	车夫,我的车夫,喀尔普实喀。他叫喀尔普实喀。①
巴拉嘎拉耶夫	做什么?
喀屋洛娃	吩咐他进来好了。耶夫皆尼·提号尼奇要证据……
巴拉嘎拉耶夫	不过,安娜·伊里妮实娜……
喀屋洛娃	不,照我的话吩咐。
巴拉嘎拉耶夫	好罢。(向米尔渥林)跑,朋友,告诉车夫进来。
米尔渥林	我这就去。

〔走出。

喀屋洛娃	你从来不肯相信我的话,耶夫皆尼·提号尼奇。这可不是头一回啦,但愿上帝和你在一起!
阿鲁浦金	我还是不明白你为什么要车夫来。我看不出车夫跟这有什么关联……我不明白。
喀屋洛娃	你看好了。
阿鲁浦金	我不明白。

第 七 场

喀尔普与米尔渥林进来。

米尔渥林	车夫来啦。
喀屋洛娃	喀尔普实喀……听我讲……看着我的脸;这儿这些人不肯相信费辣彭提·伊里奇好几回试着收买你……我告诉你的话,你听见了没有?

---

① 喀尔普实喀即喀尔普,亦即喀尔普莎。

苏斯劳夫	你怎么不答话，亲爱的人？她哥哥当真想收买你来的？
喀尔普	怎么样收买？
苏斯劳夫	我不清楚。只是安娜·伊里妮实娜这样讲罢了。
喀屋洛娃	喀尔普实喀！听我讲，看着我的脸……今天，路上，你记不记得，差点儿把我摔出车去……记不记得？
喀尔普	什么时候？
喀屋洛娃	什么时候？……蠢东西！……当然啦，就在转弯的时候，离堤不远。有一个轮子险点儿脱了。
喀尔普	有这事。
喀屋洛娃	好，你记得当时我对你讲什么来的？我对你讲："招了罢——我对你讲——费辣彭提·伊里奇收买你啦：从实招了罢，喀尔普莎，招了罢，亲爱的孩子，他吩咐你害死你的女恩人，有奖赏给你"……好，你记得你怎么答我话的？……你回答我："我错，太太，真的，是我错。"
苏斯劳夫	让我插一句话，安娜·伊里妮实娜！他错——他说他几乎把你害了……证明不了什么的。我们要他讲的，是他有没有受你说的那个人收买，来干这事，他真正应当忏悔的是这个——要紧是知道这个……你忏悔来的？……啊？……忏悔这个来的？
喀尔普	忏悔什么？
喀屋洛娃	喀尔普实喀！听我讲，看着我……费辣彭提·伊里奇想收买你来的，对不对？当然喽，你不同意……我这话该真罢？
喀尔普	有您讲的！
喀屋洛娃	你看……
苏斯劳夫	别急，别急！……告诉我，朋友，告诉我真话，看着

我……

喀屋洛娃　不，你别急，耶夫皆尼·提号尼奇！你还是让我来问他罢。你想吓唬他——我不答应这个。去，喀尔普实喀，去；看你困的这个样子；先打个盹儿去罢。（喀尔普走出）我要讲，耶夫皆尼·提号尼奇，我没想到你会这样子。我哪点儿该受你这个？

苏斯劳夫　你做什么糊弄我们！……

巴拉嘎拉耶夫　好，够啦，够啦，安娜·伊里妮实娜！坐下，平平气。我们回头再研究。

皆辣席穆　（进来）毕日潘丁老爷来啦。

巴拉嘎拉耶夫　啊，可来啦！好，请他进来。

第 八 场

毕日潘丁进来。

巴拉嘎拉耶夫　啊！早安！……真有你的，叫我们等了你半天。

毕日潘丁　对不住，对不住，尼考拉伊·伊凡尼奇！原因是……早安，耶夫皆尼·提号尼奇，大公无私的法官，你怎么个好法？

苏斯劳夫　早安！

毕日潘丁　想想看……（向他姐姐鞠躬）什么事把我耽搁住啦？……你们怎么也猜不到：我的马鞍子叫人偷了去啦……顶糟的是——不知道是谁偷的！……想不出办法：只好用了马夫的鞍子。（喝酒）我，你们知道，到哪儿去也要骑马的，可是这回我骑的鞍子要算顶坏的啦……简直就不能够放开马蹄子跑……

巴拉嘎拉耶夫　费辣彭提·伊里奇！让我给你介绍……阿鲁浦金，安东·谢米尼奇……

毕日潘丁　高兴得很……你是一位猎人吗?

阿鲁浦金　猎人，你这话做什么解释?

毕日潘丁　怎么解释? 好，很显然了，打猎的解释。你爱狗吗?

阿鲁浦金　不，我不爱狗，我可以坐着射鸟儿。

毕日潘丁　（笑）坐着，坐着……

巴拉嘎拉耶夫　原谅我，先生们! 不过，我必须打断你们顶有趣味的谈话。我们不妨改一天谈狗呀鸟儿的，不过，现在，我提议，我们聚在一起要做什么，就做什么罢，不必拖长时间了。彼特·彼特洛维奇不来，我们先开始罢……你们以为怎么样?

苏斯劳夫　就这样好罢。

巴拉嘎拉耶夫　那么，好，费辣彭提·伊里奇，请坐，还有你，也请坐，安东·谢米尼奇!

〔全都坐下。

毕日潘丁　尼考拉伊·伊凡尼奇，我从前对你，现在对你，一直有着最深的敬意，所以接受你的要求，来到府上。不过，让我告诉你，目前，你要是希望我和我最敬重的姐姐达到谅解，我……

喀屋洛娃　（站起）你看，尼考拉伊·伊凡尼奇，你可亲眼看见……

巴拉嘎拉耶夫　听我讲，听我讲，费辣彭提·伊里奇，还有你，安娜·伊里妮实娜! 我很高兴，今天把两位请到舍下，目的就为消除你们中间的争端。你们想必承认，姐弟之间，这样下去，是不怎么好的……

毕日潘丁	听我讲,尼考拉伊·伊凡尼奇……
阿鲁浦金	毕日潘丁先生,请别打岔。
毕日潘丁	谁要你管教我的?
阿鲁浦金	我不管教你,不过,尼考拉伊·伊凡尼奇把我约来……
巴拉嘎拉耶夫	是的,费辣彭提·伊里奇,我约他来,还有我们最敬重的耶夫皆尼·提号尼奇,做公证人的……费辣彭提·伊里奇!安娜·伊里妮实娜!我求你们了,作为姐姐、弟弟,不能够和好过日子!费辣彭提·伊里奇!安娜·伊里妮实娜!我请你们细想想看!我这一切全是为了你们好。你们明白,这跟我不相干,可是跟你们就大不同了!
毕日潘丁	可你呀,尼考拉伊·伊凡尼奇,就不知道她是一个什么样儿的女人!你只要听她讲上两句,她是一个什么样儿的女人……上帝知道!
喀屋洛娃	可你是什么?你收买我的车夫,你叫女孩子送毒药给我吃,你想尽法子害我。我真奇怪死了,我还照样儿活着!……
毕日潘丁	我收买什么车夫?……你讲什么?你讲什么?
喀屋洛娃	是的,先生,你干的,他可以赌咒。这儿这些位先生——就是见证。
毕日潘丁	(转向当场的人们)这怪话是什么意思?
阿鲁浦金	(向喀屋洛娃)听我讲,听我讲,我不能够帮你做这个见证。说实话,你车夫讲些什么,我就一句也不懂。就像关连着我的那只偷掉的山羊一样,这里头有不少误会。
喀屋洛娃	什么山羊?你怎么敢说我的车夫像你的山羊?要是这儿有人像一只山羊呀,那是你……

巴拉嘎拉耶夫　算啦,太太,为了主的缘故!……安娜·伊里妮实娜!费辣彭提·伊里奇!你们这样相骂有什么好开心的?……过去的事忘了有什么不好?……真的,你们还是听我的劝告,和好了罢!彼此拥抱拥抱罢!你们怎么不吱声呀……

毕日潘丁　做什么……讲这些?我们办不到!我要是知道有这事呀,我说什么也不到府上来啦!

喀屋洛娃　我呀,说什么也不会来。

巴拉嘎拉耶夫　前几分钟你不还对我讲,你这人顶随和吗?

喀屋洛娃　是呀,除了这个。

苏斯劳夫　噉,尼考拉伊·伊凡尼奇!听我对你讲,你就不该这样开头的。你对他们讲要和好……你就不看看:他们是哪一类人吗?

巴拉嘎拉耶夫　那你怎么开头,耶夫皆尼·提号尼奇!

苏斯劳夫　你请他们到府上做什么?……为了分产业,是不是?这是争端的来由。产业老这样不分下去,你我甭想能够安静,这么热的天,不待在家里乘凉,我们反而到大路上摇晃。你要是真希望解决问题的话,就照直谈罢……图样在什么地方?

巴拉嘎拉耶夫　好,就开始。皆辣席穆!……

皆辣席穆　(进来)什么吩咐?

巴拉嘎拉耶夫　喊外耳维奇基来。

毕日潘丁　我先把话讲明白,随尼考拉伊·伊凡尼奇怎么安排,我都同意。

喀屋洛娃　我也是。

苏斯劳夫　走着瞧。

米尔渥林　这才叫好,这才叫好。

第 九 场

外耳维奇基进来(捧着图样)。

巴拉嘎拉耶夫 啊！过来。(他取过图样，摊开)把那张小桌子拿过来……这里，请看……这里是……"考库实基诺和辣考渥村子，依照第八次户口调查，有九十四个男农奴……"请看，铅笔勾了又勾：这表示我们在这上头磨搓了好些回了……"共有土地七百一十二皆西阿亭，八十一皆西阿亭荒地，九皆西阿亭主房和牧场；公地，不多。"就是这块地产，各位先生注意，要为费辣彭提·毕日潘丁和他姐姐，安娜·喀屋洛娃分匀了。他们的姑母把产业留给他们，在遗嘱里头这样规定的。

毕日潘丁 老婆子头脑不清楚。她要是把东西全留给我的话，也就不会有这种麻烦了……

喀屋洛娃 哼！你清楚！

毕日潘丁 可，她老早就为我们分好了，是非也就没有了……不过，指望一个女人把事做定当了，白指望！……听人家讲，你呀，一来就去帮她的小狗洗洗呀，梳梳呀的。

喀屋洛娃 没的事！我才不哪！……怎么会？……我不是那种女人……你自己——就另是一回事了：人人知道，你喜欢玩儿狗，还香自己的狗哪！

巴拉嘎拉耶夫 两位，我要求你们别尽这样讲下去了……好，这位姑母去世已经三年啦，我们关于产业达不到一种谅解。最后，我决定过问，因为，你们知道，作为贵族长，这是我的责任之一。不过，讲到这里，我就要抱歉了，直到现在，我没有成功。困难所在，似乎是毕日潘丁和他姐姐不要在一所房子居住，所以就不得不把地产分开。而又似乎没有方法分开！

毕日潘丁　（稍缓）好……我情愿放弃房子。

巴拉嘎拉耶夫　你不要分房子？

毕日潘丁　是的，不过，要赔偿我这上头的损失。

巴拉嘎拉耶夫　当然，应该这样要求。

喀屋洛娃　尼考拉伊·伊凡尼奇！这是使坏。这是要鬼骗人，尼考拉伊·伊凡尼奇！这么一来呀，他希望把顶好的地弄到手，麻田呀什么的。他不要房子？他自己有啊。再说，姑妈的房子才叫坏！

毕日潘丁　要是很坏的话……

喀屋洛娃　我说什么也不要把麻田给你。想想看！我，一个寡妇，一大堆孩子……没有麻田，怎么活下去呀？

毕日潘丁　要是很坏的话……

喀屋洛娃　你倒称心啦……

阿鲁浦金　你倒是让他把话说完了呀！

毕日潘丁　房子既然坏到这步田地，给我好啦，让他们赔偿你的损失。

喀屋洛娃　是呀，我知道他们怎么赔偿我！给我一皆西阿亭石头地，要不然，还要坏，一皆西阿亭湖地，只长苇子，出来的东西就是顶可怜的牛也不要吃！

巴拉嘎拉耶夫　这里根本就没有那种地……

喀屋洛娃　好，就算没有湖地，那呀，你们给我的东西也好不了。不成，我不要赔偿……不，多谢了：我知道，那是什么意思！

阿鲁浦金　（向米尔渥林）怎么，四邻的女人都像这样子吗？

米尔渥林　还有更坏的。

巴拉嘎拉耶夫　先生们，先生们！听我讲，听我讲……我再度要求你们别讲话。我提议这样做：我们把地产分成两份。一份有房子在内，一份多分一点地，我们请他们自己挑好了。

毕日潘丁　我满意。

喀屋洛娃　我不满意。

巴拉嘎拉耶夫　你为什么不满意？

喀屋洛娃　谁先挑？

巴拉嘎拉耶夫　你们抓阄好了。

喀屋洛娃　可不得了啦！你们成了什么！说什么我也不干！难道我们是异教徒？

毕日潘丁　好，你先抓。

喀屋洛娃　我说什么也不赞成这个！

阿鲁浦金　为什么不？

喀屋洛娃　可我怎么挑呀？好，万一我挑错了哪？……

巴拉嘎拉耶夫　听我讲，可为什么你一定会挑错了哪？两份分得一样多，要是有一份比另一份好的话，费辣彭提·伊里奇给你权利先挑。

喀屋洛娃　可是谁告诉我，哪一份好啊？是呀，尼考拉伊·伊凡尼奇，你应当这样做。你应当告诉我挑哪一份，只要是你告诉我的，我就拿，就满意。

巴拉嘎拉耶夫　好，就这么着。田庄，连带附近的建筑，归喀屋洛娃。

毕日潘丁　花园也在内？

喀屋洛娃　当然，花园也在内。房子没有花园成个什么样子？别瞧花园没有用处。里头只有五六棵苹果树,还只结酸苹果……说实话,整个田园不值一个铜板。

毕日潘丁　　那,这一份让给我好啦!

巴拉嘎拉耶夫　　那么,房子,连带花园,主房和田庄,归喀屋洛娃。就这样决定啦。没有别的意见的话,你要不要看看合同?……外耳维奇基,朋友,念一下我划的分界,好不好?

外耳维奇基　　(读记专簿)"地主费辣彭提·毕日潘丁和他的姐姐喀屋洛娃,寡妇,贵妇,分产的计划……"

巴拉嘎拉耶夫　　打分界线开始。

外耳维奇基　　"分界线自甲点开始。"

巴拉嘎拉耶夫　　请注意,自甲点开始。

外耳维奇基　　"自甲点开始,沿渥鲁辛地界,到乙点,堤拐弯的地方为止。"

巴拉嘎拉耶夫　　到乙点,堤拐弯的地方为止……耶夫皆尼·提号尼奇,你在干吗?

苏斯劳夫　　(在远处)我在注意听。

巴拉嘎拉耶夫　　"自乙点开始……"

喀屋洛娃　　请问,塘归谁?

巴拉嘎拉耶夫　　当然,塘归两家用。就是说,右岸归一个人,左岸归另一个人。

喀屋洛娃　　啊,原来这样啊!

巴拉嘎拉耶夫　　念下去,念下去……

外耳维奇基　　"歉地平分:第一份为四十八皆西阿亭,第二份为七十七皆西阿亭。"

巴拉嘎拉耶夫　　这就是我现在提议的……谁要田庄,第一份歉地就归谁。就是说，比另一个人，他多拿进二十四皆西阿亭。这里是这两份歉地，注明了第一号第二号。

外耳维奇基　"第一份的所有人，同意迁两所建筑给第二份，费用自理，并允许转移的农奴使用麻田两年……"

喀屋洛娃　我决定不许农奴转移，也不答应使用麻田。

巴拉嘎拉耶夫　没的话。

喀屋洛娃　一定，尼考拉伊·伊凡尼奇，一定！

阿鲁浦金　请，太太，别打岔！

喀屋洛娃　（划十字）什么？什么？我是做梦啊还是怎么的？……听了这话，我简直不知道说什么好啦！使用麻田两年，塘归两家用！干脆我还是不要房子得啦。①

巴拉嘎拉耶夫　听我讲，可是，你注意，费辣彭提·伊里奇……

喀屋洛娃　不，好朋友，你就别操心啦。我倒想知道，我一向怎么你啦……

巴拉嘎拉耶夫　（打断她）可你听我讲下去呀，安娜·伊里妮实娜！你在讲建筑，讲麻田，可你兄弟多给另一份添二十四皆西阿亭啊……

喀屋洛娃　（打断他）别讲啦，别讲啦，尼考拉伊·伊凡尼奇！听我讲！把麻田让给人呀，我还没有那么蠢！你应当记住一件事，尼考拉伊·伊凡尼奇，我是一个寡妇——没人帮我的忙。我的孩子们都还小着；你应当可怜他们才是。

阿鲁浦金　简直是岂有此理，岂有此理！可不，岂有此理！……

---

① 平分地产是不可能的，因为房子折合不成数字；所以，这里就作为分房子的人多分进二十四皆西阿亭，其实没有这份歉地，完全是主观硬性假定。巴拉嘎拉耶夫这样分，以为便宜了分房子的姐姐，但是姐姐听不懂，正如我们也不大一下子就能了然。

毕日潘丁　　那么,你以为我这一份比你的好些?

喀屋洛娃　　二十四皆西阿亭!

毕日潘丁　　别管它,单说你是不是认为好些?……

喀屋洛娃　　想想看!二十四皆西阿亭!……

阿鲁浦金　　你为什么不照直讲;好些?啊?好些,好些?

喀屋洛娃　　你冲我嚷嚷什么,好朋友?难道这是你打老家带来的风俗?①我不认识你,也不知道你是打哪儿来的,可你居然就冲我嚷嚷!

阿鲁浦金　　不管怎么样,太太,我希望你要放清楚。让我来讲呀,你是不是女人,跟这不相干。你一定记得,话说回来,我是一个老军人!

巴拉嘎拉耶夫　　够啦,够啦,先生太太们!安东·谢米尼奇,放安静,请。这帮不了我们什么的……

阿鲁浦金　　可,想想看……

喀屋洛娃　　你是疯子!他是疯子!

毕日潘丁　　我再问你一声,安娜·伊里妮实娜,依你看来,我那一份是不是要好些?

喀屋洛娃　　是呀,可不,好些,就是,地多。

毕日潘丁　　好,我们调换一下。

〔她不作声。

巴拉嘎拉耶夫　　好,你为什么不开口啊?

喀屋洛娃　　我没房子怎么办啊?没房子,我统不搁在心上啦……

毕日潘丁　　我那一份要是好些,房子让我,给你额外添上二十四皆西阿亭。

————

① "老家"二字,原文是唐包夫,其实,喀屋洛娃不知道阿鲁浦金的来处。

〔全不作声。〕

巴拉嘎拉耶夫 讲,安娜·伊里妮实娜,人要通情达理,多少也该通情达理一些些,拿你兄弟当榜样……我今天对他非常满意。你不是看不出,他处处都在让着你;如今就剩下你讲一句,你要哪一份。

喀屋洛娃 我说过啦,我挑中了……

巴拉嘎拉耶夫 你说你挑中了,可是你直不满意……听我讲!安娜·伊里妮实娜,我对你耐烦不下去啦……如果今天我们做不出任何满意的安排,我就放弃做你们中间的公证人啦。随法庭分去好啦。告诉我们,你到底要什么?

喀屋洛娃 我什么也不要,尼考拉伊·伊凡尼奇!我交你办,尼考拉伊·伊凡尼奇!

巴拉嘎拉耶夫 可是,你交我办,你不信任我……我们一定要想法子解决。安娜·伊里妮实娜……听我讲!足足有三年了!……你讲,你不满意的是什么?

喀屋洛娃 我对你有什么好讲的,尼考拉伊·伊凡尼奇!我看出来啦,你们全都反对我。你们是五个,我只一个……我是一个女人,当然喽,你们还不轻轻易易把我吓唬回去啦。除去上帝,就没有一个人保护我。我让你们制住啦:你们要怎么办我,就怎么办罢。

巴拉嘎拉耶夫 简直不可饶恕。上帝知道你胡扯些什么……我们五个,你一个……可我们逼你做你不喜欢的事来的?

喀屋洛娃 有什么不是的?

巴拉嘎拉耶夫 真可怕!

阿鲁浦金 (向巴拉嘎拉耶夫)随她去!

巴拉嘎拉耶夫 别急,安东·谢米尼奇!……安娜·伊里妮实娜,好太太，听我讲。告诉我们，你要怎么着才称心：房子分给你，再减少你兄弟那份的地？是这样的话，减多少？告诉我们，你要的条件是什么？

喀屋洛娃　　我对你讲什么呀，尼考拉伊·伊凡尼奇？我知道的就是，我们谁也不能够同意……可是，主会裁判我们大家的，尼考拉伊·伊凡尼奇！

巴拉嘎拉耶夫　　好，听我讲：你，我看出来啦，不满意我的提议……

阿鲁浦金　　你怎么不回答……

苏斯劳夫　　(向阿鲁浦金)随她去：你看得出，这女人自己有主张。

喀屋洛娃　　好，是的，我不满意。

巴拉嘎拉耶夫　　很好！那么，告诉我们，你不满意的是什么？

喀屋洛娃　　我说不上来。

巴拉嘎拉耶夫　　为什么你说不上来？

喀屋洛娃　　就是说不上来。

巴拉嘎拉耶夫　　也许，你对我，有什么不了解的地方？

喀屋洛娃　　我对你呀，了解透顶啦，尼考拉伊·伊凡尼奇！

巴拉嘎拉耶夫　　那么，最后，告诉我们，我们怎么样做才能够满你的意。什么样的提议，你才肯同意？

喀屋洛娃　　不必，饶了我罢！你要我怎么着，你就能够逼我怎么着：我是一个软弱的女人；可是要我同意呀，就饶了我罢……我宁可死，也不同意。

阿鲁浦金　　你是一个软弱的女人？……不对，你是魔鬼！你是这个！你就爱捣蛋！……

巴拉嘎拉耶夫　　安东·谢米尼奇！　⎫
喀屋洛娃　　我的天！我的天！　　　⎬(同时)
苏斯劳夫与米尔渥林　　够啦，够啦！⎭

| 阿鲁浦金 | （向喀屋洛娃）听着！我是一个老军人，没有理由不随便恐吓人的。别装痴装呆啦，放明白，不然呀，还有更坏的等着你……我不是开玩笑……听见了没有？……你把话讲得通情达理，我也就不吭声了，可是你呀，固执得跟一头驴一样……娘儿们，当心，——我告诉你，当心…… |

巴拉嘎拉耶夫　安东·谢米尼奇！我，说实话……

毕日潘丁　尼考拉伊·伊凡尼奇，这是我的事！……（向阿鲁浦金）亲爱的先生，请问，你凭什么权利……

阿鲁浦金　你打算卫护你姐姐？

毕日潘丁　不是这个：我姐姐跟我不相干——家伙！……我卫护家庭的荣誉。

阿鲁浦金　家庭的荣誉？我侮辱你家庭来的？

毕日潘丁　"我侮辱你家庭来的？"这话我喜欢听！依着你，每一个怪人……

阿鲁浦金　什么，这是什么意思，先生？

毕日潘丁　什么，这是什么意思，先生？

阿鲁浦金　意思是这个：侮辱别人家的客人，是不应当的。你是贵族，我是贵族，你也许喜欢明天……

毕日潘丁　行，用什么全行！就是用小刀子也行。

巴拉嘎拉耶夫　先生们，先生们！你们怎么的啦？你们不害羞吗？听我讲！在我家……

毕日潘丁　你恐吓我呀，不成，先生！

阿鲁浦金　我不怕你；可是说到你姐姐呀……她算个什么，我都难为情出口。

喀屋洛娃　我满意啦，现在，我完全满意啦！……拿文件来：你们要我签什么字，我就签什么字。

苏斯劳夫　　（向米尔渥林）我的便帽呢？朋友，你看见了没有？

巴拉嘎拉耶夫　先生们，先生们！

皆辣席穆　　（进来通报）彼特·彼特洛维奇·彼克铁列夫！

第 十 场

彼克铁列夫进来。

彼克铁列夫　早安，我亲爱的尼考拉伊·伊凡尼奇！

巴拉嘎拉耶夫　你好，彼特·彼特洛维奇！你太太好？

彼克铁列夫　（向大家鞠躬）先生们……我太太很好，谢谢上帝。Cher① 巴拉嘎拉耶夫！我不应该：我来晚啦。你们，我看，不等我，就开始啦，这样好嘛……你们身子好啊，耶夫皆尼·提号尼奇，费辣彭提·伊里奇，安娜·伊里妮实娜？（向米尔渥林）啊！你也在这儿，可怜人儿？……好，事情进行得怎么样啦？……

巴拉嘎拉耶夫　我说呀，就进行不下去……

彼克铁列夫　这样吗？我还以为……噉，先生们，先生们！这可不好。允许我这个老头子给你们两句厉害的……加点劲儿，加点劲儿。

巴拉嘎拉耶夫　你要不要吃点儿东西？

彼克铁列夫　不啦，谢谢你。（把巴拉嘎拉耶夫挽到一边，指着阿鲁浦

---

① 法文："亲爱的"。

金）Qui est ça？①

巴拉嘎拉耶夫　一位新搬来的——阿鲁浦金？我来把他介绍给你……安东·谢米尼奇！让我把你介绍给我们最敬重的彼特·彼特洛维奇……阿鲁浦金，安东·谢米尼奇，唐包夫人。

阿鲁浦金　跟你认识，很高兴。

彼克铁列夫　欢迎到我们县来……我想想看……阿鲁浦金？我认识圣彼得堡一位先生叫阿鲁浦金的。高个子，外表还好，眼睛闪闪有光，斗牌斗得很笨，盖房子……他跟你有关系吗？

阿鲁浦金　一点儿也没关系。我没亲戚。

彼克铁列夫　没亲戚！……说呀，安娜·伊里妮实娜，你的小孩子都好啊？

喀屋洛娃　他们很好，彼特·彼特洛维奇！多谢上帝。

彼克铁列夫　好，先生们，进行罢，进行罢。我们随后谈……我什么地方打断你们的？

巴拉嘎拉耶夫　你根本没有打断我们，彼特·彼特洛维奇！恰巧相反，你来得正是时候。事情正僵着哪……

彼克铁列夫　这是什么，图样？……

〔他坐在桌边。

巴拉嘎拉耶夫　是的，图样。你看，彼特·彼特洛维奇，我们不能够达到谅解，就是说，我们不能够得到毕日潘丁先生和他姐姐的同意。我承认，我简直开始怀疑不可能了，我已经准备好了收回我公证人的地位。

彼克铁列夫　使不得，使不得，尼考拉伊·伊凡尼奇，多耐心一会

---

① 法文："这人是谁？"

儿……贵族长呀！应当是耐心的化身才是呀！

巴拉嘎拉耶夫　你看，彼特·彼特洛维奇，事情是这样的：地产不能够分得匀，所以要想双方同意，也就没有可能；困难的事实是：一份必须比另一份多些，可是怎么个多法，多个什么，我就搞不清啦。我提议这块荒地给……

彼克铁列夫　荒地……是呀，我想想看，是呀，是呀……

巴拉嘎拉耶夫　我们不能够分的就是这块地……他满意了，可是他姐姐不满意，可是她要什么，偏又不肯讲。

阿鲁浦金　这也不成，那也不成！

彼克铁列夫　这样，这样，这样子！你知道吗，尼考拉伊·伊凡尼奇？当然了，你顶清楚。不过，要我分呀，我决不照你那样子分。

巴拉嘎拉耶夫　怎么样子分？

彼克铁列夫　我，也许，只是胡言乱语；不过，希望你原谅一个老头子……Savez-vous, cher ami？①在我看来，应当这样子分……给我一管铅笔。

米尔渥林　这儿是铅笔。

彼克铁列夫　谢谢……我嘛，尼考拉伊·伊凡尼奇，这样子分……看着：从这儿——到这儿，从这儿——到这儿……从这儿，到那边……再从那儿，到这边。

巴拉嘎拉耶夫　听我讲，彼特·彼特洛维奇！首先，两份地产这样分不匀的……

彼克铁列夫　怎么样？

巴拉嘎拉耶夫　其次，这一份就没有草地了。

---

① 法文："亲爱的朋友，你知道吗？"

彼克铁列夫　没关系：什么地方都好长草的。

巴拉嘎拉耶夫　再说，你把树林子全分给一个主儿了。

喀屋洛娃　啊，我要的就是这个呀！

巴拉嘎拉耶夫　我们怎么样把农奴打这儿移开呀？移到哪儿去呀？

彼克铁列夫　你提出来的问题全很容易回答的；不过，当然了，你顶清楚……你原谅我就是了……

喀屋洛娃　我顶喜欢这种分法。

阿鲁浦金　什么分法？

喀屋洛娃　彼特·彼特洛维奇的分法。

毕日潘丁　我先看一下。

喀屋洛娃　随你，不过，我完全同意彼特·彼特洛维奇的分法。

阿鲁浦金　真可怕……看也没看，就同意了。

喀屋洛娃　你怎么知道，朋友，我没有看？……

阿鲁浦金　好，你看过，那么，告诉我们，你要哪一份？

喀屋洛娃　哪一份？有树林子，有草地，地顶多的那一份。

阿鲁浦金　是的，你全拿去得啦！

苏斯劳夫　（向阿鲁浦金）别理她。

彼克铁列夫　（向毕日潘丁）你觉得怎么样？

毕日潘丁　说实话，我觉得，效果不顶好。不过，把这一份给我，我就可以同意。

喀屋洛娃　给我这一份，我就同意。

阿鲁浦金　哪一份？

喀屋洛娃　我兄弟指定要的那一份。

苏斯劳夫　我敢说，现在，她对什么也不满意了！

彼克铁列夫　不过，听我讲，听我讲……两个人不能够要同样一份东西；你们中间必须有一个让让步，你表示慷慨——就拿第二份罢。

毕日潘丁　家伙，凭什么，请教，要我表示慷慨？

彼克铁列夫　为什么……你这叫什么话！……对你姐姐表示表示慷慨呀。

毕日潘丁　我真开心啦！

彼克铁列夫　你姐姐，你别忘记，是一个妇道人家，她是一个女的，你是一个男子汉……把这记在心上，费辣彭提·伊里奇！

毕日潘丁　办不到，你说的话，依我看呀，是空口白舌……

彼克铁列夫　怎么是空口白舌？

毕日潘丁　空口白舌！

彼克铁列夫　我觉得邪行……你们不觉得邪行，先生们？

阿鲁浦金　我？今天呀，就没事好叫我觉得邪行。你就是告诉我，你把你自己的父亲活吞了，我一点儿也不会觉得邪行，我会相信的……

巴拉嘎拉耶夫　先生们，先生们！听我对你们讲一句话。他们重新固执起来了，这，我亲爱的彼特·彼特洛维奇，我觉得，你的分法一样是不成功。

彼克铁列夫　不成功？听我讲……成不成功，要事实证明……我不否认，你的提议很好，不过，我的提议也不是一眼就可以看得穿的。我画了一条 angro 线，好比这么说罢，当然了，细小枝节上，我可能发生错误。大家应当明白，只要多用心研究研究，两份一定可以分匀的；这能够做到，不过，这不见得就可以证明我的提议不实际罢？……

阿鲁浦金　（向苏斯劳夫）他画的是哪一类线？

苏斯劳夫　Angro。

阿鲁浦金　这是什么意思：angro？

247

苏斯劳夫　　老天爷知道什么意思！也许，这是德国字。

巴拉嘎拉耶夫　　我们就算，彼特·彼特洛维奇，你的提议好，很好；可是，地产必须分匀了。问题就在这儿。

彼克铁列夫　　这样子。不过，你顶清楚……既然是这样子，我也就不必坚持了。我的提议，你说，不成功……

巴拉嘎拉耶夫　　不，彼特·彼特洛维奇……

喀屋洛娃　　我明白，为什么尼考拉伊·伊凡尼奇要照他的样子分。

巴拉嘎拉耶夫　　你这话，太太，是什么意思？……

喀屋洛娃　　我知道我是什么意思！

巴拉嘎拉耶夫　　我要求你解释清楚。

喀屋洛娃　　尼考拉伊·伊凡尼奇想呀不出什么钱，就把费辣彭提·伊里奇的树林子买下来……所以他才卖足力气，帮他争树林子。

巴拉嘎拉耶夫　　让我说句放肆话，安娜·伊里妮实娜，你简直是胡说八道！费辣彭提·伊里奇是小孩子？你不也要你的一半？……是谁告诉你的，我有意思买树林子？你兄弟想卖产业的话，谁能够拦着他卖？

喀屋洛娃　　我挡不住人家卖产业，不过，问题不在这上头。事实是，你分产业没掏出良心，也不按着道理，只是力图自己方便罢了。

巴拉嘎拉耶夫　　噉，岂有此理！

阿鲁浦金　　啊，这回你也说这话啦！

彼克铁列夫　　我承认，事情错综复杂，很有内幕。

巴拉嘎拉耶夫　　简直叫人没法子忍耐下去啦……这里有什么复杂？有什么内幕？好，是的！就算我要买费辣彭提·伊里奇的树林子；就算我要买他的全部地产，请问，又怎么样？我没有尽我的能力分好了……我不明白你怎么会想到这上头，尤其是说出口来的？安娜 · 伊里妮实娜——是女人，我饶恕她。可是，你彼特 · 彼特洛维奇……你凭什么要说，事情错综复杂？你应当先里里外外搞明白……你就看得出，原来是公公平平分开了的，问题只在挑选哪一份。

彼克铁列夫 你何必这样激动，尼考拉伊 · 伊凡尼奇？

巴拉嘎拉耶夫 老天爷晓得，当我——贵族的领导，受人家疑心的时候，有不激动的！当我的名誉受损害的时候，有不激动的！

彼克铁列夫 没人损害你的名誉，再说，对别人没什么不公道，对自己有利，对别人也有利，又有什么不好干的？说到你的领导地位嘛，相信我罢，尼考拉伊 · 伊凡尼奇，选上的不就总是顶有资望的，没选上的也不就总是没资望的。自然了，我说这话，并非对人而发……

巴拉嘎拉耶夫 我明白你，彼特 · 彼特洛维奇！我明白，你讲的是你自己，可是你心里头是指着我说。好嘛，你可以试呀！我们不久就要又选啦。说不定，下一次，贵族的眼睛就会亮醒啦……说不定，下一次，就都欢赏你的资望啦。

彼克铁列夫 贵族如果信任我，赏我脸，那你放心好了，我不会拒绝这番好意的。

喀屋洛娃 那我们就有一位真正的贵族长啦！

巴拉嘎拉耶夫 嗽，我也相信！好，你们明白，你们拿话侮辱完了我，我还过问这事，可就真不识相啦，所以……

毕日潘丁 做什么，尼考拉伊 · 伊凡尼奇？

彼克铁列夫 尼考拉伊 · 伊凡尼奇，真的，我……

巴拉嘎拉耶夫 不必，饶了我罢。外耳维奇基，把文件全递给我。这是你们所有的信和图样。你们愿意怎么分产业就怎么分罢，要不然，你们喜欢的话，你们可以请彼特·彼特洛维奇帮你们分。

喀屋洛娃 我满意啦，我满意啦。

彼克铁列夫 我完全拒绝：我根本不是……老天爷！

毕日潘丁 尼考拉伊·伊凡尼奇，赏我脸，饶恕我们，我是说，这个傻女人……祸是她闯下来的……

巴拉嘎拉耶夫 我再也不要听人讲起这事啦！我再说一遍，你们喜欢怎么分就怎么分，我才不在乎。我耐心不下去啦！

毕日潘丁 都是你，无知的女人！好，这下子全叫你给闹毁啦！……什么！你以为我会让你有树林子，草地，田庄啊……现在，可不，等着罢！

阿鲁浦金 好，好，好！她就欠这个，欠这个，欠这个！……

喀屋洛娃 彼特·彼特洛维奇，好朋友，救救我；你不晓得这人：他要害死我的，他是禽兽，好朋友，凶手！……他已经给我下过几回毒药啦，我的好朋友！……

毕日潘丁 住口，疯娘儿们！尼考拉伊·伊凡尼奇，求你赏我们脸……

喀屋洛娃 （向彼克铁列夫）好朋友，好朋友！……

彼克铁列夫 听我讲，听我讲！……到底是怎么回子事啊？

第十一场

纳格拉诺维奇进来。

纳格拉诺维奇　尼考拉伊·伊凡尼奇，我来……大人叫我请……

阿鲁浦金　　　啊，你又来啦？你又跟上我……又讲山羊来啦？……又来啦？

纳格拉诺维奇　怎么啦？你这人怎么啦？他这人是怎么回子事？……

阿鲁浦金　　　你不认识我，也许……我是阿鲁浦金，阿鲁浦金，地主。

纳格拉诺维奇　别捣乱啦。你那山羊的案子已经送上去啦。我不是为你来的；我是来请尼考拉伊·伊凡尼奇的。

彼克铁列夫　　放我走，太太！

喀屋洛娃　　　好朋友！保护我，把产业给我们分了罢！

阿鲁浦金　　　（向纳格拉诺维奇）我呀，亲爱的先生，什么也不在乎。你侮辱我，亲爱的先生！我呀，家伙，我可不要做你的山羊，你听明白了！

纳格拉诺维奇　这人简直疯啦！

毕日潘丁　　　尼考拉伊·伊凡尼奇，拿回文件去。

巴拉嘎拉耶夫　等一下，先生们，听我讲！……对不住，我觉得，我的脑壳直发涨……我什么也看不见，什么也想不出，看见的，想的只有分产业喽，山羊喽，固执的女人喽，打唐包夫来的地主喽，巡官忽然出现喽，明天决斗喽，黑良心喽，地产喽，廉价的树林子喽，午饭喽，吵闹喽，争论喽，……不，太多啦。饶恕我，先生们……我办不了，……你们对我讲的话，我一句也听不懂，气力我也没了，我受不了，受不了！

〔走出。

彼克铁列夫　　尼考拉伊·伊凡尼奇！尼考拉伊·伊凡尼奇！可真好啦……主人走啦，我们现在该怎么着？……

纳格拉诺维奇　怎么这么乱！（向外耳维奇基）请你去告诉他，我来府上是有公事的。

〔外耳维奇基走出。

喀屋洛娃 愿主和他在一起！好朋友，你来给我们分产业，好罢？

彼克铁列夫 我？你要我做什么？我不干这个，你把我当做什么人啦？

毕日潘丁 我们算是赶上啦！噉，你呀！……诅咒所有的女人，现在，永远！

〔走出。

喀屋洛娃 我呀，反正，怪罪不到我，我高兴。

外耳维奇基 （进来）尼考拉伊·伊凡尼奇吩咐我讲，他不能够接见任何人；他上床啦。

纳格拉诺维奇 好，这意思是，客人们对他一定好来的。现在我没辙啦，留一个条子罢……祝大家好。

〔走出。

阿鲁浦金 我还见得着你的，亲爱的先生！——你听见了吗？先生们，我有荣誉对你们说再会。

〔走出。

彼克铁列夫 等一下……你们哪儿去？……我跟你们一道走。我承认，我从来没有见过这种事。

〔走出。

喀屋洛娃 彼特·彼特洛维奇，好朋友！……你倒是说呀……

〔随彼克铁列夫走出。

米尔渥林 耶夫皆尼·提号尼奇，你怎么着？单剩下我们了，还是走罢。

苏斯劳夫 等一会儿罢，他会清醒过来的，我们坐下，走一盘棋罢。

米尔渥林 就这么着；不过，在这类情形下，喝一杯酒倒很合适……

苏斯劳夫 那么，就喝一杯罢，米尔渥林，就喝一杯罢。世上有这种娘儿们！可是跟我太太比呀，她还差得远啦……这就是所谓以友谊方式解决！……

幕

（一八四九年）

后　记

屠格涅夫出身贵族，但并不吝惜他对贵族的厌憎，正因为他熟悉贵族生活，势将溃亡的情况也就越发活跃在他明净的笔致中间。这里两出喜剧，情调不同，却都同样生动自然，把贵族资产阶级唯利是图的鬼脸反映出来。

在《食客》里面，一位端着臭架子的京官，带着新娶到手的阔小姐，来到她父母给她留下的产业，如今这份产业实际上成了他的。叶列奇基没有想到他会在这里遇到一位穷无可归的老食客，名义上也算贵族，其实是他岳父当年豢养的一个小丑罢了。拿这老家伙寻寻开心，糟蹋一顿，在他这位有头衔的老爷看来，还不稀松平常，理所当然。可是意外的打击来了。老狗会咬人的。他被迫道破一个秘密：叶列奇基太太是他的奸生女，奸妇就是叶列奇基的岳母。这太丢人了。一直端着臭架子的京官如今也不得不惶然了。喜剧落到他的头上。

封建地主家庭多的是这一类丑闻。盖子一掀，臭而不可闻也。在《贵族长的午宴》里面，我们看到一群损人利己的绅士，愚蠢，虚妄，自高自大，脱离实际，却又充分说明《共产党宣言》里面那句关于资产阶级的分析："它无情地撕碎了那些把人们束缚于'天然尊长'的复杂的封建网络，它使人与人之间，除了赤条条的利害关系与冷酷的'现金交易'之外，再没有别的什么关系了。"姐弟不复成为姐弟。"资产阶级扯掉了家庭关系底动人的多情的纱幕，并使之变为纯粹的金钱关系。"屠格涅夫同样也是"无情地"（意义与任务却又怎样地不同！）"扯掉了"绅士们华丽的面网，露出那些见不得天日的损人利己的坏心思。喜剧在这里成为笑剧了。

屠格涅夫是忠实于艺术的。人物是活的，性格是真实的，于是他的鞭挞也就越发有了分量。他叛离那个名为"贵"而实属贱的阶级了。

译者一九五二年三月

· 单身汉 ·

人物

米哈伊劳·伊凡尼奇·毛实金 公家机关协理员，五十岁。一个活泼、勤勉而仁慈的老头子。相信别人，又喋喋不休。多血质。

彼特·伊里奇·维里奇基 公家机关书记，二十三岁。一个犹疑不决、软弱而自私的人。

洛笛永·喀尔劳维奇·风·风克 有头衔的顾问。二十九岁。冷酷、枯燥、狭隘，有学究倾向。行为上讲究礼貌习俗。一个有性格的人。如同许多俄罗斯化的德国人，每一个俄国字他都拼得清楚而又正确。

费力浦·叶高洛维奇·史盆及克 地主，四十五岁。装做受过教育。

玛丽雅·瓦西列夫娜·别劳娃（玛莎） 孤女，跟毛实金过活，十九岁。一个心地单纯的俄罗斯姑娘。

叶喀铁芮娜·萨维实娜·浦列雅日基娜 玛丽雅的姑母，四十八岁。舌头和眼泪都没有个停。非常自私自利。

阿耳基维阿德·马尔提诺维奇·扫饶墨诺斯 风克的朋友，三十五岁。希腊人，脸的皮肤粗糙，额头低。

玛拉妮雅 毛实金的女厨子，四十岁。人挺笨。

司特辣提拉特 毛实金的小听差，十六岁，傻里瓜几的。

米特喀 维里奇基的听差，活泼，二十五岁。

信差

事情发生在圣彼得堡：第一幕与第三幕在毛实金的房间；第二幕在维里奇基的房间；第一二幕相隔五天；第二三幕相隔一星期。

第 一 幕

一个不穷不阔公务员的客室。右手有两个窗户,窗户之间挂着一面镜子。镜子前面摆着一张小桌子。后墙有门,通过厅。左手有门,通别的屋子。舞台前部,靠近左手,有一张圆桌和几把椅子。右角立着一张屏风。司特辣提拉特躺在沙发上。墙上的钟敲了两下。

司特辣提拉特 一……二……两点钟。老爷怎么的啦?(稍缓)我看,我还是打个盹罢。(吹口哨,然后从桌上拿起一本书,打开,看着)家伙,想想看,字呀字的!可不,看呀……这个字真够长的!(试着拼它出来)Покой, арцы, онъ-про; слово, веди, ять-све-просве; ща, есть, нашь-щен-просве ... просве ... просвещен; нащь, ять, иже съ краткой-ней-просве ... просвещенней; ша, иже-ши-про ... све ... щеннейши; мыслете, иже.(门铃响,司特辣提拉特站起,但是书并没有放下)Мыслете, иже-ми-просве ... просвещенней ...①(门铃又响了)妈的,活见鬼!就别想能够念书!

---

① 他在拼一个俄文字:这个字相当长,意思是"教育"、"启蒙"或"文明"。全戏从拼这个字开始,意义是深长的。读者看完第二幕,就明白剧作者的布局是如何周密,而讽刺是如何完整了。

〔把书丢在桌上，奔去开门。

毛实金 （进来。胳膊底下挟着一个尖糖筒子，同一手还拿着一个瓶子，另一只手捧着一个女帽盒子。向司特辣提拉特）睡来的，是不是？

司特辣提拉特 没睡。

毛实金 得啦……我信你的。（他用头指着尖糖筒子）这个。拿给玛拉妮雅。（司特辣提拉特接过来尖糖筒子。毛实金走向舞台前部。司特辣提拉特打算走）玛丽雅·瓦西列夫娜在不在家？

司特辣提拉特 不在。

毛实金 哪儿去啦，你知道吗？

〔他把盒子瓶子放在桌子上，又从后背的衣袋取出一个小包。

司特辣提拉特 不知道。她姑妈找她来啦。

毛实金 多久？

司特辣提拉特 约摸一个钟头以前罢。

毛实金 我不在家的时候，彼特·伊里奇来过没有？

司特辣提拉特 没来。

毛实金 （稍缓）好，去罢。喂，倒说，喊玛拉妮雅来。

司特辣提拉特 晓得啦。

〔走出。

毛实金 （摸他所有的衣袋）我想，我没忘掉东西。东西，我想，都买啦。东西。全啦。（从衣袋取出一只包好的瓶子）这是香水。（把瓶子放在桌子上）什么时候啦？（看钟）两点过了一会儿。彼特路莎[①]是怎么的啦？（再看钟）两点过了一会

---

① 即彼特的昵称。

261

儿。(手放在他的胸袋里面)这儿是我给她预备好的钱。(踱步)我真忙坏啦。可,想想我赶上了什么事呀?(玛拉妮雅和司特辣提拉特进来。毛实金马上转向他们)今儿是星期五吗?

司特辣提拉特　星期五。

毛实金　是呀,当然喽。(向玛拉妮雅)酒席好啦——齐备啦?

玛拉妮雅　齐备啦。还用说!

毛实金　好酒席?

玛拉妮雅　好!还用说!

毛实金　当心!好人,别拖得太晚了。东西全有啦?

玛拉妮雅　还用说!全有啦。

毛实金　你不要什么东西啦?

玛拉妮雅　不要。做点心糕要点儿酒。

毛实金　(把桌上的瓶子递给她)这儿,这儿,这是酒。好,玛拉妮雅,你露两手儿给我们看看罢。我们有客人来用饭。

玛拉妮雅　晓得啦。

毛实金　好,我眼下不耽搁你;你好去啦。(玛拉妮雅走出)司特辣提拉特!给我准备好了上身礼服跟领带——听见没有?(司特辣提拉特走出)为什么我跑来跑去跟个疯子一样?(坐下,拿手绢试脸上的汗)我累啦,累透啦!……(门铃响)这是谁?一定就是彼特路莎。(细听)不对,不是他的声音。

司特辣提拉特　(进来)有位先生要见您。

毛实金　(立刻)什么先生?

司特辣提拉特　我不认识。从前没见过。

毛实金　没见过!那你为什么不问问,他是什么人呀?

司特辣提拉特　我问来的,他就说,他要见见您。

毛实金　怪气!好,请他进来罢。

〔司特辣提拉特走出。毛实金紧张地望着门。史盆及克进来。他穿着一件豌豆色的长上身。

史盆及克　(走向毛实金)你不认识我啦?

毛实金　我?我,说真的,好像……我没有荣誉……

史盆及克　(友谊的责备)米莎,米莎①!你就这样忘掉你的老朋友啊!……

毛实金　(看着他)有这事?……是——不是……真的……费力浦!(史盆及克摊开他的胳膊)史盆及克!

史盆及克　是我,米莎,我……

〔他们吻抱着。

毛实金　(断断续续的)好朋友……什么风儿……来了多久?坐下。真想不到……有这一天……(又吻抱)坐下,坐下。

〔两个人坐下,互相看着。

史盆及克　喝,喝,老兄,咱哥儿俩可真老了呀!

毛实金　是呀,老兄,是呀。真老了呀,朋友,老了呀。老年轻下去,不容易罢?自打我们上一回见面,到今,二十年了罢?

史盆及克　是的,二十年了呀。时光就跟飞的一样!米莎,怎么样?记得……

毛实金　(打断他的话)老兄,我看着你,可是信不过我的眼睛。史盆及克,费力浦,想不到你在圣彼得堡我的家里——谁想得到?妙极啦,好朋友!你怎么找到我的?

---

① 毛实金的昵称。

史盆及克	容易！找当官的真要呕心思不成？我知道你在哪一科办事。库琴，阿尔达里永，去年夏天在我那边待了些日子……你记得阿尔达莎·库琴罢？
毛实金	哪一个库琴？你是不是说娶喀辣法耶夫闺女的那位，陪嫁受了骗的？
史盆及克	就是他，就是他本人。
毛实金	我记得，我记得。他还活着？
史盆及克	当然活着！好，就是他告诉我，你在什么地方办事……可不，路皮怒斯叫我问候你。
毛实金	你是说伊凡·阿法纳西奇？
史盆及克	怎么，伊凡·阿法纳西奇！伊凡·阿法纳西奇早就死啦；是他儿子，瓦西里……你记得吗？他是一个瘸子。
毛实金	啊，是的，是的。
史盆及克	好，就是他。他现在是我们的法官。
毛实金	（摇头）真想不到！时间跟飞的一样——是不是？倒说，殷久考夫还活着？
史盆及克	活着。猜他怎么着？他把他顶老的闺女嫁给一个德国工程师啦，去年。真行，真行！他要我向你致意。我们全惦记着你，米莎！
毛实金	谢谢，费力浦，谢谢。你要不要用点儿东西？渥得喀①，还是吃的东西？……别客气。你要不要烟斗？你我该是老朋友了罢？

〔打他的屁股，拿走他的便帽。

| 史盆及克 | 多谢你啦，米莎。我不抽烟。 |

---

① 是一种麦酒。

毛实金	吃点儿东西?
史盆及克	不,多谢你啦。
毛实金	你骑马一定骑累啦。
史盆及克	那呀,我可讲不上来。一路差不多全叫我睡过去了。
毛实金	你待下来跟我一道儿用饭,这行了罢?
史盆及克	听你的。
毛实金	好,这才叫乖。这样的,朋友,这样的。想不到你来,说实话,想不到。倒说,你成亲了罢?
史盆及克	(叹一口气)成亲啦。你呢?
毛实金	没有,我,朋友,那……没成亲。你有孩子了罢?
史盆及克	那还用说!五个。我来这儿就是为了他们。
毛实金	怎么回事?
史盆及克	没办法呀,老兄。我得帮他们兜机会,找出路呀。
毛实金	应当的,应当的……你住在哪儿?
史盆及克	离这儿很近。欧罗巴旅馆,你知道罢?……好,就在那边转角。库琴介绍给我的。好,老兄,彼得堡,我得说,真叫大!我看见的还只是宫殿前头的空场子。我承认……伊萨克,伊萨克礼拜堂一定花了许多钱罢?好,还有走道……简直好透啦。
毛实金	是呀,是呀……你可有的看啦,等着罢……倒说,费力浦,你记得,我们有一个女邻居……
史盆及克	塔杰雅娜·泡道耳斯喀雅,你是说?
毛实金	是呀,是呀,她,她。
史盆及克	她希望你长生不老,米莎……不过,她死了九年啦。
毛实金	(静了一时)愿她待在天国!好,怎么样,得意罢?
史盆及克	慢慢地,老兄,谢谢上帝;我没什么抱怨的。你怎么样?

	自打你离开了我们,我敢说,你一定赚到高头衔了罢?
毛实金	没,老兄,我到哪儿搞去?哪儿来,高头衔!混也就是了。
史盆及克	你总该弄到一枚勋章了罢?
毛实金	是的,一枚勋章……
	〔望着门那边。
史盆及克	你在等什么人吗?
毛实金	是呀,我在等人。(伸出他的手)我,老兄,今天简直忙极了。
史盆及克	忙什么?
毛实金	猜好啦。
史盆及克	那怎么猜……
毛实金	不难的,猜罢,猜罢。
史盆及克	(看着他的脸)你……我说,你是不是打算结婚呀?别结婚,米莎,听我的话!
毛实金	(笑)别替古人担忧啦,老兄……活到我这岁数!你倒是猜对了一半——我家里要办喜事啦。
史盆及克	(指着桌子)我想也差不到哪儿去罢……这些包儿里头是什么?到底是谁要结婚?
毛实金	等一下,我就要——现在还不是时候……可是,到了晚晌,晚晌,我全讲给你听。你才想不到哪,老兄。我再一想,我看,我现在就对你讲了罢,讲简单些……你看,费力浦,这是我的客室,我就在这个犄角睡觉……(指着屏风)在另外房间,住着一个女孩子,是我带大的,她是一个孤女。我要嫁出去的就是她。
史盆及克	你带大的?
毛实金	是的;就是说,她是一个挺乖的女孩子。她是别劳夫的闺

女，一个有头衔的顾问。我在她母亲死前不多久认识她的。——说起来也真算是碰巧啦。有时候，事情真还来得个邪行……可不，我承认，命叫人想不透的地方可多着啦！我必须告诉你，费力浦，我在这房子才只住了三年；玛莎的母亲，自打丈夫一死，就只住两间屋，在这所房子的四楼，他死长久啦。（叹息）据说，他冻坏了脚——你说，什么样儿的打击啊，是不是？剩下老太太可真是穷啦，恤金少透啦，有人偶尔帮点子忙——总之，日子过得很不好。有一回，老兄，我上楼梯——冬天的时候——门房在楼梯上洒了些水，没揩，水结成了冰……（取出他的鼻烟盒）你闻不闻？

史盆及克 不，谢谢。

毛实金 （吸过鼻烟）所以，我上楼梯……忽然，这位老太太，玛莎的母亲，走下楼梯，跟我碰上了；那时候，我还不认识她。还是她打算往旁边躲，还是怎么来的，她滑了一跤，仰天栽下去，把腿摔断啦……反正扭坏啦，就像这样子。（站起，比给史盆及克看）对她那样一种年纪，老兄，你想，这还了得？我马上就地把她一抱，跑进她的房间，放在她的床上，喊人进来帮忙，我就跑出请伤科大夫去了……她吃了大苦头，闺女也是的，老天爷！真够受的！这以后，我就按天拜望她们一回，一天一回……你爱信不信，我爱上了她们——就跟我的亲人一样。她在床上躺了半年；临了她又好啦；好到路也能够走啦。忽然，鬼迷了心，她要到温泉去；到那儿去也容易；所以她就去啦，招了凉，病了才只四天，就死了；她没有剩下几个钱，我们就拿这钱把她埋了……（拿手划十字）好，现在你看，费力浦，她的闺女成了什么情况。——什么？你说，什么？亲人——没有一个。亲人，就算是罢，只有一个，一个寡妇，浦列雅日基娜，叶喀铁芮娜——她的姑妈；可是浦列雅日基娜名下就连一个铜板也没。不错，在考劳陶浦司克县那儿她还有一个舅舅，名字叫做格辣奇·撒黑铁列雅，一个地主，有许多农奴；老太太一死，我马上就写信给他，一五一十讲给他听。我请他帮助一下这个女孩子，可是，他不但不帮她，反而回了这样一句话："我不能够喂养世上的穷人；你要是可怜她，那么，你安顿她好了。"怎么办？我没了主意……好，我就收养了她罢。起初，她不怎么大肯，我坚持要这样做。我告诉她：我是一个老年人，没儿没女，我会把她当做亲闺女看的。我指给她看，她没地方好去的，除非到路上流浪去，那可不是什么好地方。再说，我提醒她，她母亲临死真是拿她托付给我照应来的，她这才肯了。从那时候起，她就跟我住在一起，她真是一个好女孩子，费力浦，你知道就好了！你回头看好了……你看见了她呀，你一下子就会爱上了她的……

史盆及克	我信你的话，米莎，我信你的话……可男的到底是谁呀？
毛实金	啊，一个好人；一个真好的年轻人。全是鄙人撮合成的。我要讲，老兄，我的命没什么好抱怨的。我快活，上帝真好，快活……我简直不配。
史盆及克	请问，他叫什么名字？
毛实金	请什么？当然好问。全安排好啦，从现在起，再有两个礼拜，上帝愿意呀，就举行婚礼了。维里奇基，彼特·伊里奇。他叫这个名字。他跟我在同科工作。他是一个顶好的

年轻人。才二十三岁，已经在公家机关做到书记啦。不多久他就会有头衔的。你应当见见他才是。他算得上一条好汉。他会给自己打出一条路来的。他不阔，不过，这没关系。他才只是一个小孩子，肩膀上长着一颗聪明脑壳。他是一个干家，人挺和气。他认识的人又多又有来历。他回头来跟我一道用午饭。可不，他差不多天天在这儿吃饭。就在今天，他打算带他一位朋友来，也是一个年轻人，不过你知道……（做了一个来头大的手势）他跟部长一道搞工作……好，你明白……

史盆及克　　哦，哦！（看看自己）朋友，那怎么办？我不好就这样在这儿待……还是跑回去，穿我的礼服来罢。

毛实金　　这叫什么话！

史盆及克　　（站起）那，不成，米莎……这回，你就由着我罢……你知道……放我走罢。那样一位贵客，可能以为，上帝知道是什么！会不会拿我当草原一只野鸟啊？……不，我，老兄……你知道，我对人生也是有野心的。

毛实金　　（站起）好，随你……不过，当心，别太迟了。

史盆及克　　我尽快跑就是啦。（拿起他的便帽）那么，老兄，你来往的那些位先生……（紧握他的手）好，靠你啦，米莎，关于我那孩子……你知道……除掉这个，还有，我太太要我给她捎许许多多胭脂粉呀，我简直不知道怎么办，糟透啦！她要我买的东西，光冷霜就值十卢布，全要头等的。帮帮忙，老兄；你，我看，（指着桌上包扎的东西）懂这行子事。

毛实金　　我很高兴帮你忙。我试试看，再请教请教彼修①。他这人

---

① 彼修是彼特的昵称。

	顶好说话了，一点也不骄傲。近来，他有点儿不大舒服；心情不怎么对头。
史盆及克	结婚前嘛，不是吗？
毛实金	是呀，我自己就不怎么挺好。其实，什么也不是。我们都非常忙——毛病就在这上头。好，你随时差遣我。千万，老兄，别跟我客气。
史盆及克	(紧握他的手)谢谢。我看，你还是那样好。
毛实金	但愿如此。(也紧握他的手)你知道，我怎么认识彼特路实①的，怪有意思的！
史盆及克	(准备好了走)怎么回事？
毛实金	好，我过后会对你讲的。你想不到，他也是一个孤儿。他年轻轻的就丢了父母。他叔叔是他的保护人，把他带到圣彼得堡，找了个事做。顶奇怪的是同一情况……不过，改天我再对你讲罢。其实，我要说的就是，他在一家念科学的学校念完啦，想不到产业全没啦，就是这时候，我恰巧跟他相识的……不过，我不耽搁你……快三点啦……
史盆及克	你什么时候用午饭？
毛实金	四点钟，朋友，四点钟。
史盆及克	那，我有的是时候……(传来门铃的响声)会不会有客人来？
毛实金	(听着)很像是……可，玛莎为什么还不回来？
史盆及克	(激动，朝四面望)或许，老兄，那……不见得……那……就许……

---

① 彼特路实或彼特路莎，是彼特的昵称。

〔玛莎和浦列雅日基娜进来。她们穿着长大衣,并不脱掉。

毛实金 （看见她们）啊！说起天使,天使就到！……你们丢魂丢到哪儿去啦？

浦列雅日基娜 是呀,好人,买东买西的……

毛实金 那,好的,好的。（向玛莎）玛莎,我给你介绍一位老朋友,我旧日的邻居,费力浦·叶高洛维奇·史盆及克。（史盆及克鞠躬；玛莎还礼；浦列雅日基娜好奇地望着史盆及克）他是今天打乡下来的,给我带来家乡的消息。我请你敬爱他。

史盆及克 （向玛莎）原谅我,小姐,因为我……这样,好比说,穿着旅行衣服……我讲不出……

〔他微微鞠了一躬。

毛实金 你道什么歉呀！简直成了政治家啦！（向玛莎）玛莎,你今天脸怎么这么白？你累啦？

玛　莎 （声音低低的）累啦。

毛实金 （向浦列雅日基娜）你带她跑的地方太多啦,喀铁芮娜·萨维实娜①；真的,你要把她累死啦……好,去罢,去罢……都快四点啦,你们都没换衣服。回头客人来了,该怎么说呀？当心,他要怪你们的……去罢。

浦列雅日基娜 我们不会迟的,别担心思啦……

毛实金 那,好的,好的。带着这顶帽子,香水,跟这些东西。（他把包扎的东西全递给她。玛莎和浦列雅日基娜向左走出。毛实金转向史盆及克）好,怎么样,费力浦,你喜欢

---

① 喀铁芮娜是叶喀铁芮娜的昵称。

玛莎吗？

史盆及克　　非常，老兄，我非常喜欢她，非常。

毛实金　　那，我知道……好，你愿意走，你就走罢。

史盆及克　　可不是，老兄，真该走啦……两位女的进来的时候，我觉得难过极了……反正，我就回来的。

〔朝过厅走出。

毛实金　　（朝他那边嚷着）当心呀，别晚了！（兜着屋里走动）今天真运气！我高兴史盆及克来……他是一个好人。（站住）可，怎么啦？……是呀，玛莎今天脸色为什么这么白？那，自然啦，是可以明白的……可是，我怎么还不换衣服？司特辣提拉特！嗨，司特辣提拉特！（司特辣提拉特进来）我的礼服，还有另一根领带。（他脱掉上身，解开脖子的围巾。司特辣提拉特走到屏风后面，拿着礼服和领带。毛实金照着镜子）我的脸怎么这么虚肿？（梳了一下他的头发，先从后起）为什么彼特路莎今天不来？拿领带给我。（司特辣提拉特帮他打好领带）你拿稳了彼特·伊里奇今天没来过？

司特辣提拉特　　没来。我对您讲过啦。

毛实金　　（未免光火）我知道，你对我讲过……真奇怪！他会不会，可不，生病啊？

司特辣提拉特　　那我就不知道啦。

毛实金　　（唾痰）呸，家伙！我没对你讲话。

玛拉妮雅　　（忽然从过厅进来）米哈伊劳·伊凡尼奇。

毛实金　　（连忙朝她转过身子）你有什么事？

玛拉妮雅　　我要钱买肉桂。

毛实金　　肉桂？（手搭在他的头上）你要把我害啦，我看！你做什么对我讲，你东西齐全啦？（看着他的背心口袋）再一刻钟就到啦。你要当心，酒席要是在（看着钟）……在一刻钟以内预备不好……我要……我就要你……好，去罢，去罢。你等什么？

司特辣提拉特　（玛拉妮雅走开了，低声）这也叫厨子！

玛拉妮雅　好，好，死鬼！

毛实金　你还笑话人家，算啦，过来，拿礼服给我。（穿上礼服，司特辣提拉特在背后往手里揪）那，好，去罢。你为什么不把灯点亮了？你看，天黑了呀。（司特辣提拉特走进过厅）怎么的啦？怪事！我今天就没走多少路……至少，不比昨天多，两条腿摇摇摆摆的，简直就跟折了的一样。（坐下，看钟）三点一刻……他们怎么还不来？（四面张望）像样儿啦。（站起，拿手绢拭掉桌上的尘土。门铃响）啊！可来啦！

司特辣提拉特　（进来，回禀）彼特·伊里奇·维里奇基和风（结巴了）……风·弗基恩先生。

毛实金　（低声，向司特辣提拉特）什么？他叫你这样子传禀的？

司特辣提拉特　（也是低声）是的。

毛实金　（仍是低声）啊，啊！（高声）请进，请进。

〔司特辣提拉特走出。

〔维里奇基和风克进来，穿着礼服。维里奇基脸色发白，有些激动。风克是一副尊严的模样。

维里奇基　（向毛实金）米哈伊劳·伊凡尼奇，让我给你介绍我的朋友，洛笛永·喀尔里奇·风·风克。

〔风克鞠躬，装模作样地。

毛实金　（未免骚乱）我非常高兴……阁下德高望重，我时常听人讲

273

	起……我非常感激彼特·伊里奇……
风　克	我也非常欢喜和你相会。
	〔鞠躬。
毛实金	噢，对不起！……（稍缓）请坐……（全坐下。又沉默了。风克张望着屋子。毛实金轻轻咳嗽起来）今天，天气真好！有点儿冷，可是很舒服。
风　克	是的；今天冷。
毛实金	是呀，是呀。（向维里奇基，低声）彼特路莎，你今天怎么没来？身子好吗？
维里奇基	谢上帝，好。玛丽雅·瓦西列夫娜好吗？
毛实金	玛莎好的……哼！（向风克）您今天散步没有？
风　克	是的，我在尼如司基那边上下溜达来的。
毛实金	这是一个挺舒服的散步地方。人有礼貌，走道上头铺着沙子。铺子布置得全都挺好。（稍缓）圣彼得堡可以算得上世界头一个京城。
风　克	圣彼得堡是一座好城。
毛实金	（怯怯地）外国没有这样一个地方，是不是？
风　克	我想没有罢。
毛实金	圣·伊萨克礼拜堂一完工，那就更不得了啦。那时候，它一定名声大极了。
风　克	圣·伊萨克礼拜堂，从哪一方面看，也是一个最辉煌的建筑。
毛实金	这一点，我完全同意。不敢动问，贵体健康罢？
风　克	谢谢上帝！
毛实金	好，谢谢上帝。（稍缓）哼！（微笑）洛笛永……洛笛永·喀尔劳维奇，我希望您赏光——过两个星期，他举行婚

	礼……（指着维里奇基）……您来观礼。
风　克	我会感到很大的快乐——
毛实金	快乐是我们的，正相反。（稍缓）您也许不相信我，洛笛永·喀尔劳维奇，——我一看他们两个人呀，我多幸福……（指着维里奇基和左门）对于一个老年人，一个单身汉，您想像不出这是一种什么样意想不到的幸福！
风　克	是的，婚姻，建立在相爱和理知的基础上头，是人生最大的幸福之一。
毛实金	（恭恭敬敬地听风克讲话）是的，先生；是的，先生。
风　克	所以，我这方面，我完全赞成这些年轻人们，深思熟虑地了结这种神圣的债务。
毛实金	（甚至于越发恭恭敬敬的了）是的，先生；是的，先生。我绝对，完全同意您的见解。
风　克	还有什么比家庭生活更舒服的？不过，选择太太，理智是绝对需要的，——说实话，主要的。
毛实金	您对，先生；您对，先生。您的话，洛笛永·喀尔里奇，非常有道理，非常正确。我承认，——您原谅我，——彼特路莎得到您的良言和善意照拂，应当觉得自己幸运。
风　克	（做出请求原谅的姿式）简直说不上。
毛实金	真的，我对您讲，我——
维里奇基	（急忙打断他的话）告诉我，米哈伊劳·伊凡尼奇——我想见见玛丽雅·瓦西列夫娜。我有几句话跟她讲——
毛实金	她在她的屋子。想必是在换衣裳。不过，你可以敲门的。
维里奇基	我马上回来。（向风克）你不见怪罢？
风　克	当然，请便好啦。

〔维里奇基从左门走出。

毛实金	（看着他的后影；走向风克，握着他的手）洛笛永·喀尔里奇！原谅我。我是一个直肠子；心里有话，瞒不住人的——让我，打我的心里，再谢谢您——
风　克	（冷淡的礼貌）请问，谢我什么？
毛实金	首先，您的下访；其次……我看出来，您爱彼特路莎。我没有儿女，洛笛永·喀尔里奇，不过，我想，人爱自己的儿子也比不上我爱他。这正是感动我的地方；这简直感动我，激动我，我就没有话来形容。（眼里有了眼泪）原谅我。（像跟自己讲话）我这是怎么的啦？臊死快啦！

〔笑着；到衣袋里掏手绢；先擤鼻涕，然后，揩眼睛。

风　克	相信我，我喜欢看这类感情……
毛实金	（情绪稳定了）原谅一个老年人的直率……不过，我常常听到讲起您……彼特路莎谈起您来，尊敬得不得了……他非常推重您的见解……您这就看见玛莎，洛笛永·喀尔里奇。这就看见她……我对您讲这话，好比对主一样：她会给他带来幸福的。她是一个真正的好女孩子！
风　克	我没有一分钟怀疑这个。我的朋友彼特·伊里奇爱她，单这件事就说明了她的全部好处。
毛实金	（恭恭敬敬地）对，先生；对，先生。
风　克	我这方面，我就希望彼特·伊里奇好。（稍缓）我想你是第一科的主任，是不是？
毛实金	是，先生。
风　克	不敢问，在哪一部分？
毛实金	在库夫纳皆耳那一部分，亚当·安得列伊奇那一部分。
风　克	（肃然）啊！一位呱呱叫的长官！我认识他。一位呱呱叫的

长官!

毛实金　　当然是,当然是!(静了一时)您是最近半年认识我的彼特路莎罢,是不是?——也许我不该问。

风　克　　是的,半年光景。

〔浦列雅日基娜从旁门进来。帽子上一个长长的黄带子,衣著是妖异惊人。她慢慢地走向他们,坐在他们后面,拿着她的网袋的线绳子在玩。

风　克　　我最喜欢我们的朋友的,好比说,是这件事:他是一位循规蹈矩的青年……(毛实金用心在听)这样的年轻人,今天很少见到。他不轻浮……你知道,轻浮……(手指在空中做了一个动作;毛实金学他,点头,表示称许)这项要紧。我自己就是一个年轻人……(毛实金点头,表示同意)我不是风标……

浦列雅日基娜　(谦逊地,然而高声地咳嗽)喝——喝!

〔风克住了口,看着她;毛实金也看着她。浦列雅日基娜舒舒服服地坐着。

毛实金　　(未免恼怒)你要什么,喀铁芮娜·萨维实娜?

〔风克慢慢地站起,毛实金也跟着站起。

浦列雅日基娜　(窘)我……我……我来问你……

〔风克鞠躬;她的样子越发显得舒服了。

毛实金　　哦,怎么……(忽然收敛)允许我,洛笛永·喀尔里奇,给你介绍……浦列雅日基娜,叶喀铁芮娜·萨维实娜,陆军军官夫人……玛丽雅·瓦西列夫娜的姑母……

〔浦列雅日基娜站起。

风　克　　(鞠躬,冷然)我非常高兴……

〔浦列雅日基娜又坐下。

毛实金　　（向浦列雅日基娜）你有事吗？

浦列雅日基娜　有……玛丽雅·瓦西列夫娜问我……就是，不是问我……她是在想，你能不能进去看看她……一分钟也好……

毛实金　　（责备地）到底什么事？……我现在怎么成？……（看着风克）哦！……

风　克　　千万别拘礼……你有事……

毛实金　　您太客气啦……真的，我不清楚他们要我去做什么，……不过，我去去就回来……

风　克　　（举起手）去好啦……

毛实金　　马上回来，马上回来。

　　　　　〔他同浦列雅日基娜一道走出，对她唧唧哝哝表示不愉快。

风　克　　（一个人，看着他的后影，耸耸肩，在屋里走来走去。走到镜子前面，抖擞一下精神；然后他拿起梳子，看了看；然后看着屏风，惊愕的样子）这算什么呀？……干吗把我带到这地方来？什么样一个滑稽女人！……老头子嘀嘀咕咕的，啼啼哭哭的……什么样一个怪老头子！说起话来一点儿没有分寸！还有，什么样一个脏孩子，怪孩子！说实话，这儿就没东西干净。眼面前就是床，放在屋子里头——这全是怎么回事？晚饭，我敢说，是我吃到的最坏的一回了……香槟也好不了……反正我得喝……（司特辣提拉特进来，把点着了的灯挂在墙上。风克看着他，胳膊放在胸前。司特辣提拉特怯怯地看了他一眼，走出）怎么回事？到底是怎么回事？我简直没法子了解……好罢，我希望我看得见新娘子。（维里奇基从旁门进来）啊，维里

	奇基!
维里奇基	米哈伊劳·伊凡尼奇告诉我,光你一个人在这儿……请你原谅他……老头子忙不过来。
风　克	这算得了什么。
维里奇基	(紧握他的手)你这人又好,又大方……我告诉你……米哈伊劳·伊凡尼奇是一个很好的人……我简直可以把他叫做我的恩人……你看得出:他这人心地怪淳厚的……(维里奇基一直在等风克打断他,但是风克偏不吱声)不对吗?……
风　克	什么?……不对。毛实金先生,我想,人是挺好的。自然喽,他嘛,我看呀,他受到的教育不怎么挺好……其实,这是次要问题。倒说,我方才在这儿看见一位太太……她是你未婚妻的姑母?
维里奇基	(脸有些红了,勉强地微笑着)她……不是一个有钱的女人——不过,人挺和气……她……
风　克	我相信是的。(稍缓)你认识毛实金先生有多久?
维里奇基	三年。
风　克	他在彼得堡做事长久吗?
维里奇基	长久。
风　克	毛实金先生有多大年纪?
维里奇基	我想,五十岁光景罢。
风　克	他做主任还要做多久啊!还要多久我才看得见你的未婚妻?
维里奇基	她这就出来。
风　克	毛实金先生说起她来,好得不得了。
维里奇基	这不足为奇。米哈伊劳·伊凡尼奇心上就是她一个人……

279

说实话，玛莎是一个很可爱，很和气的姑娘……当然喽，她是在穷苦中、幽僻中长大的，难得看见什么人的……由于这种缘故，她有点儿胆怯，有点儿不合俗……你知道，她没有那种冲劲儿……不过，头一面，请你务必多多担待她一些……

风　　克　　其实，正相反，彼特·伊里奇，我相信……

维里奇基　　头一面，你多担待她些——我求你的就是这个。

风　　克　　你要原谅我……不过，你的信任……你对我充分信任……给我一种权利……其实，另一方面，我真还不知道……

维里奇基　　讲罢，赏我脸，请讲罢。

风　　克　　你的未婚妻……她……不怎么有钱罢?

维里奇基　　她什么也没有。

风　　克　　（稍缓）当真? 好，可不，我明白……爱……

维里奇基　　（又稍缓）我很爱她。

风　　克　　当真? 好，这么看起来，也就不必再做别的想望了，婚事要是会把幸福给你带来的话——我打心里给你道喜。怎么样，今天晚晌你打算不打算看戏去? 吕比尼唱《路西亚》①。

维里奇基　　今天晚晌? 不成，我去不了。我打算另一个时候陪我的未婚妻，和米哈伊劳·伊凡尼奇一道去……我觉得，你有话要对我讲来的，关于……关于我的婚事……

风　　克　　我? 没的话……请你告诉我，你的未婚妻是叫玛丽雅，玛

---

① 吕比尼 Rubini（一七九五年——一八五四年），意大利有名的歌唱家，在欧洲各地演唱，一八四三年曾到彼得堡。《路西亚》Lucia 是意大利作曲家道尼采地 Donizetti 的作品（一八三五年），故事根据司各德的小说《拉麦尔木尔的新娘》Bride of Lammermoor（一八一九年）改编。

	丽雅·瓦西列夫娜是不是？
维里奇基	玛丽雅·瓦西列夫娜。
风　克	姓什么？
维里奇基	姓呀……(看着另一边)别劳娃……玛丽雅·瓦西列夫娜·别劳娃。
风　克	(静了一时)是的。倒说，我们明天要不要去拜望皆高夫男爵？
维里奇基	自然……要是你打算给我引见的话……
风　克	在我是快乐之至。倒说，什么时候啦？(看钟)四点一刻。
维里奇基	到吃饭的时候啦……米哈伊劳·伊凡尼奇是怎么的啦？

〔四面张望。

〔史盆及克进来。他穿着一件老式黑礼服，高背心，高领。打了一条紧扎的白领带，有一个扣子；绒背心，很短，一道一道的，珠子钮扣，裤子是豌豆颜色，非常轻浅。手里拿着一顶柔软的绒帽子。看见两位生客，他深深行礼，右脚朝后，偶尔举起他的左脚。他拼命拿帽子压住胸口。他像挺窘。维里奇基和风克静静地冲他鞠躬。

风　克	(低声向维里奇基)这位先生是谁？
维里奇基	(同一声调)我真不知道。(向史盆及克)不敢请教……你有什么贵干？
史盆及克	史盆及克，费力浦·叶高芮奇，唐包夫的地主……不过，两位不要为我劳动。

〔取出一条手绢，揩他的额头。

维里奇基	欢喜之至……你，是不是要见米哈伊劳·伊凡尼奇？
史盆及克	不要劳动……我早……我……

〔他脸红了，笑了一小下子，然后走向右侧。

风　克	（向维里奇基）哪儿来的这个怪人？
维里奇基	他一定是米哈伊劳·伊凡尼奇的一个朋友……我从前就没在这儿见过他……（高声向史盆及克）米哈伊劳·伊凡尼奇这就出来。

〔史盆及克拿头莫名其妙地动了一下，微笑着，转开了。维里奇基转向风克，请求谅解的样子。

维里奇基	洛笛永·喀尔里奇……请……原谅……
风　克	（紧握他的手）没关系，没关系……（转开）啊！这儿，像是，毛实金先生本人！……

〔毛实金和玛莎在左门那边出现。他挽着她的手，浦列雅日基娜跟在后面。玛莎穿着一件白袍子，系了一根蓝带子。她的样子很窘。

毛实金	（胜利地，可是有些胆怯地）玛莎，我有光荣给你介绍风·风克先生，（玛莎行礼，浦列雅日基娜在她的后面行礼。毛实金指着玛莎，对风克讲）这儿就是，洛笛永·喀尔里奇，我的玛莎……
风　克	（向玛莎）非常荣幸……我觉得自己非常走运……我早就想望着这种快乐……

〔玛莎并不回答，轻轻点了一下头。

维里奇基	我希望，玛丽雅·瓦西列夫娜，你喜欢我的朋友。

〔玛莎看着维里奇基……脸上显出畏怯的样子。

〔稍缓。

毛实金	（看见史盆及克）啊！费力浦·叶高芮奇，请过来。（过去挽着他的手，把他带过来）史盆及克，费力浦·叶高芮奇，我的邻居，唐包夫的地主……他今天才打乡下来……费力浦·叶高芮奇·史盆及克……史盆及克，费力浦·叶

高芮奇……

史盆及克 （鞠躬，感谢介绍）多谢……米哈伊劳·伊凡尼奇，多谢……

毛实金 （高声，向全体）大家请坐。（玛莎在沙发上坐下）洛笛永·喀尔里奇，这儿坐好吗？（指着一个靠近玛莎的座位；风克坐下）费力浦·叶高洛维奇，（指着对面一张椅子；史盆及克坐下）喀铁芮娜·萨维实娜！（指着一个靠近玛莎的地方。浦列雅日基娜坐下，握牢她的网袋。毛实金本人坐在左手一张椅子）还有你，彼特路莎，坐下罢。（维里奇基点头谢他，过去坐在风克一旁。静）哼！今天天真好……

风　克 （微笑着）是的。（又沉静了。他转向玛莎）彼特·伊里奇告诉我，你打算拣一天去看歌剧。

玛　莎 是的……彼特·伊里奇……对我们讲起来的……

〔她的声音断了。

风　克 我相信，你一定会非常喜欢的。（毛实金，史盆及克和浦列雅日娜用心听着）吕比尼是一位了不起的艺术家。不同寻常的方法……嗓子……真了不起，当然喽！你喜欢音乐?

玛　莎 是的……我很喜欢音乐。

风　克 你自己会弹罢?

玛　莎 一点点。

毛实金 当然，她弹琴。她弹各种变调。当然……

风　克 好极了。我会拉一点梵亚林。

毛实金 我敢说，一定是好透啦。

风　克 啵，不见得！也就是拉给自己听听罢了。有些父母，好比说，疏忽儿女的音乐教育，我一向认为奇怪。我从来不明白这是为什么。（他转向浦列雅日基娜，有礼貌地）对不对？

〔浦列雅日基娜吓坏了，嘴唇直打颤，一只眼睛眨了眨，发出一种害病的、受惊的声音。

毛实金　（连忙救她）您讲的话有道理，有道理。我自己就奇怪他们在干什么。世上会有这种野人，真是令人惊奇！

史盆及克　（转向毛实金，谦逊地）我完全同意，米哈伊劳·伊凡尼奇，我完全同意。

〔风克看着史盆及克。史盆及克冲着手心咳嗽。

风　克　（仍然看着史盆及克）在俄罗斯，甚至于在外省，一种渴望艺术的心情醒了。这是一种很好的标志。我很高兴注意到这一点。

史盆及克　（声音颤抖，由于风克不断的注视，越发颤抖了。）正是，正像您所说的。我不是一个很有钱的人——你问一下米哈伊劳·伊凡尼奇就知道我了——可是我为我的闺女们买了一架钢琴。唯一的困难就是，在我们乡下，很不容易找到一位教师。

风　克　请问，你是不是从南俄罗斯来的？

史盆及克　正是那边。唐包夫省，奥司特洛高日斯克县。

风　克　啊！出谷子的地区！

史盆及克　地区，当然，出谷子，不过，我不能够讲，最近情形很好——对我们地主。

风　克　为什么？

史盆及克　收成坏……一连三年都不行。

风　克　啊！这可不好！

史盆及克　简直就说不上有什么好。不过，我们做最大的努力……忙

	碌……因为责任。当然，我们是老实人，乡下人；我们不能够全往京城奔……那边有最大的出产，做我们最大的努力、最大的……
风　克	非常值得称赞。
史盆及克	责任第一。不过，这里也有很不方便的地方。有时候，一个人就不知道怎么做才是。一会儿这，一会儿那……糟透啦！简直叫人无路可走……连人的想像都干瘪了。
	〔他摆出一种疲倦的姿势。
风　克	好比说，是些什么不方便呢?
史盆及克	还不是，什么堰子开口了。什么，原谅我放肆，牛死了。（叹一口气）当然啦，是上帝的旨意。我们只有顺从啦。
风　克	是不称心。
	〔他转过来注意玛莎。
史盆及克	再说……
	〔注意到风克不理他了，他窘了，住口。
风　克	（向玛莎，在前面谈话中，维里奇基一直对她耳语）你，一定，也喜欢跳舞喽?……
玛　莎	不怎么……不太喜欢……
风　克	有这事！多邪行！（向维里奇基）贵族俱乐部最近举行的跳舞会非常成功；我想，有三千人参加罢。
毛实金	可不得了！（转向史盆及克）啊? 费力浦? 你应当到这地方走走。你以为怎么样，你在家乡会看到这样的跳舞会吗?
	〔他笑着。史盆及克忧愁地仰起眼睛。
风　克	（向玛莎）你喜欢不喜欢衣服——和一般的娱乐?……这是天性……
玛　莎	可不……我喜欢……

风　克　（朝浦列雅日基娜那方面微笑着）你的姑母照料你的衣服？总不会是毛实金先生的责任罢。

〔浦列雅日基娜简直吓死了。

玛　莎　是的，我的姑母……可不是……

〔风克看了她一会儿，玛莎低下她的眼睛。

维里奇基　（走到毛实金背后，低声）饭怎么样啦，米哈伊劳·伊凡尼奇？糟透啦……谈话进行不下去……

毛实金　（站起，几乎是对维里奇基耳语，不过，异于寻常，有力地）可，跟那样一个倒霉厨子，你能怎么着？这家伙会把我气死的。去，彼特，为了上帝的缘故，去对她讲，她要是不马上开饭，我明天就歇掉她。（维里奇基正要走出）对司特辣提拉特这不中用的东西讲，拿新盘子端酒进来。不然的话，他会拿旧盘子端的。他才不管谁在这儿哪！他就知道在门道吵人。（维里奇基走出。毛实金赶快转向风克）这，这，这，我完全同意。

风　克　（看着毛实金，未免有些惊奇）是的。告诉我，请……（他不知道说什么才是）是的！库夫纳皆耳先生住在什么地方？

毛实金　住在波皆亚切司基街，布里尼考夫的房子，朝天井，第三层楼。进门的地方，有一个很亮的招牌，一个非常有趣的招牌，是什么，没人懂。当然了，广告上的商业一定是很好的。

风　克　啊！多谢之至。我要看望库夫纳皆耳去的。（笑着）有一回，在我眼面前，他遇到一个顶不寻常的意外。有一回，我们在涅夫司基走着……

毛实金　怎么样，怎么样……

风　克	我们在涅夫司基走着。一个很矮的人，穿着熊皮，走到他跟前，想搂抱他，亲他——想想看！库夫纳皆耳，当然，就把他推开了，说："你发疯啦，先生？"穿皮袄的那位先生又要搂抱他，并且问他，离开哈尔考夫是不是很长久啦，这一类的问话……想想看，在大街上！临了，闹清楚了，穿皮袄的先生错把库夫纳皆耳当做他的一个朋友了……有趣的我要你注意的，是这个事实：人会长得一样！

〔他笑着；全笑着。

毛实金	（倾倒）一个顶有趣，顶有趣的故事！可不是，就有人这样相像的。你记得——费力浦，我们有两个邻居——波路古谢夫兄弟——记得吗？就没法子区别他们俩。不错，一个人有一个挺宽的鼻子，眼睛有一只害白内障——后来他变成秃子，喝酒喝的。可是像嘛，两个人真是像极了。不是吗，费力浦？
史盆及克	是的，像得不得了，（思索地）据说，这种事有各样理由的。科学，当然喽，能够发见这些事的。
毛实金	（热烈地）会的，绝对会的！
史盆及克	（尊严地）绝对，我觉得还不能够就这样说。不过，可以说，有这种趋向。（稍缓）怎么会不呢？
风　克	（向玛莎）在这类事情上头，大自然恶作剧起来，简直意想不到。

〔玛莎不作声。司特辣提拉特从过厅那边进来，端着一盘子酒。维里奇基跟在后面。

毛实金	（先就站了起来，焦急地）你们喜欢不喜欢饭前用一杯酒，提提胃口？（指点司特辣提拉特朝前走）到这儿来。（向风

克)你喜欢不喜欢尝尝腌的鳠鱼子?(风克拒绝)不?好,请便。喀铁芮娜·萨维实娜!你自己来——还有你,玛莎。(浦列雅日基娜取了一片面包和鱼子,吃着,玛莎拒绝)费力浦,你不来点儿?

〔史盆及克站起,把司特辣提拉特揪到一旁,给自己倒了一杯渥得喀。维里奇基走到风克跟前。忽然,玛拉妮雅在过厅的门边出现了。

玛拉妮雅 米哈伊劳·伊凡尼奇……

毛实金 (气极,朝她奔去,堵住她到前头来,低声)哪儿去,你这白痴,哪儿去?

玛拉妮雅 午饭……

毛实金 (推她出去)好,出去。(连忙转回身子)谁还要用什么东西吗?不用啦?没人要?(全不作声。毛实金向司特辣提拉特呢喃着什么)去,去,快,说饭开上了。(司特辣提拉特走出。毛实金转向风克)不敢请问,洛笛永·喀尔里奇,你斗牌吗?

风　克 是的,我斗牌,不过,现在,我想,晚饭快预备好了。再说,我有这样可爱的伴侣……

〔指着玛莎;维里奇基轻轻地咬着他的嘴唇。

毛实金 当然,不在现在。我们这就用饭啦。我也就是问问罢了。你喜欢的话,我们饭后斗一会儿牌。

风　克 奉陪。(向玛莎)我想,你对斗牌一定不感兴趣罢?

玛　莎 是的,不感兴趣,我不斗牌……

风　克 我了解。在你这年龄,心里想着别的事……你的敬重的姑母斗牌吗?

玛　莎 (微微转向浦列雅日基娜)斗牌。

风　克　　　（向浦列雅日基娜）你爱斗什么牌？

浦列雅日基娜　　王牌——"心。"

风　克　　　啊！我不会这种牌……太太们完全有权利埋怨斗牌……

玛　莎　　　（天真地）为什么？

风　克　　　为什么？你的问话使我惊奇。

维里奇基　　真的，玛丽雅·瓦西列夫娜……

〔玛莎越发窘了。

司特辣提拉特　（从过厅进来，高声）开饭啦！

毛实金　　　啊，多谢上帝！（全站起来）请，来罢，主给我们什么就吃什么罢。玛莎，拿手挽着洛笛永·喀尔里奇。彼特路莎，你挽着喀铁芮娜·萨维实娜的手。（向史盆及克）还有我们俩，老兄，我们一道走。（挽着他的胳膊）就这样。（全走进厅。毛实金和史盆及克落在后头）不几天，我们就要像这样子举行婚礼了，费力浦……你的神气看上去为什么这么消沉？

史盆及克　　（叹一口气）没什么，老兄，我现在觉得好多了……也只是，在这儿，在彼得堡，我觉得——跟家乡不一样。不——一样。我简直是搞不通啊！……

毛实金　　　哦，老兄，瞎扯八道。回头，你看好了，开一瓶子香槟，庆祝一下他们未婚夫妇——就全好啦。来，朋友！

〔同下。

第 二 幕

一间陈设简陋的年轻单身汉的房间。后墙一个门;右墙一个门。一张桌子,一张沙发,几把椅子。书架有几本书;书桌上放着几管烟斗。维里奇基穿好衣服,坐在椅子里头,当怀摊开一本书看。

维里奇基　　(稍缓)米特喀!
米特喀　　　(从过厅进来)什么事?
维里奇基　　(看了他一眼)一管烟斗。(米特喀走到书桌跟前,拿一管烟斗装好烟,递给他)洛笛永·喀尔里奇今天有没有叫人送信来?
米特喀　　　没有。

〔递给维里奇基一盒洋火。

维里奇基　　(点起烟斗)是的!……米哈伊劳·伊凡尼奇今天也许要来的——这样子……仍然对他讲,我不在家。听见了没有?
米特喀　　　听见啦。

〔走出。

维里奇基　　(抽了几口烟,然后站起)不管怎么样,这得有个结束!受不了!简直受不了!(兜着屋子徘徊)我的行为,我知道,是不可原谅地粗野;自打上次见过他们……自打那回该死的午饭后，有五天了……可是我有什么办法，我的主！我不会装假……不过，总得有个结束。我不能够老转着，整天待在别人家，整夜又换地方待……我得下决心！那边同事们要把我想成了什么呀？这是一种不可原谅的弱点，成了小孩子了！（稍缓）米特喀！

米特喀　　（从过厅进来）什么事？

维里奇基　　像先前，好像，讲起……米哈伊劳·伊凡尼奇昨儿晚晌在这儿来的？

米特喀　　（两只手往背后一丢）说的就是呀！自打礼拜天起，他天天到这儿来！

维里奇基　　啊！

米特喀　　礼拜天，他挺不放心的样子，关心你的健康，问你为什么昨天没有去看他们。

维里奇基　　是的，是的，你对我讲过。你对他讲什么来的？是不是我……

米特喀　　我对他讲，你出城了……像是，你办公事去了。

维里奇基　　好，他说什么？

米特喀　　他吃了一惊，他就不知道你有公事……而且，一句也没有对他们提起，就猛不楞登地走了。后来他就讲，他在办公处问起你，那边就没有人知道这事，所以他的结论，不会是办公事。他挺不放心的样子。他还问起，你是打街上雇的车，还是坐的驿车，你带去的衬衣够用不够用，什么的。他挺不放心。

维里奇基　　你对他讲了些什么？

米特喀　　我呀，你先前对我讲什么，我就对他讲什么。"我不知道老爷去了什么地方，不过，他是跟朋友一道去的，就是说，他出城好些天，什么时候回来没有一定。"他想了一会儿，后来就去了。打那以后，他见天儿来，尽着东问西问的。前天，他一连来了两回。昨天，他在你的房间等了一个半钟头。他等你回来；后来就留了一个条子。

维里奇基　　是的，我看到啦……好，听我讲：米哈伊劳·伊凡尼奇今天要是还来的话，对他讲，我回来过，又出去了——不过今天我会去看他的，一定地……听见了没有？一定地。去罢；把我的制服预备好。

米特喀　　（走开，微笑着）他还问门房儿来的……他问他知道不知道彼特·伊里奇去了什么地方？

维里奇基　　门房儿说什么来的？

米特喀　　门房儿说，他不知道，不过，他想你不在家罢，就是这个。

维里奇基　　（稍缓）好，去你的罢。（米特喀走出。维里奇基开始走来走去）简直成了小孩子！而且想法儿多糊涂——把自己藏起来！倒像能够永远把自己藏起来！……现在我得撒谎，造假话……骗老头子才叫难——什么也瞒不住的。哦，真是糟透了，糟透了！……（站住一时）是什么迷了我的窍？为什么我——浑身觉得发冷，只要我一想我到那边去？明明我是未婚夫：没有几天就要结婚了……同时我爱玛莎……我……是的；我准备好了娶她。全都安排妥帖了……我应了人家……再说，我没有理由反对……（耸肩）真要命！你在先怎么也想不到会这样子！（又坐下）那顿午饭！那顿午饭！我活一辈子也忘不了那顿午饭。是什么让玛莎犯别扭的？她不是一个傻姑娘……当然，她不是一个傻姑娘。可是，话嘛，她就讲不出一句，简直一句也讲不出！风克试试这个，试试那个，题目一个一个换——全换了。不成，她坐在那儿，就是死人不动！"是的，这个，我挺喜欢"……我直替她脸红。我现在就没脸正看风克，上帝可怜我！我觉得，他无时无刻不像在笑话我。他有理由这样的。当然喽，他是一位文明人，不把全部的意见讲给我听的……（停了停）她嘛胆怯，害羞……她从来没有见过大世面……当然喽。她没有人教她必需的……礼节，说到临了，反正打米哈伊劳那儿，她是学不到礼节的！……同时她又这样仁慈，这样爱我……是的，我爱她。（热烈地）我什么时候说过我不爱她来的？可就是……（又停了停）我完全同意风克的话：教育——重要，绝顶重要。（拿起书来）其实，我应该到她那边去……是的；我今天就去……（把书丢开）啊，真是糟糕！（米特喀进来）做什么？

米特喀	（递给他一封信）一封信。
维里奇基	（研究笔迹）啊！好，你去罢。（米特喀走出。维里奇基连忙拆开信）是玛莎写来的！（看信，随后，看完了，手搭在他的膝盖头）何必夸张？图什么呀？（站起，朗诵）"你不再爱我；现在我明白啦。"——这写过多少回啦？——"不要认为你有责任；我们仍然是自由的。我注意到你对我逐渐在冷淡着"……这话不对！"虽说外表上，你没有什么变更……可是现在，我想，你假装下去是更困难了……而且图什么？据说，你离开彼得堡……是真的吗？显然是你怕遇见我罢了。总之，我直想同你得到一个谅解。敬爱你的……"等等。"回来的时候，你会看到这封信的。看我们来罢，不是为了我，而是为了老人，由于这个缘故，他失了张致。如果是我误解，如果我的信惹你生气——饶恕我……可是，你最

后一次的访问……再会。"（未免激动）好，何苦，何苦来的？图什么？多不害臊……永远是误会……美好的未来远景！好，我必须承认，是我错，一连五天我没有到她那边去。可是何苦就下这种黑暗的结论？……声调这样严重？（又看着信，摇头）这里头自私比爱情多。真正的爱情不这样表现自己的。（一顿）不过，我一定要到他们那边去一趟——就在今天。我的确是对不起玛莎。（又在室内徘徊起来）我马上就看他们去，在我上衙门之前……反正顺路。是的，是的，我一定去……（站住）是的；开头有些别扭……可是，没别的办法！（过厅传来喧哗。他听着，把信放在衣袋里。米特喀进来）什么事？

米特喀 风克先生来啦。他要见你。他带一位先生一道来的。

维里奇基 （稍缓）请他们进来。（米特喀走出。风克和扫饶墨诺斯进来。维里奇基去迎他们）我真高兴……

风　克 （握他的手）彼特·伊里奇，允许我介绍我的一位朋友给你认识……（维里奇基和扫饶墨诺斯互相鞠躬）你也许听到他这名字……扫饶墨诺斯先生……

维里奇基 当然……我……

风　克 我十分相信，你们会彼此要好的……

维里奇基 我不疑惑……

风　克 他从事文学，得到伟大的成功。

维里奇基 （尊敬地）啊哈！

风　克 他还没有发表过东西……不过，前两天他给我看一篇短篇小说……有最美丽的结构！特别是风格——好极了！

维里奇基 （向扫饶墨诺斯）题目可不可以让我知道？

扫饶墨诺斯　　（急遽地，他讲话总是这样急遽）《渥尔加两岸的法官的高贵品质》。

维里奇基　　啊！

风　克　　这里有不少的感情、同情；甚至于有很高的地方。

维里奇基　　如果扫饶墨诺斯先生念小说给我听，觉得合适的话，我会感到极其荣幸的……

风　克　　噢，我想，他会非常高兴念给你听的……（看着扫饶墨诺斯）作家们很少拒绝的。

〔他笑着。扫饶墨诺斯用粗野的大笑回答。

维里奇基　　坐下，先生们。你们喜欢不喜欢抽烟斗？

〔他把烟斗和烟递给他们。风克拒绝。扫饶墨诺斯坐下，慢慢地装烟斗，四面张望。

风　克　　（向维里奇基，同时扫饶墨诺斯在装烟斗）想想看，多奇怪！截到现在为止，扫饶墨诺斯先生，想也没有想过他有文学的倾向……你看得出来，他已经度过他的青年时期……你现在多大，阿耳基维阿德·马尔特尼奇？

扫饶墨诺斯　　三十五岁。有洋火吗？

维里奇基　　（把桌上的洋火递给他）这儿，这儿。

扫饶墨诺斯　　谢谢。

〔点烟。

风　克　　（向维里奇基）同时，他不是一个俄罗斯人……无论如何，这是事实，他很年轻就离开他的祖国了，而且在这里做过许多事，他大部分时间都是在外省过的；他来到彼得堡，打算学做肥皂的生意——忽然，他开始写文章……多大的才分！（维里奇基看着扫饶墨诺斯）我，说实话，不是现代文学的一个伟大的爱好者：今天，他们写得那样怪！再

295

说，不妨说，我虽说把自己当做一个俄罗斯人看，把俄罗斯语言看做本国的语言，不过，就像阿耳基维阿德·马尔特尼奇，我不是俄罗斯生人，所以，不妨说，我说起话来没有……

维里奇基　　噢，没的话！是的，正相反，你谈的是最正确的俄罗斯语言；我一直景仰你的风格，清楚、美丽……没的话……

风　　克　　（谦虚地微笑着）也许是……也许是罢……

扫饶墨诺斯　他是一位学者。

风　　克　　好，还不就是。我要说什么来的？……是的！我不是现代文学的一个伟大的喜爱者。（坐下。维里奇基也坐下）可是我爱良好的俄罗斯风格；有表现力的风格。所以我才那样喜欢扫饶墨诺斯的小说——我没有错过机会对他表示一下我的内心的满意。不过，我不劝他发表，因为，说起来实在痛心，现代的批评家的欣赏力是很可怜的。

扫饶墨诺斯　（从口里拿开烟斗，头朝下低）这些批评家没有一个在行的。

维里奇基　　是的；他们写了一堆废料。

扫饶墨诺斯　（变换姿势）根本就什么也不懂。

维里奇基　　（向风克）你谈到扫饶墨诺斯先生的话，全非常刺激我的好奇心，我恨不得这就拜读他的作品……

扫饶墨诺斯　（同一姿势，但是声音更低了。）

〔他又把烟斗放在口里。

风　　克　　他有一天会把他的小说带给你看的。（站起，把维里奇基往旁揪了揪）你明白，他这人挺特别。你所谓的一位怪人，我喜欢他的正是这个。真正的作家全是这类怪人。我

	承认，我很喜欢我的发现。（傲然）Che le brodêche.（风克用德文拼音来表现 je le protège①）好，你在干什么，我亲爱的彼特·伊里奇？你近来怎么样？
维里奇基	还是老样子。
风 克	你这些天没有办公去，是不是？
维里奇基	没去……（稍缓）你怎么知道的？
风 克	哼！好，你现在打算怎么着？
维里奇基	我不瞒你，洛笛永·喀尔里奇……我打算今天去……那边……
风 克	这就好啦。
维里奇基	你明白，不能够无限制地这样下去……我简直不好意思……总之，可笑。同时，我不见得就对……我必须加以解释，我相信，结果可能会好的。
风 克	当然。
维里奇基	（四面张望）我很想跟你……我很想跟你谈谈这回事……
风 克	怎么样？什么东西拦着你现在不谈？……
维里奇基	我愿意跟你一个人谈……你知道，事情有点辣手……
风 克	（低声）也许，你当着扫饶墨诺斯有点儿难为情……没关系！你看看他。（指着扫饶墨诺斯，已经睡着了）他根本就不注意我们。他的想像不跟你我一样：他现在也许是在东方，也许是在美利坚，也许是在上帝知道的什么地方。（拿起维里奇基的胳膊，他们开始在屋里走动）你要说什么，你就说罢。
维里奇基	（犹疑地）你看，我真不知道打哪儿开始……你对我表示一

---

① 法文："我保护他。"

种极其友谊的态度。你的见解通常是那样实际、那样聪明……

风　克　得啦，别尽恭维啦。

维里奇基　（低声）为了上帝的缘故，帮帮我的忙。你一定注意到了，我的情形如今很尴尬……你知道，洛笛永·喀尔里奇，我就要结婚；我已经应了人家——作为正人君子，我是要守信的……我没有话怪罪我的未婚妻，因为她一点也没有改变……我爱她——而且……你会不相信我的，可是，我一想到结婚的日子眼看就要到了，心里于是起了一种印象，那样……我不得不问我自己：在目前这种情况之下，我有没有权利和我的未婚妻举行婚礼？在我这方面，这会不会成为一种欺诈？到底怎么样，讲给我听。是不是，我害怕丢掉我的自由，还是别的什么？……我承认，我解决不了。

风　克　听我讲，彼特·伊里奇……关于这件事，让我以最大的坦白把我的意见告诉你。

维里奇基　请讲！请讲！（站住，看着扫饶墨诺斯）不过，说实话……我觉得难为情，当着这位先生……啊？是的，他，好像，睡着啦！

风　克　当真？……可不，睡啦！（走到扫饶墨诺斯跟前；后者睡着了，头搭在胸口；在下面谈话中，他一直保持着这种姿势，除非是有时候"钓鱼"①）啊，真有意思！（向自己）Eine allerliebste Geschichte.②（高声）他常常是这样子……

---

① "钓鱼"：形容一个人坐着打盹，忽然上身摇动。
② 德文："顶呱呱的小说家。"

	这些作家真是滑稽！（朝他俯过去）他睡得像一个死人！可是，说实话，我喜欢这个。这叫特异——啊？
维里奇基	是的。
风　克	好，现在你用不着操心他了。（两个人回到舞台前部）那么，听我讲，我亲爱的彼特·伊里奇……你要知道我对你的婚事的意见……对不对？（维里奇基点头）这是一个非常精致的问题。我这样起头……（停住）好，你看，彼特·伊里奇，以我的意见，一个人活下去，特别在你这种年纪，不能够没有一些法则。我在年纪很轻的时候，给自己订了一些法则，我从来没有丢开过我所谓的规律。我的一条主要的规律就是：一个人千万不要失迷本性，他必须永远对自己解释自己的行为。现在，我来检查一下你的情况。两年前，你认识毛实金先生。毛实金先生对你有过几次恩惠，就算都是挺大的恩惠……
维里奇基	是的，是的，我受过他的大恩，大……
风　克	我并不否认这个；我甚至于相信你的感受……我很了解你的可敬的性情……不过，问题来了，我们必须集中我们的注意来对付问题。毛实金先生，不用说，是一位品德高尚的人，不过，告诉我，我亲爱的彼特·伊里奇，你跟他属于同一社会吗？
维里奇基	我跟他一样穷，比他还要穷。
风　克	彼特·伊里奇，这不是一个财富问题：我是谈教育、风习和生活方式……你要原谅我的直爽……
维里奇基	谈下去，我在听你讲。
风　克	现在……现在来看你的未婚妻。告诉我，彼特·伊里奇，你爱她吗？

维里奇基　　爱。(稍缓)我爱她。

风　　克　　你爱她?(维里奇基不作声)你明白，我的朋友，爱情……当然……一个人没有理由反对爱情。这是火，这是旋风，这是涡流，一言以蔽之，这是一种现象……总之，你掌握不住它。至于我，我以为，就是在这儿，理论并不丧失它的权利。不过，我对这件事的率直的意见，不能够作为一般的法则使用。如果你爱你的未婚妻，像你所说的那样深厚，那么，也就没有什么可说了。任凭我们说什么，都是白说。不过，就我看来，你开始在动摇；你在发展一种疑惑，总之，你开始在拿不准自己的感情——这是一个极其重要的关键。无论如何，你现在处在一种，不妨说，接受朋友劝告的情境。(握起他的胳膊)听我讲!我们不妨冷静地考虑一下你同玛丽雅·瓦西列夫娜的关系。(维里奇基看着风克)你的未婚妻是一位非常可爱、非常温柔的小姐。这是事实……(维里奇基低下眼睛)不过，你知道，最好的金刚钻需要琢磨。(维里奇基看着扫饶墨诺斯)不必操心他，他睡着啦。这不成其为问题，彼特·伊里奇，你现在爱不爱你的未婚妻，问题是在，你和她在一起会不会幸福。一位受过教育的人，有时候，具有若干太太不能够同情的喜好。他感到兴趣的问题，她简直可能懂也不懂……相信我，彼特·伊里奇，平等在结婚生活中非常重要……让我对你说明我的意思。以先知自许的先生们所称道的夫妻间的那种虚伪的平等，我没有一分钟承认……不，太太必须盲目地服从丈夫……盲目地……你明白，我是在谈一种不同的平等。

维里奇基　　是这样子……你讲的话，我完全同意。不过，我亲爱的洛

	笛永·喀尔里奇，把你放在我的地位。你怎么能够希望我，现在，在这时候，失信呢？想想看！我不执行婚约，玛丽雅·瓦西列夫娜就会死的……她信任我，跟一个小孩子一样。我可以说，我把她带到世界来。我发见她，我向她求婚。现在，我必须坚持到底。你怎么能够希望我逃避我的责任？……是的，你头一个会因此而蔑视我的……
风　克	对不住，对不住；我一点也没有准备帮你找口实；不过，你的议论很容易就能够驳倒的。就我看来，一个人有两种义务：对别人的义务，对自己的义务。你有什么权利破坏自己的一生，把它毁掉？你年轻，不妨说，你正在开花的年月。公众的眼睛看着你；一种显赫的事业很可能就在等待着你……你为什么要扔掉那样一个好机会，那样一个好开端？
维里奇基	为什么扔掉，洛笛永·喀尔里奇？难道我就不能够继续我的事业……
风　克	当然，你能够，虽说结了婚，继续工作——没人否认这个。是的，彼特·伊里奇，迟早都会走到的；可是，谁会不把最短的路当做最好的路走？殷勤、热心、守时——不错，这些品德不会永远没有奖赏。对一个作官儿的，才具也有用处。它们全引起长官的注意。可是，亲戚关系，彼特·伊里奇，亲戚关系和好的朋友关系——在社会上是很重要的。我已经对你讲起我的法则：避免和下等人来往。从这一法则就推衍出另一法则：尽你所能，和众多的上等人来往。这样做，并不很难。在社会上，彼特·伊里奇，一位官员，积极、谦虚、受过好教育，人永远是准备好了接待他的。只要一进上等社会，他就有机会弄到一

个更好的女子，特别当他是一个单身汉，又绝对没有家庭的拘束。

维里奇基　我完全同意你的见解，洛笛永·喀尔里奇；不过，我的野心并不朝那方面发展。我害怕社会，我完完全全愿意在家里消磨我的岁月……而且，我不承认我有那些伟大的才具。不过，像你方才讲的，一个作官儿的，忠心尽职，不会永远没有奖赏的……别的思想在折磨我。我觉得，我在道德上必须担负……可不，还要厉害，我只要一想到毁弃婚约，我就感到恐怖……同时，结婚也使我惊恐，我决不定怎么做才好。

风　克　（严肃地）我完全欣赏你内心的态度。这不像你所想的那样不可了解。你明白，彼特·伊里奇，这是过渡时期。这是，不妨说，危机。了解一下我的话——危机。如果你现在能够离开这儿，少说一个月罢，我相信你回来的时候，就会完全成为另一个人的。那时候，如果你聚起你精神上全部的力量来应援——就会解决的！

维里奇基　（看着他）你这样想？可是玛莎，洛笛永·喀尔里奇，玛莎怎么办？良心会把我折磨死的。

风　克　这，当然喽，是一种不愉快的情况。我同情你。可是有什么办法？

维里奇基　我是一个可憎、可憎的人！

风　克　（严厉地）你为什么用这种字眼儿？让我讲给你听，这是小孩子话……你要原谅我……不过，我既然对你有真诚的关心……（维里奇基热烈地握他的手）当然，在玛丽雅·瓦西列夫娜那方面，开头要难过的；她的忧愁很可能要有一个相当长的时期的；不过，我们要从一个冷静的角度来看问题。你不像你所想的那样有罪。你的未婚妻，在她那方面，应当感谢你才是……你把你的手递给她，把她从黑暗中间拉出来；你唤醒她蛰伏的才具；你开始她的教育……事实上，你给她的还要多。你唤醒她的希望——实现不了的希望；就算你有一点欺骗她，可是你欺骗自己还要厉害……你明白，我再说一遍，你从前并不认为你在爱她，你就不是有意欺骗她，难道不是？

维里奇基　（热情地）决不是，决不是！

风　克　那你为什么在这上头难过呢？为什么你怪罪自己呢？相信我，我亲爱的彼特·伊里奇，截到现在为止，你对玛丽雅·瓦西列夫娜只有好，没有坏！……

维里奇基　我的上帝，我的上帝！我该怎么办好？（风克静静地看着他）你，你自己，要蔑视我的……

风　克　正相反，我可怜你。

维里奇基　不过，我告诉你，洛笛永·喀尔里奇，我会由本身提出力量，从这个痛苦的境地挣扎出来的……我非常感激你的忠告……我相信，我并不完全和你的意见一致；我不能够接受你的结论……我还没有看见任何必要改换我的决心；不过……

风　克　我没有要求你那样做，彼特·伊里奇……你自己仔细考虑一下你的情况……

维里奇基　当然，当然……我感激极了……

风　克　你明白，我在这件事上，是一个旁观者。

维里奇基　为了上天的缘故，风克，别这样讲……（米特喀从过厅进来）是谁？啊！你？做什么？（米特喀微笑）什么事？

米特喀　有个女的要见你。

维里奇基　谁?

米特喀　（又微笑了）一个女的。她要单一个人见你。

维里奇基　（看着风克，发窘，然后，又转向米特喀）你为什么不告诉她我不在家?（米特喀微笑）女的在哪儿?

米特喀　在门道。

风　克　（低声）你不必跟我们拘礼了，我跟他（指着扫饶墨诺斯）可以走的。（喊醒他）阿耳基维阿德·马尔特尼奇，醒醒。（扫饶墨诺斯哼唧）醒醒。（扫饶墨诺斯睁开眼睛）你怎么困成这个样子?

扫饶墨诺斯　啊，我真像，才打了个盹儿。

风　克　对，打了个盹儿。现在，好走啦。是时候啦。

〔扫饶墨诺斯慢悠悠地站起。

维里奇基　（一直站在那边动也不动；连忙）怎么，两位，怎么，这就走?

风　克　怎么……

维里奇基　也许，根本，就没事。说不定，要见我的那人，没什么特别。

扫饶墨诺斯　（高声）我们，还是，留下罢。

风　克　（向扫饶墨诺斯）咝……阿耳基维阿德·马尔特尼奇，你知道……来看他的是一个女的。

扫饶墨诺斯　（瞪圆了眼睛）一个女的?

维里奇基　没什么关系……我告诉你们，没什么。没什么特别……我不知道……没事。

扫饶墨诺斯　（仍然粗声粗气）她年轻吗?

维里奇基　说实话，我不知道……你们好不好，两位，先到我的卧室待一会儿，如果你们现在就走，打门道出去，你们知道，

	也许就会……一分钟就成。
风　克	随你……不过，请干脆直说了罢。
维里奇基	不，说实话，你们要是不急的话，不去别处的话，我倒愿意请你们待在这儿。我们好好多谈谈。
风　克	好，从命。来罢，阿耳基维阿德·马尔特尼奇。

　　〔两个人走向右门。

扫饶墨诺斯	（一边走，一边向风克）年轻吗？啊？
风　克	（微笑）我不知道……

　　〔他们走进卧室。

米特喀	（一直站在那里，手搭在背后，微笑）我怎么着？
维里奇基	请她进来，还用说。

　　〔米特喀走出。维里奇基关上右门，回到舞台当中。

　　〔玛莎进来，戴着帽子，脸上蒙着一幅厚纱。她差不多就站在门边。

维里奇基	（走向她）请问，贵姓是……（忽然）玛丽雅·瓦西列夫娜！（玛莎走到沙发那边，步伐踟蹰，坐下，掀开她的面网。脸色发白）你？……这儿，我家里！……

　　〔在这一场，和玛莎在一起，维里奇基看着右门，说话非常低柔。

玛　莎	（软弱地）你想不到我来，对不对？……
维里奇基	我说什么也想……
玛　莎	你想不到我来……别害怕，我这就走……光你一个人？
维里奇基	一个人……不过……
玛　莎	我想，我方才听见，说话的声音……
维里奇基	有朋友在我这儿来的……他们走啦……
玛　莎	我也就走……你回城多久啦？

维里奇基	（窘）玛丽雅·瓦西列夫娜……我……
玛　莎	（看着他）这样看来，是真的，真的……你躲起来……我的上帝！别难过……我来这儿，没有意思给你添苦恼……

〔停止。

维里奇基	玛丽雅·瓦西列夫娜，原谅我……上帝作证，我今天打算看你来的。
玛　莎	荣幸得很……可是，我并不怪罪……我来把事情弄个明白……我今天写过一封信给你……
维里奇基	你先心放静……你脸么么白……你身子好吗？
玛　莎	我好……没什么……我好，我简直比平时还强壮。我来……
维里奇基	（坐在她一旁，打断她）听我讲，玛丽雅·瓦西列夫娜，我有罪，我简直有罪……饶了我罢。的确是这样：我没有离开彼得堡……我躲着你不见面。你一定问我，为什么？我说不上来，上帝。我有时候……我做什么事，自己都找不出理由……糊涂思想进了我的脑壳……我的行为跟自己平日不一样了……这可能引起你的疑心……你起了疑心，玛丽雅·瓦西列夫娜。
玛　莎	我……疑心，维里奇基？五天，整整五天……
维里奇基	好，是的，是的；我有罪，有罪，宽容我，饶了我罢……
玛　莎	一句话也没讲……

〔她简直要哭。

维里奇基	为了上帝的缘故，放安静……就会过去的。就全要好起来的……你看好了。
玛　莎	不，维里奇基，不会过去的。过去的是你的爱情。我能够想到，就在结婚之前两个星期……可是谈结婚做什么？倒

像我还相信……

维里奇基　听我讲，玛丽雅·瓦西列夫娜，我们必须谈一次话；我们必须有一次认真的解释……当然啦，不在这儿，也不是现在。我们必须停止这一切误会……

玛　莎　停止？已经停止了。像是我还觉不出来你已经不爱我了，我已经使你感到厌烦了，我已经变成你的担负了。我全清清楚楚地觉出来了，彼特·伊里奇。当然，我配不上你；我没有受过教育……不过是，你先……你应该记得罢……你先要求我们相好的。我现在只有一件事求你：别再折磨我了。告诉我，你不要爱我了，我们之间的关系断了……我就清楚我的地位了。

维里奇基　（难受）你为什么想到……

玛　莎　为什么？你以为我就没有注意到你的冷淡！这用不着受教育。以前，你从来没有离开我，你带书给我，你念书给我听……有时候你叫我……玛莎……（声音放低）你……连这也不叫，甚至于希望喊我"亲爱的"……可是现在……我能够不注意到这个改变吗？你自己告诉我罢，你是我的未婚夫，你送礼物给我，这对我有着什么意义？……啊，维里奇基，你不再爱我了，你不爱我了……

维里奇基　玛莎，你怎么可以这样讲话？……当然喽，我对你有罪；可是，我再说一遍，这全会解释明白的。我们要谈一次话，小小儿谈一次话！我是一个规矩人，玛莎，这你知道的；我从来没有欺骗过你……你把我的心撕得粉碎，是白撕的……好，是的，我有罪……饶了我罢……

玛　莎　（垂下头）你不爱我，你不爱我……

维里奇基　又来啦！你这回可真残忍极啦。我爱你，这你太清楚啦。

307

	看着我：这难道你觉不出来？……好啦，放安静，回家去……就在今天晚晌……
玛 莎	你多盼着把我甩开呀！……
维里奇基	你这是何苦来的，玛莎？你这样折磨我、折磨你自己，有什么好开心的？不过，我没有权利怪罪你：我对你有罪，我不该讲话才是。不过，真的，听我的话……
玛 莎	（不仰起头来）我做下什么啦，你对我这样冷淡，维里奇基？告诉我罢……（开始在哭）不错，我没有受过教育……你的朋友一定笑话我来的……上帝知道他背地议论些我什么……我知道，你把他带了来，考查我的……（听到"考查"两个字，维里奇基颤栗了）不过，至少，我……
	〔她哭着。
维里奇基	（呼请地）别哭，请，别哭……于事无补的……你白白折磨自己……怎么可以这样子！……别哭……
玛 莎	（一泡眼泪）你不爱我！
维里奇基	可你还说，你要跟我仔细谈个清楚……你这情形就不可能……我们以后怎么过日子，如果现在，在结婚之前，我们就……（玛莎呜咽）玛莎，为了上帝的缘故……你这样哭，把我的魂儿也哭出来啦……为了上帝的缘故，放安静……你看好啦，样样儿事都会对岔儿的，相信我……我们得彼此帮助，到了将来，比这再大的困难我们也要碰到。
玛 莎	你不爱我！……
维里奇基	（有些激烦）别哭，别哭啦，为了上帝的缘故……你难道对我一点点信心也没啦？好，我有罪；饶了我罢；看——我在你前头跪下来了……

〔他跪下来。

玛　　莎　　（一泡眼泪）用不着，用不着……
维里奇基　　（有些尖锐）你要是爱我的话——为了上帝的缘故，就别哭啦……你一点也意想不到，你把我弄到什么样一种尴尬地位（耳语）……为了上帝的缘故，玛莎，走罢……我今天晚晌到你家来，一定来……（玛莎哭）别哭，为了上帝的缘故！……

玛　　莎　　（一泡眼泪）永远再会啦，彼特·伊里奇……
〔她开始大声啼哭。

维里奇基　　（跳起）噢，真要命！玛莎……玛莎……（她哭着）玛莎！（她哭着。她好不难受）别哭，求你啦……他们会听见的……

玛　　莎　　（一下子把手绢从眼边拿开）谁？
维里奇基　　（窘，苦恼，指着卧室门）那边……我的朋友。
玛　　莎　　（硬挣着）你开头怎么不对我讲？……噢！你恨我！
〔驰出。

维里奇基　　（看着她跑出去的方向）玛莎……等一下，玛莎……（他站了半天，一动不动，然后，拿手搁在头上。他清醒过来了，走到卧室跟前，开开门，一边苦恼地勉强微笑着，一边说）先生们，请，好出来啦。（风克和扫饶墨诺斯进来。风克就像什么也没有听见，安静，若无其事的样子。扫饶墨诺斯由于强制自己不笑出来，脸红）请……

风　　克　　你的漂亮女客人走啦？
维里奇基　　是的……（他看着他们，样子好像端详他们听见了什么没有）她走啦。你们原谅我……我，也许，耽误了你们……
风　　克　　没有，一点也没有……（扫饶墨诺斯简直要大笑出声来，

	他打手势给他）没有。你今天出去不出去散散步？天气挺好。
维里奇基	是的；我要到办公的地方去……（风克继续打手势给扫饶墨诺斯）你今天晚晌到哪儿去？
风　克	我打算去……
	〔扫饶墨诺斯大笑了。
维里奇基	（静了一时，眼睛向下）我看，先生们，你们全听见了……
扫饶墨诺斯	（笑着）自然，自然……
风　克	（严厉地，向扫饶墨诺斯）阿耳基维阿德·马尔特尼奇，让我告诉你，你的笑很不合时宜……（扫饶墨诺斯不发声，但是继续在笑。风克拿起维里奇基的胳膊，和他走到一边）彼特·伊里奇，千万别生他的气……作家——全是疯子，根本不该允许他们到正经人家去：他们就不懂什么叫做礼貌……别怪罪我，彼特·伊里奇……赏我这个脸。
维里奇基	（怨抑地）得啦，我不生他的气，我也不找差错。扫饶墨诺斯先生笑，有道理笑。那样一场滑稽戏……我一点也没有想到生气……得啦！
	〔扫饶墨诺斯坐下，叹气，喘气，揩掉眼泪。
风　克	（转向扫饶墨诺斯）收敛收敛罢，阿耳基维阿德·马尔特尼奇……（向维里奇基，握住他的手）你放心好了，没人会知道……
维里奇基	得啦，正相反；凭什么不？顶有趣的一个笑谈。
风　克	（责备地）彼特·伊里奇……
维里奇基	不，说实话……
风　克	得，好罢，好罢。无论如何，事情没有一点令人惊奇的地方……我对你实说了罢，怪只好怪罪你自己……你不

	在……我觉得这挺自然。其实,某些方面值得夸奖……
维里奇基	(讥刺地)你这样想?
风　克	当然。这中间,我看到的,是一片眷恋之情……
维里奇基	啾,毫无疑问!
风　克	(稍缓)这里是,不妨说,我的话的一种活注解……不过,我们还是谈别的罢……
维里奇基	(怨抑地)是的……还是谈别的罢……啾,可,我们谈什么呢?
风　克	(转向扫饶墨诺斯)好,你静了吗?(扫饶墨诺斯点头)当心,现在别再睡着了。
扫饶墨诺斯	倒像我睡来的!
风　克	你应当给我们念几行诗……我相信,你写诗的……
扫饶墨诺斯	我以前没试过,可是如今,倒想试试。
风　克	接受我的劝告,试试看。(转向维里奇基)啊,是的,倒说,你后来听吕比尼了没有?
维里奇基	没有,我打算跟我未婚妻到戏园子去。(狂笑)我不知道,我什么时候才有机会。
风　克	两天以前,我又听他唱《路西亚》来的……他感动得我掉眼泪。
维里奇基	(咬紧牙关)眼泪,眼泪……
风　克	你知道吗,维里奇基?你这人相当严肃,要求过奢。
维里奇基	我?
风　克	是的,你。
维里奇基	(高声)举个例?
米特喀的声音	(在过厅)是的,他不在家……不在。他出城啦。

〔维里奇基不作声,听着;风克也在听着。

毛实金的声音　这样的话，我留一个条子给他。

米特喀的声音　他告诉我告诉你，他今天会来看你的……条子嘛，你就在这儿写好啦。

风　　克　（转向维里奇基）怎么回事？

〔维里奇基不回答。

毛实金的声音　可是你为什么不要我进去？

米特喀的声音　我办不到。门锁上啦。他把钥匙带走啦。

毛实金的声音　可是你要进去拿墨水，怎么拿法？

米特喀的声音　我办不到。上帝在上，我办不到。

毛实金的声音　米特喀，你的老爷在家……我知道他在家。放我进去。

米特喀的声音　说什么也不成。

毛实金的声音　瞎扯，米特喀。放我进去。你的老爷就没出城。我问过铺子，我问过门房。（提高声音）彼特路莎，彼特路莎，吩咐他放我进去。我知道，你在家。

维里奇基　（不敢看风克和扫饶墨诺斯，后者又在强制自己不笑出来；维里奇基走向外门）进来，进来，米哈伊劳·伊凡尼奇，请进来……你疯啦，米特喀，还是怎么啦！（毛实金和米特喀进来。毛实金非常紧张。看见风克和扫饶墨诺斯，他开始向四边鞠躬。维里奇基握他的手）你好，米哈伊劳·伊凡尼奇，你好，原谅我……请……这个误会……（米特喀想讲话）去，你。

米特喀　你自己告诉我……

维里奇基　去，我告诉你。

〔米特喀走出。

毛实金　啾，真是的！没什么！正相反，你要原谅我……可能是我吵扰……（朝风克和扫饶墨诺斯鞠躬，他们并不还礼。扫饶墨诺斯离开椅子,站起。毛实金走向风克)我敬重的洛笛永·喀尔里奇……我开头就没有认出你来……太阳,你知道……(他拿手在空里动了动)你身子好吗?

|风　克|谢谢上帝;你好吗?|

毛实金　　对付,多谢你关心。(又向风克鞠躬,微笑)今天天气很好。

〔全感觉窘。痛苦地沉默。

风　克　　(向维里奇基)再会,彼特·伊里奇。(拿起他的帽子)我们,不用说,今天还碰头?

毛实金　　(向风克)我希望没有吵扰……我要是碍事的话,你们请不必动,我改一个时间来好了……我来也就是探望探望彼特·伊里奇……

风　克　　啵,不……我们正准备好了要走……阿耳基维阿德·马尔特尼奇,走罢……

维里奇基　(有些窘)你们这就走?……

风　克　　是的……我们回头见……你到哪儿用晚饭?

维里奇基　我不知道……做什么?

风　克　　你要是在别处没事的话……五点钟左右看我来……再会。(向毛实金)再会。

〔毛实金鞠躬。

维里奇基　再会,洛笛永·喀尔里奇……阿耳基维阿德·马尔特尼奇……你住在什么地方?

扫饶墨诺斯　高罗号渥伊街,日移希诺伊的房子。

维里奇基　我要拜访……

〔送他们到过厅。他们走出。维里奇基回来。毛实金站着一动不动,看着他。维里奇基迟迟疑疑地朝他走来。

维里奇基　看见你，我很高兴，米哈伊劳·伊凡尼奇。

毛实金　我……我……也很高兴……彼特路莎，说实话……我……这……我……

〔停住。

维里奇基　我本来打算今天去看你的，米哈伊劳·伊凡尼奇……我没多久就得离开这儿……你怎么不坐下？

毛实金　（还是原来姿势）谢谢……我这就……好，你的旅行怎么样？……你好吗？……

维里奇基　（匆遽地）好，好……谢谢上帝……什么时候啦？

毛实金　大概两点了罢。

维里奇基　两点啦？

毛实金　（很快地转向维里奇基）彼特路莎……彼特路莎，你怎么的啦？

维里奇基　我……米哈伊劳·伊凡尼奇？……没事……

毛实金　（走到他跟前）你为什么生我的气，彼特路莎？

维里奇基　（不看他）我？……

毛实金　我全知道，彼特路莎；我清楚你没有出城。你最近一连五天没来看我们……你躲起来……彼特路莎，你怎么的啦？告诉我。我们中间有谁得罪你来的？

维里奇基　没的话……正相反……

毛实金　那，为什么忽然这么一变呀？

维里奇基　我要……改天讲给你听……米哈伊劳·伊凡尼奇……

毛实金　我们是老实人，彼特路莎；不过，我们是全心全意爱你，如果我们有什么事惹你不愉快，你就原谅我们了罢。我们不知道怎么想好啦，彼特路莎；我们失掉勇气，累得慌。你自己想想看，我们到了什么地步！相识的人们问："彼

	特·伊里奇哪儿去啦?"我倒想说,他这几天出城去啦;可是我的舌头——不听我的话……我怎么办?想想看!眼看就要结婚。可怜的玛莎!我一点也没有想到自己。可是,玛莎……想想看:她是你的未婚妻。这可怜的女孩子,她在世上没有别人,除去你,就是我。要是中间有什么原因也罢,可是——我们觉得就像你扎穿了我们的心。
维里奇基	说实话,米哈伊劳·伊凡尼奇……
毛实金	我知道,彼特路莎,不多久前,她在这儿来的……(维里奇基微微颤栗了)今天早晌,出人意外,她戴上帽子,我问她……哪儿去?她差不多眼花缭乱了,说,"让我去罢,我要买点儿东西。"(颡唐地)好,她根本就没有什么东西要买,彼特路莎,你清楚的!我没说什么,答应了她——我跟在她后头……我看见她跑到街上,照直奔这儿来……我在拐弯犄角酒铺子停住,看看到底是怎么回事……我看见,过了一刻钟,我亲爱的没爹没妈的小女孩子打这儿出来,一脸的眼泪;她喊了一辆街车,头搭拉着,又开始哭了……(他停住,拭眼泪)我们应当可怜人,彼特路莎,真的!
维里奇基	(激动)我有罪,米哈伊劳·伊凡尼奇,真的有罪,对她,对你……饶了我罢。
毛实金	(叹息)啊,彼特路莎,彼特路莎!我没想到你这样子!
维里奇基	饶了我罢,米哈伊劳·伊凡尼奇……我要全告诉你的……你看好啦……样样事都要圆满结束的。真是这样子。我今天要来你家,把事情解释清楚的。饶了我罢。
毛实金	啊,这就好啦,彼特路莎;好,谢谢上帝。我知道,你不会故意伤我们的心的……让我搂搂你,我的好朋友!我有

五天没有见你啦……

〔吻抱他。

维里奇基　（迅速地）听我讲……你别以为我对玛丽雅·瓦西列夫娜说什么不中听的话来的……正相反，我试着用种种方法叫她安心……可是，她那样焦急……

毛实金　我相信你，彼特路莎……你只要设身处地替她想想……彼特路莎，你不至于厌恶我们罢？

维里奇基　哪儿的话，你想到什么地方去啦……

毛实金　你也不见得厌恶她罢？她那样爱你，彼特路莎……你要是把她甩了的话，她会死的。

维里奇基　你做什么把话说成这样子，米哈伊劳·伊凡尼奇？……

毛实金　想想看，她是你的未婚妻……结婚的日子已经订好了……你应下……

维里奇基　可我改日子来的？听我讲！……我爱玛丽雅·瓦西列夫娜……

毛实金　好，谢谢上帝！好，谢谢上帝！好，这就是说，没什么问题。跟影子戏一样，闪一闪，过去了……以后，彼特路莎，有话还是讲出来罢，就干脆怪罪我们罢；可是这五天呀……

维里奇基　你就别对我提起来了罢，请……我够丢脸的啦……再也不会有这种事啦——相信我。

毛实金　好，过去啦，彼特路莎，过去啦……谁再提起过去，谁就……

维里奇基　（不看毛实金）其实，我方才对玛丽雅·瓦西列夫娜讲的话，我现在不妨对你重复一遍，就是，我们之间一定有了一点小误会……你知道，为了避免以后重复类似的情况……

毛实金　什么误会呀？这是什么意思："误会？"我听不懂你是什么意思。

维里奇基　我必须跟玛丽雅·瓦西列夫娜谈一次话。

毛实金　可谁反对来的？这是你的权利。她就要做你的太太，你是她的启蒙师傅；除去你，还有谁启发她？除去你，还有谁给她定规则？婚后的生活不就是玫瑰床。你们应当以诚相见才是。你已经对她尽了心，对她的教育尽了很大的心，因为她是一个孤女，我是一个没有受过教育的人，真是这样子，彼特路莎。

维里奇基　你没听懂我的话，米哈伊劳·伊凡尼奇……不过，你看好了，到头全要水落石出的，不会久的——样样儿事都要圆满结束的。（看着他）你的样子改了好些，我可怜的米哈伊劳·伊凡尼奇……我有罪，我不能够饶恕自己地对你有罪！

毛实金　说的是呀！整整三年，你是我的喜悦和安慰……只有一回你让我有点儿难过！可是这算得了什么？谈都不值得谈！至于解释——我信赖你，你，一个聪明人……会把事情弄得人人满意的。不过，你务必要宽大才是。玛莎，你知道她，很容易被人吓住的。她是一个孤女，有点儿胆小——你别在这上头用心思；可以说，她不"考木·哦耳·风"①；不过，相信我的话，彼特路莎，人生的幸福不就全在这上头；更多的幸福，在爱情里头，在仁慈的心里头。当然喽，你的朋友们是受过教育的人——他们谈起话

---

① 他拼不来法文，勉强借用一句 Comme il faut "她不合时宜"。

	来，不妨说，样子怪抽象的……可是我们……我们全心全意在爱你……没有人，彼特路莎，能够否认这个……
维里奇基	（握他的手）仁慈、仁慈的米哈伊劳·伊凡尼奇……我怎么配这样对待？（毛实金微笑，挥一挥手）说实话，我不知道我凭什么配。
	〔短暂的沉默。
毛实金	看着我的脸……好，你是我原来的彼特路莎……
维里奇基	你真好，你真好！……（又一短暂的沉默）真对不起，我得办公去。
毛实金	办公去？好嘛！我不留你……你什么时候来看我们，彼特路莎？
维里奇基	今天靠黄昏，米哈伊劳·伊凡尼奇，一定。
毛实金	那，好罢。怎么样……彼特路莎……现在……
维里奇基	现在，米哈伊劳·伊凡尼奇，我不成。米特喀！
毛实金	好，由你！不过，玛莎跟我，要多高兴呀！……
米特喀	（进来）什么？
维里奇基	制服。
米特喀	是。
	〔走出。
毛实金	流眼泪，担心思，忽然……想想看！怎么样？彼特路莎？
维里奇基	说实话，米哈伊劳·伊凡尼奇……今天靠黄昏我一定来，一定……
毛实金	（叹一口气）那，好罢……
维里奇基	我一直就没去办公……你想想看……他们临了，说不定，会注意到我的。
毛实金	好，只一分钟……在你上衙门之前……

维里奇基　　我怕我没有力量老着脸皮去……你，请先准备停当玛丽雅·瓦西列夫娜……对她讲，她要原谅我……

毛实金　　简直瞎扯！用不着准备……可不！我们一进去，我简简单单说一句：他来啦，我们的逃兵……她就把你一抱——这就是准备……（米特喀拿着制服进来）穿上制服——走罢。

维里奇基　　好，请，等一分钟……
　　　　　　〔穿上制服。

毛实金　　好，我们看罢……（向米特喀，他在帮着穿制服）啊！不害臊的东西！倒是看看他呀！（米特喀微笑）话这么讲，我还真羡慕你：做听差的应当听主人吩咐才是。好，彼特路莎，我谢谢你，你把我们又全救活了……走罢！

维里奇基　　走罢。（走到米特喀跟前）要是风克先生来了的话，告诉他，我后半天要看他来的……

毛实金　　好，我们到时候看情形罢……戴上帽子——走罢。
　　　　　　〔两个人走出。

米特喀　　（留下来，看着他们的后影，直到他们走掉，这才走到台口）"不害臊的东西！"好，谁懂得他！他吩咐我不放他进来的……啊，我才不管哪，还是躺下来，打个盹……（躺到沙发上）我希望他买一张新沙发，这张弹簧全软塌啦。可是他呀！就没工夫往这上头想！他一心就是追人家女孩子！……家伙，我才不管啦！由他去……那……那……（脚举在半空里）喀皮东做皮鞋一定做得好！

第 三 幕

景同第一幕。毛实金穿了一件家常衣服。他的模样是非常忧愁和痛苦。他站在左门前,用心听着。没有几分钟,浦列雅日基娜在门边出现。

毛实金 (差不多是耳语)好,怎么样?

浦列雅日基娜 (同一声调)睡着啦。

毛实金 有烧没有?

浦列雅日基娜 现在没有啦。

毛实金 谢谢上帝!(静)你知道,喀铁芮娜·萨维实娜,你顶好是不离开她……说不定,你知道,会有意外。

浦列雅日基娜 还用说,朋友,还用说!……把茶炉点起来罢……

毛实金 行,行,姑妈。(浦列雅日基娜走出。毛实金慢慢走到台口,坐下,盯着地板看了会儿,手摸了一下脸,喊着)司特辣提拉特!

司特辣提拉特 (从过厅进来)什么事?

毛实金 把茶炉给喀铁芮娜·萨维实娜点起来。

司特辣提拉特 是。

〔打算走出。

毛实金 (迟疑地)没人来过?

司特辣提拉特　　没。

毛实金　　没……没东西送来？

司特辣提拉特　　没。

毛实金　　（叹一口气）好，去罢。（司特辣提拉特走出。毛实金四面张望，想站起，但是又坐下了）我的上帝，我的上帝，这是什么意思？忽然一下子，就又全毁啦。现在，情形明白啦……（头垂得低低的）有什么法子，有什么法子，最好……（稍缓）就没有办法好想。可不……（绝望中拿手一挥）除非是，什么地方……来个转机。（叹一口气）噢，上帝！（史盆及克从过厅进来。毛实金朝四外张望）啊，是你，费力浦？谢谢，你还没有忘记我们。

史盆及克　　（握他的手）什么！我不是你们城里人，难道我是？（稍缓）好，怎么样，他来过？

毛实金　　（看了他一眼）没，没来过。

史盆及克　　哼！没来过。什么缘故？……

毛实金　　老天爷知道。他总说对不起——腾不出时间……

史盆及克　　（坐下）腾不出时间！好，玛丽雅·瓦西列夫娜怎么样？

毛实金　　玛莎不顶好。她一整夜没有闭眼睛。现在安静下来啦。

史盆及克　　（抬头）哦，想想看……（叹一口气）是的，是的，是的。

毛实金　　你做什么？

史盆及克　　瞎忙活，朋友，试试看。我干脆讲了罢，米哈伊劳·伊凡尼奇，我一看你们城里的人呀——不，不，我就不喜欢他们。离他们越远，越好。不，你们，市民，啾噫，啾噫，啾噫！

毛实金　　（不看着他）你做什么……这样？……这儿也有好人。

史盆及克　　我不否认，可能就有……可是，得很往细里看才成……

321

	(稍缓)那么，彼特·伊里奇没来过？
毛实金	(忽然朝他转过来)费力浦，我何必瞒着你呢？你看我罢，我成了一个死人。
史盆及克	上帝祝福你！
毛实金	我成了死人，死人。这来的多出人意外！你还记得，费力浦，两个礼拜以前，你来到这儿……你还记得我当时和你见面的情形吗？我有些什么计划，什么希望，你还记得？可是现在……现在全完蛋啦，朋友，全见魔鬼去啦，全到地狱去啦——全吹啦，朋友，我坐在这儿，像一个傻瓜，试着想出点儿什么，可是，我想不出。
史盆及克	你也许拿事夸大啦，米莎……
毛实金	怎么，夸大！你差不多天天在这儿，你自己看得出来的。好，我们不妨说，就在那顿午饭以后，你还记得，事情就不对头啦，他不来啦——好，有什么事不顺他的心啦，我们不妨说。我到他家去，拿话讲开；把他带到这儿；玛莎哭了一阵子，饶了他……这下子好啦。可不，这样子一来，风平浪静，还有什么？说实话，他那一回待的时间并不长——他觉得难为情，要不就是……他叫她放心，样子，你知道，挺像那么回事，说一切都会跟往常一样的——好，总之，挺像一个未婚夫的样子。这下子好啦。第二天他来看我们，给她带来一点礼物，兜了个圈子——走啦……他说他另外有事。再一天，他干脆就没来……后来，又来啦，待了一点钟，一句话也没讲。我，你知道，同他谈起婚礼，该怎么办，什么时候，日子近啦，他永远只说：是的，是的。从那一天起，他就没跟我们照过面。我们到他家里找不到他，我们的信他也不回。好，费

力浦，这是什么意思？你跟我一样清楚。这再明白不过。他，你知道，拒绝。怎么样？他拒绝！现在，你想想看，我怎么办？责任，不妨说，搁在我身上。事情是我开的头……她是一个孤女，没人帮她出主意。可是，我怎么能够想到彼特路莎……

〔停住。

史盆及克 （思索的样子）你知道我要对你讲什么话吗，米哈伊劳·伊凡尼奇？

毛实金 什么话？

史盆及克 我怕他有点儿胡闹罢？像大家讲的，瞎搞。圣彼得堡还不是——跟别的城还不是一样。

毛实金 （稍缓）不，不是这个。他不是那种人，也不会那样做。

史盆及克 看样子，他也许搞上了什么别的坏女人罢？他的朋友，那位大人物，很可能，给他介绍个把女人……

毛实金 有点儿像。不过，我想，不是的。他是变啦，谁让他变的，我可就搞不清楚啦。他平常总看着我，现在他不看着我啦；他平常总开心笑着，现在他不笑啦，说话也换了样子；对玛莎，他干脆躲着。啊，费力浦，费力浦！我的运气，简直坏透啦！真可怕，费力浦：想想看，不多久还……可是现在……什么缘故？怎么搞的？

史盆及克 是呀，是呀，米莎，说的就是呀……就是呀……像你讲的，不痛快。不过，照我看，你发愁，多余……

毛实金 哦，费力浦，费力浦，你不知道……我把他爱的就跟自己的儿子一样！样样儿东西——我全跟他分。我觉得糟糕的是：他就不发脾气，你知道——他一发脾气，我倒觉得舒服多了：我就有了希望；可是，事实上，他是漫不关

323

	心……这把我难过死啦，费力浦。你看，他今天不会来，明天不会来，我十拿九稳，他就永远不会来。
史盆及克	是呀，老兄，是呀。诗人这话没落空："世上样样儿事往坏里变。"对。
毛实金	爽快来个：躺下，咽气……（浦列雅日基娜进来）啊！喀铁芮娜·萨维实娜！好，怎么样？
浦列雅日基娜	没什么，米哈伊劳·伊凡尼奇，没什么；你用不着担心思。（史盆及克冲她鞠躬）你好，费力浦·叶高芮奇。
史盆及克	我这儿有礼啦，喀铁芮娜·萨维实娜。你身子好啊？
浦列雅日基娜	谢谢上帝，先生，谢谢上帝。你好啊？
史盆及克	我也谢谢上帝。玛丽雅·瓦西列夫娜身子好啊？
浦列雅日基娜	现在好多啦，不过，她昨儿晚晌觉睡得很坏。（高声叹了一口气。向毛实金）茶炉好了吗，朋友？你吩咐过啦？
毛实金	吩咐过啦，可不，吩咐过啦……他没端进去？司特辣提拉特！（司特辣提拉特端着茶炉进来）你怎么搞的？
司特辣提拉特	才滚起来。
	〔他把茶炉端进玛莎的房间。
史盆及克	（向浦列雅日基娜）你，我想，不至于离开玛丽雅·瓦西列夫娜走罢？……
浦列雅日基娜	那怎么成。谁来照料她啊？你自己不是看不出来。
史盆及克	我看，亲戚里头数你好啦。
浦列雅日基娜	承你夸奖，费力浦·叶高芮奇。
毛实金	那，好，好。（司特辣提拉特从玛莎的房间回来，递给毛实金一封信）打哪儿来的？
司特辣提拉特	我不知道。
毛实金	（端详字迹）彼特路莎的字迹。（急忙拆开来念；史盆及克

和浦列雅日基娜用心看着他。毛实金念信的时候,脸色变得非常苍白,临尾跌进了一张椅子。史盆及克和浦列雅日基娜正要过来照料他,他立刻站起来,声音断断续续地讲着)谁……这……谁……那边……拿来……谁送……

司特辣提拉特　您要什么?

毛实金　谁送……谁拿来……谁拿来……

〔做手势给史盆及克和浦列雅日基娜。司特辣提拉特出去,和戴制帽的信差进来。

信　差　你有什么话问我?

毛实金　你,我的亲爱的……你拿来这封信……维里奇基先生叫你拿来的?

信　差　不是的……是邮局来的。我们不许替私人送信。

毛实金　啊,是的,可不……我忘了,以为——

〔他完全失了张致。

史盆及克　(向毛实金)放安静。司特辣提拉特,打发信差走。(司特辣提拉特和信差走出)米莎,醒过来……

毛实金　(忽然清醒)全吹啦,我的朋友们!全!我完蛋啦,费力浦,我们全完啦。全完啦!

史盆及克　到底什么事?

毛实金　(摊开信)这儿,念罢。你也念念,喀铁芮娜·萨维实娜。他拒绝,我的朋友们,他完全拒绝,婚礼根本取消,想想看——全完啦,全毁啦,全,整个儿吹啦!这就是他写给我的信。(史盆及克和浦列雅日基娜在他的两边,一边一个)"我亲爱的米哈伊劳·伊凡尼奇,经过一个长期和不断的斗……斗争,我觉得我必须对你提出一个解释……坦白的(看着史盆及克)……坦白的解释。相信我,我做这个决定,曾经十二分、一百二十分,痛苦来的。上帝明鉴,我没有能够预先看到这一步,我希望我不至于引起你太大的不愉快……现在再拖延下去就不可原谅了……事实上,我已经迟疑得太久了……我相信自己不能够给玛丽雅·瓦西列夫娜带来幸福,我求她从我的婚约把我解除出来。"解除出来。(向史盆及克)这儿,看——他是这样,这样写的。"我相信自己不能够",看这儿,"解除出来",看这儿。(史盆及克看信,毛实金继续念下去)"我简直不敢请她饶恕;因为我觉得当着她、当着你,我都罪大恶极;让我赶紧添一句: 在我认识的小姐当中,没有一位比她更值得尊敬的了"……听见了没,听见了没?"值得尊敬的了"。听见了没?——"感到我们必须有一个时期断绝关系,我离开你,带着一颗破碎的心"……啊?啊?——"我不能够不承认,米哈伊劳·伊凡尼奇,你有权利把我当做一个下流人看……(毛实金摇头)我不打算对你和你的小姐表示我的崇敬,我的真诚的关切;像这样的话,目前可能仅仅引起你们的忿恨,所以,我还是免去为是……愿你们两位快乐……"快乐,快乐!……他说得出这话——他,他!

〔毛实金拿手蒙住脸。

史盆及克　放安静,米哈伊劳·伊凡尼奇,有什么办法?(稍缓)你像没念完……

毛实金　(手从脸上拿开)胡说八道! 决不可以……他没有权利……家伙! 我马上找他去……(在屋里快步走着)司特辣提拉特! 拿我的帽子来! 我的大衣! 赶快! 喊一辆马车——马上去!

史盆及克 哪儿去,米哈伊劳·伊凡尼奇?哪儿去,老天爷!

毛实金 哪儿?他那儿去。我要给他看看……我……我……啊!你,亲爱的朋友,既然这样子——那,好。那,好。我去冲他要一句回话。一句回话!

史盆及克 你去冲他要一句回话,怎么样要?

毛实金 怎么样?就像这样。我要对他讲:亲爱的先生,我要你不做任何保留,回答我。玛丽雅·瓦西列夫娜有什么地方羞辱你来的?她有什么地方羞辱你来的,亲爱的先生?你对她的行为有什么不满意的地方,先生?

史盆及克 可是,他……

毛实金 不成!回答我,亲爱的先生,回答!她是不是一位受过良好教育的小姐,亲爱的先生?她是不是一位规规矩矩的小姐,啊?啊?

〔他踩到史盆及克的脚。〕

史盆及克 当然,当然,是,可是,他会……

毛实金 怎么样?你到我们家做客做了两年,我们招待你,就跟自己家里人一样;我们拿我们末一个铜钱跟你分;由于你自己的要求,我们就把这个宝贝给了你——行礼的日子都定了,可是你……啾,啾,啾!……不成,对不住!事情不能够这样就算完……不成,不成……司特辣提拉特,帽子!(司特辣提拉特进来)忽然之间,你变了心;你拿起笔——涂呀,涂呀,涂呀——你就自以为你没事啦?啊,不!对不住。我要叫你知道知道,亲爱的先生;你把我们当做傻瓜看呀,我不干。临完来一句:"欠你的债我会全部还清。"一个铜钱我也不要他的!我的帽子,我怎么没帽子?(司特辣提拉特把便帽递给他,但是他继续兜着

327

屋子走来走去）他居然干得出……彼特路莎，你是……（挥手，表示厌恶）什么鬼东西，我还叫他彼特路莎！我们俩中间什么也完啦，完定啦！他以为，没人帮玛莎讲话，所以，他可以胡来——一丢完事。反正没关系！满好把她甩了。他弄错啦……我不是受气包，老兄。年纪大不大的没关系，我要跟他决斗！

浦列雅日基娜　（嚷着）啊！我的朋友！

史盆及克　你怎么啦，米莎，你怎么啦，你怎么啦！

毛实金　怎么着？你以为我放不来枪啊？不比别人坏！怎么的啦，我要我的帽子，我要了二十四回啦！

司特辣提拉特　那不是……我先前就给了你了。

毛实金　（从手里揪出帽子）好，你还站在这儿。我的大衣！（司特辣提拉特驰出取大衣）我要叫他看看，等着瞧罢！

史盆及克　米莎，等一下，听听理性的声音。

毛实金　去你的声音跟你的理性一边儿的！……你倒是看呀，一个人难过得要死，正在发狂，你跟他讲什么理性……全打进十八层地狱罢！（穿上大衣）那要是不中用呀，我就跪到他前头，一直在那儿待下去，待到我死，除非是，他回到我们这儿来。我求他可怜可怜一个不幸的孤儿；我问他凭什么要害她？对不住！你们，我的朋友们，在这儿等一会儿——在这儿等一会儿，我的亲人们！我就回来，我很快就回来，不这样，就那样，反正回来……不过，为了上帝的缘故，当心别叫玛莎在我不在的时候知道，为了上帝的缘故！我马上回来，马上，马上。你们等着我好啦。

史盆及克　没问题，只是，说实话……

毛实金　别再讲啦！我什么话也不要听！我就回来，我马上回来。

死了也回来……

〔驰出。

〔史盆及克和浦列雅日基娜叹一口气,坐下。司特辣提拉特和史盆及克交换了一下眼色,慢慢地走出。

浦列雅日基娜 （叹气,喘气,拳着她的手）啊！我的朋友！啊,亲人们！噢,噢！我作了什么孽,尽是吃苦受难！什么时候才有一个了呀,我的上帝,我的亲爱的上帝！啊,我的朋友,我的好人！救救我这可怜的孤儿！

史盆及克 （走到她跟前）放安静,喀铁芮娜·萨维实娜,不管怎么样,有上帝在,全会好起来的。

浦列雅日基娜 啊,费力浦·叶高芮奇,我的好朋友,我完啦！事情到了这一步,还怎么会好得起来啊？想想看,真是糟透啦！这就是我的下场呀！救主、耶稣·基督,可怜可怜我罢……

史盆及克 （坐在她的旁边）放安静,真的,放安静。你这么一来,事情就更糟了。

浦列雅日基娜 （擤鼻涕,清醒了一些,哭声哭气的）啊,费力浦·叶高芮奇,你把你搁在我的地位看看……你知道,玛莎是我的侄女,费力浦·叶高芮奇。我怎么能受这个——这你想也想得出来。还有米哈伊劳·伊凡尼奇,我多担心啊！上帝知道他要出什么岔子；这全怎么了啊？

史盆及克 自然啦,这全挺让人难过。

浦列雅日基娜 （还是那种声调）啊,费力浦·叶高芮奇！没有比这更糟的啦,更糟的啦,费力浦·叶高芮奇！我的亲爱的朋友！可是,我说呀,我早就看出这来了呀……看出来了呀！

史盆及克 当真？

浦列雅日基娜　（还是那种声调）可——不，可——不！可是他们不听我的话，不听我的话，我的朋友，费力浦·叶高芮奇。我一直就讲：这门亲事成不了的，成不了的……可是他们不听我的话。

史盆及克　他们为什么不听你的话？

浦列雅日基娜　（换了声调）上帝知道为什么，费力浦·叶高芮奇。他们一定这样想：我是一个老太婆，漫天价乱扯。可是我对你实讲了罢，费力浦·叶高芮奇。我虽说是一个普通女人，身份也是很好的；说它有什么用！单说我丈夫罢，愿他在天上有福！是后勤部的参谋官，朋友；我们总是跟上等人在一起。朋友，——人人敬重我们，我们相熟的朋友；可是我们自己的亲戚就一点也不赏识我们。崩道伊金将军的太太时常招待我们，费力浦·叶高芮奇，特别是我，简直对我同情得不得了。我常常一个人跟她在她的卧室，她一来就对我说："我想不到，喀铁芮娜·萨维实娜，你的眼光真高。"她对上等社会才熟。她一来就对我讲，跟我在一起消磨辰光顶有意思。我讲这些话干什么？可是我自己的侄女根本就不要听我的话！所以现在我才哭。可是来不及啦。

史盆及克　好，也许，还来得及。

浦列雅日基娜　怎么会来得及，费力浦·叶高芮奇？老天爷！你怎么这样讲呀？当然啦，来不及。他不会回来的，真的。全完啦。你怎么这样讲呀？老天爷！

史盆及克　也许，也许。不过，喀铁芮娜·萨维实娜，请你告诉我——我看得出，你是一位懂事的太太，——为什么这些年轻人不听我们老年人的话呀？我们一直是为他们好。

为什么啊?

浦列雅日基娜　因为他们太轻浮了呀,费力浦·叶高芮奇。崩道伊金太太对我讲过许多回啦。噢,她时常对我讲,喀铁芮娜·萨维实娜,我怎么样看现今的年轻人——好!干脆给他们一个不问不闻,就是这个!我一来就对我的侄女讲:"你说什么也嫁不了他的,"我一来就对她讲:"因为他这人太活泼,又太处处当心;看也不要看他才是……啊,不要看他!"她可一来就对我讲:"姑妈,由我好啦。"好,随你,我的亲爱的孩子。现在她就剩下一个人啦!我也有过一个闺女,费力浦·叶高芮奇。可不,可不!她长得真好看啦;今天我们就看不到那样好看的女孩子,我的朋友,我们真还看不到。眉毛,鼻子——简直好透啦;还有那双眼睛……就没法子说,是什么样儿眼睛。它们可亮啦,朋友!那样子就像做梦,就像做梦,就像做梦。好,我给她相了一门亲;朋友,真是一门好亲,一个好人,一位建筑师。喽,他好喝点子酒,可是世上谁免得了个嗜好啊?我看呀,米哈伊劳·伊凡尼奇现在可怎么样把玛莎嫁出门啊?她要成一个老姑娘,我的妈哟!

史盆及克　好,你女儿后来怎么样,幸福吗?

浦列雅日基娜　噢,费力浦·叶高芮奇,可别对我讲起她来啦!她去年死的,我的朋友,她死前有三个年头,我跟她干脆断了来往。

史盆及克　为什么?

浦列雅日基娜　是呀,我的朋友,她可真没良心啦:她说,我把她嫁给了一个醉鬼;她说,他不管她的死活,他尽骂她……其实,一个人好喝酒,算得了什么?真倒霉:人喝酒!什么人不喝酒呀？我过世的丈夫，不说他的坏话，一来就喝呀喝的，简直——可是，我照样儿敬重他。她没有钱：当然，这不开心；可是穷也不算罪过啊，说到他骂她呀，我相信她该当挨骂。照我老式的想法呀，丈夫是一家之——主；什么人也不该管他，费力浦·叶高芮奇，这你明白。一个女人说到了是一个女人，算得了什么呀？

史盆及克 我同意你这种想法。

浦列雅日基娜 可是我宽恕她：她是死了的人……还要怎么？愿她有福！现在我相信她一定后悔。上帝作证！我这人就爱原谅别人。那算什么！朋友，不可以；我呀，只要把我这后半辈子过掉也就算了。

史盆及克 做什么讲这话，喀铁芮娜·萨维实娜！……你不算怎么老……

浦列雅日基娜 可，听我讲呀，朋友！崩道伊金将军太太，岁数跟我一般大，可是看起来，她比我年纪大多啦。就是她也对我纳闷。（听着）不是，像是，玛莎……不对。不对；没事。我耳朵里头在出响声。可不是，用饭前我耳朵里头一来就有响声，费力浦·叶高芮奇，要不就是，我的胃胀呀胀的，胀得我连气也喘不上来。怎么会这样的，朋友？一个女的劝我晚晌揩麻子油，你觉得怎么样？她虽说是一个阿拉伯女人，懂得看病的。她那个黑劲儿呀就像靴子筒，可是手嘛挺好看……

史盆及克 怎么样？试试好啦。有时候，你知道，别看简单，可真灵啦。我就这样治好了一些人。我脑子忽然想到一个法子。我就试试看，你猜怎么样？就有用。有一回，我的监工害水肿，就叫我拿柏油治好啦。我对他讲，抹上罢，我没讲

	别的。你真想不到,他就好啦!
浦列雅日基娜	是的,是的,是的;有这事的;全仗上帝,上帝呀。样样儿事都是上帝的意思。
史盆及克	那,当然,我想,你们城里头有第一流的医生,德国医生。可是我们,待在草原,偏僻地方,譬方说,日子越过越闷;我们没地方去找医生:我们日子过得非常简单,当然啦。
浦列雅日基娜	简单就好,费力浦·叶高芮奇,那些有学问的医生呀,简直什么事也不懂,我的朋友。可不,简直跟彼特·伊里奇一样不懂事。怪罪谁呀?只好怪罪自己。譬方说罢,米哈伊劳·伊凡尼奇就是。可不,你说,他有什么权利拿一个女孩子在家里带大呀?把她嫁出去,可说,是他的事呀?真的,这是男人家的事呀?他想讨她好——好,但愿上帝帮他成功。其实,他就不应该这样搞——你说呀?
史盆及克	他干这种事,的确,不在行。那是女人家的事。可是女人也不是一来就成功。我的女街坊,撒列克芮安采娃,奥林皮婀达,有三个闺女。她们全订了婚,可是一个也没嫁得出去。顶后一个男人在半夜跳出窗户,逃跑了。奥林皮婀达老太太,据说,穿着便服,在睡觉屋子冲他后影儿喊:"站住,站住,我们再谈谈。"可是他跳过雪堆——像一只兔子,跑远了。
浦列雅日基娜	人管不住事的,亲爱的费力浦·叶高芮奇……这也是有的……不过,他们要是肯听我的话……我心里头有一个人的,这个人,我告诉你,是第一流的人——简直是,好透啦。(吻着他的手指尖)是呀!(叹气)可不!现在全完啦。好,我去看一下玛莎……她在干什么呀?她一定是在睡

觉，我的亲爱的。她醒过来，一看事情糟成这样子，她要说什么呀！……（呜咽）啊，我的朋友，我的朋友！我们怎么得了啊？米哈伊劳·伊凡尼奇怎么还不回来呀？他碰到什么事啦？叫人弄死啦，还是受了伤？我的亲爱的！

史盆及克 听我讲，就算离得很近，来回也得时间啊。再说，他在那边还要待一会儿……解释也是费工夫的。

浦列雅日基娜 是呀，是呀，朋友，当然啦……可是我总觉得，噢！希望结局没什么不好，没什么不好！他会弄断他的腿，费力浦·叶高芮奇，弄断他的腿的！

史盆及克 哦，没的话！

浦列雅日基娜 好，你看好啦……我不会错的，我的朋友……我呀，相信我，我知道的……你千万别那么想，以为彼特·伊里奇人挺安静，他就……他是头等强盗！

史盆及克 不对……

浦列雅日基娜 相信我，他是。他会弄断他的腿，会叫他流血流死的。

史盆及克 你讲到哪儿去啦……什么，难道我们是住在强盗窝，还是什么地方？人在这儿没有权利决斗。有政府管着。你怎么的啦，还是划十字祷告罢。

浦列雅日基娜 他只要对他讲："你怎么敢来跟我捣乱？滚你妈的，你跟你的玛丽雅·瓦西列夫娜！……老狗，你是什么做的？"这一来，他就要打他啦。

史盆及克 没的话！你怎么啦？说实话，那怎么能够？

浦列雅日基娜 他要打他的。噢，他要打他的，我的亲爱的人！

史盆及克 哦，喀铁芮娜·萨维实娜！

浦列雅日基娜 （开始在哭）他要打他的，费力浦·叶高芮奇，他要打他的……他是凶手……

史盆及克　　我一直把你当做一个懂事的女人！

浦列雅日基娜　（呜咽）噢，他要打他的，我的亲爱的！……

史盆及克　　（不耐烦）好，就算他打他好啦。

浦列雅日基娜　（揩眼泪）他才不在乎，才不在乎。

史盆及克　　（向外张望）这儿不是，他来啦！

〔浦列雅日基娜转过身子。毛实金从过厅进来，戴着帽子，披着皮大衣。他慢慢地走到舞台中央，头低着，眼睛盯着地板。司特辣提拉特跟在他后头。

浦列雅日基娜和史盆及克　（跳起）怎么样？怎么样？

毛实金　　（不看他们）走掉啦！

史盆及克　　走掉啦？

毛实金　　是的，走掉啦，他留下话来，不叫讲去了什么地方……就是说，不告诉我什么地方；那个坏蛋，看门的，冲我笑，是有道理的……我要找到他的，不是今天，就是明天，我会在办公处找到的。他逃不掉我的……逃不掉，逃不掉，逃不掉！

史盆及克　　脱掉你的大衣，米哈伊劳·伊凡尼奇……

毛实金　　（拿便帽丢在地板上）拿去，拿去，你要什么你全拿去。我什么也不要。（司特辣提拉特替他脱掉大衣）我要它做什么？对我还不一样！揪掉，拿去。

〔他坐在椅子上，拿手盖住他的脸。

〔司特辣提拉特从地板上捡起便帽，拿着大衣，走出。

史盆及克　　告诉我们，到底……

毛实金　　（忽然把头仰起）叫我告诉你什么？我到那边，问："在家吗？""不在家；出去啦。""哪儿去啦？""不知道。"好，

335

我还有什么好告诉你们的？明摆在眼面前嘛。全完啦。我要说的就是这个。还是不多久以前，我们一道去找房子……他的房子太小啦。好，眼下我有一件事好做：就是拿我闷死。

史盆及克 你在谈什么，米莎？上帝保佑你！

毛实金 什么？（跳起）你搁在我的地位，我倒要看看你怎么做！现在我能够怎么着？我还有什么能够做？我怎么能够脸对脸看玛莎？

浦列雅日基娜 说的就是这个呀，我的朋友，米哈伊劳·伊凡尼奇，全是你不听我的话嘛……

毛实金 哦，喀铁芮娜·萨维实娜！你拿我麻烦死……我现在对你简直没有耐心……玛莎怎么样？

浦列雅日基娜 （带着一种骄傲受了伤的感情）在睡觉。

毛实金 原谅我，千万请原谅我……你看得出，我在这种情形……再说，你过去对彼特·伊里奇一直表示好感，就是……（他拿手放在史盆及克的肩头）是的，老兄，史盆及克，这太出人意外，出人意外，老兄……我心里真难过，老兄……是的。（停住）可不，我们应当决定一下怎么做。（想了一想）我到办公处去。找得到他的新住址的。是的，是的。

史盆及克 （一种说服的声气）我的亲爱的米哈伊劳·伊凡尼奇，让我把我感觉到的告诉你。听我讲，米莎。你知道，有时候，劝告……听我讲。

毛实金 好，说罢，是什么？

史盆及克 听我讲，米莎：别去。别去，我的朋友。别这么搞啦。那更坏事。他拒绝——好，没可做的啦。根本就没法子补

	救,米莎。相信我的话。喀铁芮娜·萨维实娜对你讲的也是这话。你拿自己开心。没别的。
毛实金	你说起来容易!
史盆及克	不,你别这样讲。我感觉到的,米莎,就是那么点……可是常识——我说的就是这个。人应当想想:这有什么好处?我们应当注意的就是这个。因为,一不当心,有人要受害的。你会受害,玛丽雅·瓦西列夫娜也会受害的。(向浦列雅日基娜)对不对?(浦列雅日基娜点头)你看,她同意。别这么搞啦。世上除掉他,还有的是人!玛丽雅·瓦西列夫娜是一个懂事的乖孩子。
毛实金	哦,你呀,说真的,讲呀讲的,讲得我头都发昏了,就像谁拿棍揍它来的。世上有的是人……话倒说得不错!可是你知道,事情全安排定当啦,眼看就要成亲啦,这关系着名誉啊!你应该明白这个。再说,玛莎肯嫁别人吗?你讲起来容易。可是关我什么事?你知道,她是我带大的,是一个孤女:她的幸福我要对上帝负责!
史盆及克	可是你知道,你解决不了问题;他拒绝了。你这样下去,只有使自己苦恼……
毛实金	我呀,吓唬他。
史盆及克	哦,米哈伊劳·伊凡尼奇,吓唬人,不是你我的事。说真的,别这么搞啦。把这忘了罢。
毛实金	忘掉,你以为容易?你要是天天把心用在这上头,用了两年……可是谈它干什么!我拿自己闷死——没别的。
史盆及克	嗜,米莎,你说这话做什么?你羞不羞?你这么大年纪……
毛实金	我年纪怎么着?

史盆及克	够啦,老兄,说真的,够啦。没用的。够啦。放明白。随它去罢。
浦列雅日基娜	随它去罢,朋友,米哈伊劳·伊凡尼奇!
史盆及克	真的,随它去罢。听老朋友的劝告。哦,随它去罢!
浦列雅日基娜	哦,随它去罢,米哈伊劳·伊凡尼奇!
毛实金	(又在屋子走来走去)不,不是这个。你劝告我的话呀不顶对。我必须跟玛莎谈谈,就是这个。我必须跟她解释一下……让她决定。(不走来走去了)不管怎么样,这是她的事。我去对她讲:"玛丽雅·瓦西列夫娜,我对你有罪。是我把事情搞起来的,像一个老浑蛋,没头没脑。你看应当怎么样处罚我,就处罚我罢。你要是不喜欢别人的话,不管他是死是活,我也要把他揪回来,——就是这个。现在,玛丽雅·瓦西列夫娜,请你决定罢……"

〔在屋里走动着。

史盆及克	好,老兄,这我也不赞成。这,老兄,不是一个女孩子的事。对不对,喀铁芮娜·萨维实娜?
浦列雅日基娜	对呀,我的天使,费力浦·叶高芮奇,对呀。
史盆及克	好,你看。老兄,你的办法不对……你顶好还是听听有道理的话罢。再说,说不定事情就会有转机的。你不妨想想这几行诗:

> "丢掉心上的朋友,
> "亲爱的,的确可怕;
> "可是,痛苦没有用,
> "你必须另挑路走。"

毛实金	(继续在屋里走来走去,向自己)是的,是的。这个想法儿对。这行。不管她说什么,全成。是的,是的。

史盆及克　　因为……(他停住，看着浦列雅日基娜)因为，我再说一遍，这不是一个女孩子的事。她不懂你是什么意思——简直不懂！上帝知道你在打什么主意！你不过是叫她哭上一顿罢了；到了那时候，你该怎么办？

浦列雅日基娜　(呜咽)哦，费力浦·叶高芮奇，别说那种话。可怜可怜我罢，费力浦·叶高芮奇。哦，哦！可怜可怜一个妇道人罢，亲爱的朋友。

毛实金　　(没有听见她的话)是的，是的。就这么决定了。就这么办。(向史盆及克和浦列雅日基娜)好，朋友们，你们等了我这半天，我很感谢你们。现在，请，让我一个人待半小时。天气，你们看，很好。去散散步，朋友们。

史盆及克　　做什么？

毛实金　　(匆忙地)好，是的，是的，再见，再见……只半小时，只半小时。

史盆及克　　你把我们往哪儿撵？

毛实金　　高兴去哪儿，就是哪儿……(向史盆及克)陪她到米留亭铺子转转：那儿，老兄，你们会看见顶大的波罗蜜。再说，你们一路还可以看见几个纪念碑……

〔他轻轻朝外推他们出去。

史盆及克　　我全已经看到啦……

毛实金　　好，那么，就再看一遍……你也去，喀铁芮娜·萨维实娜，也去……

浦列雅日基娜　茶炉，米哈伊劳·伊凡尼奇，茶炉……你看，开啦……

毛实金　　那，没关系……热气不会散的……再见……

史盆及克　　可是，说真的……

毛实金　　费力浦，看上帝的面子……这儿是你的帽子……

339

史盆及克　　好，随你。那么，过半小时……

毛实金　　是的，是的，半小时。这儿是你的帽子，喀铁芮娜·萨维实娜……你的大衣，一定是在过厅……再见，再见……（他把他们推出，回到舞台前部，站住）好，现在到了决定的时间。我把他们推出去，现在我必须行动了……我要告诉她什么呀？我告诉她："这样，那样，怎么样，是这情形；我们现在应当怎么办，我的好孩子？"……我先要准备一下，然后……好，然后，我就把信给她。于是，我就讲，好比说，这，还来得及挽救，我们用不着失掉勇气……（稍缓）我得非常当心才成……是呀，非常当心！……我得耍耍政治手腕儿……好，怎么着？我得进去看看她。（走到门前）我害怕，说实话，真害怕……心跳得厉害……我敢说，我的样子挺怪。（赶快赶到镜子跟前）怎么，这么一个脸！怎么成了这怪样子！（拿梳子理好头发）有你的，老弟，有你的，我得夸你一句。漂亮！……不管怎么样，我别再耽搁了。噢夫！（手在眼面前挥了挥）情形多绝！我敢说，我要是准备好了决斗的话，我不会感觉到这样糟的……好，去他妈的！（扣好上衣）主要的事是——开个头。（走到门前）她睡着了罢？不会的。我们在这儿吵得挺厉害。那么，她听见了又怎么办？……更好。当然，更好。好，胆小鬼，进去。不，等一会儿，我要先喝一杯冷水。（他回到桌子跟前，倒了一杯水。玛莎从卧室进来）好，现在，上帝帮忙！（转过身子，看见玛莎，他失了张致）啊……是你……是……是……怎么会……你……

玛　　莎　　（迟疑地）是我。你怎么啦？

毛实金　　（赶快）没什么，没什么。我就是……我没想到你出来……

	我听说你在睡觉。
玛 莎	是的,我一直都在睡觉……现在我才起来。
毛实金	你觉得怎么样?
玛 莎	还好。也就是头有点儿疼。
毛实金	没什么奇怪,你过了那么一夜。(玛莎坐下)那么,你觉得好点啦?……好,谢谢上帝。今天,好天气……我们过会儿可以坐雪车玩儿去……怎么样?你的意思呢?
玛 莎	照你想的就好。
毛实金	不,照你想的……难道我从来逼你做过什么来的?……你喜欢什么,就做什么好了。
玛 莎	你这样仁慈,米哈伊劳·伊凡尼奇。
毛实金	(靠近她坐下)你说到哪儿去啦!……我不过……就是,这样,实际我……好,没什么两样。看看我……(她看着他)啊,玛莎,玛莎,你又哭来的。(玛莎把头转开了)我懂,玛莎,我懂,可是说实话……说实话,你这么做白糟蹋自己。说实话,他也许……这……还……一定的……(他拿手做不确定的动作)这,你知道,说实话……
玛 莎	是的我,米哈伊劳·伊凡尼奇,我没什么……
毛实金	没什么,什么意思?……你……不对。你,你不是没什么。你看,你在哭。为什么?什么缘故?当然喽,我不否认,可是,这……是,可以了解……不过,我们看好啦……(他拿手绢揞脸)司特辣提拉特这蠢东西怎么把屋子弄得这么热!……
玛 莎	你没道理,这么急,米哈伊劳·伊凡尼奇,说实话,没道理。
毛实金	谁告诉你……

玛　莎		至少，在我这方面，你用不着……相信我。（痛苦地）我完全听天由命。
毛实金		你这话是什么意思？
玛　莎		是的。我什么也不指望，米哈伊劳·伊凡尼奇，再也不啦。我不希望什么。我不再想欺骗自己。我知道：全完啦。怎么？也许，这就顶好。
毛实金		不对……凭什么？……
玛　莎		现在你看看我。
毛实金		怎么？当真？……

〔他想看她，但是不能够。

玛　莎		啊，米哈伊劳·伊凡尼奇！装假有什么用？那有什么好处？……我们有谁好骗？
毛实金		（稍缓）好，是的……我承认……好，是的，完啦。的确，我怎么也想不到会有这种行为。
玛　莎		（忽然，激动起来）你这话是什么意思？
毛实金		（窘）我……我……这是……我……
玛　莎		你今天看见他啦？
毛实金		我……是的……的确……是的，我到他那儿来的。
玛　莎		（连忙）好，怎么样？
毛实金		我没找到他。
玛　莎		那么，你方才怎么说……你想不到他会什么来的？
毛实金		他，的确……不过，你自己……他……给我写了一封信。
玛　莎		（连忙）一封信？
毛实金		（强作笑容）是的，一封信……这，你知道……不过，你……就是，不可能就说，那……总之……
玛　莎		信在哪儿？

毛实金	信……在我这儿……
玛 莎	拿信给我……为了上帝,为了上帝的缘故,米哈伊劳·伊凡尼奇,拿信给我。
毛实金	真的,我不知道,玛莎……其实,我真不应该讲起这封信……我,这,有点儿糊里糊涂……
玛 莎	给我,给我,给我!……
毛实金	(摸他的衣袋)我不知道,真的,我把信放在哪儿啦……真的,玛莎,没用,这……你眼下这样乱……
玛 莎	我很平静……可是这封信……
毛实金	(绝望地)可我不能够……我的上帝!我得先让你准备准备。我,这,我本来打算……不然的话,你会想到……可,真的,我怎么这么糊涂,什么准备也没有……
玛 莎	你在折磨我……
毛实金	答应我,至少你……
玛 莎	你要什么,我答应你什么,不过,为了上帝的缘故,……你看……为了上帝的缘故……
毛实金	玛莎,你,千万别以为……这不相干。这是,你知道,一时兴起写的信。不足为凭。容易弥补的。容易得很。这是,用不着费力气。
玛 莎	给我,为了上帝的缘故,给我呀……
毛实金	(从他的侧袋慢慢掏出信来)不过,千万……(玛莎从他手里把信接过来,开始急切地读着。毛实金站起,向一边走了走,就转开了。玛莎读完了信,一时没有动静;然后,开始慢慢呜咽了,拿手掩住她的脸。毛实金奔向她)玛莎,玛莎,为了上帝的缘故!我对你讲来的,这不相干。玛莎,玛莎!为了主的缘故,玛莎!(向自己)哦,没头没

脑的老糊涂！你还跟自己讲，要当心，要耍政治手腕儿……好，你这个笨蛋，哪儿是你的政治手腕儿？你拿出信来，就给了她。（又转向玛莎）我的好孩子，放安静。别哭。我答应你，我要把事情全安排好的。玛莎，你爱我，看你哭，我受不了。（她拿手给他）请你千万别哭啦。

玛　莎　　（一汪眼泪）原谅我，米哈伊劳·伊凡尼奇。就会好的。我也就只开头这样子。

〔拿手绢揩眼泪。

毛实金　　（又靠近她坐下，把信从她那边拿回来）不相干，玛莎，这不碍事的。

玛　莎　　我要是先前没想到这上头，可是，你知道，我是准备好了什么也会发生的。当然啦，左一句甜言，右一句蜜语，忽然，这么一封信……不过，我先前就没糊弄自己……我希望他走好运……

〔她哭了。

毛实金　　我要跟他谈一次，玛莎……

玛　莎　　使不得，米哈伊劳·伊凡尼奇！他不需要我——好，愿上帝跟他在一起。我不要硬拿自己塞给他，米哈伊劳·伊凡尼奇，我求你啦，你听我讲，跟彼特·伊里奇一句也不要谈起我来。我是一个孤女……我没人保护……他羞辱我……怎么着？我饶恕他，可是我不要硬拿自己塞给他。听我讲，米哈伊劳·伊凡尼奇，不要提起，一个字也不要提起，你要是爱我的话……

毛实金　　你没人保护，玛莎；那我算什么？我没拿你当做我自己的闺女爱吗？你晓得是什么叫我痛苦吗？叫我痛苦的，是这种思想，好比说，我才是真正的原因。事情全是我搞出来的。他伤害我，这是不可否认的。他糊弄我，怎么样？难道为了这个，我们就不过问啦？对他就鞠躬，放他过去？不成，不可能。再说，他自己就许会清醒过来的。前一回就是我把他带到这儿来的。

玛　莎	完全没用。有什么好处？你自己明白。
毛实金	可是，可怜我，玛莎，我还有什么好做？你说说看。拿你搁在我的地位看。还是不算很久以前，样样儿事不挺好吗？如果不是你愿意延期的话——你这时候老早就是结婚的妇女啦。所以，你怎么能够盼望我，一下子，就样样儿事全断绝关系？这简直像一场梦，像一片雾。看呀，忽然之间，你我醒啦，一看样样儿事成了过去，全完啦。他为什么退婚？为什么？为什么？你不招人爱吗？
玛　莎	（悲伤地）你很仁慈，米哈伊劳·伊凡尼奇；你爱我，所以关联我的，你样样儿喜欢。可是他……不，他不需要我。开头，不错，他对我感觉兴趣，可是后来……我早就注意到啦，米哈伊劳·伊凡尼奇，不过，我先前没有告诉你，因为，我怕你为这生气。看看他那些朋友……我们怎么能够跟人家比！……人家看我们太简单啦，米哈伊劳·伊凡尼奇。我们太低贱啦。他讨厌我们，就是这个……
毛实金	讨厌！可是他怎么不讨厌打我这儿拿去的钱啊？因为他有一位德国朋友，他就忘了自己是干什么的。这不算什么。不对，老弟，你打人没有打准……
玛　莎	你讲这种话有什么用，米哈伊劳·伊凡尼奇？这有什么好处？过了的事，我们扳不回来……
毛实金	可是，你看，玛莎，人家要说什么呀。玛莎，人家要说什么呀……

玛　莎	那，我们怎么办，米哈伊劳·伊凡尼奇？
毛实金	怎么办？我呕心的正是这个。
玛　莎	（稍缓）可是，只是，的确……我不能够再在这儿待下去啦。
毛实金	什么？……
玛　莎	我必须离开你，米哈伊劳·伊凡尼奇。
毛实金	做什么？你这是什么意思？你姑妈提醒你什么来的？
玛　莎	姑妈讲到来的。不过，我自己也想到了……相信我，米哈伊劳·伊凡尼奇，我一想到离开你，我心里就难过得不得了……
毛实金	你顶好还是叫我跳到窗户外头摔死！求你啦，玛莎，你想糊涂啦，还是怎么的？你到哪儿去，求你啦，讲给我听！……啊，她这个老妖精！我太清楚啦，她想谋害我。可是，你为什么，玛莎，你想谋害我？求你啦，求你啦！……你是怎么的啦？
玛　莎	米哈伊劳·伊凡尼奇，听我讲，放公道，你会同意我的话的。
毛实金	决不同意，亲爱的，决不！
玛　莎	听我讲。我母亲一死，你就把我接到你家里来住。你一个人照料我。最后，你把我介绍给彼特·伊里奇。随后，就出了这事：他应下我的婚事，可是现在，退婚啦……想想我目前的情况，米哈伊劳·伊凡尼奇。外人要怎么样议论我啊？
毛实金	外人要怎么样议论？
玛　莎	（匆忙）话说回来，我对你是一个生人，米哈伊劳·伊凡尼奇。外人要讲："他丢了她，好，有什么关系？她白吃白

	喝的，是一种担负。"外人要讲：我订了婚，可是现在，他拿我扔了——算得了什么？有什么要紧！够照料的了，我理当感谢才是。活该！谁负我的责任啊？我要是跟我的亲戚住在一道的话——就决不会出这种事啦。可是你知道，生人的饭呀，味道好些。他们也许还讲，我懒，不想干活儿！……米哈伊劳·伊凡尼奇，你不妨了解一下我的地位。我爱你比世上什么人我都爱；可是，我能够怎么着？在这以前，我可以在这儿住，可是现在……我现在不能够在这儿待下去了。说真的，就是不能够。我凭什么要叫人看不起啊？你自己想想看。我能够赚钱过日子的……
毛实金	我简直不懂你的话，我完全不懂你说的是什么。做什么赚钱过日子？做什么叫人看不起？谁敢？愿主跟你在一起，玛莎！……谁负你的责任？——我负你的责任！我不答应任何人占我的上风的。我要叫全世界知道，我也要叫那胆小鬼知道……
玛 莎	你做什么说这话？
毛实金	好，你看好啦。你还不知道我。"你是跟我住在一起"，——是的，玛莎，划十字罢：我是一个老年人，我是一个有好习惯的人，而且人人知道，你是我的闺女……可怜我，可怜我！上帝明鉴，我不懂你的话。
玛 莎	不对，米哈伊劳·伊凡尼奇，你懂我的话。
毛实金	真的，玛莎，你这话不是诚心讲的罢？
玛 莎	（站起）我现在没心思开玩笑，米哈伊劳·伊凡尼奇。
毛实金	你能够离开我吗？
玛 莎	我必须离开。
毛实金	你到哪儿去？

玛 莎	有地方去。我先到姑妈家里待一时期。随后，再看好啦：也许，我能够找到一份职业。
毛实金	（扭他的手）我要疯啦，上帝明鉴，我要疯啦。你到你姑妈家去？……你为什么不先问问，她住在什么地方？她住在伙食房的屏风后头，那是一个收生婆的房间，那是一个肮脏的小窟窿，里头塞满了晒干的香菌跟旧裙子。
玛 莎	（觉得有些受侮辱）我并不怕穷。
毛实金	（跳起）不成！简直是胡闹！简直是胡闹！我受不下去这个。怎么？他，你——人人，人人一下子就……你至少不像他，还对我表示你有一颗仁慈的心。年轻人都是这样，可能吗？你自己评论评论看：我就为你活着……你一走，我会死的……玛莎，可怜可怜一个老年人罢……我怎么对不起你来的？……
玛 莎	米哈伊劳·伊凡尼奇，拿你搁在我这个地位看……我不能够，上帝明鉴，我不能够待在这儿……
毛实金	唉呀，你们这些女人！你们简直要男人的命！你们脑子里头一装进了什么东西——就甭想拿得出来！……不成，玛莎，我不能够答应你离开这儿……这儿是你的窠，是你的屋子；这儿样样东西是你的，样样东西是你用的——我不能够跟你分开……可是我……好，是的；我愿意承认你的话有道理；人人应当尊敬你；我这方面必须保护你，跟保护自己的闺女一样。这是我的事，因为你住在这儿，因为我在上帝跟人前头，对你有责任。由于这一切的缘故，我告诉你：你放安静，这就是我要做的：我不把事情抓到原来的路上，我就找他出来决斗……
玛 莎	（受惊）决斗？

毛实金	是的，决斗。宝剑，手枪——我全不在乎。
玛 莎	（声音喑哑）听我讲，米哈伊劳·伊凡尼奇！我告诉你：你要是不回心转意的话，上帝明鉴，我就当着你的面……好，我不知道……我死给你看。
毛实金	（差不多在嚷嚷）那么，我怎么办，我的上帝，我怎么办？我简直疯啦。（忽然停住）听我讲，玛莎……可不，我简直想入非非啦……好，反正是那么回事。听我讲。你要人尊敬你，是不是？你要人不往坏里想你？你眼下的情形让你痛苦——啊？对不对？好，那么，听我讲——只是，为了上帝的缘故，别以为我发疯……这就是，你看……我……你要在这儿待下去……没有一个人……你明白吗？……没有人敢——好，一句话，你要不要嫁给我？
玛 莎	（带着表现不出的惊奇）米哈伊劳·伊凡尼奇……
毛实金	（不同寻常地迅速）别打断我的话……我自己不知道，我怎么会想到这上头的，可是我觉得，我非这样表白不可。我承认，这是没有办法的办法，可是，情形太叫人绝望了啊……要是我对彼特路莎回到你身边还存任何希望……（玛莎做了一个否定的手势）好，你看，你看……无论如何，让我对你解释清楚，不然的话，你真还相信我发了疯……不！你不会想，你不能够想，我居然可能侮辱你……
玛 莎	不……可是……
毛实金	要怪也只好怪你自己……你为什么吓唬我，说你要走……你对我讲的那些道理，那种赚钱过日子的话——完全改变了我的想法。你以为我怕什么？你以为我要什么？我要的就是，人应当尊敬你，像尊敬一位皇后一样。我要做的就是，叫世上人知道，娶你——是顶大的幸福！……一个傻

瓜，一个蠢孩子，扔掉了——这种幸福，可是我是一个习惯正常的男子，一个无可指摘的官员，像平常人讲的，我跪在你前头求你，玛丽雅·瓦西列夫娜，认为我还配得上你。我要叫世上人知道的就是这个——就是说，叫彼特·伊里奇知道。这就是我要你明白的……为了上帝的缘故，别以为……

玛　莎　　米哈伊劳·伊凡尼奇……

毛实金　　等一下，等一下，我知道，我知道你要对我讲些什么话；可是你要明白我。我做不了你的丈夫——可怜我！那还用说……可是我真感觉到，你不能够跟往常一样在这儿住下去，可是你也不能够离开我。那么，我献给你和平、安静、尊敬、避难所——这就是我献给你的。我是一个规矩人，你知道，玛莎，我没有做过一点点坏事。我过去照料你，我以后还是那样照料你。我要做你的父亲——就是这个。啊！他们想扔掉你，侮辱你，因为你是一个穷苦的孤儿，你是一个担负，你活在生人当中，吃的是人家的面包——不对！在这儿，你是女当家，你是太太，你是夫人……而我……是你的保护人，你明白，你的保护人，不是别的。好，你对这还有什么话讲？

玛　莎　　我非常惊奇，米哈伊劳·伊凡尼奇……我非常感动……你怎么可以希望我现在就回答你……

毛实金　　我并不强迫你，要你马上回答。你闲着的时候，仔细想想。我只是为你好才想到这上头……这是你的事。你今天只要告诉我，你要留在这儿，就成了。这我听了就快活。别的我什么也不要。

玛　莎　　可是，待在这儿，我不能够，如果……我只能够留下来，

	那么……我现在不能够回答你。
毛实金	好,随你,随你……想想再讲……
玛　莎	可是,米哈伊劳·伊凡尼奇,如果我必须……我要是有权利依靠……你何必……
毛实金	你说些什么呀!依着你的意思,那么,我在这世上还有什么用?你想到哪儿去啦?像我这样一个老糊涂,就连梦想这种幸福也不配!我的上帝,简直胡扯!现在你告诉我一件事:你要待在这儿……真正的回答,你不妨过后给我,时间随你,不拘你回答什么……
玛　莎	(稍缓)我是在你的势力之下。
毛实金	(恼)你要是再对我讲这两个字,我对上帝发誓,我就到厨房干顶坏的事给你看——听见了嘛!你是在我的势力之下?啊,我的上帝!
玛　莎	(看了他一时,然后,低声,发颤)我留下来,米哈伊劳·伊凡尼奇。
毛实金	(喜悦地)你留下来?我的好女孩子!(想拥抱她,但是竟制住了)不,我不敢,我不敢,我不敢……
玛　莎	(拥抱他)我的仁慈的、仁慈的米哈伊劳·伊凡尼奇……是的,你爱我,你拿你献给我……是的,是的,是这样的,你不会欺骗我的,你不会扔掉我的。我能够依靠你。现在,放我回房间去……我的头直在打旋。我要回我的房间去。
毛实金	去好啦,随你,玛莎……照你的意思做。这儿没有一个人骑在你的头上。你歇着去罢。顶要紧是歇着。你一定要歇着。事情会好起来的(他把她送到她的门口)那么,你留下来?
玛　莎	留下来。

毛实金	好，感谢上帝，感谢上帝！我要的是你安静、幸福。别再担心思啦，为了上帝的缘故……据说，遇到这种情形，一个人必须问问爱人……"我，好比说，可以希望吗？"不过，你用不着害怕我，我不会问你……
玛　莎	（稍缓）没关系。你可以希望。（想了想）你可以希望。

〔很快走进她的房间。

毛实金	（一个人）她说什么？"你可以希望！"（他欢喜得跳舞）来罢，老糊涂！你做什么跳舞？你不明白吗？可是，主、我的上帝！谁能够事先想到这个？简直是一种奇迹，世上从前就没有出现过！他拒绝，玛莎留下来，而我，很可能，就要结婚……我，结婚？我这么大岁数？而且跟谁结婚？跟美人、跟一位天使……是的，是做梦，是幻象；我一定是在发烧……是在发烧。啊？彼特·伊里奇？你以为你是在跟我们使坏吗？啊，不对，才不对！简直不对，我的乖儿子！（朝四外望，然后，静静地，对自己）所以我过去打算嫁她出去的时候，心里直觉得别扭……（挥手）住口，住口，老糊涂，住口！我简直透不过气来……我到外头散散步，吸一口新鲜空气……

〔拿起他的帽子，预备出去，但是迎面进来史盆及克和浦列雅日基娜。

史盆及克	（迟疑地）你到哪儿去？
毛实金	吸一口新鲜空气，费力浦，一口新鲜空气——去散会儿步。我就回来……
史盆及克	你怎么的啦？出什么事啦？玛丽雅·瓦西列夫娜怎么样？
毛实金	没事，没事……别担心思啦……她在她的房间……全挺好的。（向史盆及克）费力浦，我的亲爱的！让我抱你……我

方才……别进去看她……全挺好，全好极啦……

〔驰出。

史盆及克　（莫名其妙，转向浦列雅日基娜）什么意思？他出了什么事啦？

浦列雅日基娜　（简直透不过气来；她试着抓牢椅子的扶手，像要晕过去）啊……难过……难过……我的亲爱的……救救……难过……

史盆及克　（扶着她；有些吓坏了）什么事？什么事？你怎么难过？（嚷嚷）司特辣提拉特，司特辣提拉特，找医生来，快跑呀！

浦列雅日基娜　（晕了过去）啊，好朋友……啊……

史盆及克　（绝望地）司特辣提拉特！他到哪儿去啦？司特辣提拉特！

司特辣提拉特　（从过厅驰入）你要什么？

史盆及克　找医生来；快跑……喀铁芮娜·萨维实娜病啦……难过……这儿……

浦列雅日基娜　（挣扎起来，尊严地，向史盆及克）划十字罢，我的老爹。你做什么？你疯啦，还是怎么的啦？什么难过？

史盆及克　（惊）你看，你自己……

浦列雅日基娜　（呜咽着）我什么难过也没有，是他有呀，我亲爱的米哈伊劳·伊凡尼奇有呀——是他在难过呀。

史盆及克　（生气）呼！我的妈妈，你可把我吓坏啦！……（向司特辣提拉特）去罢。（司特辣提拉特走出。向浦列雅日基娜）说实话，你应当害臊……

浦列雅日基娜　怎么啦，我的朋友，你眼睛肿啦？你没看见？他那张脸全在抽搐，嘴唇也抽搐着。他难过呀，朋友，他难过呀。什么事惊着了他啊。两天以前，我们的医生惊着了，也是

353

这样子——他是一个醉鬼，还用说，他害水肿病，可是他们的脸是一样的……好，我这个倒楣的女人！啊，现在谁来帮我呀！

史盆及克　好，她又发作啦！哦……(毛实金从过厅驰入)好，看他呀，请，他像一个病人吗？哦，你这个老娘儿们！……(向毛实金)想想喱，米莎：喀铁芮娜·萨维实娜一定说你是惊着啦。

毛实金　这呀，从字的另一种意思来看，话是对的。我知道，我知道，你们一定吓一跳，我这样……可是，耐一会儿，我会对你们解释明白的……时候到了，会解释明白的。

史盆及克　对，那么你到底是怎么啦，老兄，讲呀……简直不像你自己啦。

毛实金　可能是罢，大概是罢！……(把史盆及克揪到一旁)费力浦，你知道，还是，可能，要结婚啦。

史盆及克　当真？你成功啦？

毛实金　成功啦——不是在他那边成功啦。

史盆及克　怎么回事？跟谁呀？

毛实金　你回头会知道的……好，拥抱我罢……

史盆及克　好罢……只是，我，说实话……

〔拥抱他。

毛实金　(安静地)你给我道喜罢。

史盆及克　(怀疑地)哦——哦！

毛实金　我敢说，费力浦，你一定在闹疑心……

史盆及克　疑心？我闹什么疑心？

毛实金　(不回答他；向浦列雅日基娜)你拥抱我罢……(他拥抱她)别再难过啦……我们以后全要幸福的……看好啦，我们要把日子过得……费力浦，你什么时候回乡下去？

史盆及克 不出两个星期罢……做什么？

毛实金 好，到那时候，我们就要，可能……不！不！讲出来要坏事的……

浦列雅日基娜 可到底出什么事啦，我的老爹？

毛实金 别逼我，我的亲爱的，你们还是再拥抱我罢……（他拥抱他们）就这样。玛莎就要幸福的……我对上帝发誓！看好啦——你们是证人。她要幸福的！她要幸福的！

幕

（一八四九年）

后　记

　　《单身汉》这出喜剧很容易让我们联想到果戈理那些关于官员的作品，尤其是那出讽刺三心二意的单身汉的闹剧：《婚事》。屠格涅夫在他的《单身汉》的第三幕，用史盆及克的嘴，说起一个有趣的逃婚的故事：他的女街坊有三个闺女。

　　她们全订了婚，可是一个也没嫁得出去。顶后一个男人在半夜跳出窗户，逃跑了。奥林皮娴达老太太，据说，穿着便服，在睡觉屋子冲他后影儿喊："站住，站住，我们再谈谈。"可是他跳过雪堆——像一只兔子，跑远了。

　　同时，《单身汉》本身就是一个临婚逃婚的故事，但是它不终止在这上面，而是拿它做基础，往高里建筑一出更可爱、更俄罗斯的喜剧。俄罗斯，因为这里表现了俄罗斯人民的优异的品质，不光是长期在封建统治之下软弱、黑暗的一面。

　　高尔基责备果戈理不爱他的同代人，不在他们中间掘发出来俄罗斯人民许多可爱的地方。

　　高尔基责备于果戈理的，屠格涅夫在他的《单身汉》里面弥补了这个遗憾。诚然，维里奇基和鲍阔赖新属于同型的人物："萎靡不振，无决断力，意志软弱，尽人可以管治的人"，像别林斯基所分析的。他同样在紧要关头逃婚，但是，他不是为了割舍不下他的单身生活，而是由于虚荣、由于害怕妨害他的"上进"。他有着更丰富的社会性。然而，受伤的将是他自己，喜剧在这里除去嘲笑他和他的"朋友"之外，还有更主要的喜庆的笑。

　　喜剧提高人物的性格。屠格涅夫不是速写，而是雕塑。鲍阔赖新向往贵族风尚，官架十足，满足于他的七品官阶。维里奇基是一个小书记，向上爬，有野心；所以，他敢于出卖信誉、出卖感情；他嫌弃玛丽雅没有"教育"，没有"上流人"的虚伪的"教育"，他忘了自己的教育。他比鲍阔赖新多走了一步，进到资本主义社会里来了。"上流人"的"教育"是靠剥削来的金钱弄到手的。什么地方是维里奇基的金钱的来源呢？他嫌玛丽雅穷，没有"教育"，可是他呢，无耻得很，他拿一个忠厚人的金钱做他两年来恋爱的资本。忠厚人有理由在最后控诉他：

——讨厌！可是他怎么不讨厌打我这儿拿去的钱啊？因为他有一位德国朋友，他就忘了自己是干什么的。

屠格涅夫是讨厌这批摧毁俄罗斯的淳朴的人情习惯的外国流氓的。他们口口声声"教育"，在愿愚可欺的小民中间，俨然以文化保护人的姿态出现。风克先生，德国人、吃俄国饭的德国人，以一种悲天悯人的口吻，说他不喜爱现代文学，尤其是："现代的批评家的欣赏力是很可怜的。"他破坏一个良善的孤女的婚事，因之破坏她的终身的名誉：被一个"有"教育的男子所抛弃。屠格涅夫从哪一方面都不饶恕他。他在第二幕直接让这外国牛皮大王所保护的作家露脸，揭穿了他这种人的"教育"。屠格涅夫的同情显然是给了他所宝爱的俄罗斯和它的生气勃勃的现代文学。

这应当是这出喜剧、风俗性格的喜剧，直到今天，还受苏联人民欢迎的主要缘故。屠格涅夫在这里表现了他的爱国主义的精神。俄罗斯的真正的品德活在人民的心里、活在日常的没没无闻的生活里、被统治着的生活里。玛丽雅受到了打击，她不绝望，她不求人收容，相反，她勇敢地站了起来。她不怕穷，不怕无情的社会耻笑，她要找工作——虽说在当时社会，这会落空的。毛实金就不懂工作这个词的意义，把它当做羞耻看。剧作家明白这一点，给她另外布置了一个意外、然而极其可能的结局，因为他爱这个刚强的女孩子，她的品格抵得过全部"上流人"所谓的"教育"。

屠格涅夫写了好几个女孩子,唯有《单身汉》里面的玛丽雅最最靠近俄罗斯。在这出戏里面,他的倾向性——加里宁所称颂于他的倾向性,是在正面积极地、直接地表现出来的。

当然,在《单身汉》里面,最有风趣的人物是单身汉毛实金本人。他是复杂的,他的复杂来自他的单纯。忠厚、善良、诚恳、亲切、坦率。他是那样天真,我们不再指摘他那些缺点。我们祝贺他终于找回他的幸福:为别人的幸福而奋斗的愿望!

《单身汉》的结构建立在人物的性格上面,这就为它保证好了它的成功。排斥那些外来的野蛮的"文明"影响,保卫祖国人民中间必须宝贵的优良的品德,屠格涅夫通过他的结构完整的喜剧,鼓励他的观众或者读众明确认识俄罗斯不就像果戈理所写的那样完全要不得。屠格涅夫是乐观的。

爱自己的祖国,爱祖国的人民:他们的品质是可贵的,只是果戈理的现实主义没有用在他们身上罢了。俄罗斯人民永远是可爱的。

同一道理自然也同样能够用在中国人民身上。人民永远是可爱的。尊重俄罗斯,正如同尊重中国,尊重我们所有的兄弟国家。爱国主义和国际主义只是一个。只有风克先生之流,文化上的法西斯,才是我们必须清除的对象。

译者一九五二年十一月六日

内地女人

独幕喜剧

人物

阿列克谢意(阿列克西)·伊凡诺维奇(伊凡尼奇)·司屠盆皆夫　一个内地公务员,四十八岁。

达丽雅(达莎)·伊凡诺夫娜　他的太太,二十八岁。

米沙　达丽雅·伊凡诺夫娜的亲戚,十九岁。

瓦列里雅·尼考拉耶维奇(尼考拉伊奇)·刘宾伯爵　四十九岁。

伯爵的跟班　三十岁。

瓦西列夫娜　司屠盆皆夫的女厨子,五十岁。

阿坡劳　司屠盆皆夫的小听差,十七岁。

事情发生在小城司屠盆皆夫的家里。

景是一个穷公务员的客室。后墙有门,通过厅。右手有门,通他的书房。左手有两个窗户;窗户当中有门,通花园。左犄角立着一扇低屏风。靠台口有一张沙发、两张椅子、一张小桌子和一个刺绣架子。右手有一架小钢琴,钢琴前面是一张小桌子和一张椅子。

第 一 场

达丽雅·伊凡诺夫娜坐在刺绣架子前头（她穿得朴素而雅致）。米沙坐在沙发里面（他读着一本书）。

达丽雅 （不仰起眼睛看，继续缝东西）米沙！

米 沙 （放下书）什么事？

达丽雅 你……看见波波夫了吗？

米 沙 看见啦。

达丽雅 他对你讲了些什么？

米 沙 他讲，他会把要的东西好好儿送来的。我要他特别当心红酒。他就说："那还用说，我一定当心。"（稍缓）我好不好知道，达丽雅·伊凡诺夫娜，你是在等什么人吗？

达丽雅 是在等人。

米 沙 （稍缓）我好不好知道，是谁啊？

达丽雅 你可真爱管闲事！不过，你嘴紧，我告诉你我在等谁也没什么。我在等刘宾伯爵。

米 沙 你说的是回庄园不久的那位阔老爷吗？

达丽雅 是他。

米 沙 库里什金馆子今天有人等他。你认识他吗？

达丽雅 不是现在。

米 沙 啊！你是说，从前？

达丽雅 你一个劲儿逼着我问，做什么呀？

米 沙 对不住。（稍缓）我是一个傻瓜。可不，他是你的恩人喀铁芮娜·德米特芮夫娜的儿子。

达丽雅　　　（看了看他）是啊，我的恩人。

〔司屠盆皆夫的声音："她这么说？她为什么这么说？"

达丽雅　　　那边怎么啦？

第 二 场

前场人与司屠盆皆夫和瓦西列夫娜（他们由书房门进来：司屠盆皆夫没有穿上衣；瓦西列夫娜胳膊上搭着一件上衣）。

司屠盆皆夫　（向达丽雅）达莎，是不是，你告诉她……（米沙站起来鞠躬）啊，你好，米沙，你好。是不是，你告诉这老婆子（指着瓦西列夫娜）今天不给我另一件上衣的，啊？

达丽雅　　　我没告诉她。

司屠盆皆夫　（洋洋得意，转向瓦西列夫娜）啊？怎么样？

达丽雅　　　我告诉她，请你今天不要穿那一件上衣……

司屠盆皆夫　那一件上衣有什么不好？挺好看的嘛。是你自己送给我的呀。

达丽雅　　　那是好久以前的事了啊！

瓦西列夫娜　好啦，穿上这一件，穿上这一件上衣罢，阿列克谢意·伊凡诺维奇……话是对的喽……那一件挺好看！可是靠胳膊肘儿的地方磨旧啦，后背也光光的啦。

司屠盆皆夫　（穿上衣）谁叫你往后背看的？慢，慢着走！听见了没有？先帮我拿胳膊穿进去。

瓦西列夫娜　好罢，是啦，你呀……

〔走出。

司屠盆皆夫　（穿好上衣）别唠叨啦，老婆子！

第 三 场

前场人，除去瓦西列夫娜。

司屠盆皆夫　老鬼！胳膊底下这儿多紧啊！裁缝有时候真可恶……他们给你做一件上衣，让你觉得，一直就像，有一根绳子朝上吊你。说真的，达莎，我不明白，你做什么想到要我穿这一件上衣；现在眼看就要十二点钟，我得到衙门去，还得拿制服换上。

达丽雅　我们要有客人来。

司屠盆皆夫　客人？什么客人？

达丽雅　刘宾伯爵。你知道他罢？

司屠盆皆夫　刘宾？当然喽！原来你是在等他来啊？

达丽雅　是他。（看着司屠盆皆夫）你做什么大惊小怪的？

司屠盆皆夫　我没有大惊小怪，我完全同意你的话；不过，我得提醒你一声，亲爱的，就是这完全不可能。

达丽雅　为什么不可能？

司屠盆皆夫　不可能，完全不可能。他做什么到这儿来？

达丽雅　他有事情要跟你谈谈。

司屠盆皆夫　这样的呀，这样的呀，可是这也证明不了他要到这儿来，根本什么也证明不了呀。他会叫我到他府里去的。他会叫我到那儿去的。

达丽雅　他跟我从前认识：他常常到他母亲住的地方看我。

司屠盆皆夫	这也证明不了什么呀。米沙，你的想法儿呢？
米　沙	我？我就什么也没有想。
司屠盆皆夫	（向达丽雅）好，看，怎么样？……他不会来的。老天爷，他怎么……
达丽雅	好，就算是罢，就算是罢；不过，你可别脱上衣啊。……
司屠盆皆夫	（稍缓）这个，我完全同意。（走来走去）怪不得你今天发了疯，在这儿掸呀扫的……搞清洁工作！你还这么打扮！
达丽雅	阿列克西，请你别东拉西扯的。
司屠盆皆夫	好罢，好罢。当然了，别东拉西扯的……这位伯爵眼下破产了，所以可以来来这儿了。怎么样，他年轻吗？
达丽雅	比你年轻。
司屠盆皆夫	哼……我完全，完全同意你的话……怪不得你昨天弹了一天琴……（拿手比划）对呀，对呀。

〔哼哼着。

米　沙	今天我去库里什金那边来的。他们等他来。
司屠盆皆夫	等他来？好，就等着罢。（向达丽雅）我在喀铁芮娜·德米特芮夫娜那边怎么从来没有看到他？
达丽雅	他那时候住在彼得堡……
司屠盆皆夫	哼……据说，他现在有几个头衔。你想，他会来吗？老天爷，老天爷！

第 四 场

前场人与从过厅进来的阿坡劳（他穿着一件白纽扣蓝制服，很不像样子；一脸惊愕的表情）。

阿坡劳	（偷偷向司屠盆皆夫）有一位老爷要见你。
司屠盆皆夫	（吓了一跳）什么老爷？
阿坡劳	我不知道，戴着帽子，长着络腮胡子。
司屠盆皆夫	（心乱了）请他进来。（阿坡劳偷偷看了看他，走出）会不会是伯爵？

第 五 场

前场人；从过厅进来伯爵的跟班（他穿着一身讲究的旅行衣服）。瓦西列夫娜和阿坡劳在门口偷偷往里看，一副急切样子。

跟　班	（德意志口音）司屠盆皆夫先生住在这儿？
司屠盆皆夫	是这儿。你有什么事？
跟　班	你是司屠盆皆夫先生吗？
司屠盆皆夫	我是。你有什么事？
达丽雅	阿列克谢意·伊凡尼奇！
跟　班	刘宾伯爵来啦，希望你看他去。
司屠盆皆夫	你是他差来的？
达丽雅	阿列克谢意·伊凡尼奇，过来。
司屠盆皆夫	（走到她跟前）做什么？
达丽雅	吩咐他摘掉帽子。
司屠盆皆夫	你想？哼……对呀，对呀……（走到跟班这边）你不觉得这儿怪热……
	〔手指头指着帽子。
跟　班	这儿不热。我是不是说，你这就来？

司屠盆皆夫　　我……(达丽雅做手势给他)请问,你是谁?
跟　　班　　我是大人……老爷的用人。
司屠盆皆夫　　(忽然发作)拿掉帽子,拿掉帽子,拿掉帽子,我告诉你!
　　　　　　　(跟班慢慢摘下帽子)告诉大人,我马上就……
达丽雅　　　　(站起)告诉伯爵,我丈夫现在很忙,不能够离开家,伯爵想见他的话,自己来罢。去罢。
　　　　　　　〔跟班走出。

第 六 场

前场人,除去跟班。

司屠盆皆夫　　(向达丽雅)不过,达莎,说实话,我觉得你像……(达丽雅走来走去,不作声)话说回来,我完全同意你的话。我把他制住啦,不是吗?我一下子就拿他顶回去啦。活活一个无赖!(向米沙)你说我有没有一下子?
米　　沙　　　有一下子,阿列克谢意·伊凡尼奇,很有一下子。
司屠盆皆夫　　我也这样想!
达丽雅　　　　阿坡劳!

第 七 场

前场人与阿坡劳。瓦西列夫娜跟在后头。

达丽雅	（看阿坡劳看了许久）不成，你穿着这身制服，显得太滑稽。你顶好还是别露面。
瓦西列夫娜	太太，他怎么显得滑稽呀？他不跟别人一样好好儿是一个人，他又是我的外甥……
司屠盆皆夫	老婆子，别吵。
达丽雅	（向阿坡劳）转过身子来！（阿坡劳转过身子）不成，你千万别给我在伯爵面前现眼。到什么地方躲起来罢……瓦西列夫娜，就请你坐在过厅罢。
瓦西列夫娜	可是，太太，我厨房有活儿干呀。
司屠盆皆夫	可是坏东西，谁叫你干活儿的？
瓦西列夫娜	可是……
司屠盆皆夫	别吵，老婆子！没臊的东西！两个人出去！

〔瓦西列夫娜和阿坡劳走出。

第 八 场

前场人，除去瓦西列夫娜和阿坡劳。

司屠盆皆夫	（向达丽雅）你真就以为伯爵现在会来吗？
达丽雅	我想会来的。
司屠盆皆夫	（走来走去）我直心慌。他来的时候，一定大发脾气……我直心慌。
达丽雅	请啦，拿出力量来，放安静，放镇定。
司屠盆皆夫	我听着……我直心慌。米沙，你心慌不心慌？
米 沙	一点也不。

司屠盆皆夫　我可直心慌……（向达丽雅）你做什么不放我到他那儿去？
达丽雅　　　这是我的事。你得记住，他要见你。
司屠盆皆夫　他要见我……我直心慌……什么事？

第 九 场

前场人与阿坡劳。

阿坡劳　　　（表情非常惊恐）我来不及躲开。那位老爷就来啦。我来不及躲开。
司屠盆皆夫　（低声）那，快到这边来！
　　　　　　〔把他朝书房推。
阿坡劳　　　我来不及躲开，偏偏瓦西列夫娜又去了厨房。
　　　　　　〔不见了。

第 十 场

前场人，除去阿坡劳。

伯爵的声音　（在后台）是怎么回事？这儿有人吗？这个人做什么跑开啦？
司屠盆皆夫　（手足无措，向达丽雅）瓦西列夫娜偏偏去了厨房！
伯爵的声音　来人啊！
达丽雅　　　米沙，就烦你去开一下门罢。

第十一场

前场人与刘宾伯爵,米沙开开门,请他进来(他的衣著很整饬、仔细,类似一般花花公子的装束)。

米　沙　　　请进来。

伯　爵　　　司屠盆皆夫先生在家吗?

司屠盆皆夫　(鞠躬,相当窘)我……是司屠盆皆夫。

伯　爵　　　很荣幸。我是刘宾伯爵。我差我的用人到这儿来过;不过,你不高兴过来看我。

司屠盆皆夫　大人宽恕我。我……

伯　爵　　　(朝四面看,向达丽雅鞠躬。达丽雅先就闪到一旁)你好。我承认,我十分感觉意外。你想必一定很忙、很忙。

司屠盆皆夫　大人,的确是,很忙。

伯　爵　　　也许,算不得什么;不过,我觉得,一个人可以放下自己的事,至少为了别人,特别是……赶着别人……(瓦西列夫娜从过厅进来。司屠盆皆夫做手势叫她出去)赶着……

　　　　　　〔刘宾向四面看,显出惊奇;瓦西列夫娜狠狠看了他一眼,跑出去了。刘宾转过身子,看看司屠盆皆夫,微笑着。

司屠盆皆夫　大人,没事。那只是,一个老婆子,来了又出去了。她来,我过意不去;我很高兴她出去了。对不住,我把你介绍给我太太……

伯　爵　　　(仅只看了她一眼,心不在焉地鞠躬)什么?很荣幸。

司屠盆皆夫　　达丽雅·伊凡诺夫娜,大人,达丽雅·伊凡诺夫娜。

伯　爵　　（依然心不在焉）很荣幸,很荣幸;不过,我来……

达丽雅　　（谦和地）伯爵,你不认识我啦?

伯　爵　　（看着她）啊,我的上帝……对不住,的确……达丽雅·伊凡诺夫娜!想不到在这儿见到!多少年啦……是你吗?告诉我!

达丽雅　　是呀,伯爵,我们很久没有见面啦……明摆着,自从那时候起,我变得很厉害啦。

伯　爵　　没有的话,你更好看啦。我,当然,变得丑多了。

达丽雅　　（天真烂漫地）伯爵,你一点也没有变。

伯　爵　　啾,可别这么讲!现在,我真高兴你丈夫没有能够看我来,因为我得到一个愉快的机会,又遇到了你。我们可以说是老朋友了。

司屠盆皆夫　　大人,就是她……

达丽雅　　（打断他的话）老朋友……伯爵,我敢说,在这长久期间,你就没有一回想到……想到你的老朋友罢?

伯　爵　　我?……才不对,才不对。我承认,我不很记得,你嫁给了谁……我母亲在去世前不久,写信告诉我来的……不过……

达丽雅　　是呀,住在彼得堡,在那样一个大城里面,你怎么能够不忘记你的朋友啊?我们这些乡下穷人——我们忘记不了我们的朋友,（轻轻叹息一声）我们是什么也忘记不了。

伯　爵　　不对,我告诉你。（过了一时）相信我,我一直非常关心你的幸福,我很高兴看见你现在……（想话）安定下来了。

司屠盆皆夫　　（鞠躬）大人,十分,十分安定。有点儿——穷、困——这是唯一的苦恼!

伯　　爵　　那,是呀,是呀。(稍缓)不过,(转向司屠盆皆夫)不敢请教,台甫?

司屠盆皆夫　(鞠躬)阿列克谢意·伊凡尼奇,大人,阿列克谢意·伊凡尼奇。

伯　　爵　　亲爱的阿列克谢意·伊凡尼奇,我们有一点小事要谈谈……我想,这谈话对嫂夫人也许没有兴趣……顶好单是我们两个人,怎么样?……我们拿事情谈谈……

司屠盆皆夫　听凭大人吩咐……达莎……

〔达丽雅打算走出。

伯　　爵　　不,请你待下来……我和阿列克谢意·伊凡尼奇好到他的房间的。阿列克谢意·伊凡尼奇,你愿意吗?

司屠盆皆夫　到我的房间……哼……到我的书房,那……

伯　　爵　　对,对,到你的书房……

司屠盆皆夫　大人要是愿意的话……不过……

伯　　爵　　(向达丽雅)我们,达丽雅·伊凡诺夫娜,回头见……我希望。(达丽雅·伊凡诺夫娜行礼)再会。(向司屠盆皆夫)到哪儿去——这儿?

〔他拿帽子指着书房。

司屠盆皆夫　这儿……不过……大人……

伯　　爵　　(没有听见)很好,很好……

〔他走进书房,后头跟着司屠盆皆夫;后者在出去的时候,做手势给达丽雅。她待下来,想着什么,望着他们走出去的方向。过了不久,阿坡劳从书房跑出来,疯了一样朝过厅跑出去。达丽雅耸耸肩膀,微笑着,依然是思维的姿态。

第十二场

达丽雅·伊凡诺夫娜与米沙。

米　沙	（走到她跟前）达丽雅·伊凡诺夫娜！
达丽雅	（醒过来）什么事？
米　沙	我好不好知道，你有多久没看见大人啦？
达丽雅	很久啦，十二年。
米　沙	十二年！好家伙！你这期间没有听到他那边一点消息吗？
达丽雅	我？没有。他想不到我，就像他想不到中国皇帝一样。
米　沙	看你把话说的！那么，他为什么说，他非常关心你的幸福？
达丽雅	这你也诧异？你要真诧异的话，这就证明你还很年轻不懂事！（稍缓）他可真老了啊！
米　沙	老啦？
达丽雅	他抹胭脂，搽粉……染头发，可是一脸的皱纹……
米　沙	他染头发？哎呀，哎呀，哎呀，真不怕难为情！（稍缓）我想他不一会儿就要走的。
达丽雅	（迅速转向他）你怎么想到这上头的？
米　沙	（谦和地低下眼睛）我随便说说。
达丽雅	不……他会待下来用饭的……
米　沙	（叹息一声）啊！那就好极啦！
达丽雅	为什么？
米　沙	（谦和地）不的话，那些吃的东西……还有酒……他要是不待下来的话，就全糟蹋啦……

达丽雅　　（拖长声调）是的。好，听我讲，米沙，眼面前的事就是：他们两个人现在就要出来啦。

米　沙　　（细心看着她）是的。

达丽雅　　所以，你明白，要留下我一个人待下来。

米　沙　　是的。

达丽雅　　我留伯爵用饭，同时阿列克谢意·伊凡尼奇……

米　沙　　我懂。

达丽雅　　（皱起眉头）你懂什么？我叫阿列克谢意·伊凡尼奇到你那儿……

米　沙　　好罢。

达丽雅　　你留住他……不过，别太久……告诉他，我同伯爵要谈一点事，对他有好处的事……你懂吗？

米　沙　　是啦。

达丽雅　　这就好。我交给你啦。你要是愿意的话，你不妨同他到外头散散步。

米　沙　　当然啦；干吗不散散步？

达丽雅　　好，对，对。现在你好走啦，就留下我一个人罢。

米　沙　　是啦。（打算走，又停住）达丽雅·伊凡诺夫娜，别把我忘了。你知道，我拿自己献给你，可以说，身子和灵魂全是你的……

达丽雅　　你要什么？

米　沙　　啊，达丽雅·伊凡诺夫娜，你知道我多盼望住到彼得堡！没了你，我这儿还有什么好待的？……达丽雅·伊凡诺夫娜，帮帮我这个忙罢……有一天我会报答你的。

达丽雅　　（稍缓）我不明白你，我也不知道有什么事……不管它，好，你走罢。

米 沙	是啦。(眼睛望着天花板)我有一天会报答你的,达丽雅·伊凡诺夫娜!

〔他朝过厅走出。〕

第十三场

达丽雅·伊凡诺夫娜(一个人)。

达丽雅	(有一个短期间,待着一动不动)他一点点也没有注意到我——这是明摆着的事。他忘记我了。我觉得我盼他来,像是白盼了。我对他来可存了多少希望啊!……(往四面望)难道我真就要永远在这儿待下去,在这儿?……就没有办法好想!(稍缓)不过,事情还没有确定。他没有真看到我……(照镜子)至少,我没有染头发……再看罢,再看罢。(走动了一会儿工夫,走到钢琴跟前,弹了几个键子)他们不会这么快就出来的。把我等得心焦死了。(坐到沙发上)不,我不见得在这个小城就变得那么老气……我怎么晓得?谁在这儿可以告诉我,我变成什么了?谁在这个小城可以告诉我,我变成什么了?不幸的是,我比他们全高……我比他们全高;不过,就他看来,我只是一个内地女人,一个内地公务员的太太,一个受阔太太保护的姑娘,后来总算在生活上安定下来了……可是他哪,他是一位名人,有钱,有好几个头衔……好,他也算不得怎么有钱;他在彼得堡的事由儿不顺当,我想,他到这儿过一个月。他长得还好

看,这是说,他从前一向还好看……现在他抹胭脂,染头发。据说,对于他这样儿情形的人,回忆很宝贵……可是,他十二年前认识我、追我……是啊,是啊,当然喽,他追我因为他没有别的事好做啊,不过……(叹息一声)我呀,那时候,还在梦想……啾,十六岁姑娘有什么不梦想的!(振作起来)啊,我的上帝!我想我手里头还留着他一封信的……一定有。可是,放在什么地方啊?可恨我事前就没有想到这上头!……不过,我也许找得出来……(稍缓)再看罢。这些乐谱和这些书倒挺凑手!我觉得滑稽……我简直就像一位将军,准备和我的敌人进行决战……我最近变了多少!我想着这些事,多安静、多镇定啊?人到急时,自有主意。不,我不安静,我现在直心慌,不过,这也就是因为我不知道我会不会成功……得啦,真是这样子吗?我明明不是一个小孩子,回忆就是对于我也是宝贵的……不管回忆怎么样……反正我是没有指望的了,我已经活了半辈子,多半辈子了。(微笑)可是,他们还不出来!我要什么?我求什么?芝麻大的小事。帮我们在彼得堡找个差事,对他来说,也就是芝麻大的小事。而且阿列克谢意·伊凡尼奇不管是什么事,也会开心的……可能我就不成功呢?……这样啊,我就命该在这个小城待下来……我就命该不走好运……(拿手放在脸上)想着这些,没有一个准章程,我都发烧了;脸都烫起来啦。(稍缓)怎么样?随它去罢。(听见书房有响声)他们来啦……战斗开始啦……啾,胆小鬼,不对头的胆小鬼,现在你就离开我罢!

〔拿起一本书,坐到沙发上。

第十四场

达丽雅·伊凡诺夫娜，司屠盆皆夫与刘宾伯爵。

伯　　爵　　那么，亲爱的阿列克谢意·伊凡尼奇，我可以信赖你啦？

司屠盆皆夫　　大人，我这方面，尽我所能，把它做好……

伯　　爵　　我非常，非常承情。我在最短期间就拿文件给你送过来……今天我回到我那边去，明天，也许后天……

司屠盆皆夫　　是啦，是啦。

伯　　爵　　(走到达丽雅跟前)达丽雅·伊凡诺夫娜，请你务必原谅我：今天，我很遗憾，我不能够再待下去啦，不过，我希望，改一天再看你来。

达丽雅　　伯爵，你不留下来同我们一起用饭吗？
　　　　　〔她站起来。

伯　　爵　　我非常感谢你的邀请，不过……

达丽雅　　我可一心直想……直盼你会同我们在一起多坐一会儿的！当然了，我们不敢留你……

伯　　爵　　你真周到，不过，说实话……我有许许多多事要做……

达丽雅　　想想看，自从我们分手以来，我们有多久没见了啊……上帝知道，我们还有没有机会再见！你在这儿是一位稀客……

司屠盆皆夫　　的确，大人，你就像是常人说的，凤凰。

达丽雅　　(打断他的话)再说，你现在来不及回家用午饭；在我们这儿……我可以告诉你，城里没有一个地方有这样好的午

377

饭的。

司屠盆皆夫 我们知道，大人，你要来的。

达丽雅 （又打断他的话）那么，你答应下来啦，对不对?

伯　爵 （有点勉强）你这样留我，我就没有法子拒绝你……

达丽雅 啊!

〔她拿起他的帽子，放到钢琴上。

伯　爵 （向达丽雅）我承认，今天早晨我离开家的时候，想不到会有遇见你的快乐……（稍缓）你们这个城，就我看到的来说，不算怎么坏。

司屠盆皆夫 作为一个小城来看，大人，是生气勃勃的。

达丽雅 （坐下）伯爵，请坐……（刘宾坐下）你就想像不出，看见你在我家里，我多么快活、多么欢喜……（向司屠盆皆夫）啊! 倒说，阿列克西，米沙有事找你。

司屠盆皆夫 他有什么事?

达丽雅 我不知道，不过，我想，他找你找得很急；请你看看他去罢。

司屠盆皆夫 我怎么可以……大人，是呀……现在不成。

伯　爵 啾，请便罢，别客气啦。我不至于闷的。

〔他心不在焉，拿手指头理了理头发。

司屠盆皆夫 他怎么那么急急忙忙的?

达丽雅 他有事找你；去罢, mon ami。①

司屠盆皆夫 （稍缓）是啦……我去去就回来……大人……（鞠躬；伯爵还礼。司屠盆皆夫走向过厅，自言自语）他找我做什么?

---

① 法文，意思是："我的朋友"。

第十五场

达丽雅·伊凡诺夫娜与伯爵。（一时无语。刘宾从侧面望达丽雅，微笑着，摇摇头。）

达丽雅　（低下眼睛）大人，你在这儿待得长久吗？

伯　爵　两个月；事情一有眉目，我就走。

达丽雅　你住在斯怕斯克？

伯　爵　是的，母亲的花园。

达丽雅　还是原来那房子？

伯　爵　原来那房子。我承认，现在住在里头，不很愉快。看上去很老、很破旧……我打算来年把它拆掉。

达丽雅　伯爵，你说，现在住在那儿不怎么开心……我不知道。我对它的回忆倒是非常愉快的。你真打算把它拆掉？

伯　爵　你真舍不得老地方啊？

达丽雅　还用说！我一生顶好的日子是在那儿过的。再说，我一想到我的恩人，你去世的母亲，你明白……

伯　爵　（打断她的话）是呀，是呀……我明白。（稍缓）那时候，显然了，我们在那边过的日子很快活……

达丽雅　你没有忘记……

伯　爵　什么？

达丽雅　（又低下眼睛）过去的日子？

伯　爵　（转开身子，仔细打量达丽雅）我什么也没有忘记，相信我……请你告诉我，达丽雅·伊凡诺夫娜，你那时候有多大？……等一下，等一下……你知道，你的岁数你瞒不

　　　　　过我。

达丽雅　　我不要瞒着……伯爵，我现在就像你那时候那样大——二十八岁。

伯　爵　　我那时候才二十八岁？我想你弄错了罢……

达丽雅　　伯爵，我没有弄错……关于你的事，我样样儿都清清楚楚记着……

伯　爵　　（强作微笑）那么，我现在该多老了啊！

达丽雅　　你，老啦？瞎扯！

伯　爵　　好啦，好啦，我没意思在这上头跟你争论。（稍缓）是啊，是啊，那些日子是幸福的日子！你还记得我们早晨常常在花园榆树底下散步吗？（达丽雅低下眼睛）不，说呀，你记得吗？

达丽雅　　我告诉过你，伯爵，我们乡下人忘记不了过去，特别是……一辈子只有这么一回。可是你——这类经验一定多得很了！

伯　爵　　（兴致高了）不对，达丽雅·伊凡诺夫娜，你千万别那样想我。我真不要你这样想。当然喽，在一个大都市，生活是形形色色，特别是对年轻人；当然喽，那种多样的、喧闹的生活……不过，我告诉你，达丽雅·伊凡诺夫娜，头一个印象永远是抹不掉的，有时候，就在这都市社会，心……你明白，心偏偏就渴望着……你知道，像在拿人朝后拉……

达丽雅　　是呀，伯爵，我完全同意你的话：头一个印象是抹不掉的。我有过那种经验。

伯　爵　　啊！（稍缓）你看，达丽雅·伊凡诺夫娜，你在这儿一定是很寂寞的罢？

达丽雅	（拖长声调）我不这么说。开头，自然了，不习惯于生活的新方式，觉得有点儿吃力；不过，过上一阵子……我丈夫是一个很善良、很好的人！
伯　爵	是呀……我同意你的话……他是一位很、很可敬的人，很可敬；不过……
达丽雅	所以，我……也就习惯下来了。人不奢望就幸福了。家事，小家庭……（声音放低）一些愉快的回忆……
伯　爵	你有那样愉快的回忆吗？
达丽雅	我像别人一样，也有；所以，寂寞也就容易对付了。
伯　爵	这就是说，有时候你觉得寂寞？
达丽雅	伯爵，这你也诧异？你别忘记，我运气好，是在你母亲家里长大的。拿我年轻时候的情形和现在我四周的环境比比看。当然喽，我的情况和我的身世不许我痴心妄想，再过我开头的生活方式的。不过，像你方才讲的：头一个印象是抹不掉的，也不可能就拿它们忘掉的，（低下眼睛）可是生活知识倒是劝人忘掉它们的好……伯爵，我就爽快同你讲了罢。你真就以为，我看不出，这儿一切，对你都多粗俗……可笑吗？那个跟班，看见你就跑，像一只吓坏了的兔子；那个女厨子——和……和，也许，我自己……
伯　爵	你，达丽雅·伊凡诺夫娜？我的上帝，你在开玩笑！就我来说，我告诉你……我，正相反，大吃一惊……
达丽雅	（迅速地）我告诉你，伯爵，是什么让你大吃一惊。你大吃一惊，因为你注意到，我已经失去了我年轻时候全部的美好，我已经完全变成了一个内地女人……你以为，你这样大吃一惊，在我好受吗？
伯　爵	达丽雅·伊凡诺夫娜，你拿我的话解释成什么啦！

达丽雅	也许是罢；不过，就别谈它了罢。有些伤口，就是治好了，再碰碰，也是疼的。再说，我也接受我的命运啦。我独自一个人过活，在一个小黑角落，要不是这一回遇见你的话，我年轻时候的回忆就许昏昏沉沉睡过去了。无论如何，我也决不会谈起它们来的。我简直觉得难为情，我难为情的是，我没有正正经经招待你，反而同你谈起这些陈年老话。
伯　爵	请问，你把我当成什么人啦？难道你以为，你拿心里的话讲给我听，我不看重吗？作践你的是你自己。我决不相信，像你这样儿有教育、有修养的人，会在这儿待下去，没人注意。……
达丽雅	你听我讲，伯爵，真是这样子。我可一点儿也不放在心上。我年轻时候的傲骨头还在我身上哪。我不喜欢的人，我也不希望他们喜欢我……再说，我们穷，处处要仰仗别人；就算有些人我想高攀罢，这也妨害我同人家靠近。交朋友不可能……所以，我宁可独自一个人待着。再说，我也不在乎独自一个人——我念书，我做研究；而且，我必须说，我运气好，丈夫是一个大好人……
伯　爵	是呀，这是显然的。
达丽雅	我丈夫，当然了，不是没有怪气地方……我对你说这话，因为我十分相信，你一定看出一些来了——不过他是一个好人。我不会抱怨的，我会知足常乐的，要不是……
伯　爵	什么要不是？
达丽雅	要不是……有时候……遇到一些料不到的……意外，搅乱我的心境。
伯　爵	达丽雅·伊凡诺夫娜，我不怎么明白你的意思……什么意

	外?先前,你说到回忆……
达丽雅	(眼睛对准他的脸望过去)伯爵,你听我讲;我没有话好瞒你的。事实上,我也不能够瞒人,而且瞒你,那就真可笑了。一个女人看到她年轻时候认识的男子,她认识他在一个完全不同的世界、完全不同的环境,像我现在看到你一样,你以为对她会不起作用……(伯爵偷偷理好头发)同他谈到过去、想到过去……
伯 爵	(打断她的话)一个男子,好比说罢,受命运支配,在世上漂泊,你以为对他就不起作用——遇见像你这样的女人,还保持着所有……所有她年轻时候的那种美好……那种……那种智慧……那种好感——cette grâce?①
达丽雅	(微笑着)可是,那个女人费了很大、很大的劲儿,留这个男子用饭!
伯 爵	啊,你可报了仇啦!不过,你说给我听,你真以为——这一切对他就不起作用吗?
达丽雅	我不这样想。你看我同你在一起有多直率。回想回想自己年轻时候,总是好受的,特别是,年轻时候没有做过什么错事。
伯 爵	好,你说给我听。那个女人会对这个男人讲什么,要是他、这个男子告诉她:他什么、什么也没有忘记,一想到和她相会,心里就总在激动。
达丽雅	她会讲什么?
伯 爵	是呀,是呀,她讲什么?
达丽雅	她会对他讲:听了他多情的话,她,她自己也受了感动,

---

① 法文,意思是:"那种优雅"。

	就(拿手伸给他)拿手给他,愿意恢复旧的、真诚的友谊。
伯　爵	(握住她的手)Vous êtes charmante.①(打算吻她的手,但是达丽雅抽出去了)你真可爱、可爱极了!
达丽雅	(站起来,声调轻快)啊,我多开心啊!我多开心啊!我直担心你什么也不记得我啦,你在我们家觉得别扭、不痛快,甚至于觉得我们不礼貌……
伯　爵	(坐下,但是眼睛跟着她转)达丽雅·伊凡诺夫娜,告诉我……
达丽雅	(脸转向他)什么?
伯　爵	是你出主意,不叫阿列克谢意·伊凡尼奇看我吗?(达丽雅狡猾地摇了摇头)是你不是?(站起来)我以我的荣誉告诉你:你不会遗憾的。
达丽雅	那还用说!我早就看出来了。
伯　爵	不是,不是,我不是这个意思。
达丽雅	(天真烂漫地)不是这个意思?倒是什么意思?
伯　爵	意思是,你再在这儿待下去,等于犯罪。我不允许你这样做。我不答应这样一颗珍珠扔在泥坑里头。……我要你——我想法子给你丈夫在彼得堡找个事做。
达丽雅	不可能呀!
伯　爵	你看好了。
达丽雅	我是说,在你不可能。
伯　爵	你也许以为,达丽雅·伊凡诺夫娜,我没有什么……哦……哦……(他努力在想一个合适的字眼)

---

① 法文,意思是:"你真可爱。"

	influence①……
达丽雅	Oh, jén suis parfaitement persuadée! ②
伯　爵	Tiens! ③（他不由自己就说出来了）
达丽雅	（笑）伯爵，我想，你说了一句：Tiens! 你心想我拿法文忘光了罢？
伯　爵	不是的，我没有这个意思……mais quel accent! ④
达丽雅	啾，瞎扯！
伯　爵	可不，我答应你找事。
达丽雅	当真？不是说笑？
伯　爵	不是说笑，不是说笑，一点不是说笑。
达丽雅	好，那就好罢。阿列克谢意·伊凡尼奇一定会很、很感激你的。（稍缓）只是，请你别以为……
伯　爵	什么？
达丽雅	不，没什么。你不会起这种心思的，所以，我也就不应当有这种心思。这么说起来，我们也许要住到彼得堡了？啊，我多幸福呀！阿列克谢意·伊凡尼奇要多开心呀！
伯　爵	我们彼此常常见面，不是吗？我一看你、看你的眼睛、看你一个小卷一个小卷的头发——说实话，我就觉得，你只有十六岁，我们就像从前一样，在花园散步，sous ces magnifiques tilleuls⑤……你的微笑一点也没有

---

① 法文，意思是："势力"。
② 法文，意思是："噢，我完全相信你有势力！"
③ 法文，意思是："真行！"他没有想到她还记得法文。
④ 法文，意思是："字音多准呀！"
⑤ 法文，意思是："在那些好看的菩提树底下"。

	变，你笑起来，还是那样甜、那样可爱，aussi jeune qu'alors①……
达丽雅	你怎么晓得这个？
伯　爵	我怎么晓得这个？难道我不记得？
达丽雅	我那时候就不笑的……我没有笑的心情。我是忧愁、静想、沉默——难道你就忘啦？……
伯　爵	不过有时候……
达丽雅	Monsieur le comte②，你比谁都不应该忘记啊。啊，那时候我们都多年轻……特别是我！……你——你来看我们的时候，你已经是一位神气十足的青年军官啦。你记得你母亲多喜欢，眼睛在你身上转个不停吗？……你还记得你把你的老姨妈丽莎伯爵夫人迷得晕头转向吗？……（稍缓）不，我那时候就不笑的。
伯　爵	Vous êtes adorable ... plus adorable que jamais.③
达丽雅	En vérité?④回忆也真有它的！你先前可没有这样讲给我听。
伯　爵	我？我……
达丽雅	好，够啦。不然的话，我就许以为你只是对我说礼行话儿啦；老朋友可不兴这个呀。
伯　爵	我？对你说礼行话儿？
达丽雅	是呀，你。你不觉得，自从我末一次见你以来，你变了许多了吗？算啦，我们还是谈谈别的罢。你倒是对我讲讲你

---

① 法文，意思是："就像当时那样年轻"。
② 法文，意思是："伯爵先生"。
③ 法文，意思是："你真可爱……比从前还可爱。"
④ 法文，意思是："当真？"

	在干什么，你在彼得堡怎么过活——我全很感兴趣……我相信，你对音乐还是那样爱好，我这话对不对？
伯　爵	是呀，还有别的，你知道。
达丽雅	怎么，你唱起来，声音还那么好听吗？
伯　爵	我的声音从来就不好听，不过我也还唱唱。
达丽雅	啊，我记得，你唱起来，声音真好听啦，那个感动人呀……可不，我想，你还编曲子吗？
伯　爵	我现在有时候，偶尔也编编曲子。
达丽雅	哪一类风格？
伯　爵	意大利风格。我不承认别的风格。Pour moi—je fais peu; mais ce que je fais est bien.① 倒说，你爱好音乐来的。我记得你唱得很甜，钢琴也弹得很好。我希望你没有全丢了罢？
达丽雅	(指着钢琴和上面的乐谱)这就是我的回答。
伯　爵	啊！
	〔走到钢琴那边。
达丽雅	不过，遗憾的是，我这架钢琴却很糟糕；可是，音还准确。弹起来不好听，不过，解解闷儿也还对付。
伯　爵	(弹了两三个琴键)声音不坏。啊，巧得很——真想不到！你弹琴 à livre ouvert？②
达丽雅	要是不太难的话，还可以弹。
伯　爵	一点也不难。我带了一个小东西，une bagatelle que j'ai composée③，我的歌剧的一个双重奏谱子，男高音

---

① 法文，意思是："我呀——我编得很少；不过，我编出来的都是好的。"
② 法文，意思是："不用预备。"
③ 法文，意思是："我编的一个小玩意儿。"

	和女高音唱的。你也许听说了，我在写一出歌剧——为了好玩儿，你知道……sans aucune prétention。①
达丽雅	真的？
伯　爵	这样罢，你要是不反对的话，我把这个双重奏谱子给你送过来，要不，也许，还是我自己去一趟，把它拿来。我们在一起弹——你愿意吗？
达丽雅	你这儿有吗？
伯　爵	有，在我住的地方。
达丽雅	啊，伯爵，为了上帝的缘故，快把它拿来罢。我要多么感谢你啊！请你就去拿来罢。
伯　爵	（拿起他的帽子）我马上就去，马上就去。Vous verrez, ce n'est pas mal.②我希望你喜欢这小玩意儿。
达丽雅	还有不喜欢的？不过，我弹不好，我得先求你宽恕。
伯　爵	哪儿的话，我……（向外走）啊！你从前没有笑的心情。
达丽雅	我想，你现在就在笑我哪……不过，我有一个东西可以给你看……
伯　爵	什么东西？什么东西？
达丽雅	我保留下来的……我倒要看看你还认不认得它。
伯　爵	你说的是什么东西？
达丽雅	我知道我在说什么。你现在还是去拿你的双重奏来罢，回头我们再看好了。
伯　爵	Vous êtes un ange.③我马上就回来。Vous êtes un ange!

---

① 法文，意思是："不作任何成功的打算。"
② 法文，意思是："你回头看好了，不怎么坏。"
③ 法文。意思是："你是一个天使。"两句一样。

〔他摆摆手,从过厅出去了。

第十六场

达丽雅·伊凡诺夫娜(一个人)。

达丽雅 (看着他的背影,静了一会儿,喊了起来)胜利!胜利!……这是真的吗?就这么快,这么想不到!啊!Je suis un ange—je suis adorable!①这就是说,我还没有完全变得那么老气。我甚至于还讨人欢喜,像他(微笑)那样人、像他那样人欢喜……噘,亲爱的伯爵!你很滑稽,也很老了,我几乎就隐瞒不住这个事实。他那时候明明三十九岁,我告诉他二十八岁,他一点儿也不难为情……可是我,撒这个谎,也没觉得难为情。像你说的那个双重奏谱子,你就把它取来罢。你可以事前放心,我会觉得它好透了的。(在镜子前面站住,赞赏地望着自己的腰)可怜的乡下衣服,我很快就要同你分手啦,再见罢!我亲自做出这件衣服,我问队长太太要的时装样子,总算没有白费。你总算派上了用场。我决不拿你扔掉;可是到了彼得堡,我也不会穿你的。(理了理身上)我想,配我这肩膀儿,那块丝绒好多了……

---

① 法文,意思是:"我是一个天使——我真可爱!"

第十七场

达丽雅·伊凡诺夫娜。过厅门开了，米沙伸进头来。他望达丽雅望了几分钟，没有进来，低声喊着："达丽雅·伊凡诺夫娜！……"

达丽雅　　（迅速转过身子）啊，是你，米沙！你有什么事？我现在没有工夫。

米　沙　　我知道，知道……我不进来；我不过来告诉你，阿列克谢意·伊凡尼奇马上就要回来。

达丽雅　　你为什么不同他散散步去？

米　沙　　达丽雅·伊凡诺夫娜，我同他散步来的；不过，他对我讲，他想到衙门去去，当然了，我没法子揪他回来。

达丽雅　　好，他去衙门啦？

米　沙　　他确实去了衙门，可是，过了一会儿，他又出来啦。

达丽雅　　你怎么知道他又出来的？

米　沙　　我在墙犄角那儿看见他的。（他听了听）我想他来啦。（躲起来，但是不多久就又出现了）你没有忘记我罢？

达丽雅　　没有，没有。

米　沙　　是啦。

　　　　　〔出去了。

第十八场

达丽雅·伊凡诺夫娜；过了一会儿，阿列克谢意·伊凡尼奇上。

达丽雅	难道阿列克谢意·伊凡尼奇吃起醋来了吗？可真赶上时候啦！（她坐下来。阿列克谢意·伊凡尼奇从过厅进来。他现出心慌。达丽雅朝四面看）啊，是你，阿列克西？
司屠盆皆夫	我，我，亲爱的，我。伯爵走了吗？
达丽雅	我心想你在衙门。
司屠盆皆夫	我去来的，我对他们讲，别等我。是呀，我今天还怎么能够办公呀？我们家里有客人……他到哪儿去啦？
达丽雅	（站起来）听我讲，阿列克谢意·伊凡尼奇，你愿不愿意有一个好差事、有一份好薪水，在彼得堡？
司屠盆皆夫	我？当然啦！
达丽雅	你愿意？
司屠盆皆夫	当然愿意了……还用得着问！
达丽雅	那你就交给我一个人办好了。
司屠盆皆夫	什么意思，一个人办？
达丽雅	我一个人和伯爵办。他马上就要回来。他拿双重奏谱子去了。
司屠盆皆夫	双重奏？
达丽雅	是呀，双重奏。他编了一个双重奏谱子。我们想在一起弹弹看。
司屠盆皆夫	那我为什么一定要走开？……我也想听听。

达丽雅	啊,阿列克谢意·伊凡尼奇!难道你不知道,作曲家全害羞,受不了第三个人打岔吗?
司屠盆皆夫	作曲家受不了?哼……是呀,第三个人……不过,说实话,我不知道合不合适……我这样离开家?……伯爵也许要见怪的。
达丽雅	才不会哪——你放心好了。他知道你是一个忙人,再说,你回来吃午饭的。
司屠盆皆夫	吃午饭?是的。
达丽雅	三点钟。
司屠盆皆夫	三点钟。哼!是的……我完全同意你的话。吃午饭。是的,三点钟。
	〔他转开身子。
达丽雅	(等了一会儿)好,怎么样?
司屠盆皆夫	我不知道——我的头有点儿疼。这儿,靠左边。
达丽雅	真的?左边?
司屠盆皆夫	我的上帝。这儿,左边这儿全疼;我不知道……我想,我还是待在家里罢。
达丽雅	亲爱的,听我讲,你明明是在吃伯爵的醋。
司屠盆皆夫	我?你怎么想到我吃醋的?简直不像话……
达丽雅	当然啦,很不像话,这是没有什么可怀疑的;不过,你是在吃醋。
司屠盆皆夫	我?
达丽雅	你在吃一个染头发的人的醋。
司屠盆皆夫	伯爵的头发是染的?那算得了什么!我就戴假辫子。
达丽雅	这倒是真的;我看重你心境的安宁,所以,你顶好就待下来罢……不过,彼得堡的差事你就别想它啦。

司屠盆皆夫	怎么回事?难道彼得堡的差事……全看我不在家吗?
达丽雅	正对。
司屠盆皆夫	哼!奇怪。当然了,我同意你的话;不过,你同意我的话,就是事情也忒奇怪。
达丽雅	也许是罢。
司屠盆皆夫	真奇怪……真奇怪!(在屋里走来走去)哼!
达丽雅	不管怎么样,你得决定,赶快决定……伯爵马上就要回来。
司屠盆皆夫	真奇怪!(稍缓)你知道,达莎,我待下来啦。
达丽雅	随你。
司屠盆皆夫	伯爵同你讲起差事这话来的?
达丽雅	我已经拿话说在前头了,没什么再讲的了。待下来,或者出去;由你挑罢。
司屠盆皆夫	是好差事?
达丽雅	好差事。
司屠盆皆夫	我完全同意你的话。我……我待下来……我绝对待下来,达莎。(从过厅传来伯爵唱翻腔的声音)他来啦。(迟疑了一下)三点钟!再会!

〔他跑进书房。

达丽雅	我的上帝!

第十九场

达丽雅·伊凡诺夫娜与刘宾(手里拿着一卷乐谱)。

393

达丽雅	伯爵，可把你等来啦。
伯　爵	Me voilà, me voilà, ma toute belle.①我耽搁了一会儿工夫。
达丽雅	给我看，给我看……你就想像不出，我有多急。
	〔从他手里把乐谱拿过去，情急的样子看着。
伯　爵	请你千万别热望这是什么了不起的作品。我先就对你说过了，这不过是一个胡闹的小东西、一个无足轻重的东西。
达丽雅	（眼睛不离开乐谱）才不对，才不对……唉！Mais c'est charmant!②啊！这个转折地方真好！（指着纸上某一个地方）啊，我简直爱上了这个转折地方……
伯　爵	（谦虚地微笑着）是的，不很寻常。
达丽雅	还有这个 rentrée! ③
伯　爵	啊！你喜欢它吗?
达丽雅	真好，好得很！好，我们弹弹看，弹弹看；闲着时间不用做什么！（她走到钢琴跟前，坐下来，拿乐谱放在小架上……伯爵站在她的右后手）这是——andante? ④
伯　爵	Andante, andante amoroso quasi cantando.⑤（咳嗽了几声）哼，哼！我今天嗓子不好……你原谅我……Une voix de compositeur, vous savez.⑥
达丽雅	这是一个出名的藉口。我还有什么好讲的? 我只有弹了。（她弹序曲）不好弹啊。
伯　爵	在你可不难哟。

---

① 法文，意思是："我来啦，我来啦，我的美人儿。"
② 法文，意思是："真是可爱啊！"
③ 法文，意思是："重现"。指音乐主题、乐器或者歌唱在乐谱中再度出现而言。
④ 意大利文，意思是："行板"。
⑤ 意文，意思是："行板、近乎歌唱的多情的行板。"
⑥ 法文，意思是："作曲家的嗓子，你知道。"

达丽雅　　词儿好极了。

伯　爵　　是啊……我想,我是 dans Metastase① 找到的……我不知道拼得是不是正确……(指着)男的唱这个给女的听:

　　　　　la dolce tua immagine

　　　　　O, vergine amata

　　　　　Dell'alma inamorata ...②

　　　　　好,现在请你听我唱。

　　　　　〔他唱的是意大利风格;达丽雅伴奏。

达丽雅　　真动听,真动听……Oh, que e'est joli! ③

伯　爵　　你觉得?

达丽雅　　好极啦,好极啦!

伯　爵　　我没有唱好,会唱的就唱好了。可是,我的上帝!你的伴奏可真好啦。我告诉你,从来没有人、没有人像这样给我伴奏过……从来没有过!

达丽雅　　你是夸我。

伯　爵　　我?达丽雅·伊凡诺夫娜,这不是我的为人哩。相信我, c'est moi qui le dis.④你是一个了不起的音乐家。

达丽雅　　(仍然看着乐谱)我真喜欢这一段!非常特别!

伯　爵　　真的?

达丽雅　　整个歌剧都像这样好吗?

伯　爵　　你知道,这种问话,作曲家不能够回答的;不过,就我看

---

① 法文,意思是:"在麦达斯达斯书里"。麦达斯达斯(一六九八年——一七八二年)是意大利悲剧诗人。
② 意文,大意是:"你甜蜜的形象,噢,被爱的姑娘,没有热情的灵魂……"
③ 法文,意思是:"噢,真好!"
④ 法文,意思是:"我有资格说这话"。

达丽雅	来，其余部分，不更好的话，起码也不至于更坏。
达丽雅	我的上帝！你好不好为我弹一点歌剧别的部分？
伯　爵	能够满足你的愿望，达丽雅·伊凡诺夫娜，在我是很开心、很喜欢这么做的，不过，遗憾得很，我不弹钢琴，也没有带其他乐谱来。
达丽雅	真可惜！（站起来）等别的机会罢。我希望，伯爵，你走以前再到我们家来。
伯　爵	我？你不反对的话，我天天到府上来。至于我答应的话，你可以完全放心的。
达丽雅	（天真烂漫地）什么话？
伯　爵	我要在彼得堡给你丈夫找一个差事，我以我的荣誉答应你这样做。你说什么也不该待在这地方。这简直是一种可耻的情形！……Vous n'êtes pas faites……居然……pour végéte ici。①你一定是我们社会一个最出色的装饰品，我愿意……我觉得很骄傲，我头一个……我觉得你像在想着别的事……我好不好动问，你在想什么？
达丽雅	（醒过来）la dolce tua immagine ...
伯　爵	啊！我知道，我知道这一行会对你起作用的……说实话，我编的曲子是 très chantant。②
达丽雅	这一行真是特别好听。不过，伯爵，对不住……你方才讲的话，我没有听见……你讲到关于音乐的话。
伯　爵	我对你说，达丽雅·伊凡诺夫娜，你一定要搬到彼得堡住，首先，为了你自己，和你丈夫；其次，为了我。我之

---

① 法文，意思是："你不该……居然……埋没在这地方。"
② 法文，意思是："很上口。"

	所以敢于提出我自己，是因为……是因为我们过去的友谊给我某一种权利说起我自己。达丽雅·伊凡诺夫娜，我从来没有忘记，现在，比从前还要厉害，我可以告诉你，我是真心诚意膜拜你……这次见到你……
达丽雅	（忧郁地）伯爵，你做什么说这话？
伯　爵	我为什么不该说起我心里的话？
达丽雅	因为你不该唤醒我……
伯　爵	唤醒……唤醒什么？你说呀……

第二十场

前场人与司屠盆皆夫（在书房门口出现）。

达丽雅	没有希望的期待。
伯　爵	为什么没有希望？为什么是期待？
达丽雅	为什么？瓦列里雅·尼考拉伊奇，我打算同你开诚布公谈谈。
伯　爵	你记得我的名字！
达丽雅	你看，在这地方……你对我有这么一些些好感……可是到了彼得堡，你眼里就没有我这个人了，你现在打算为我们做的事，回头你就要后悔了。
伯　爵	你在说些什么呀！你就不知道你自己的价值。难道你就不明白……mais vous êtes une femme charmante①……达丽

---

① 法文，意思是："你是一个可爱的女子"。

	雅·伊凡诺夫娜，为你做的事，我会后悔！
达丽雅	（看见司屠盆皆夫）你的意思是说，为我丈夫。
伯　爵	怎么，是呀，是呀，为你丈夫。后悔……不，你就不知道我真正的感情……我也打算同你开诚布公谈谈……轮到我谈谈啦。
达丽雅	（窘）伯爵……
伯　爵	你不知道我这件事上头的真正感情。你听我讲：你不知道。
司屠盆皆夫	（迅速走进屋子，来到伯爵跟前，鞠躬；伯爵站着，背对他）大人，大人！……
伯　爵	达丽雅·伊凡诺夫娜，你不知道我的真正感情。
司屠盆皆夫	（大声）大人，大人……
伯　爵	（迅速转过身子，看了他一会儿，随后，安然）啊，是你，阿列克谢意·伊凡尼奇？你从哪儿来的？
司屠盆皆夫	从书房……从书房，大人。我一直在那边书房，大人……
伯　爵	我以为你在衙门办公。你太太和我在这儿弹了一会儿琴。司屠盆皆夫先生，你这人真走运！我公开同你讲这话，没有一点保留，因为我在你太太是小孩子的时候就认识她。
司屠盆皆夫	大人，你过奖啦。
伯　爵	是的，是的……你这人真走运！
达丽雅	亲爱的，你应当谢谢伯爵。
伯　爵	（迅速打断）Permettez ... je le lui dirai moi-même ... plus tard ... quand nous serons plus d'accord.①（高声，向司屠盆

---

① 法文，意思是："对不住……我自己会对他讲的……随后……等我们意见一致以后。"

398

皆夫)	你这人真走运！你喜欢音乐吗？
司屠盆皆夫	一点点，大人。我……
伯　爵	（转向达丽雅）倒说……你有东西要给我看，你忘记啦？
达丽雅	我？
伯　爵	是呀……你……Vous avez deja oublié？①
达丽雅	（迅速，低声）Il est jaloux et il comprend le français.②啊，是的，的确……我现在想起来啦；我想……领你看看我们的花园；我们用饭前有的是时候。
伯　爵	啊！（稍缓）啊！你们有花园？
达丽雅	一个小花园，可是种了许多花。
伯　爵	是的，是的，我记起来啦；你一直喜欢花。请你领我看看，看看你们的花园。

〔走到钢琴跟前，拿起他的帽子。

司屠盆皆夫	（低声，向达丽雅）怎么……怎么……是怎么回事——啊？
达丽雅	（低声）三点钟，不然呀，就没差事。

〔她走开了，拿起她的阳伞。

伯　爵	（朝她转回身子）把你的胳膊给我。（低声）我懂你的话啦。
达丽雅	（看着他，微微笑着）你这样想？
司屠盆皆夫	（醒过来）是的，你不反对，不反对的话……我同你们一道去。
达丽雅	（站住，看着他）你也想来，mon ami③？来罢，同我们一道来罢，来罢。

〔达丽雅和刘宾走向通花园的门。

---

① 法文，意思是："你已经忘了吗？"
② 法文，意思是："他妒嫉，他懂法文。"
③ 法文，意思是："我的朋友"。

司屠盆皆夫　是的……我……我来。

〔拿起他的帽子，走了几步。

达丽雅　来罢，来罢……

〔他们走出。

第二十一场

司屠盆皆夫(一个人)。

司屠盆皆夫　（又走了几步，揉皱帽子，丢到地板上）是的，滚他妈的！我待下了！待下了！不去了！（在屋子里头走动）我是一个说一不二的人，我不喜欢三心二意。我想看看，到底……我想看看到底是怎么回事。我想亲眼证明这是怎么回事。我想……可不，最后证明这前所未闻的事情！——好，当然了，她还是小孩子的时候，就认识他；好，当然了，她是一个受过教育的女子，受过很高、很高的教育的女子——可是她做什么糊弄我？难道是因为我没有受过那种教育？首先，不是我错。他们说起彼得堡的差事——好，还不是瞎扯？好，我能够相信这个？没有的话！伯爵马上给我事做！他像煞有介事，摆出要人派头——自己的事糟不可言……好，当然了，他说不定就能够帮我找到差事；可是，有什么必要，整天和他凑在一起啊？……这不成体统！好，他答应——也就完啦。三点钟……告诉我，三点钟（看钟），可是现在两点才过一刻！（站着愣了一会儿）我还是去花园！（朝门外望）看不见他们。（拾起帽子，揪正了)我去，上帝！我去。看她，看她(学她的口气)"来罢，孟拉米①，来罢！"(稍缓)是呀，没有的话，我去又怎么样！不，朋友，我清楚你……你往哪儿去！去又怎么样，马上就去！哦！

〔他生起气来，拿帽子又丢到地板上。

第二十二场

司屠盆皆夫与米沙(从过厅进来)。

米　沙　　(走到司屠盆皆夫跟前)阿列克谢意·伊凡尼奇，你怎么的啦？你怎么看上去有点儿古怪？(拾起帽子，弄正了，放在桌上)你怎么的啦？

司屠盆皆夫　走开，朋友，请你走开。起码，别磨烦我。

米　沙　　为了上帝的缘故，阿列克谢意·伊凡尼奇，别对我这样讲话；难道我什么地方惹你来的？

司屠盆皆夫　(稍缓)你没有惹我，可是(指着花园那边)他们惹来的！

米　沙　　(望了望门；天真烂漫地)我好不好问你，谁是他们？

司屠盆皆夫　他们……他……

米　沙　　他是谁？

司屠盆皆夫　倒像你不知道！那位新来的伯爵。

米　沙　　他怎么惹你来的？

司屠盆皆夫　怎么样！……他从早晨起就没有离开过达丽雅·伊凡诺夫

---

① 谐法文音："我的朋友"。

	娜，同她一起唱歌，在一起散步……你以为……这……这好玩儿吗？这对她丈夫好玩儿吗？
米　沙	对她丈夫没有什么。
司屠盆皆夫	怎么会没有什么？你没有听见我讲：他同她一道走路，一道唱歌吗？
米　沙	就是这个？……为了上帝的缘故，阿列克谢意·伊凡尼奇，你为了这个……闹气，简直是罪过。这全是，不妨说罢，为了你好，才这样做的。伯爵是一位要人，有势力，从达丽雅·伊凡诺夫娜做小孩子起就认识她——有什么不好利用一下子的？话说回来，当着一个心地正直的人这样子，干脆就是不应该。我的话我觉得讲得有点儿过分、也许太过分，不过，我对你一向忠心……
司屠盆皆夫	带着你的忠心见鬼去罢！
	〔坐下来，脸转开了。
米　沙	阿列克谢意·伊凡尼奇……（稍缓）阿列克谢意·伊凡尼奇！
司屠盆皆夫	（没有改变位置）好，做什么？
米　沙	你像这样坐着有什么用？我们散散步去罢。
司屠盆皆夫	我不想散步。
司屠盆皆夫	（迅速转回身子，手搭在一起）你在捣什么鬼？啊？我倒想知道，你为什么一分钟也不让我闲着？难道有人吩咐你，像奶妈子看小孩子，老跟着我？
米　沙	（低下眼睛）的确是有人叫我这样做的。
司屠盆皆夫	（盯着他看）请问，谁？
米　沙	（轻轻呻吟起来）我的上帝，你听我讲，阿列克谢意·伊凡尼奇。一句话，阿列克谢意·伊凡尼奇，只一句话……我

不能同你往详细解说。我想,天快下雨了……他们马上就要回来……

司屠盆皆夫 快下雨了,可是你倒叫我去散步!

米 沙 不过,我们好在街上散一会儿步的……为了上帝的缘故,阿列克谢意·伊凡尼奇,别不放心……你害怕什么?我们就在这地方,我们就在看着他们……事情本来简单得不得了……你到三点钟就回来了……

司屠盆皆夫 你在捣什么鬼?她对你说了些什么话?

米 沙 说实话,她什么也没有对我讲……只是……我的上帝,你们两个人全是我的恩人。你是我的恩人,达丽雅·伊凡诺夫娜也是我的恩人;而且,她同我是亲戚。我凭什么不当心……

〔拿起他的胳膊。

司屠盆皆夫 我不走,我告诉你!我的地方就是这儿!我是这地方的主人……这儿就是我的地方!我偏扰乱他们的计划!

米 沙 当然了,你是这儿的主人;不过,我对你讲过,事情我全清楚。

司屠盆皆夫 又怎么样?你以为她就不会糊弄你了吗?当心点儿罢,朋友,你还年轻,还是傻瓜;你不懂得女人……

米 沙 我怎么会懂……我不过……

司屠盆皆夫 我看见伯爵在这儿,我亲耳听见他一个劲儿讲:亲爱的太太,他就说,你不知道我对你的感情;我,他就说,我来讲给你听,我的感情……可是你倒叫我散步去……

米 沙 (忧郁地)我想,雨在下了……阿列克谢意·伊凡尼奇!阿列克谢意·伊凡尼奇!

司屠盆皆夫 你看,他也忒殷勤!(稍缓)可不,雨有点儿在落啦!

米　沙　　　他们就要来啦，他们就要来啦……

　　　　　　〔又拿起他的胳膊。

司屠盆皆夫　（拒绝）我告诉你，我不要走！（稍缓）好，见他的鬼，我们走罢！

米　沙　　　让我来拿你的帽子、你的帽子……

司屠盆皆夫　去它帽子一边儿的！丢了它！

　　　　　　〔两个人跑进过厅。

第二十三场

达丽雅·伊凡诺夫娜与伯爵（从花园进来）。

伯　爵　　　Charmant, charmant! ①

达丽雅　　　你这样想？

伯　爵　　　你们的花园，就像这儿所有的东西一样，好得很。（稍缓）达丽雅·伊凡诺夫娜，我承认……我没有想到。我入迷啦，我入迷啦……

达丽雅　　　伯爵，你没有想到什么？

伯　爵　　　你明白我的意思。你什么时候拿信给我看？

达丽雅　　　你要它做什么？……

伯　爵　　　做什么？……我想知道，在那美好的时候，我们两个人当时那样年轻，我的感觉是不是一样……

达丽雅　　　伯爵，我想，我们还是不再想到那时候的好。

---

① 法文，意思是："可爱，可爱！"

伯　爵	为什么？你真就，达丽雅·伊凡诺夫娜，你真就看不出来你对我起的印象吗？
达丽雅	（窘）伯爵……
伯　爵	不，听我讲……我同你说的是真话……我在先来到府上，看见你，我承认，我心想——请你原谅我——我以为你先想恢复我们的友谊……
达丽雅	（仰起眼睛）你没有弄错……
伯　爵	所以我……我……
达丽雅	（微笑）说下去，伯爵，说下去。
伯　爵	忽然我就相信，我遇到了一个十分动人的女子，可是现在，我必须老实承认——我现在完全由你摆布了。
达丽雅	伯爵，你一定是在取笑我……
伯　爵	我取笑你？
达丽雅	是呀，你！伯爵，我们坐下谈。我有几句话同你讲。
	〔她坐下。
伯　爵	（坐下）你还是不相信我！……
达丽雅	你要我相信你？说远去啦……倒像我不知道我对你起的是哪一类印象吗？上帝知道你今天怎么会喜欢我；明天你就会忘记我的。（他打算说话，但是她不给他机会）你做做我看……你还年轻，又有名，又住在上流社会；你在我们这儿只是一个偶尔的客人罢了……
伯　爵	不过……
达丽雅	（打断他的话）你碰巧注意到我。你知道，我们生活的道路是分得远远的……你叫我相信你的……你的友谊，在你这又算得了什么？……可是我，伯爵，我命里注定一辈子幽居的——我必须爱护自己精神上的安宁。我必须小心在意

自己的感情，如果我不愿意到时候……

伯　爵　（打断她的话）感情，感情；Vous dites① 感情！难道我真就没有一点点感情？你怎么就知道，我这些感情，没有……没有在最后起来？你说起幽居，可是为什么你要幽居？

达丽雅　伯爵，我没有拿话交代清楚。我不孤单——我没有权利说什么幽居。

伯　爵　我明白，我明白——你丈夫……可是……可是……可是，这只关系你我……这也只是……de la sympathie②。（静了一会儿）我难受的是，你待我不公道；你把我看成了——我不知道怎么说才是……一种假情假意的人……所以，你最后才不相信我……

达丽雅　（静了一会儿，她这期间从侧面看他）伯爵，我好相信你吗？

伯　爵　Oh, vous êtes charmonte！③（他拿起她的手。她起初想拿手抽出来，随后，也就由它去了。伯爵使劲吻她的手）是的，相信我，达丽雅·伊凡诺夫娜，相信……我没有骗你。我答应的话一定实现。你会住在彼得堡的……你……你……你看好了。还不是幽居……我对你保证。你说，我要忘记你吗？你别忘记我就好了！

达丽雅　瓦列里雅·尼考拉伊奇！

伯　爵　可不，你自己现在看，疑心别人多不相宜，多糟蹋人！我也可以同样这样想的，你在作假，que ce n'est pas

---

① 法文，意思是："你说"。
② 法文，意思是："心心相印"。
③ 法文，意思是："噢，你真可爱！"

pour mes beoux yeux①……

达丽雅　　瓦列里雅·尼考拉伊奇！

伯　爵　　(越来越热烈，站起来)话说回来，你对我爱怎么想就怎么想好了，我不在乎！……我……我……我必须告诉你，我完全了解你，我爱你，热烈、热烈地爱你，我可以跪在地上对你赌咒。

达丽雅　　伯爵，跪在地上？

〔她站起来。

伯　爵　　是呀，跪在地上，如果不是不相宜——看上去像做戏的话。

达丽雅　　为什么？……才不，我认为，这对女人——倒是很相宜的。(迅速转向刘宾)你如果不是取笑我的话，伯爵，你就跪下来，做给我看。

伯　爵　　我愿意做，达丽雅·伊凡诺夫娜，只要能够临了儿说服你……

〔他挺笨的样子跪下去。

达丽雅　　(由他跪下去，随后走到他跟前)我的上帝，伯爵，你干什么！我不过是开开玩笑。

伯　爵　　(想起来，起不来)没关系。由着我罢。Je vous aime, Dorothée ... Et vous？②

达丽雅　　请你起来……(司屠盆皆夫在过厅出现，米沙跟在后头)起来……(她做手势给他，几乎忍不住不笑)起来……(伯爵看着她直惊奇，注意到她的手势)听我说，起来呀……

---

① 法文，意思是："不是为了看上我有钱……"
② 法文，意思是："我爱你，达丽雅……你呢？"

伯　爵　（起不来）你做手势干什么？
达丽雅　伯爵，为了上帝的缘故，起来！
伯　爵　拿你的手给我！

第二十四场

　　前场人、司屠盆皆夫与米沙。（说话之间，司屠盆皆夫离伯爵更近了。米沙留在门道。达丽雅先看着伯爵，随后看着她丈夫，忍不住大笑起来，倒进椅子里头。伯爵窘了，向四面一望，看见司屠盆皆夫。后者向他鞠躬。伯爵一边怄气，一边转向他。）

伯　爵　帮我一下，亲爱的先生……我这么……跪在这儿。请你帮我一下！
　　　　〔达丽雅停住不笑了。
司屠盆皆夫　（打算帮他起来，拿两只手放在他的两只胳膊底下）是啦，大人……宽恕我，要是我……这样……
伯　爵　（推开他，迅速站起来）很好，很好——我用不着你帮忙。（走向达丽雅）好极了，达丽雅·伊凡诺夫娜，我非常感激你。
达丽雅　（声辩）瓦列里雅·尼考拉伊奇，怎么好怪我呢？
伯　爵　我的上帝，一点也不怪你！看见滑稽事，是忍不住要笑的——相信我，我没有一点意思责备你；不过，就我看来，这全是你和你丈夫老早就安排好了的。
达丽雅　伯爵，是什么使你这样想的？
伯　爵　是什么？就因为，不然的话，你不会笑，也不会做手

	势的。
司屠盆皆夫	（一直听他讲话）大人，我们中间绝对没有什么勾结，你放心罢，大人。

〔米沙揪揪他的上衣边儿。

伯　　爵	（向达丽雅发出一声苦笑）好，经过这事，你也很难否认……（稍缓）其实，你也用不着否认。我完全该当受这个。
达丽雅	伯爵……
伯　　爵	请你就别道歉啦。（稍缓，向自己）真丢人！只有一个办法，就是，别再尴尬下去……（高声，向达丽雅）达丽雅·伊凡诺夫娜……
达丽雅	伯爵？
伯　　爵	（稍缓）你也许以为，我讲过的话，现在我要不算数了，我马上就要离开了，我不要宽恕你的恶作剧了罢？我也许有权利这样做，因为，一个人对君子人不该这样开玩笑的；不过，我希望你也知道，你眼前这个人……Madame, je suis un galant homme.①再说，我一向尊敬女性，就是我在她们手上大栽其斤斗，我也照样尊敬……我待下来用饭——如果司屠盆皆夫先生喜欢我这样做的话——我再说一回，我讲过的话我一定实现，现在我越发要这样做了……
达丽雅	瓦列里雅·尼考拉伊奇，我希望，你别错看我；我相信，你不会以为我不看重……你的宽洪大量没有感动我……我对不住你，可是，像我现在了解你一样，你将来一定会了解我的……

---

① 法文，意思是："太太，我不是一个斤斤较量的人。"

伯　　爵	上帝！说这话干什么？……这话连想都不值得想的……可是，你喜剧演得多好呀！……
达丽雅	伯爵，你知道，一个人演喜剧，只有说什么，心里想什么，才会演得好……
伯　　爵	啊！你又来啦……不成，你就算了罢……你要我要不了两回。(转向司屠盆皆夫)亲爱的先生，你现在一定觉得我很滑稽；不过，不管怎么样，我照样效劳……
司屠盆皆夫	大人，相信我，我……(旁白)我简直不明白是怎么回事。
达丽雅	没有这个必要……你还是谢谢大人好了……
司屠盆皆夫	大人，相信我……
伯　　爵	好啦，好啦……
达丽雅	瓦列里雅·尼考拉伊奇，等我到了彼得堡，我再谢你。
伯　　爵	还拿信给我看？……
达丽雅	一定的。也许，还有回信。
伯　　爵	Eh bien! il n'y a pas à dire, vous êtes charmante après tout①...我是一点点也不后悔的……
达丽雅	也许是罢，这话我将来不见得能够讲罢……
	〔伯爵眉飞色舞，微笑起来。
司屠盆皆夫	(旁白，看着他的表)你看，我三点一刻回来，不是正三点。
米　　沙	(望着达丽雅，胆怯地)达丽雅·伊凡诺夫娜，我这方面怎么着？……你好像拿我忘记了……我可真卖力气来的！
达丽雅	(低声)我没有忘记你……(高声)伯爵，让我给你介绍一个年轻人……(米沙鞠躬)我对他很关心，如果……

---

① 法文，意思是："好啊！没什么好说的，你到了儿还是可爱……"

伯　爵	你很关心他?……这就够啦……年轻人，你可以放心，你的事我们会料理的。
米　沙	（奴颜婢膝）大人……

第二十五场

前场人、阿坡劳与瓦西列夫娜。

阿坡劳	（从过厅进来）饭……
瓦西列夫娜	（从阿坡劳身子后头转出来）饭好啦。
司屠盆皆夫	啊！大人，请。
伯　爵	（挽起达丽雅的胳膊；向司屠盆皆夫）你不反对?
司屠盆皆夫	当然……（伯爵和达丽雅朝门那边走）不过，我没有正三点钟回来，我是在三点一刻回来……全都一样；我简直不明白是怎么回事，不过我太太——她是一个伟大的女子！
米　沙	来罢，阿列克谢意·伊凡尼奇。
达丽雅	伯爵，我可得先为我们内地的饭向你道歉。
伯　爵	好，好……彼得堡再见，内地女人！

幕

（一八五一年）

·大路上的谈话·

(断片)

沿着一条大路，有一辆旧马车，三匹劳悴的马拖着它慢悠悠走着。车上并排坐着：阿尔喀基·阿尔铁蔑维奇（阿尔铁米奇）·米赫卢特金先生，二十八岁，人瘦瘦的，一张小脸，无精打采的样子，红鼻子，褐胡须，裹着一件破烂的灰色军大衣——他的用人谢里渥尔斯特·阿列克桑德累奇（他还是县自治委员会的委员），脸上浮着笑容，四十岁的胖男人，猪眼睛，黄头发。在外头车箱上坐着车夫叶夫列木（叶夫列木实喀），大胡子，红脸，短翘鼻子，穿一件笨重的棕黄色布大衣，戴一顶软边帽子；他也将近四十岁了。太阳高高的，很热，很闷。——他们从县城回来，半小时以前，在一个小店停下来，叶夫列木和谢里渥尔斯特两个人趁这时候喝了点酒。米赫卢特金先生一来就咳嗽，——他的胸脯前头乱乱的，一般说来，他是一副不满意的样子。他说话又急又乱，好像没有睡醒。叶夫列木的表情是迂徐的、思维的。谢里渥尔斯特说起话来吃力，话像是从胃里呕出来的；他害气喘病。

米赫卢特金　（忽然打开大衣）叶夫列木，——啊，叶夫列木！

叶夫列木　（身子转过来一半）什么事？

米赫卢特金　你是怎么的啦，在车箱上头睡着啦？——就是你鼻子底下的事，你怎么也不睁眼看看——啊？——我亲爱的朋友！

叶夫列木　出了什么毛病？

米赫卢特金　出了什么毛病？——你靠外头的一匹马，根本就不在拉车。你算个什么车夫——啊？

叶夫列木　哪一匹靠外头的马？

米赫卢特金　哪一匹……哪一匹……明摆着，那一匹；右边那匹黑马。它就不在拉——你这都没有看见？

叶夫列木　右边那匹？

米赫卢特金　请你别争了罢,也别重复我的话了罢。我讨厌透了底下人这种下流习惯。——抽它,抽,使劲抽,别让它再睡着了,你自己也别睡着了……(叶夫列木现出一种恶意的微笑,抽右边的马)我觉得,简直非我亲自动手不可,——难道这是我的事情?这是你的事情。蠢东西!(叶夫列木继续抽马。马蹦跳起来)哎嗐——当心喔!(稍缓)倒说,热得受不了。

〔拿大衣把自己裹起来,咳嗽。

谢里渥尔斯特　(稍缓)是呀……一点儿不差:热。好,不过——对麦子收成——倒是好的。老天爷!

〔叹息,咂咂嘴唇,好像又要打盹的样子。

米赫卢特金　(稍缓——向谢里渥尔斯特)请你告诉我,在小店收我们钱的那个胖老婆子是谁?——我以前没有看见她。

谢里渥尔斯特　她是女东家。她才从别列夫来了没有多久。

米赫卢特金　她为什么那么胖?

谢里渥尔斯特　谁知道她?有些人天生胖——这也好怪他们不是?

米赫卢特金　她账可开得不小——这娘儿们。我发现——你从来没有还过价。从来没有过。——人家要多少,你给多少。我知道她多饶你酒喝来的,那个娘儿们。在城里头,你也是这样子,多付三倍。

谢里渥尔斯特　阿尔喀基·阿尔铁米奇,你在说什么呀!……我不觉得我是那种人,为了多喝点酒,就干这种坏事……

米赫卢特金　好,好……

谢里渥尔斯特　阿尔喀基·阿尔铁米奇,我从小时候起,就伺候过世的老太爷——到今天为止,老爷,我一直在伺候你;从来没有谁见我干过坏事。因为我有感情;我说什么也不肯干不

	利于我主人的事,或者违背良心的事——我决不肯玷污自己;我呀,可不,我——老天爷,上帝……
米赫卢特金	好,好……
谢里渥尔斯特	那个娘儿们给我们开的账并不算多;别的小店开的要多多了!——你说——她饶我酒喝;好,也许,就算饶我酒喝来的罢。在我酒量以内,我不拒绝。我喝酒,可是我喝酒有限度、有节制。
米赫卢特金	我告诉你——好啦。
谢里渥尔斯特	阿尔喀基·阿尔铁米奇,你怪罪我怪罪得没有道理——愿上帝和你在一起!(米赫卢特金不作声)愿上帝完全和你在一起!
米赫卢特金	(发脾气)你就不会住口,鬼东西!
谢里渥尔斯特	是啦。

〔沉默。

米赫卢特金	(想睡睡不着,向叶夫列木)辕马为什么直摇耳朵——是累啦,还是怎么的?看见了、看见了没有?它走一步摇一下耳朵。
叶夫列木	(身子转过来一半)哪一匹马摇耳朵?
米赫卢特金	辕马。难道你没有看见?
叶夫列木	辕马摇耳朵?
米赫卢特金	是呀,是呀;摇耳朵。
叶夫列木	我不知道它为什么摇耳朵。也许有苍蝇罢?
米赫卢特金	苍蝇叮它的话,它摇整个儿头,不光摇耳朵。(稍缓)我看它,许是腿没劲儿了罢?
叶夫列木	这家伙是一个懒货。

〔抽马。

417

米赫卢特金	好,我知道你不喜欢它。
叶夫列木	不对,阿尔喀基·阿尔铁米奇,我喜欢它(抽它);我对您的马全一样喜欢,阿尔喀基·阿尔铁米奇,因为这是车夫头一桩事啊;车夫不爱马,那就不是车夫,也不过是一个糊涂虫罢了。——不对,我喜欢它。不过我要公道。——用不着夸的——我就不夸。
米赫卢特金	那么,好比说罢,你看它什么地方坏呀?
叶夫列木	阿尔喀基·阿尔铁米奇,您听我讲。马有各式各样的马。——就像人,有各式各样的人。好比说罢,有天然人,没受到教育,一句话,是野蛮人;马也是这样子。遇到了不趁手的马呀,阿尔喀基·阿尔铁米奇,可不顺心啦。好比说罢,它朝山冈子上跑,或者是在平地上跑——或者,好比说罢,朝山底下走——什么也搞不来——您自己看好了。(向一边弯着身子)好,就算它跑罢,我的上帝!就别想它趁得了心。它是一匹没用的马。
米赫卢特金	好,靠外边的马,你又觉得怎么样?
叶夫列木	好,靠外边的马——没什么。好比说罢,黑马就不差;它有点儿慌——好,有点儿懒;不过,它不算太差,而且,客客气气的;说到这一匹——(拿鞭子指左边的马)栗子马——干脆没有说的。——它是一匹好马,吃重,经得起鞭子抽,跑得好,性子平稳——一句话,它是一匹受使唤的马。它的腿劲儿,不错,不算强——可是,阿尔喀基·阿尔铁米奇,也走不少的路。一会儿这个地方,一会儿又是那个地方,简直就没个休息。不是您自己用它,好比说罢,就是太太要它进城,要不就是管家使唤它。——它怎么会有腿劲儿呀?可是我当心它们,就像当心自己的老爹

	一样。嗐,老鹰!
	〔抽它们。
米赫卢特金	(稍缓)黑马既然这么坏,你觉得应当拿它怎么办才是?
叶夫列木	阿尔喀基·阿尔铁米奇,应当把它卖掉。您自己倒说说看,留这样一匹马在手上有什么用处!好马,坏马——草料一样吃。您不愿意卖,我们就拿它调换一匹来用罢。
米赫卢特金	调换!——我懂得你的调换!——贴上好些钱,回头你发见换进来的还跟不上换出去的。
叶夫列木	阿尔喀基·阿尔铁米奇,您做什么这样调换?这是上当的事。您用不着贴钱。一匹调一匹啊。
米赫卢特金	一匹调一匹!你到哪儿去找这个傻瓜,拿一匹好马调进一匹坏马,另外不加钱的?你拿我当什么啦?
	〔咳嗽。
叶夫列木	可是,阿尔喀基·阿尔铁米奇,有人要这种马,就有人要那种马。别人就许把我们的马当匹好的看,我们就许把别人的马当匹好的看。可不,我们的邻居叶夫列木·阿夫皆伊奇,就有一匹马;叶夫格辣夫·阿夫皆伊奇,就有一匹马;叶夫格辣夫·阿夫皆伊奇把家败光啦,就许同意调换的。他有一匹好马、一匹很好的马。他这人整天神不守舍,晕头晕脑的;他自己都没吃的,还留马做什么?
米赫卢特金	我看你呀,活活儿一个傻瓜。如果他自己的马都没东西喂,他何必再调进一匹马来啊?
叶夫列木	好,那你可以买下它来。他会贱价出卖的。随便出个价儿,他都会让出来的。
米赫卢特金	(稍缓)马的确好吗?
叶夫列木	马好极啦——您自己看好了。

米赫卢特金　（静了一会儿）滚你妈的一边儿！——你在瞎扯淡。

叶夫列木　我干什么瞎扯淡？狗才瞎扯淡，扯淡的是狗。

米赫卢特金　（不高兴）好，别争啦。（稍缓）这匹马还好用一会儿的。

叶夫列木　随老爷罢。不过这匹马，一点也没有用处。没有用处。

米赫卢特金　什么？

叶夫列木　没有用处。

米赫卢特金　你才没有用处。

叶夫列木　（身子转过一半）什么……我没有用处？

米赫卢特金　是呀，你没有用处。你有什么大惊小怪的？你！

叶夫列木　（伸长他的脖子）好……好，不过，阿尔喀基·阿尔铁米奇，我想，您是在……您是在……

〔他显出受气、激动的样子。

米赫卢特金　（发作）什么……什么？

叶夫列木　是呀……您怎么可以……

米赫卢特金　住口！住口！我吩咐你——住口！啊，你这老畜生！你以为自己受侮辱啦，家伙！是呀，没有用处，没有用处，永远没有用处！照你看来，我猜，我是什么也不许说了？你方才对我胡说八道好半天，我不是都没有作声来的？……你呀，一直在胡扯！还以为自己受了侮辱！（咳嗽）住口！（米赫卢特金咳嗽得很厉害，谈话中断了。他从口袋里头取出一个纸包，打开来，拿出一块糖，放在嘴里咂着。叶夫列木不作声，赶着马车，脸上的表情很严肃。米赫卢特金有一点平静下来了，试着拿靠垫放好，但是放不好。他杆了杆谢里渥尔斯特的肋骨。谢里渥尔斯特在前面谈话进行的时候睡着了）谢里渥尔斯特，谢里渥尔斯特！——起来，你这没体统的家伙——谢里渥尔斯特！

谢里渥尔斯特　（醒过来）有什么吩咐？

米赫卢特金　就是这样子。我就算对你们一点也不和善罢，你们多少也请对我多关切关切才是，你们多少也请多尊敬尊敬我才是。可是你们对我一点也不尊敬。你睡得那个死呀，就像从来没有睡过觉一样……车夫发昏，糟蹋东家，可是你在睡觉。

谢里渥尔斯特　阿尔喀基·阿尔铁米奇，我也就是那么一点点……

米赫卢特金　算了罢，一点点。拿我的靠垫放好。（谢里渥尔斯特放好靠垫）有一件事我不明白：我对你们这些人宽厚极了，可是你们对我完全没有尊敬。你们为了一个铜钱，会拿我卖了的，我的上帝！（他止住他的眼泪）好，再忍耐一会儿罢；我就会完蛋的。没有多久，也就快了，我就会倒下去起不来的。（低下头来）我倒要看看，没有我，你们会不会好过。

谢里渥尔斯特　阿尔喀基·阿尔铁米奇，你怎么这样说话呀？别难过！上帝是仁慈的。你这个不要脸的东西，叶夫列木，你这个混账东西……

米赫卢特金　（打断他的话）我不是在讲叶夫列木。你们全是一样的。好比说罢，我现在该怎么办？我拿什么脸去见我太太？我把最近拿到的钱全花掉了。真是糟透啦。现在，人家一定不要我做管理人了……我要挨一顿什么样的骂——什么样一顿的骂哟！

谢里渥尔斯特　阿尔喀基·阿尔铁米奇，事情的确不顺手。有谁比我更知底的？不过，你说说看，我们有什么好责备的。我们愿意为你牺牲一切、一切……

米赫卢特金　至少，也不该怄我、气我。你看——东家在难过，难过得不得了，说都说不上来多难过；就像人家讲的，眼睛都突出来了——可是你们还是老样子……

〔他咂着糖。

谢里渥尔斯特 毛病就在，城里人对你没有感情……你满足他们，他们还有什么好要的呀，上帝，上帝！他们是作孽！简直都是魔鬼，说实话，在犯罪哟！

〔唾痰。

米赫卢特金 他们是强盗。是呀，他们在城里拿这糖卖给我，说有覆盆子味道，可是根本连甜都不甜，不过是一块面糊罢了。（稍缓）我要是拿这五十卢布买些吃的东西回来也好了！我不是连一瓶酒都没有剩下来吗？

谢里渥尔斯特 你离开以前，连末一瓶也喝光了。

米赫卢特金 可不是嘛！我连一件东西也没有给太太买……可是她嘱咐我……哦！

谢里渥尔斯特 辣伊萨·喀尔波夫娜一定要气坏了。

米赫卢特金 （充满眼泪）你为什么刺激我呀？为什么？我的上帝！我的上帝！我怎么得了！我怎么得了！我不是世上一个不幸的人吗？

〔他低下头来，咳嗽。

谢里渥尔斯特 阿尔喀基·阿尔铁米奇……我不是这个意思……对不住……（米赫卢特金咳嗽，拿大衣把自己裹住）我错在热心啊，阿尔喀基·阿尔铁米奇。

〔米赫卢特金不言语了。谢里渥尔斯特也不言语了。此后十五分钟，谁也没有开口。只有马在跑着，马蝇叮着它们飞来飞去。谢里渥尔斯特又睡着了。米赫卢特金慢慢仰起头来。

米赫卢特金	（向叶夫列木，声音平静）好，怎么样，想过来啦？（稍缓）我问那，想过来啦？
叶夫列木	（先拿缰绳调调手）想过来啦。
米赫卢特金	醒着？
叶夫列木	醒着。
米赫卢特金	好，难道，你不知道，你该怎么做吗？求我饶了你。
叶夫列木	饶了我罢，阿尔喀基·阿尔铁米奇。
米赫卢特金	上帝饶恕你。（稍缓）叶夫格辣夫·阿夫皆伊奇的马是什么颜色？
叶夫列木	栗子颜色。
米赫卢特金	栗子颜色……多大？
叶夫列木	九岁。
米赫卢特金	跑得好吗？
叶夫列木	好。
米赫卢特金	你这人脾气多躁啊！你回我的话，就像瞎扯淡……你在生我的气吗？
叶夫列木	（稍缓）阿尔喀基·阿尔铁米奇，我有什么不知道的？我全知道，阿尔喀基·阿尔铁米奇。我为什么不知道？好比说罢，你高兴发脾气。有什么关系？脾气发得快，饶恕也来得快。
米赫卢特金	好；这话讲得好。
叶夫列木	阿尔喀基·阿尔铁米奇，不错，我们不是住在远地方，也不是住在海那边；可是，我们在彼得堡也学到许多东西来的；我们不是那种傻瓜蛋，连牛跟猪的区别也不知道。有些地里干活儿的，不管看见什么，都大惊小怪的，因为他们从来没有走出村子过，从来没有受过教育。一个人应

当养成判断能力；凡事加以判断。谁没有一点小错啊？好比说罢，谁没有做过一点错事啊？好，您觉得那不应该。好，您骂过我啦，我把傻事也改过来啦——就又恢复老样子啦。

米赫卢特金 这话真聪明、聪明极了；一个人话讲得合情合理，我决不说他讲得不合情合理；我从来不那样做。

叶夫列木 阿尔喀基·阿尔铁米奇，我说的这话您全懂，比我也懂得好多了。我又不是伊索①，生气做什么？打过来就打过来好了，不值得还手的——骂就由人骂好了。您自己也晓得：要来的事，待下来；不来的事，像水一样流开了，人人会碰到不开心的事的。顶好的天文学家也免不了有一回遇到乱子。它从什么地方来……什么地方，没人知道。谁事先知道，这是怎么回事，那是怎么回事？没人知道。整个一片黑。好比说罢，逮狗熊：一种生活在树林里头的走兽，个子挺大，可是只有一个小尾巴；还有喜鹊，一种小鸟儿，生活在空气里头，可是倒有一个大尾巴。谁说得出：为什么是这样子啊？安排是聪明的，可是有谁能够懂得啊？只有上帝懂。好比说罢——阿尔喀基·阿尔铁米奇，您答应我讲吗？单单为我热心，答应了好罢？——您就爱难过，为什么啊？

米赫卢特金 为什么？我并没有难过呀！你怎么会想到问我：为什么？

叶夫列木 我知道我知道，阿尔喀基·阿尔铁米奇——我的上帝，我

---

① 伊索，公元前六世纪希腊寓言家，本来是一个奴隶，后来得到自由。日神庙的祭司把他丢到山底下摔死，因为他骂他们贪财。

们做什么不知道？我们全知道。可是，请您想想看，好比说罢，就是关于这事，我们也说不准是怎么回事。好比说罢，您知道我们的邻居——费特林柏留道夫罢？他是一位什么样的大阔老爷啊！他的跟班有一丈高，制服是金钮子；听差简直就像一座画廊；马参加比赛，值几千；车夫就不是车夫，坐在车上头就像一个独角兽！漂亮的大厅、法兰西的音乐家、黑人——好，一句话，生活简直是好到不能够再好啦！结局又怎么样呢？样样东西全在拍卖行卖掉了。但愿上帝保佑您，千万别遇到这种事。

米赫卢特金 不会的！不过我不相信这个。

叶夫列木 阿尔喀基·阿尔铁米奇。您为什么不相信？

米赫卢特金 朋友，那不是我的运气。我知道自己；我知道我的运气。我的运气呀，分文不值。

叶夫列木 阿尔喀基·阿尔铁米奇！

米赫卢特金 请你别再讲了罢。你还是照料照料你的马罢——马简直就不在跑。

叶夫列木 马照原样儿在跑。

米赫卢特金 那么，好……我就不说了……我同意你的话。（声音提高一些）你听我讲，我同意你的话。（叹息）我的上帝，天真热！（稍缓）上帝，把人晒死啦！（又稍缓）我想多少睡一小会儿……

〔他坐稳了，头靠着马车一边。

叶夫列木 有什么不好，睡罢，老爷。

〔长久的沉默。米赫卢特金睡着了，开始打鼾，有时候鼻子出细声，拿手在空里一兜。头朝后仰过去。嘴张开了。

谢里渥尔斯特 （先睁开一只眼睛，随后另一只；低声向叶夫列木）你看你呀，那份儿神气！你夸什么口？

叶夫列木 （稍缓，低声）夸什么口？朋友，你真傻。难道你就看不见——东家年轻、胆怯……我得劝告劝告他，怎么过好日子……

谢里渥尔斯特 去他的！你管他哪！

叶夫列木 好，要是别人由着他……

谢里渥尔斯特 别人……别人……

叶夫列木 当然，别人喽。——不过，你……我知道。你……你拿东家当外人看——全是那么回事。

谢里渥尔斯特 可是你哪，也许就不啦？

叶夫列木 （稍缓）当真要另派一个管理人来吗？

谢里渥尔斯特 一定另派的。秘书亲自讲给我听的。

叶夫列木 这样的啊。好，那东家太太……这么说来，也管不着啦。

谢里渥尔斯特 那还用说。产业不是她的。

叶夫列木 我不是说这个。我是指家里事说。

谢里渥尔斯特 不，家里事还归她管。

叶夫列木 这有什么用啊？派一个管理人来，也抵不了事。（米赫卢特金翻了一个身子。谢里渥尔斯特和叶夫列木看着他；他还睡着）这只有更刺激他，没别的。

谢里渥尔斯特 很可能。

叶夫列木 一定的。我真替他难过。

谢里渥尔斯特 我才不。他太任性。他说他是世上顶不走运的人……可是怨谁呀？他不该做出那么多胡闹的事来。是啊。

叶夫列木 哦，阿列克桑德累奇，你呀，说实话，缺乏常识！……你想想看：不管怎么样，他是一个贵人呀。

谢里渥尔斯特　好,轮到你告诉我他是什么人啦……

〔米赫卢特金又翻了一个身,挺了挺腰。谢里渥尔斯特赶快拿头藏到角落,闭住眼睛。叶夫列木拿鞭子抽马,吆喝着:啊——瓦——瓦——黑渥——黑渥——黑渥……

米赫卢特金　(睁开眼睛,伸直腰)我觉得,我像睡了会儿。

叶夫列木　是啊,睡着啦。

米赫卢特金　我们走了多远?

〔谢里渥尔斯特坐直了。

叶夫列木　离转弯的地方,还有三渥尔司提①。

米赫卢特金　(稍缓)我做了一个梦,真不愉快啦!我记不准确我梦见些什么了——不过,非常不愉快。(稍缓)是关于产业……关于管理人。我梦见他们把我抓到法兰西法院……非常不愉快……非常。

谢里渥尔斯特　做梦……向来是这样子。

米赫卢特金　我心里直不舒服。

〔咳嗽着。

叶夫列木　好啦……阿尔喀基·阿尔铁米奇,你做什么心里要不舒服啊?谁不一来做做梦啊?我前天做了一个梦,真是一个怪梦,我一点也不懂是怎么回事。我看见……(他拿头更垂下来了,从一个桦树皮做的鼻烟盒取鼻烟闻。他很仔细,当心不叫鼻烟吹进东家的眼睛去。)我看见……(他哼了哼,听不清楚他说了些什么)奇怪怎么钻进我的脑壳的!……(高声)我看见自己夜晚在地里路上。我梦见自己沿着路走,我在想,我往哪儿去?我不认识这地方,有

---

① "渥尔司提"是俄里,约合一公里强。

山,有山豁子,像是一个空旷地方。好,我在走着,你们知道,留心看路通到什么地方,我就不知道它通到什么地方。忽然我就看见一只小牛犊儿冲我跑过来,很快,直摇它的头。我心里想:好啊。我以为是神父怕夫鲁特的小牛犊儿跑掉了。我要把它捉住,我在后头追,夜晚黑漆漆的,说不出来有多黑,我就看不见手指头。我就这样在后头追这小牛犊儿,可是我就没法儿逮住它。我吃足了苦头,我没法儿逮住它。后来我就想,这不是一只小牛犊儿,一定是什么妖精。于是我打定主意不追了,由它跑去。好啊,就这样罢。我就在原来的路上走着。我看见沿路像是有一棵树,忽然它从后头跳出来,拿犄角顶我的屁股。我心想,这下子我是死定了。我吓坏啦。我吓得不得了,腿直哆嗦。于是我就问自己:"它做什么顶我屁股呀?"这么一想,我就朝后一看,你们猜,我看见了什么?原来已经不是小牛犊儿啦,也不是什么别的东西,是我太太站在我旁边,头发散开了,不存好心,看着我。我同她讲话,她就骂起我来了。她问我:"你这醉鬼,你到哪儿去啦?"我告诉她,我不是醉鬼,我又问她,她怎么会到这儿的。我告诉她,我会到东家跟前告她的,不要脸的娘儿们!也会告到女东家跟前的。忽然她就戆笑起来啦,把我笑得呀,觉得身上就像起了一种滑稽味道、一种有东西在爬的味道,你们知道。我看着她,她的眼睛绿绿的,直发亮,就像猫眼睛一样。我就对她讲:"别这样笑哩。这样笑是罪过哩。别笑啦。对我放尊敬。"她就说:"我不是你老婆,我是水里女妖怪。等着看我把你吃掉。"她说着话,张大了嘴,露出牙来,就像一条鱼的牙。我受不了啦，我就拼命叫唤。库普里雅累奇老头子同我在一个犄角睡觉，疯了一样跑到我跟前，直帮我划十字，问我："叶夫列木实喀，你怎么的啦，你怎么的啦？让我来给你揉揉肚子。"我坐在床上直打哆嗦，看着他，不明白是怎么回事，连我的衬衫也在摆动。世上就有这种怪梦！

米赫卢特金　是的，这梦怕得死人。怎么，你告诉你老婆来的没有？

叶夫列木　当然告诉了。

米赫卢特金　好，她说什么？

叶夫列木　她说，梦里头看见小牛犊儿，要长疱疮；看见水里女妖怪，要挨打。

米赫卢特金　啊！我没听说过。

叶夫列木　她还说："你叫唤，因为你头顶儿上坐着一个鬼。"

米赫卢特金　听她瞎扯！哪儿来的鬼去？

叶夫列木　没有？有的。两天以前，靠黄昏，女管家到洗澡间去找什么东西——当然了，不是洗澡去，因为洗澡间夜晚不烧水的，再说，她也没有什么必要洗澡。她为了别的事来的。你们猜，出了什么事？她来到换衣服的地方，黑洞洞的，她伸出手去摸，忽然她觉出有东西站在那儿。她碰到了它，觉出是皮，不过很厚，很厚。

米赫卢特金　明明是皮袄挂在那儿，她碰到了。

叶夫列木　皮袄？可是皮袄从来不挂在这换衣服的地方。

米赫卢特金　好，那一定是什么地里干活儿的。

叶夫列木　地里干活儿的？他凭什么反穿皮袄啊？他不这么做的。

米赫卢特金　好，出了什么事？

叶夫列木　是这个。老婆子就说："圣灵和我们在一起！你是谁？"

可是没有人回她的话。于是她又问："到底是谁？"她就听见什么哼唧的声音，像是狗熊……她跑出来了。老婆子连气也喘不过来了。

米赫卢特金 你看这是什么？

叶夫列木 还用说，是鬼喽。它们就跟水一样。

米赫卢特金 （稍缓）叶夫列木，你呀，是个傻瓜蛋。（转向谢里渥尔斯特）你也相信鬼吗？

谢里渥尔斯特 （不喜欢听）东家，这种事谈它干吗，没有意思。

叶夫列木 可是，阿尔喀基·阿尔铁米奇，小孩子都知道这个。不是鬼，谁夜晚骑马呀？我们不光有鬼，我们还有妖婆子。

谢里渥尔斯特 叶夫列木，别讲啦！

叶夫列木 做什么？

谢里渥尔斯特 做什么？不好。讲不出道理。

米赫卢特金 妖婆子？它们又是什么样儿？

叶夫列木 你不知道？它们是小老婆子，整夜坐在灶台，一会儿纺呀，一会儿跳的，全讲着话。就是前几天，在马尔恕科夫，费道尔还拿砖头砍它们一个来的。他看见它坐在灶台上。

米赫卢特金 傻瓜蛋，他是睡着了这么做的。

叶夫列木 不是的，他没有睡着。

米赫卢特金 他要不是睡着了这么做，他爬到灶台干什么？

叶夫列木 他希望看它看得更清楚啊。

米赫卢特金 怎么，更清楚！（稍缓）简直是瞎扯淡，哈——哈！（又稍缓）你做什么讲这些——真奇怪！听了只有丧气。

谢里渥尔斯特 对了，丧气。

米赫卢特金 当然了，我不相信这种怪话。只有没有受过教育的人才相信。

叶夫列木　阿尔喀基·阿尔铁米奇，你的话对。

米赫卢特金　这些妖婆子，好比说罢，和别的像这样的东西——不见得有肉体罢？你说怎么样？

叶夫列木　阿尔喀基·阿尔铁米奇，我说不上来。谁知道它们是些什么呀？

米赫卢特金　没有肉体，它们怎么可以活，就是说，存在呀？你听我讲：有肉体，才有精神。

叶夫列木　是这样子。

米赫卢特金　好，结论就是，全是瞎扯淡。是也只是梦。一句话，是迷信。

叶夫列木　是这样子。

米赫卢特金　不过，谈它没有意思。何必谈它？

叶夫列木　我们也就是碰巧谈谈罢了，愿上帝和它们在一起……（栗子马颠蹶了）喂，怎么啦，鬼东西，苍蝇拿你吃啦！

谢里渥尔斯特　傻瓜蛋，你说起话来怎么这么怪气！（唾痰）啐！鬼抓了你去！叶夫列木，你这人真糊涂——还当车夫！

叶夫列木　好，可你自己哪，谢里渥尔斯特·阿列克桑德累奇……

米赫卢特金　好啦，好啦，好啦！……做什么？你们居然当着我吵起来了，未免太也……

叶夫列木　阿尔喀基·阿尔铁米奇……

米赫卢特金　你们两个人就都给我住口罢！（稍缓）谢里渥尔斯特，别睡着了！因为，首先，这不礼貌；其次，这不合次序。谁白天睡觉？夜晚才睡觉。我不喜欢人这样颠倒次序！

谢里渥尔斯特　是啦。

米赫卢特金　（稍缓，向叶夫列木）啊，是啊！告诉你女人看好牛。我听

	说，在日尔劳瓦，尽死牲口。
叶夫列木	是啦。
米赫卢特金	（稍缓）她怎么样……你女人……你满意她吗？
叶夫列木	你这话是什么意思，好比说罢，指哪方面说？
米赫卢特金	没什么。也就是，一般情形。就我自己来说，我完全满意她。她是头等放牛好手。
叶夫列木	她懂她那一行。（慢条斯理）人人知道，男人不娶老婆，就不正常了。所以这才为男人，造下了女人，为的对他有用处，为的把他伺候得舒舒服服的。就是这样子，也得加小心。常言说得好："别在田里拦马，别在家里拦女人。"女人，您知道，是一个狡猾东西、软弱东西。女人是骗子。所以丈夫要当心。女人的事是讨丈夫欢心，照料小孩子；丈夫的事是叫女人服从，而且对她一定要严厉。这样做的话，事情就全对碴儿啦。（抽马）老百姓当中，有的做丈夫的，我知道，说起了自己的女人，巴不得她死掉！我责备他们……
米赫卢特金	（迅速打断）他们怎么说？
叶夫列木	巴不得她们死掉……
米赫卢特金	（思维）哼……这样子……
叶夫列木	我责备他们不对……为什么？因为我责备他们……
米赫卢特金	（迅速）我不责备他们不对……我不责备他们不对……（稍缓）不过，别尽一个劲儿瞎扯淡啦。说实话，由着你说下去啊，天晓得你扯到哪儿去……说实话。（稍缓，指着前头）那边——我觉得，像到戈劳普列基拐弯的地方了罢？
叶夫列木	是啊。
米赫卢特金	好，多谢上帝！（丢掉大衣，挺直了）加快，叶夫列木实

喀，加快！（俯向前）到了拐弯的地方啦！到啦！（马车离开大路）现在，就剩下三渥尔司提远了——不会再多了罢？

叶夫列木 也许没有那么多。我们也就是爬到高头，再翻一个小山冈子，此后，路就完全成了直的——一直到家！

米赫卢特金 （像同自己讲话）你爱怎么说，就怎么说罢，反正回家，总是开心的。心里觉得高兴。连马也跑得开心啦。体会体会看：风香喷喷的，对着我们的脸吹！（向谢里渥尔斯特）那边靠后，像是格辣切夫司基的小树林子罢？

谢里渥尔斯特 是的呀——格辣切夫司基。

米赫卢特金 小树林子挺好！挺可爱！挺顺眼！（继续向四面望）看喔，荞麦长得多好！还有燕麦，真好！太阳光像在跟它们玩儿一样！还有裸麦，也不错。燕麦地是谁家的？

谢里渥尔斯特 是邻居别日库秦斯克的。

米赫卢特金 可真邻近啦！——管理得怎么样？

谢里渥尔斯特 管理得也没什么了不起，马马虎虎的……不过，就是那样子。对付得了，还要怎么样？

米赫卢特金 燕麦长得好。（稍缓）我们的燕麦也不坏……可是，现在关我什么事？有什么意义？我毁啦，完全毁啦……我完蛋啦……他们连最后的快乐也不给我啦……

谢里渥尔斯特 阿尔喀基·阿尔铁米奇，别难过……

米赫卢特金 辣伊萨·喀尔波夫娜——她现在要揪我的头发啦！可是，我这个傻瓜蛋，还是喜欢回到了家！啊，我是一个不走运、不走运的人哟！（他静了一会儿，又仰起头来）那不是阿赫劳普可瓦，我看见啦……好村子。那是牧师的榛树林子。我想，这儿兔子一定很多。哦，孩子们，听我讲……

433

愁什么呀？来唱唱"在黑树林子"罢。（唱着）

　　　　　　在黑树林子……

叶夫列木与谢里渥尔斯特　（一同唱着）

　　　　　　在黑树林子，

　　　　　　在黑树林子——

　　　　　　在黑……

米赫卢特金　叶夫列木，你把调子唱高啦——你不是教堂执事——唱那么高干什么？

叶夫列木　（咳嗽）马上就好啦。

米赫卢特金　（尖嗓子）

　　　　　　在小矮树那边……

叶夫列木与谢里渥尔斯特

　　　　　　在小矮树那边……

米赫卢特金　（咳嗽）

　　　　　　我垦地……我垦地……

叶夫列木　哦，你唱得真好听！

　　　　　　我垦地……我垦地……

谢里渥尔斯特　我垦地……

　　　　〔米赫卢特金咳嗽，不唱了。谢里渥尔斯特迟疑了一下。传来更高的声音——叶夫列木的声音，他唱着：

　　　　　　犁着……犁着……犁着……

　　　　　　犁着……犁着……犁着……

　　　　〔马车进了一个桦木村子。

（一八五一年）

扫仑太的黄昏

(独幕喜剧)

人物

娜结日达·怕夫劳夫娜·叶列磁喀雅　寡妇,三十岁。

玛丽雅(玛莎)·彼特洛夫娜·叶列磁喀雅　她的侄女,十八岁。

阿列克谢意·尼考拉耶维奇(尼考拉伊奇)·别耳斯基　二十八岁。

谢尔皆意·普拉陶诺维奇(普拉陶尼奇)·阿瓦科夫　四十五岁。

意大利侍者

波普兰先生　法兰西画家。

卖唱的歌人

事情发生在扫仑太①，海边一家旅馆。

景是一个很大的房间，旅馆房间的一般陈设；正面有一个门，通过道；另有一个门，通书房；左边是两个窗户；右边有一个门，通花园。沙发在房间当中，上面躺着阿瓦科夫，头上蒙着一条手绢。

阿瓦科夫 （动了动，唧唧哝哝，不知道说些什么。最后，睡眼蒙眬，喊着）费德喀！……费德喀……费久实喀！（耸耸肩膀，拿掉头上的手绢，愣里愣怔朝四面看）我在哪儿？（再朝四面看了看，稍缓，表示厌恶，手挥了挥）在意大利！（又稍缓）我做了一个多好的梦！说实话。我梦见我坐在窗户跟前，在我自己的花园，望着院子，看鸭子扑扇扑扇走。个个鸭子头上一簇好看的毛。我看着车夫给轮子上油，可是费久实喀没有拿烟斗给我。——梦做得非常开心！（叹息）哦，哦！……什么时候上帝叫我再看见这些东西啊……（站起来）我承认，我累啦，不高兴跑咖啡馆……把老骨头累坏了。三年啦……我可以说，头发都变成灰的了，人可没有一点变聪明……（稍缓）他们一定是出去了……（走到通花园的门）他们不在花园……（走到通书房的门，叩门）娜结日达·怕夫劳夫娜……娜结日达·怕夫劳夫娜……你在里头吗？不在。他们一定是出去了……我用过饭睡着了，他们出去了……哼！出去了……我想，又是阿列克谢意·尼考拉伊奇搞出来的花

---

① 扫仑太（Sorrente）在意大利那不勒斯之南。

样——全是他的主意……我知道……是哪个家伙把他带到这儿来的？……（拉铃铛绳子，焦灼不安）谁需要他啊！……（再拉）没他，已经就够多的了……为什么没人来？

〔一连拉了三次。意大利侍者从过道跳着进来，臂上搭着一条手巾。

侍　者　　（深深一躬），Celenza comanda？①

阿瓦科夫　（从侧面打量他）看这份儿神气！——怪事！旅馆的伙计全像一个模子出来的——在巴黎，在德意志，在这儿……随便哪儿……全一样。（向侍者）普尔夸·乃·外乃·茹·怕·土德修伊特？②

〔阿瓦科夫的法文说得很糟。

侍　者　　（微笑着，揉卷毛巾），Celenza, jé ... moua ... héhé ...③

阿瓦科夫　屋·俄……屋·松·塞·达木？④

侍　者　　Soun sourti ... per passeggiare ... pour proumene ... Madama la Countessa, aveco la Signorina e aveco Mou su lou Counte——l'otro Counte Rousso ...⑤

阿瓦科夫　塞·毕焉——塞·毕焉……阿来⑥。

侍　者　　Si signore ...⑦

---

① 意文，意思是："大人，什么事？"
② 谐法文音，意思是："为什么你不马上就来？"
③ 意文与法文都有，意思是："大人，我……我……哎，哎……"他想找话解释他为什么晚来。
④ 意思是："哪儿……太太和小姐哪儿去了？"
⑤ 意文与法文都有，意思是："出去了……散步去了……散步去了……伯爵夫人，同小姐。还有伯爵先生——另一位俄罗斯伯爵……"
⑥ 意思是："好啦——好啦……去罢。"
⑦ 意文，意思是："是，老爷……"

〔又跑出去了。

阿瓦科夫　家伙！这些伙计都是什么样的怪腔！……（在屋里走来走去）他们出去散步去了……哼……一定是出去看海去了。我想像得出来，现在这位小先生正在卖弄……而女的那方面……我清楚她的……女的还就喜欢这个……这是她的弱点。她看中了男的什么——我不明白……完全虚有其表。再说，毫无趣味。（又在屋里走来走去）我的上帝！什么时候她才安静下来，什么时候她才厌倦这些新面孔……

　　〔通过道的门开了一半，露出波普兰先生。他穿着一件大方格料子的宽上身，领巾像小孩子那样打。他有胡须，长头发。

波普兰　　Pardon, monsieur ...①

阿瓦科夫　（转回身子）谁呀？

波普兰　　（仍然站在门口）Pardon, c'est ici que demeure Madame la comtesse Geletska? ②

阿瓦科夫　（稍缓）汝。——开司克·汝·汝莱？③

波普兰　　（进来。胳膊底下夹着一个大纸夹子）Et ... pardon ... Madame est-elle à la maison? ④

阿瓦科夫　（站着不动）隆。开司克·汝·汝莱？⑤

波普兰　　Ah! que c'est dommage! ——Pardon, monsieur, vous ne savez pas——reviendrez-t-elle bientôt? ⑥

---

① 法文，意思是："对不住，先生……"
② 意思是："对不住，叶列磁喀雅伯爵夫人住在这儿吗？"
③ 意思是："你。——你有什么事？"
④ 意思是："对不住……太太在家吗？"
⑤ 意思是："不在。你有什么事？"
⑥ 意思是："啊！真不巧！——对不住，先生，你不知道——她是不是这就回来？"

阿瓦科夫	隆……隆……开司克·汝·汝莱？①
波普兰	（看着他，愕然）Pardon, monsieur ... C'est à Monsieur le comte que j'ai l'honneur de parler? ②
阿瓦科夫	隆，冒修，隆③。
波普兰	Ah!（尊严地）Et bien, monsieur, vous aurez la complaisance de dire à madame que M. Popelin, artiste peintre est venu la voir——d'après sa propre invitation——et qu'il regrette beanconp ...（看见阿瓦科夫做了一个不耐烦的动作）Monsieur, j'ai l'honneur de vous saluer.④

〔戴上帽子，走出。

阿瓦科夫	阿久，蒙修⑤。（看着他走出，喊着）又是一个！我希望这些画家、音乐家、钢琴家、风景画家全叫鬼抓了去！他们都从哪儿钻出来的？他们怎么会一下子就找到了我们。家伙！我们还没有来得及转悠身子，这些人已经认识我们、拜访我们、对我们献种种殷勤。结局是什么？太明显啦。他们不知道从哪儿弄来几张破水彩画，要不就是几尊小雕像，因为我们是相识，我们就得出高三倍的价钱。我们一路带来带去，带了多少这种破东西！……真可怕。开头听他们讲话，全神气得不得了……说他们是艺术家……对经济不感兴趣……明明是一群饿鬼，……哦！（叹息）我多厌

---

① 意思是："不……不……你有什么事？"
② 意思是："对不住，先生……我有荣誉谈话的就是伯爵先生吗？"
③ 意思是："不是，先生，不是。"
④ 意思是："啊！（尊严地）那么，先生，烦你对太太讲一声，画家波普兰先生看她来了——照她自己的邀请——他觉得十分遗憾……（看见阿瓦科夫做了一个不耐烦的动作）先生，我有荣誉向你致敬。"
⑤ 意思是："永别了，先生。"

烦这些事……啊，我多厌烦这些事啊！（在屋里走来走去）他们还不回来。哼！显然是散步散得很开心了。天眼看就要黑啦。（稍缓）我想我还是出去迎迎他们……真的……（拿起他的帽子，走向门）啊，他们到了儿回来啦！（从过道进来娜结日达、玛丽雅和别耳斯基。娜结日达的样子很不开心）你们总算回来啦！你们为什么散步不找我去啊？

娜结日达　（走向右边镜子跟前摘下帽子）你醒过来老半天啦？

阿瓦科夫　老半天啦。

娜结日达　睡得好吗？

阿瓦科夫　我就没有睡……也不过是……

娜结日达　（打断他的话）好啦，我知道，我知道……打了一个盹……

阿瓦科夫　嘻……嘻……怎么样，散步趁心罢？

娜结日达　（冷冰冰地）是的……我出去的时候，有人来吗？

阿瓦科夫　没人……有人——原谅我——有那么一个画家来过。

娜结日达　（迅速）波普兰先生？

阿瓦科夫　我想，是他。

娜结日达　他告诉你什么来的？

阿瓦科夫　没什么。他问你在不在——叫我转告你，他来过啦……

娜结日达　你为什么不请他等一会儿？

阿瓦科夫　说实话，我没想到。

娜结日达　（有点气闷）啊，你总是这样子！（转向别耳斯基。他从进来的时候起，就站在左手窗户那边，同玛丽雅在谈话）别耳斯基！……别耳斯基，别尽跟玛莎要好啦。

别耳斯基　娜结日达·怕夫劳夫娜，有什么事我可以效劳啊？

娜结日达　什么事你可以效劳……（稍缓）这事你可以效劳：画家波普兰先生，方才到这儿来过。你认识他的。约模三天以前

	我遇到他的——就是那个给我看维苏威火山风景画的……我约他到这儿来——他来了,可是这位先生(指着阿瓦科夫)不清楚这事,没有留他多待一会儿。
别耳斯基	你要我怎么着?
娜结日达	你新近怎么变得这么笨,什么也猜不出来啦!……马上就去找他,带到这儿来——听见了没有?千万马上把他带来啊。
别耳斯基	我不知道他的住址。
娜结日达	打听一下就知道啦。问问旅馆,要不,到别的地方问问,随你。去罢。我需要他,你听我讲。去罢。
别耳斯基	(稍缓)是啦。我找那位有维苏威火山风景画的先生去。你一定很喜爱这些风景画……(看着她)我去啦,我去啦。
	〔走出。
娜结日达	(坐在沙发上,不耐烦地拿脚敲着地板。阿瓦科夫微笑着,但是心里乱哄哄的。她最后喊道)玛莎!
玛丽雅	Ma tante? ①
娜结日达	Ma tante ... ma tante ...你做什么称呼我,总是离不开婶娘?倒像我真老得不得了啦。
玛丽雅	那么,婶娘,我称呼你什么好啊?
娜结日达	(稍缓)你做什么站在窗户旁边:要着凉的。
玛丽雅	可是,外头天气那么热……
娜结日达	我不知道……我觉得那儿有风……谢尔皆意·普拉陶尼奇,你不觉得有风吗?
阿瓦科夫	(耸耸肩膀,手指头在空里摇了摇)有——有。

---

① 法文,意思是:"婶娘?"

娜结日达	（向玛丽雅）我觉得你衣服穿得太薄啦，不是吗？……玛莎……你还是再加一件的好。
玛丽雅	婶娘，你觉得太薄？
娜结日达	是啊，我的侄女，我觉得太薄。
玛丽雅	好罢，我马上就去加一件。

〔她又站了一会儿，然后，笑着，跑到娜结日达跟前，吻着她。

娜结日达	（笑）好啦，好啦，你这个小狐狸精，去罢……

〔玛丽雅跑进书房门。阿瓦科夫笑着，搓着手。娜结日达看着他，显出一副严肃的脸相。阿瓦科夫有一点窘。稍缓。

阿瓦科夫	你……你，我觉得，娜结日达·怕夫劳夫娜，你今天不怎么开心。
娜结日达	谁告诉你的？才不对。谢尔皆意·普拉陶尼奇，你讲话就很少恰当过。没影儿的事，你倒觉得是真的。（微笑）好比说罢，讲真话，这儿有风吗？
阿瓦科夫	（看着她）可是……可是，你要我怎么讲啊？……难道是没有风吗？
娜结日达	好，你看我对了罢。
阿瓦科夫	（稍缓）我要是知道，你那样想见那个法国人的话，也就好了……你要是先对我讲明也就好了。
娜结日达	你又错啦。我没有一点意思想见那个法国人……根本我就不需要他。
阿瓦科夫	（愕然）不过，你打发别耳斯基去找他……
娜结日达	（稍缓）我打发别耳斯基去找他……因为……因为我讨厌他……我讨厌看见他。

阿瓦科夫　　谁？别耳斯基？

〔娜结日达点了点头。

阿瓦科夫　　不会的！

娜结日达　　为什么不会？

阿瓦科夫　　真的，不会的。娜结日达·怕夫劳夫娜，你想想看，你一向对他好，今天还在一起吃饭，不光是今天，而是所有的时间——在罗马，一路到那不勒斯，在这儿……

娜结日达　　首先，这话不对……

阿瓦科夫　　怎么不对？

娜结日达　　还有其次！我想逗逗你。

阿瓦科夫　　瞎掰，娜结日达·怕夫劳夫娜——你逗我这老头子，用不着把他扯上。

娜结日达　　你在抱怨？

阿瓦科夫　　没的话——没的话！我的意思是说……不是这话……你说这话，有别的原因的。

娜结日达　　请问，什么原因？

阿瓦科夫　　他今天不知道怎么得罪你啦。

娜结日达　　请问，他怎么会得罪我？别耳斯基先生关我什么事？

阿瓦科夫　　（思索）另一方面……恰好……他对你很殷勤……

娜结日达　　对啦，就是这个，我亲爱的谢尔皆意·普拉陶尼奇，你虽说不断在注意，其实什么也没有看见……他连想到对我殷勤都没有想到。

阿瓦科夫　　怎么会的？

娜结日达　　我们今天散步，你看见了也就明白了！

阿瓦科夫　　为什么？

娜结日达　　啊，我的上帝！你就没有看出来，许久以来，他都在追玛莎吗？

阿瓦科夫　别耳斯基？

娜结日达　正是他。

阿瓦科夫　（忽然）他在耍心眼儿呀！

娜结日达　怎么回事？

阿瓦科夫　耍心眼儿，娜结日达·怕夫劳夫娜，耍心眼儿。没别的。明摆着的啊，娜结日达·怕夫劳夫娜，就像二乘二等于四……相信我，这是耍心眼儿、老把戏。明明是……他想叫你吃醋……

娜结日达　谢尔皆意·普拉陶尼奇，你在说什么呀？

阿瓦科夫　娜结日达·怕夫劳夫娜，明明是这个。我们是老朋友，我膜拜你，相信我，这你也不会看不出来的——耍心眼儿，娜结日达·怕夫劳夫娜，耍心眼儿。好，世上还有什么人，你可能更喜欢的吗？我先不相信。

〔娜结日达不作声，低下眼睛。

阿瓦科夫　（稍缓，有些胆怯）娜结日达·怕夫劳夫娜，你是什么意思？

娜结日达　（稍缓）我是……什么意思？我在想，你是我的一位真正善良和忠实的朋友。……（拿手伸给他）

阿瓦科夫　（大喜，吻着她的手）娜结日达·怕夫劳夫娜……那还用说！

娜结日达　（站起来）相信我，别耳斯基追不追玛莎，在我是一样的。他追她有没有什么目的，在我也完全一样。

阿瓦科夫　可不，我相信你……

娜结日达　（打断他的话）好，够了，愿上帝和他在一起……完全和他在一起……没有他，我们也活下去了，难道不是吗？

阿瓦科夫	你真好……(稍缓)不过，娜结日达·怕夫劳夫娜，你做错啦。
娜结日达	什么做错啦？
阿瓦科夫	你为什么不叫醒我？你为什么散步不带我去？
娜结日达	我知道，谢尔皆意·普拉陶尼奇，你不喜欢散步的。你还记得，在罗马，看坟穴去，你多扫我的兴吗？因为你怕那个给我们充向导的修士发毛病，我们就出不去坟穴了，不是吗？
阿瓦科夫	怎么？就有这种事的……
娜结日达	胆小鬼！
阿瓦科夫	我害怕不光是为了自己，更是为了你呀。不管怎么样，散步不全一样的。赶上好天气，为什么不在海边散散步啊……挺开心的。好，好比说罢，前几天，我们去看地下浴室……好，有什么好啊？黑洞洞的，全是烂泥。我坐在那个傻瓜蛋的背上，他直笑我，因为我太重。他们告诉我，有些领事也在这浴室洗澡，——可是，请问，领事在不在这儿洗澡，关我什么事啊？
娜结日达	也许，你喜欢俄国浴室罢？
阿瓦科夫	得啦，娜结日达·怕夫劳夫娜，得啦，我敢说，你很快就要回俄罗斯的。没有多久，你就不高兴在欧洲四处走动了。你就不待见你那些席鸟尔、麦歇尔①了……也就不待见他们的上装、胡子和怪脸了。
	〔他模仿他们。娜结日达笑着。
阿瓦科夫	娜结日达·怕夫劳夫娜，有一件事我特别纳闷……就是，

---

① 意语和法语的"先生"。

	像你这样一个聪明人，怎么会让他们糊弄你。你只要看他们一眼，就看得出他们脸上的神气，在拿你当野蛮人看，要不是为了你的钱……
娜结日达	原谅我，谢尔皆意·普拉陶尼奇，我不相信任何人和我交朋友，是为了我的钱……
阿瓦科夫	可是，还有更糟的……有些花花公子到你跟前，存心勾引你；你也居然注意到他们，他们应当觉得自己走运了——可是，你猜怎么着？……他们摆出一副胜利的神气，得意洋洋，同你谈话，手指头放在胳肢窝，可是，你猜怎么着？有的连手指头都不会放……就没有放到胳肢窝……
	〔他模仿他们。
娜结日达	（笑）好，够啦，谢尔皆意·普拉陶尼奇，别急躁；这些先生值几个钱，我不见得不比你清楚。
阿瓦科夫	是，你知道……你也许不知道他们自己在讲些什么。他们讲："孟·谢尔①，你现在干什么，孟·谢尔？""什么事也没做，孟·谢尔；有一位俄罗斯伯爵夫人爱上了我"，于是，脚打着地板，手里拿着挂在空肚子上头的表链玩："安·普南塞斯·吕斯②，孟·谢尔；我的时间就是跟她过掉的，你知道，孟·谢尔……"
娜结日达	（有点气闷）谢尔皆意·普拉陶尼奇，你这些话全对我白讲啦……相信我……我现在心里想着别的事哪。
阿瓦科夫	（稍缓，叹息）是呀……我……同意你的话；你的确是……

---

① 意思是："我的亲爱的"。
② 意思是："一位俄罗斯贵夫人"。

	现在……心里想着别的事……
娜结日达	（笑）得啦，别叹气啦。我们今天没有带你出去，你是真难过啦？
阿瓦科夫	还用说！
娜结日达	好，来罢，我们到花园散步去。愿意不？
阿瓦科夫	奉陪，奉陪。

〔寻找他的帽子。

娜结日达	等一会儿，我好像听见别耳斯基来啦……
阿瓦科夫	你等他做什么？

〔别耳斯基从过道进来。

别耳斯基	家伙！……我跑成了什么……（向娜结日达）娜结日达·怕夫劳夫娜，你的那位画家出城啦！
娜结日达	什么画家？
别耳斯基	怎么，什么画家？波普兰先生，你打发我找的那个人呀。他半小时以前去了那不勒斯。
娜结日达	（看着他）啊，阿列克谢意·尼考拉耶维奇，你气喘成了什么……（笑）你的样子可真滑稽啦！
别耳斯基	我？
娜结日达	是呀，你……哈——哈——哈……谢尔皆意·普拉陶尼奇，你看他不滑稽吗？
阿瓦科夫	是呀，是呀。哈——哈……哈——哈……
娜结日达	好，我们走罢，我们走罢。
别耳斯基	你们到哪儿去？
娜结日达	我们到花园走走。
别耳斯基	我怎么着？
娜结日达	你在这儿待下来好了……这儿为什么这么黑呀？（拉铃铛

绳子。侍者进来）Apportez des lumières.①（侍者走出）你高兴的话，不妨看会儿书。不过，我留下玛莎陪你。我想，你同她的话还没有谈完罢……要不，也许，你再找找波普兰先生看，好罢？（别耳斯基看着她，愕然）啊，别这样看着我，你可真滑稽……谢尔皆意·普拉陶尼奇，我们走罢……（看着别耳斯基）哈——哈——哈！

阿瓦科夫　哈——哈——哈！真是滑稽！

〔两个人去了花园。侍者端进蜡烛，放在靠近窗户的桌子上。别耳斯基站着动也不动，随后忽然举起一只手来。侍者以为他在叫他，走到他跟前，说："Celenza?"②看见别耳斯基不注意他，鞠躬，走出。

别耳斯基　什么意思？哼！不明白。简直是莫名其妙……（在屋里走来走去）我必须说，她是一个非常了不起的女子！聪明、爱挖苦人、和善……是呀，不过现在我管不到这些了。三个月以前，我在罗马碰到她，她的确把我迷住了，到现在为止，我还不敢说，在她面前我像没事一样……可是，在我心里头……现在……啊，我太清楚是什么在我心里头了！她方才还告诉我，她留下玛丽雅·彼特洛夫娜陪我……可是玛丽雅·彼特洛夫娜在哪儿呀？……（稍缓）她劝我看书……看书！在这样一个夜晚——在今天谈话之后……（走到窗户跟前）好啊！多美的夜晚！

〔玛丽雅·彼特洛夫娜从书房出来。她看别耳斯基看了一会儿，然后走到屋子当中。

---

① 法文，意思是："点蜡烛来。"
② 意文，意思是："大人？"

别耳斯基	（朝四面看）啊，是你，玛丽雅·彼特洛夫娜——你从哪儿来的？
玛丽雅	（指着书房门）在那儿……婶娘叫我去换衣服来的……
别耳斯基	（打量她）可是我看你，并没有……
玛丽雅	婶娘也就是说说罢了……她有话同谢尔皆意·普拉陶尼奇讲，要我走开的……她哪儿去啦？
别耳斯基	她同他到花园去啦。
玛丽雅	你为什么不同他们一道去？
别耳斯基	我？——我愿意待下来。
玛丽雅	当真？

〔坐下来。

别耳斯基	就是说——说实话——她叫我在这儿待下来的……
玛丽雅	啊！现在我不奇怪啦……可怜的阿列克谢意·尼考拉伊奇！……我同情你。
别耳斯基	（坐在她旁边）真的？也许你心想，我在妒嫉谢尔皆意·普拉陶尼奇罢？
玛丽雅	难道不是吗？
别耳斯基	玛丽雅·彼特洛夫娜——我看，你学会了装假的本领……
玛丽雅	我听不懂你的话……不过，难道谢尔皆意·普拉陶尼奇不是一个君子人吗？
别耳斯基	是的。
玛丽雅	他对婶娘多忠心啊！
别耳斯基	是的。所以，她不该折磨他……你婶娘是一个善良女子，不过，也是一个要人命的风流女子。
玛丽雅	（看了看他）我看，你心里不好过，因为你没有能够去得了花园……

别耳斯基	又来啦！
玛丽雅	至少，你从前从来没有这样讲婶娘。
别耳斯基	从来没有过！真是的！我记得很清楚，我认识你们的时候，她给了我一个什么样的印象。你还记得吗？是狂欢节的头一天，我在考尔叟①看见你们在阳台上。我记得，她当时给我的印象……
玛丽雅	是呀……我还记得你想出一个什么鬼把戏送花给她，开头她吓坏了，后来她笑了起来，拿花收下了……
别耳斯基	你记得，她旁边站着又瘦又长的一位先生，什么公爵的世子——他后来怄了我的气，吃起醋来了，像一只山鸡一样，傲慢的样子，鼻子哼着……
玛丽雅	可不是……可不是……
别耳斯基	可是，这是三个月以前的事……从那时候起……我的感情就变了。现在我明白，风流女子再怎么可爱，也比不上一个年轻女孩子的动人的腼腆……
玛丽雅	（窘）你这话是什么意思？
别耳斯基	（也窘了）我？……那……没什么。（稍缓）玛丽雅·彼特洛夫娜，你今天看什么书来的？
玛丽雅	我？阿列克谢意·尼考拉伊奇，我看的是席勒。
别耳斯基	请问，他哪一本书？
玛丽雅	《贞德》。
别耳斯基	啊！好得很。（旁白）我的上帝，我简直是一个傻瓜蛋！〔站起来，走到窗户跟前。
玛丽雅	（稍缓）阿列克谢意·尼考拉伊奇，你在看什么？

---

① 考尔叟(Corso)：有林道的大街，罗马城内用这个称谓的，只有一两条大街。

别耳斯基	我在看天、星星、海……你听得见水浪有节奏的慢悠悠的响声吗？玛丽雅·彼特洛夫娜，这种寂静、这种气氛、这种月光真就——这美好的夜晚真就对你不起一点点作用吗？……
玛丽雅	（站起来）阿列克谢意·尼考拉伊奇，对你怎么样？
别耳斯基	（窘）对我？……它……它对我起了许多好作用……
玛丽雅	（微笑）啊！譬方说，是些什么呀？
别耳斯基	（旁白）简直受不了……她一定觉得我像一个蠢东西……我的上帝！我的上帝！我的心快要跳出来了——我想说出口来，我想说出口来，可是我说不出来……只要有什么事……现在，来罢……

〔从窗户外边传来七弦琴的声音。

玛丽雅	什么声音？
别耳斯基	（手伸向她，心里乱哄哄的）我不知道，等一下，也许是什么卖唱的……

〔歌人来到窗户底下，唱着。在他唱歌的期间，别耳斯基和玛丽雅两个人静静站着。别耳斯基听完第一节，跑到窗户跟前，喊着："好，好……"

歌人的声音	Qualche cosa per il musico, signore ...①
玛丽雅	（走到别耳斯基跟前）丢给他点儿东西。
别耳斯基	等一下，他会看不见的……

〔他从口袋取出一枚钱，迅速拿纸包住，拿纸在蜡烛上点着了，再丢下去。

---

① 意语，意思是："先生，赏几个听唱钱……"

歌人的声音	Grazie, mille grazie.①
玛丽雅	（她也包了一个钱）拿这也丢给他。

〔别耳斯基点着了第二个钱的纸，丢了下去。

歌人的声音	Grazie, grazie.

〔他又唱了一节。别耳斯基和玛丽雅站在窗户旁边听他唱。他唱完了，别耳斯基喊着："好！"又丢下一个钱去。玛丽雅打算走开，但是他揪住她的手，不叫她走。

别耳斯基	等一下，玛丽雅·彼特洛夫娜，等一下。到现在为止，我们拿他当做匠人奖赏，不过，现在我愿意拿他当做画家谢谢……（迅速拿起桌子上的蜡烛）过来，让我把你照亮了……

〔玛丽雅先还不怎么肯，随后，走到窗户跟前。

歌人的声音	Ah, que bella ragazza! ②
玛丽雅	（脸红了，离开窗户）怎么……
别耳斯基	（把蜡烛放回桌子上）不，我再也憋不住啦……这想不到的歌唱……这动听的意大利声音——还有现在，这种夜晚，我早就准备好了拿我心里的话讲给你听——不，不，我不能够、我不愿意再闷住不说……
玛丽雅	（有点心乱）阿列克谢意·尼考拉伊奇……
别耳斯基	我知道，全是胡闹，你会生我的气的——不过，好罢，我没有力量再装假装下去啦……玛丽雅·彼特洛夫娜，我爱你，我热烈地爱你……

〔玛丽雅不作声，低下眼睛。

别耳斯基	是的，我爱你，你一定老早就看出来了。现在要是……要

---

① 意语，意思是："谢谢，多谢。"
② 意语，意思是："啊，姑娘真美呀！"

	是你不答应做我太太——我只有一件事好做：就是尽快离开这儿，到顶远的地方去……我知道，我话讲得急，也许就毁了我的机会，不过，不能够怨我……怨也只好怨那个唱歌的……(看着玛丽雅)玛丽雅·彼特洛夫娜，告诉我，我走，还是待下来，我咒那个唱歌的，还是谢谢他……
玛丽雅	我，说实话，不知道……
别耳斯基	告诉我，告诉我……
玛丽雅	我觉得……你不该咒那个唱歌的……
别耳斯基	(拿起她的手)当真？……我的上帝！我当真……
玛丽雅	可是我……可是婶娘怎么说……
别耳斯基	她怎么说？她同意就是了……倒说，她来啦，进来啦……你看好了……我敢说，她会同意的……
玛丽雅	别耳斯基！你怎么……
别耳斯基	没什么，没什么……你看好了……

〔玛丽雅打算揪他回来。娜结日达和阿瓦科夫从花园门进来。

阿瓦科夫	娜结日达·怕夫劳夫娜，你做什么回来得这么快……
娜结日达	不能够……谢尔皆意·普拉陶尼奇……他们就是……两个人……
别耳斯基	(跑到娜结日达跟前)娜结日达·怕夫劳夫娜……
娜结日达	(哆嗦)你怎么啦——你让我害怕……

〔阿瓦科夫看着他，愕然。

| 别耳斯基 | 娜结日达·怕夫劳夫娜，我心慌得不得了……不过，你用不着注意这个……我，你看，我不能够再隐瞒下去啦……我……我决定求你答应…… |

阿瓦科夫	好啊！……这下子完啦……
	〔跌进一张椅子。
别耳斯基	答应我同你侄女玛丽雅·彼特洛夫娜结婚……
娜结日达	(意想不到)我侄女……
阿瓦科夫	怎么？什么？……(跳起来)你要求同玛丽雅·彼特洛夫娜结婚？……我同意，我同意，我也答应……孩子们，过来，拿你们的手给我。(使劲把玛莎的手扯过来，和别耳斯基的手放在一起)我的孩子们，我祝福你们，愿你们白头偕老，百年好合，多儿多女！……
娜结日达	不过，等一下，等一下，谢尔皆意·普拉陶尼奇，你疯啦……你在做什么？我什么都还不明白……阿列克谢意·尼考拉伊奇，你要求我答应你同玛莎结婚，你？
别耳斯基	我。
娜结日达	同她……怎么回事？
别耳斯基	她不反对。
娜结日达	玛莎……你怎么不言语啊？
阿瓦科夫	好啦，娜结日达·怕夫劳夫娜，她还说什么呀？难道你还以为会没有先得到她同意吗？
娜结日达	(向阿瓦科夫)不管怎么着，是你在撮合。(向别耳斯基)我承认，我很吃一惊，因为你求婚求得这样出人意外。不过，我也不希望阻挡侄女的幸福，如果你能够让她幸福……
别耳斯基	这就是说，你同意啦？
	〔吻她的手。
阿瓦科夫	是啊，她当然同意……万岁！……玛丽雅·彼特洛夫娜，到我跟前来……

玛丽雅	（走到娜结日达跟前）Chère tante ...①
娜结日达	好，好。（捏她的脸）Vous êtes fine, ma nièce ...②（转向阿瓦科夫）谢尔皆意·普拉陶尼奇，难道你先前真就猜对啦……没有错过……
阿瓦科夫	哦，娜结日达·怕夫劳夫娜，我不坚持我一定就猜对了，我也不坚持从来没有错过，像每一个人一样，我一来就错，不过，有一件事你可以相信得过：就是我对你的感情永远不会改变……娜结日达·怕夫劳夫娜，真的，关于……
娜结日达	关于什么？
阿瓦科夫	学他们年轻人的榜样……
娜结日达	年轻人！谢尔皆意·普拉陶尼奇，你愿意怎么说你自己，就说你自己好了，可是我并不以为自己老……
阿瓦科夫	你明白我的意思……真的。随后，娜结日达·怕夫劳夫娜……我们就回俄罗斯去。日子要过得该多好啊！
娜结日达	我没有同你说不可以……不成，我们先得去一趟巴黎。
阿瓦科夫	（挠他的耳朵）难道去萨拉托夫……非经巴黎不可？
娜结日达	不一定非经不可，不过，去是一定要去的。我们先到巴黎……年轻人在这儿结婚……
阿瓦科夫	我们全在这儿结婚……从这儿再回家……
娜结日达	好，到时候看罢……（稍缓）扫仑太这一黄昏，我怎么也忘记不了……
别耳斯基	我也忘记不了……

---

① 法文，意思是："亲爱的婶娘……"法文称谓把一个普通婶娘的身份衬高了、衬老了。

② 法文，意思是："我的侄女，你真狡猾呀……"

玛丽雅 我也忘记不了……

阿瓦科夫 没人忘记得了!

娜结日达 得啦,谢尔皆意·普拉陶尼奇,先别急着说别人。

幕

(一八五二年一月十日,彼得堡)